Franz Dingelstedt

Die Amazone
(Künstleroman)

e-artnow 2018

Hedwig Dohm
Christa Ruland

Jane Austen, Emily Brontë
Die starken Frauenseelen der Weltliteratur (26 Romane in einem Sammelband)Stolz und Vorurteil + Sturmhöhe + Jane Eyre … + Kleopatra + Effi Briest und vieles mehr

Eugenie Marlitt, Wilhelmine Heimburg
Das Eulenhaus (Liebesroman)

Theodor Fontane
Frau Jenny Treibel - Wo sich Herz zum Herzen findt

Valeska Bolgiani, Arthur Stahl
Ein weiblicher Arzt (Historischer Roman)

Franz Dingelstedt

Die Amazone (Künstleroman)

Das Atelier, Meister und Schülerin, Ein Modell, Künstlers Erdenwallen, Diplomatische Intervention, Beim Lever einer Theaterprinzeß, Ein alter Römer, Goldene Berge, Schwanengesang

e-artnow, 2018
Kontakt: info@e-artnow.org
ISBN 978-80-273-1900-8

Inhaltsverzeichnis

1. Das Atelier

Es liegt weit draußen in der Vorstadt, da »wo die letzten Häuser sind.« Der Weg hinaus führt vorüber an den Prachtvierteln der großen Residenz, Palästen, Kirchen, Kasernen, Fabriken, Monumenten; vorüber auch an den Manufakturen beliebter Porträtmaler und Schönfärber nach der neuesten Mode; vorüber endlich an der, bald wegen baulicher Reparatur, bald wegen gesetzlicher Ferien geschlossenen Akademie der bildenden Künste ...

> Kennst du das Haus?
> Auf Säulen ruht sein Dach;
> es glänzt der Saal, es schimmert das Gemach,
> Und Marmorbilder stehn und schaun sich an:
> Was hat man dir, du arme - Kunst, getan?
> Kennst du es wohl? Dahin, dahin, -

dahin nämlich möcht ich mit dir, geliebter Leser, keineswegs ziehen. Vielmehr lassen wir alle diese Herrlichkeiten links liegen, oder rechts, je nachdem es kommt. Wir schreiten aus dem altertümlichen Margaretentor hinaus, über mancherlei Winkelbrücklein weg, einen Kanal entlang, zwischen einer Kleinkinderbewahranstalt und einer Gerberei, wahlverwandten Instituten, durch, um die scharfe Ecke des Strafarbeitshauses herum. Dies ist der Markstein großstädtischer Gesittung. Von nun an werden mit jedem Schritte die Polizeidiener, die Straßenlaternen, die Pflastersteine seltener; hingegen mehren sich und wachsen die Gärten und Zäune, auf denen Wäsche getrocknet wird. Endlich schlägt das steinerne Häusermeer der Residenz in einstöckigen Hütten seine letzten Wellen und versiegt dann ganz und gar in der weiten, bis zum fernen Gebirge sich ausdehnenden Ebene. Dort, am äußersten Saume der Vorstadt Sankt Margareten, ist unser Ziel, das Atelier des Malers Roland. Ein weiter Weg. Ob er der Mühe lohnt?

Fehlen können wir ihn übrigens nicht. Wir brauchen uns nur einer jener zahlreichen und bunten Wallfahrten anzuschließen, welche regelmäßig an jedem Morgen während der holden Reisezeit, von den Hundstagen bis zum Windmonat oder November, nach demselben Ziele unterwegs sind. Ein Anblick zum tiefsten Erbarmen für den denkenden Menschenfreund, der aus den Fenstern seines Hauses oder von der schattigen Terrasse seines Gartens in beschaulicher Ruhe auf diese Ewige-Juden-Wanderschaft hinabsieht. Da ziehen sie, ziehen, begleitet von Dienstmännern, Lohnlakaien und Betteljungen, - rot eingebundene Fremdenführer in der Hand, graue Plaids über der Schulter, schwarze Weibsbilder am Arme, - von einer Kirche, einer Bildsäule, einer Sammlung, einer Aussicht zur anderen. Im Schweiße ihres Angesichts schwelgen sie Kunst, im Staube der Landstraße Natur, wie es der Fluch der reisenden Menschheit gebeut.

An dem Freitagmorgen, an welchem unsere Erzählung, wie alle Unglücksfälle, beginnt, hatte sich ebenfalls ein gemischter Personenzug zusammengefunden und nach Rolands Atelier aufgemacht. An der Spitze marschierten Franzosen, nicht unter munterem Geplauder, sondern in dem schweigsamen Ernst, der das junge Frankreich kennzeichnet. Im Haupt- und Mitteltreffen ragte Altengland hervor, rotköpfig und blau verschleiert, den Hut im Nacken, das Glas auf der Nase. Die Reserve bildete Deutschland, das einige Deutschland, streitend in allen Zungen, die sein berühmtes Volkslied namhaft macht, über die Arbeiten und den Wert des Künstlers, welchem der Massenbesuch galt. Ein Sach- oder Schwachverständiger, gebürtig aus Elbflorenz, behauptete, Roland sei der erste Realist unter den zeitgenössischen Malern, worauf eine weit gereiste Enthusiastin vom Buttermarkt zu Bremen erwiderte: »Entschuldigen Sie; er s-teht an der S-pitze der Idealisten, wie sein s-terbender Roland beweist.« Ein anderes Urteil aus Frankfurt am Main verwies ihn wegen seiner berühmten »Dorfschule« unter die Genremaler, und zum Schluß stimmte Köln dafür, ihn als Tiermaler mit Rosa Bonheur und Herring auf eine Stufe zu stellen; man vergleiche nur sein nicht minder berühmtes »Tierspital«, als Prämie für die Mitglieder des lippe-bückeburgischen Kunstvereins in Steindruck erschienen. Hier mischte sich ein alter Lohndiener in die Kontroverse, Vater Winter von seinen Kollegen genannt; ein öffentlicher Charakter, in allgemeinem und hohem Ansehen stehend, neben seinem Beruf auch als Bilderhändler und ständiger Korrespondent des Tagblatts über Gemäldeausstellungen tätig. Er hatte die Wiedergeburt der deutschen Kunst in der Residenz persönlich mit durchgemacht, von der ersten Freske bis zum letzten Giebelfeld; sein Bart war grau geworden, sein Haupt kahl unter Staffeleien und Tonmodellen, so daß sein Wort die Bedeutung eines Orakels unter Einheimischen und Fremden besaß. »Meine Herrschaften,« sagte Vater Winter, »Sie haben alle miteinander recht, und Sie haben auch alle unrecht. Meister Roland ist Tiermaler, Genremaler, Porträtmaler, Historienmaler, alles das zugleich. Sein Grundsatz - ich habe ihn von seinen Schülern mehr als einmal gehört - sein Grundsatz lautet: Der Künstler muß, wie die Natur, alles können, wenn auch eines minder gut, als das andere. Fächer und Schulen gibt's nicht; nur gute und schlechte Bilder. Punktum, streu Sand drum. Dabei ist Ihnen der Herr Roland ein Sonderling aus dem ff. Aufträge nimmt er nicht an, außer wenn man ihm die Wahl des Stoffs, die Zeit der Ablieferung, den Preis, und was sonsten drum- und dranhängt, überläßt. Seine Majestät der König hatten ihm ein lebensgroßes Bild zu befehlen geruht, die Taufe der jüngsten Prinzeß, Königliche Hoheit: vierundzwanzig Allerhöchste, Höchste, Hohe Personen, Hofstaat, Geistlichkeit, lauter interessante Porträts. Meinen Sie, er hätte angenommen? Nichts da, und ich mag mit Respekt vor den Herrschaften die grobe Antwort nicht einmal wiederholen, die er dem Akademiedirektor bei der Bestellung gab. Ich selbst hab's mit angesehen, daß dieser rasende Roland einen russischen Fürsten, der die verschlossene Türe des Ateliers aufsprengen wollte, die Treppe hinunterwarf. Und ein andermal wies er einem reisenden Handwerksburschen in eigener Person seine sämtlichen Kunstschätze und lud den verblüfften Gesellen zu guter Letzt noch zum Frühstück in seinem Hausgarten ein. Die Geschichte machte dazumalen aus unserer Morgenzeitung die Runde durch alle Blätter. Der Gast Rolands war seines Zeichens ein Tüncher, Weißbinder oder so was dergleichen auf Wanderschaft. Unser berühmter Meister aber hatte ihn seinen guten Kollegen genannt und lachend hinzugesetzt: ›Wir werden alle nach Fuß und Elle bezahlt.‹ Nun frage ich Sie, meine Herrschaften, ist das ein Sonderling, oder ist er's nicht?«

Mittlerweile war unter Vater Winters belehrendem Vortrag der Haufen der Bilderstürmer an seinem Ziele angelangt, obgleich es niemand dem vorauseilenden Dienstmann glauben wollte, der auf einen baufälligen Torweg in einem nichts weniger als ansehnlichen Bretterzaune wies. Kein Schild, kein Name bezeichnete den Eingang; nur ein rostiger Klingelzug hing daneben. »Dies Rolands Atelier?« so fragte die Gesellschaft, weder ihren Augen, noch ihren Ohren trauend, und die schwärmerische Tochter der alten Hansestadt flüsterte: »Ich kann man s-taunen.« In der Tat, wer hier den Palast eines Kunstfürsten nach neuestem Stile zu finden erwartete, eine Ritterburg mit Erkern und Zinnen, eine italienische Villa mit Loggien und Balkons, oder ein Glashaus voll exotischer Pflanzen, der sah sich bitterlich enttäuscht. Rolandseck, wie die wunderliche Besitzung spaßhaft genannt wird, gleicht viel eher einer im Verfalle begriffenen Landwirtschaft, als einem behaglichen oder glänzenden Wohnhaus. Wenn sich der Torweg auf einen Riß an dem Eisenring und den Laut einer heiseren Glocke durch unsichtbare Hand von innen öffnet, tritt der Besucher in einen weiten, wüsten Raum, weder Hof noch Garten, den von drei Seiten eine verwitterte Planke, von der vierten ein schmaler Flußarm umfaßt. Innerhalb der Türe präsentiert sich rechts eine Hundehütte, deren Insaß, eine riesige Dogge, die Fremden gähnend oder an der Kette sich streckend empfängt, niemals aber mit Gebell; Phylax ist an tägliche Gäste gewöhnt. Ihm gegenüber kräht, gackert, gluckst ein Hühnervolk der verschiedensten Rassen aus einem vernachlässigten Schuppen hervor. Ein paar Pfauen stolzieren unter ihnen umher; Roland liebt von den Vögeln die Pfauen, von den Blumen die Tulpen besonders, wie Vater Winter weiß, der Alleswissende. Der Platz vor dem Haus ist mit zerstreuten Bausteinen, Balken, Sandhaufen unordentlich bedeckt; Gras und Gestrüppe überwuchern ihn, nur für einen schmalen Kiesweg zur Türe Raum lassend. Die Gebäude bestehen aus einem Haus von einem einzigen Stockwerk, am nördlichen Ende auslaufend in einen massiven, viereckigen Turm von ziemlicher Höhe, welchen wilder Wein in üppigster Fülle bedeckt. An der entgegengesetzten Seite stößt ein niedriger Flügel, eine Reihe kleiner Gemächer enthaltend, in rechtem Winkel an das Haus. Hinter und über demselben strecken stattliche Linden, hochstämmige

Kastanien und graue Erlen sich empor und beschatten eine natürliche Terrasse, die sich bis an das Wasser herunterzieht. So sieht Rolandseck aus, nicht unfreundlich, aber ernst; in keinem Zuge affektiert, in manchem originell; nur ein Rahmen um das Bild des Eigentümers, während bei so vielen anderen Schneckenhäusern der baulustigen Neuzeit das Gehäuse Hauptsache ist, der Einwohner Nebending. Genug, daß der erste Schauplatz unserer Erzählung ein Gesicht für sich besitzt, und eine Geschichte obendrein, die wir kennen lernen müssen.

Vor undenkbaren Zeiten hat an dieser Stelle eine Meierei bestanden, die sich mit dem Wachstum der Residenz zu einem schwunghaften Milch-, Butter- und Käsehandel ausdehnte. Der Bauer benutzte den Turm, ehedem wahrscheinlich ein befestigtes Tor oder eine Warte vor der Stadt, im unteren, kühlen Stock zum Buttern, im oberen, luftigen, als Käserei. Der Nebenflügel beherbergte Kühe und Ziegen. Nach zwanzigjährigem Betrieb war der Eigentümer reich genug geworden, um als Rentier in die Stadt zu ziehen, seinen Töchtern einen Klavierlehrer und eine Theaterloge zu halten, morgens die Börse und abends das Bürgerkasino zu besuchen; gegenwärtig bewirbt er sich mit Erfolg um einen Sitz in der Kammer. Seinen Hof in Sankt Margareten verkaufte er damals vorteilhaft an einen unternehmenden Kopf, der aus der Idylle ein orientalisches Märchen schuf. Er legte die großartigste Dampfwasch- und Badeanstalt an, mit einem Duodezbassinbad in dem Flußarm, Wannenbädern im Kuhstall, Duschebädern im Turme. Eine Barbierstube, ein Haarschneidesalon, ein Hühneraugenkabinett und ein photographisches Atelier wurde in zeitgemäßem Fortschritt mit dem Etablissement verbunden, so daß darin der gebildete Mensch die Hauptbedürfnisse der Jetztzeit, Rasieren, Frisieren und Porträtieren, um den billigsten Preis und zugleich befriedigen konnte. Dessen ungeachtet hielt sich das Geschäft nur eine kurze Weile; es florierte rasch, um noch rascher zu fallieren. Haus und Hof brachte dann vor ungefähr zehn Jahren ein junger Naturheilkünstler an sich, der selbst an einem unheilbaren Übel litt, dem Mangel an Patienten. Er wandte deswegen der undankbaren Menschheit stoisch den Rücken und gründete, auf Aktien, das homöopathische Tierspital zu Sankt Margareten. Die Badekabinette wurden in Ställe zurückverwandelt, der Turm zu einem zoologischen Museum erhoben, in welchem der Zögling Hahnemanns diejenigen seiner Kranken ausgestopft oder präpariert aufstellte, die seinen Pülverchen nicht widerstehen konnten. Nach fünfjährigem Bestande ging das Tierspital den Weg der Badeanstalt: der Herr Doktor war allmählich vom Pferde auf den Esel, zuletzt auf den Hund gekommen. Da kaufte Roland, der Maler Roland, der berühmte und begüterte Meister Roland das entlegene, verwahrloste, beinahe verrufene Anwesen, obendrein samt allem lebenden und toten Inventar. Unter dem Hohngelächter zahlreicher Neider und Feinde, gewarnt und bedauert von seinen wenigen Freunden, zog er mit Sack und Pack, mit Schülern und Modellen aus dem Innern der Stadt an ihr äußerstes Ende, aufs Land. Mehr noch. Er gab den vorgefundenen Stammgästen des Tierspitals, einem Dutzend verdächtiger Hunde, einem Paar spatlahmen Gäulen, einem lebenssatten Raben das Gnadenbrot, so daß sein Atelier eine Arche Noahs zu werden drohte. Als er vollends kurz darauf eine Menagerie erstand, deren Trümmer in der Hauptstadt Schiffbruch gelitten, weil die wilden Tiere ihren Herrn (figürlich) aufgefressen, konnte kaum noch ein Zweifel darüber obwalten, daß der Sonderling doch verrückt geworden sei. Doch siehe da: zwei Jahre später erschien von ihm ein Bild »Das Tierspital«, im vierten das große Effektstück »Im Zirkus Maximus« auf den Ausstellungen, wo beide das bekannte Furore machten und um fabelhafte Preise abgingen. Die gewöhnliche Logik der öffentlichen Meinung taufte sofort den Sonderling, den Narren in einen schlauen Spekulanten um, der schließlich seine Löwen und Tiger, nachdem er sie als Modelle nicht länger brauchte, um den Einkaufspreis in einen zoologischen Garten abzusetzen gewußt. »Der Kerl hat mehr Glück als Verstand,« knirschten zahme Bestien hinter den abziehenden wilden drein.

So weit orientiert im Haus und über dessen Herrn, klopfen wir, mit der fremden Gesellschaft, nunmehr an die Tür des ersteren erwartungsvoll an. Ein Mann von mittleren Jahren, mit ausdrucksvollem Kopf und dunklem Vollbart, gekleidet in eine hellgrüne Joppe, auf dem Haupt ein rotes Fes mit blauer Quaste, öffnet und bleibt, würdevollen Anstandes sich verneigend, auf der Schwelle stehen. Am Ende Roland in eigener Person?! Gewiß, er ist es, er muß es sein. Die Enthusiastin aus Bremen hat auf den ersten Blick ihn erkannt, obgleich sie ihn niemals gesehen. So, gerade so dachte sie sich ihn. Sie stürzt auf ihn zu. »Sie sind Herr Roland; meine Vaters-tadt ist Bremen!« Da legt sich Winters mit ihrem eigenen Sonnenschirm bewaffnete Hand abkühlend auf ihren Arm. »Madame,« ruft er ihr zu, »das ist nicht Herr Roland; es ist Herr Raff, genannt Raffael, der Kastellan von Rolandseck.« Abermals eine würdevolle Verbeugung. Hierauf wechselten Vater Winter und Raff, genannt Raffael, zuerst einen freundschaftlichen Händedruck, alsdann die silbernen Schnupftabaksdosen, und zuletzt ein paar bedeutungsvolle Blicke. Das linke Auge Raffs, genannt Raffael, fragt blinzelnd: »Was bringst du heute?« Vater Winters rechtes Auge schmunzelt zurück: »Standespersonen und Ausländer; kannst einlassen; Trinkgeld nett, vielleicht sogar honett.« Nach welchem stummen Zwiegespräch Raff, genannt Raffael, mit einladender Handbewegung, immer plastisch, dem Besuche zuruft: »Wenn's gefällig wäre!« Und alle folgten ihm, Bremen etwas langsam und beschämt.

Herr Raff, genannt Raffael, kam einigen Kunstfreunden bekannt vor. Kein Wunder, er ist als Mitglied dreier Akademien verewigt worden, bevor er in Rolands Haus trat. Wer in Düsseldorf war, sah ihn als Ritter Toggenburg oder Uhlandschen Sonntagsschäfer in zwei Meisterwerken dieser zarten Schule (»der letzte Seufzer« und »Hirt mit Herde am Sonntag«, in der Kopie »Herde mit Hirten am Feierabend«). In Berlin stand, vielmehr lag er Modell zu einem trauernden Hiob, und in Dresden ist er als Verräter Judas Ischarioth mit fuchsrotem Barthaar einige Male aufgehängt worden. Er diente der Kunst mit Leib und Seele, vornehmlich aber mit ersterem, welchen er, ihr zu Liebe, proteusartig zu verändern verstand. Für alttestamentarische Gestalten, die er mit besonderem Glück darstellte, ließ er sich Haar und Bart grau oder weiß pudern, diesen zu Moses in zwei Spitzen teilen, jenes als Jeremias fast ganz scheren. Vor seinem Judas ging er ein halbes Jahr rot in der Wolle gefärbt einher. Ihm war kein Gesicht zu schwer, keine Stellung zu anstrengend, und was die mit Recht so gesuchten Körperverkürzungen und Verrenkungen des strengen historischen Stiles anbetrifft, so leistete Raff, genannt Raffael, in diesen Vorwürfen das geradezu Wunderbare. Er konnte sich so niedersetzen, daß er allein gar nicht wieder aufzustehen vermochte, und daß Kritiker den von ihm in natura gelieferten Gliederzwang auf der Leinwand unmöglich nannten. Hierbei, wie bei der mimischen Ausdrucksfähigkeit seines Charakterkopfes, kam ihm ein angeborenes Talent zustatten: Raff, genannt Raffael, stammte aus Berlin, wo seine Mutter beim Ballett stand und fiel; seine Väter hat er niemals gekannt.

Roland fand den Unglaublichen an der Landstraße zwischen zwei Akademien. Dresden hatte ihn schnöde entlassen, weil er eines Tages in trunkenem Zustande in den Aktsaal gekommen war; keineswegs aus Völlerei, nur um sich in die richtige Seherstimmung für einen weissagenden Jesaias zu versetzen. Entrüstet schüttelte er den Staub der undankbaren Stadt des schlechten Kaffees von seinen Füßen und pilgerte gen Wien, um in den Fresken des neuen Arsenals eine seiner würdige Stelle zu suchen. Unterwegs fing ihn Roland, dem das feierliche Gebaren Raffaels, ein stetes: »Anch' io son' pittore«, unmäßig gefiel. Er nahm ihn auf als Modell, Farbenreiber, Famulus, von welchen unscheinbaren Ämtern sich Raffael alsbald zum Hausverwalter und Fremdenführer in Rolands Atelier aufschwang. Seinen Bemühungen verdankten Hof und Garten ihre malerische Unordnung, das Federvieh eine musterhafte Pflege; solange die Menagerie Gastrollen gab, machte er sich sogar als Tierbändiger verdient und saß den Schülern zu einer prächtigen Naturstudie: Daniel in der Löwengrube. Kurz: Raff, genannt Raffael, war der gute Engel von Rolandseck und würde sich in dieser Sendung auch seinerseits ganz wohl gefallen haben, hätte nicht ein geheimer Kummer an seinem ehrgeizigen Herzen genagt. Er, der zeitlebens nur in vornehmen Akademien verkehrt hatte, stand jetzt unter einem Meister, der nicht einmal Professor, geschweige Hofrat war; ein Maler allererersten Ranges, aber ohne jeden Titel, ohne den geringsten Orden. Herr Roland hieß der Meister, wie der Diener Herr Raffael; nichts dahinter, nichts davor. Das wurmte die stolze Seele, in welcher ein hoher Begriff von gesellschaftlicher Welt und Rangordnung wohnte, und nur mit dem tiefsten Ingrimm betrachtete er, so oft der schwarze Frack des Meisters für ein Diner auszuklopfen war, das jungfräuliche Knopfloch dieses farblosen und bürgerlichen Kleidungsstücks, das die Stelle einer schmucken Uniform gar zu elend vertrat.

»Ne,« murrte er für sich, »da sah mein Alter doch ganz anders aus, wenn er auch nicht malen konnte. Himmelblau mit Silberstickerei, daß einem die Augen übergingen; auf der Brust eine Milchstraße von Sternen, Bänder wie ein Regenbogen. Vierspännig fuhren sie bei uns an; die Prinzen nannten ihn ›Lieber Geheimer Rat‹, die Prinzessinnen ›Direktorchen‹, die Lakaien ›Exzellenz‹. Man wußte doch, wo und was man war. Hier - daß Gott erbarm! So einen nichtswürdigen Schwalbenschwanz, wie den da, solch ein verfluchtes Allerweltfeigenblatt kann ja ein jeder tragen, ich so gut wie der Meister. Wo bleibt der Unterschied, die Würde, die Kunst?«

Solches erlesenen Geistes Kind war Herr Raff aus Berlin, unter dem abgekürzten Namen Raffael in allen Ateliers Deutschlands eine volkstümliche Figur. Deswegen und weil wir auch die im Hintergrund und Halbdunkel unseres Gemäldes auftauchenden Gestalten wenigstens in kenntlichen Umrissen dem Zuschauer vorstellen möchten, haben wir mit einiger Ausführlichkeit seine merkwürdige Person geschildert. Dagegen können wir uns um so kürzer fassen in Wiedergabe des ausgezeichneten Vortrages, mit welchem Herr Raff, genannt Raffael, »seine« Fremden durch Rolandseck geleitete. Es war ein Vortrag Numero eins, was folgendermaßen zu verstehen ist. Weil Vater Winter das zu erwartende Trinkgeld als »nett, vielleicht honett« durch beredte Augensprache angekündigt hatte, wurde der Besuch mit allen Ehren des Krieges empfangen, durch den ganzen Künstlersitz geführt und mit einer ebenso belehrenden als unterhaltenden Erklärung der vorhandenen Kunstschätze standesgemäß erquickt. Dies galt als Vortrag Numero eins; Dauer der Wanderung: wenigstens dreißig Minuten. Ein bloß »nettes« Trinkgeld pflegte mit einer Viertelstunde und flüchtigem Vortrag Numero zwei verdient zu werden, während auf das Signal »malhonett« - Achselzucken und Hängenlassen der Unterlippe - entweder der Eintritt gänzlich versagt blieb oder ohne jeden Aufwand von Beredsamkeit nur der Schülersaal sich auftat, um nach fünf Minuten unfehlbar wieder geschlossen zu werden.

Vortrag Numero eins begann im Nebenbau. Hier liegen, wie Zellen in einem Kloster, die Stüblein der Schüler, jedes mit einem Fenster in den Hof. Roland nahm ihrer niemals mehr als acht und von keinem einen Heller Lehr- oder auch nur Kostgeld. Sie lebten mit dem Meister in einer Familie, wurden von ihm geduzt, wie sie ihn und sich einander duzten, speisten gemeinschaftlich, kegelten, turnten, schossen auf der Terrasse hinter dem Hause und machten alljährlich immer mit dem Meister eine tüchtige Studienreise zu Fuß, Ranzen und Mappe auf dem Rücken. Ein eigentümliches Verhältnis, dasjenige einer guten, altdeutschen, jetzt kaum noch irgendwo zu findenden Malerschule; dabei von so fesselndem persönlichen Reiz und so gutem künstlerischen Erfolge, daß Roland, wie er überhaupt wählerisch und streng in der Aufnahme war, Meldungen ohne Zahl zurückzuweisen hatte. Seine »Jungen« fürchteten ihn im ersten Jahre der Lehrzeit, liebten ihn vom zweiten an bis zum Fanatismus und vergötterten lebenslänglich seinen Namen und sein Andenken, nachdem er sie nach in der Regel sechsjährigem Aufenthalt feierlich losgesprochen und mit Tränen in dem sonst so klaren und freundlich milden Auge ziehen geheißen.

Im Hauptbau enthielt der erste Stock die Räume für gesellschaftliche Zwecke: einen Speisesaal, dessen sich kein Prälat zu schämen brauchte, wie Vater Winter versicherte, sowohl was die Ausschmückung, wie was die Lieferungen aus dem Küchen- und Kellerdepartement betraf; daranstoßend auf einer Seite die Bibliothek, nach dem Muster englischer Häuser eingerichtet, auf der anderen das Billardzimmer, das einzige, worin geraucht wird. Roland gebt von der Ansicht aus, daß die künstlerische Freiheit, auf die so laut gepocht zu werden pflegt, nicht gerade mit Mißachtung guter, allgemein gültiger Sitten zu beginnen habe; ein Atelier, welches Damen empfängt, meinte er, solle keine Rauchkammer sein und in demselben auch der Humor sich anders äußern, als durch Karikaturen an den Wänden und Schmutz auf dem Fußboden. Was für ein Pedant und Sonderling, unser Roland!

Den drei Gemächern im ersten Stock entsprechen im Erdgeschoß drei von gleicher ansehnlicher Größe, die eigentlichen Ateliers: der Schülersaal, der Rolandssaal, die Menagerie, aus welcher letzteren eine kleine Treppe in den Turm führte, ein Allerheiligstes, das der Meister für sich selbst bewahrt und allein bewohnt. Kammern für weibliche Dienerschaft - männliche läßt Roland nicht zu - und Wirtschaftsräume birgt ein Souterrain, das dem alten Hause nach der Terrassenseite abgewonnen worden. Daß sämtliche Ateliers jenes köstlichen Nordlichts genießen, welches von Malern ebenso hoch geschätzt wird, wie es gewöhnliche, der Sonne zugewendete Menschenkinder fürchten, das versteht sich von selbst; ebenso ihr einfarbiger Anstrich in einem dunklen, braunroten Tone. Wenn sie diese Eigenschaften mit so ziemlich allen Ateliers gemein haben, so unterscheiden sie sich dagegen von den meisten durch die bis zur Leere und Nüchternheit strenge Einfachheit ihrer Einrichtung. Jene beliebte »malerische Unordnung«, welche die Werkstätten großer, berühmter Künstler für das profane Volk so unendlich reizend, so interessant macht, ist Roland ein Greuel; wir kennen ihn ja nachgerade, den Sonderling, den Pedanten. Er begreift nicht, wie eine schöpferische Einbildungskraft von einem Durch- und Neben- und Übereinander lebloser, ganz zufälliger Dinge nicht vielmehr zerstreut als angeregt werde. Ein Renaissanceschrank dicht neben einem Rokokolehnstuhl; auf jenem chinesische Porzellane, venetianisches Glas, Nürnberger Schnitzereien; in diesem eine kostbare Rüstung, die der glückliche Besitzer einen Benvenuto Cellini tauft; das Bett, worin Wallenstein ermordet worden, und an dessen Pfosten aufgehängt eine Uniform Friedrichs des Großen, beide vom Verkäufer für echt garantiert; Pfeile und Bogen der letzten Rothaut, gekreuzt mit Schwert und Lanze eines römischen Legionärs... was sollen, an solcher Stelle vereinigt, diese unvereinbaren Gegenstände? Anspruchsvoll scheinen sie etwas zu bedeuten, während sie in Wahrheit nichts bedeuten. Der Künstler schaffe in kosmischer, nicht in chaotischer Umgebung, und wenn er zu seiner Arbeit dergleichen Vorlagen braucht - wie er sie denn gewiß brauchen wird, und je mehr er sie braucht, desto besser - so beseitige er sie wieder, nachdem sie ihren Zweck erfüllt haben... O Pedant ohnegleichen, Sonderling ohne Ende! Dein eigener dienstbarer Geist, Herr Raff, genannt Raffael, kann diese deine Anschauung und Grundsätze nicht ohne inneres Widerstreben vortragen, und er verteidigt sie schier gegen bessere Überzeugung. Mit geheimer Schamröte öffnet er den Fremden seine Zimmer, worin nur Kunstwerke die Wände bedecken, keine Kuriositäten. Das war freilich bei dem Alten, dem lieben Geheimen Rat, dem Direktorchen, der Bedienten-Exzellenz, ein anderer Anblick; sein Atelier sah aus wie ein Antiquitäten- und Raritätenladen, und wenn Herr Raff, genannt Raffael, nur die Tür aufmachte, so riefen schon auf der Schwelle, wie versteinert stehen bleibend, die Franzosen: »Ah!«, die Preußen: »Ih!«, die Engländer: »Oh!«, die eine Interjektion immer gedehnter, überraschter, entzückter als die andere. Freilich, vor der Staffelei des großen Mannes wiederholten sich die nationalen Naturlaute der Bewunderung nicht immer; zuweilen verwandelten sie sich sogar in ein höfliches Hm, hm!, mit welchem getäuschte Kenner kleinlaut davonschlichen.

Durch den Schülersaal führte Raffael die Gesellschaft in vollem Trabe; hier gab es nichts zu sehen, als bekannte Gipsabgüsse an den Wänden, Statuen in den Fensternischen und einen Jupiterkopf auf einem Postament, den drei Schüler von verschiedenen Seiten zeichneten. Im nächsten Saal machte man längeren Aufenthalt. Hier hingen die großen Kartons zu dem Rolandzyklus, der zuerst den Namen des Malers berühmt gemacht hat. Es sind ihrer sechs: Klein-Roland, Roland-Schildträger, Orlando innamorato, Orlando furioso„ die Schlacht von Roncesvalles, der sterbende Roland. Wir verzichten darauf, die wunderbaren Werke zu beschreiben, die der kunstsinnige Leser aus Photographien und Kupferstichen zweifelsohne auswendig weiß. Auch den erläuternden Vortrag Raffs, genannt Raffael, wollen wir aus angeborener Ehrfurcht vor dem geistigen Eigentumsrecht nicht plündern; er strotzte von treffenden Bemerkungen über zyklische Malerei überhaupt, wie von literaturhistorischen Nachweisen der Quellen, woraus der Stoff geschöpft worden, die alte Rolandssage, Bojardo, Ariosto, Uhland. Über die Geschichte der Bilder erzählt Raff, genannt Raffael, etwa folgendes: »Unser Professor - ich meine Meister Roland - hat dies Werk in frühester Jugend geschaffen, noch ehe wir beieinander waren. Ein englischer Mäcen, Lord Rowland Rochester« - hier fiel eine Berliner Unterbrechung ein: »Ach, der aus der Waise aus Lowood von unserer Birchen?!« - »Derselbe, Madame - Lord Rowland Rochester also, welcher seinen Stammbaum in gerader Linie von Roland ableitet, bestellte sie für sein Schloß Rowlandshall bei meinem Direktor - ich will sagen bei Herrn Roland - als sich beide in Paris kennengelernt hatten. Die Studien machte Roland teils in Paris, teils in den Pyrenäen. Bemerken Sie gefälligst im ersten Karton die zwölf Paladine an Karls des Großen Tafel, von welcher Klein-Roland eben den goldenen Becher nimmt, um ihn seiner Mutter, Frau Berta von Aglant, einer geborenen Pipin und Schwester Karls des Großen, hinzubringen. Diese Paladine sind sämtlich nach der Natur gezeichnet, versteht sich, höchst idealisiert. Mit Porträtmalerei geben wir uns hier auf unseren Historienbildern gar nicht ab. Zu dem Riesen im zweiten Bilde, Roland-Schildträger, hat ein Tambourmajor von der alten Garde gesessen. Mein Professor zeichnet und malt immer nach dem Akt. Was wir dann von dem unsrigen hinzutun wollen, ist unsere Sache. Die Landschaft von Roncesvalles und die Schlucht, worin Roland stirbt, sind Veduten aus den Pyrenäen. Lord Rowland Rochester hat für die sechs Originale nicht mehr als dreitausend Pfund Sterling bezahlt, weil wir dazumal noch nicht so bekannt gewesen sind. Aber großmütig wie ein echter Engländer« - (vielsagender Blick auf die anwesenden Söhne Albions) - »verehrte Seine Lordschaft Herrn Roland über den Kaufpreis noch zwei höchst kostbare Andenken, die Sie in diesem Trophäe aufbewahrt sehen: Nachbildungen von Rolands Schwert Durendarte und Rolands Horn Olifant, mit Wehrgehänge und Kette, jenes aus Birminghamer Stahl, dieses von echtem Silber, fünfhundert Pfund Metallwert, beide mit Zeichnungen nach den Bildern reich verziert. Belieben die Herren das Schwert einmal aufzuheben? Will eine der Damen das Horn versuchen?«

Durendarte ging von Hand zu Hand; eine allein vermochte sie nicht zu schwingen - zu zerbrechen keine, wie weiland auch Rolands tapfere Rechte dies nicht vermochte. Die Arbeit an Griff und Scheide, die treffliche Klinge wurden gleichmäßig bewundert. An Olifant wagte sich geraume Zeit keine der anwesenden Schönen, bis zuletzt die Hanseatin, von ihrem kühnen Angriff auf den falschen Roland allmählich erholt, das silberne Mundstück an ihr rosiges setzte und einen so ausdrucksvollen Seufzer aushauchte, daß die vier Schüler, welche während des ganzen Besuches an ihren Staffeleien ruhig fortarbeiteten, hervortraten und den schönen Blasengel wohlgefällig betrachteten. Ob unter ihnen Held Roland nicht zu suchen war? Sie blickte sie nach der Reihe prüfend an. Der Schwarze mit den feurigen Augen? Oder der schlanke, bleiche Blondin? Und Olifant rief noch einmal nach Roland, aber umsonst.

Da, im dritten Saal, die Menagerie genannt, weil er mit allerlei ausgestopften Tieren, mit Löwen- und Pferdeköpfen aus Gips, mit Bärenfell und Tigerdecken ausgestattet war, - das mußte Roland sein, der Mann im dunklen Sammetrock, welcher, Stab und Palette in der Hand, hinter einem kolossalen Bild hervorkam. »Sie sind Roland,« jauchzte die Entzückte ihm entgegen, »meine Vaters-tadt ist Bremen.« Der Maler verneigte sich kopfschüttelnd und sagte, auf die kleine Treppe zum Turme hindeutend: »Der Meister hat drinnen Sitzung.« Raffael fügte hinzu. »Dies ist Herr Stark, unser ältester Schüler, der unser berühmtes Bild vom Zirkus Maximus für die Galerie zu Neuyork kopiert. Bitte näher zu treten. Herr Stark, Sie erlauben gütigst?«

Herr Stark machte Platz, damit die Fremden das Bild, nach welchem er arbeitete, betrachten konnten. Aber statt näher zu treten, fuhren sie vor dem Anblick desselben zurück, eine nervenschwache Dame sogar mit einem unartikulierten Schrei des Entsetzens, der mehr besagte, als die ganze Tonleiter bewundernder Ah, Ih, Oh, auf die Raff, genannt Raffael, vor den Kartons des Rolandsaales mit heimlichem Verdruß vergeblich gepaßt hatte. Das wunderbare Werk füllt fast die ganze eine Wand des Saales und imponiert schon durch seine Dimensionen. Im Vordergrund erblickt man die vergitterten Zellen der zum Tierkampf verurteilten Opfer: Christen zur römischen Kaiserzeit; einige zum Abschiede einander umarmend, andere kniend im Gebet, oder zusammengebrochen bleiche Gesichter, aus denen die Todesangst in furchtbarer Wahrheit gen Himmel schreit. Alle diese Zellen und die Gruppen darin sind in tiefem Dunkel gehalten. Nur in eine, welche eben von oben geöffnet wird, fällt ein breiter, voller Lichtstrom, wie eine Glorie über einen Jüngling sich ausgießend, der am Boden liegt und - schläft. Man glaubt die ruhigen Atemzüge seiner Brust zu hören, seine weiße Tunika sich heben und senken zu sehen. Die ganze Mitte des Bildes füllt die gelbe Arena; in derselben erblickt man, teils regungslos ausgestreckt, teils in wilden Sprüngen umhersetzend, eine Menge Löwen; Tiger, die mit gesenktem Haupt und Schweif an die Gitter der Zellen schleichen; Hyänen, Leoparden und Schakale, zähnefletschend und einander heiß anschnaubend. Ein wirrer Knäuel gefleckter, gestreifter, geringelter Katzen, deren mächtigste, das Prachtexemplar eines numidischen Wüstenkönigs, in fast natürlicher Größe gemalt, mit weit aufgerissenem Rachen aus dem Bilde heraus den Zuschauer anzuspringen scheint. Im Hintergrunde erheben sich die Marmorstufen des Amphitheaters, wimmelnd vom Volke; in erster Reihe der Kaiser und sein Hof unter dem purpurnen Velarium.

Lange, lange standen die Fremden stumm und erstarrt unter dem Bilde. Dann brach ein Wetter von Aufregungen los: »Welche Fülle der Komposition! Diese Farbenglut! Eine neue, fremde Tierwelt! Und der süße Knabe, der Märtyrer, der Engel!« Worein Raff, genannt Raffael, mit bescheidenem Stolze einfiel: »Wir haben sechs Kopien von diesem Bilde liefern müssen. Herr Stark ist eben über der letzten, die der Meister erlauben will. Er sagt: ich mache Renz keine Konkurrenz.«

Hierauf verlor sich der ehemalige Menageriewärter mit sichtlicher Vorliebe gerade über dieses Stück, den »Löwen« des Ateliers, in einen begeisterten Vortrag. Die Tiere hatte er alle persönlich gekannt und erzählte, vom neuen Raffael zum alten Raff werdend, ihre Naturgeschichte; verfehlte auch nicht, mit gerechtem Behagen darauf hinzuweisen, daß sein Kopf im Vordergrunde angebracht sei, auf dem Rumpf des römischen Ädilen, der die Spiele ordnet. Diesmal hatte der Vollbart seine Naturfarbe. Der junge Christ war des Meisters Lieblingsschüler, am Nervenfieber in der Blüte seiner Jahre gestorben. Roland hatte ihn aus dem Gedächtnis, nein, aus dem Herzen gemalt; eine Arbeit, während welcher niemand den Turm betreten durfte, auch Raffael nicht. Es war ein Totenopfer, wie es wenigen Fürsten der Welt gebracht worden, wie nur Liebe und Kunst im Verein es zu bringen vermögen.

Mit dieser wehmütigen Erinnerung schloß Raffael und rückte am roten Fes. »Andere Bilder«, sagte er, »haben wir den Herrschaften für jetzt nicht zu zeigen. Bei uns gibt's keinen Vorrat. Sie gehen ab von der Staffelei, wie die Semmel vom Laden.« Vater Winter sah nach der Uhr: Elf vorüber. Es wird Zeit, daß Olifant zum Rückzug bläst. Und doch ... Roland! Wo bleibt Roland? Den weiten Weg zu machen, ohne die Hauptperson zu sehen, Rom ohne Papst, - unmöglich! Die Hanseatin faßte sich ein Herz; »sie hat einen Brief an den Meister zu bes-tellen, aus Bremen, ihrer Vaterstadt. Wenn ihr den jemand in den Turm befördern wollte?« Vater Winter bat um Entschuldigung; er kannte den Meister, der in Worten immer sehr kurz, zuweilen äußerst - deutlich war. Auch Raffael sprach von einer Unterrichtsstunde, worin man nicht stören dürfte. Zuletzt erbarmte sich Herr Stark, der gute Herr S-tark, der Flehenden. Er empfing das Empfehlungsschreiben aus ihren zitternden Händen und verschwand in der Türe, die in das Innere des Turmes führt.

Eine Minute bangen Herzklopfens für die blauäugige Tochter der Weser, welche ihr Begleiter, ein Onkel oder sonst eine überflüssige Respektsperson, vergeblich zu beruhigen sucht. »Sie geht nicht von der S-telle, ehe sie vor ihm ges-tanden.« Die übrigen Fremden ermutigen sie, in der Hoffnung, mit ihr einzudringen in das Heiligtum. Dasselbe öffnet sich wieder; Stark erscheint auf der Schwelle, - Triumph! Er winkt; Herr Roland lasse bitten!

»Endlich bin ich so glücklich...«

2. Meister und Schülerin

Die Unglückliche, »die so glücklich war, deren Vaters-tadt Bremen ist,« - sie kam mit ihrer gefühlvollen Anrede zum dritten Male an den Unrechten. Derjenige, an welchen sie dieselbe gerichtet, bei näherer Besichtigung schon ein angehender Graukopf, erhob sich bei ihrem und der übrigen Fremden Eintritt von seinem Lehnstuhle, machte ein steifes, fast verdrießliches Kompliment und wies mit der Hand auf einen anderen Herrn, der in demselben Augenblicke hinter einem großen Vorhang in der Mitte des Turmgemachs hervorkam. Bestürzt wandte die so oft getäuschte Enthusiastin sich ab und ihr Auge zu Boden; hatte ihr abermaliger Mißgriff sie verwirrt, oder gar die Erscheinung Rolands? Des Roland, wie er wirklich war, nicht wie er sein sollte, wie sie sich ihn gedacht hatte? Das letztere könnte immerhin möglich sein, könnte vielleicht auch unseren geneigten Leserinnen begegnen, die durch ein ganzes Kapitel von einem Sonderling, einem Künstler ein langes und breites sich haben erzählen lassen müssen, um nun, am Eingange des zweiten Kapitels, auf einen höchst gewöhnlich aussehenden Menschen zu stoßen. Keine Spur von einem jugendlich holden Raffaelkopf, umflossen von weichen Locken; auch kein majestätisches Dürerantlitz im Rahmen eines männlichen Vollbartes, wie derjenige Raff-Raffaels. Kein türkischer Schlafrock und keine Malerbluse mit Schlapphut. Nein, ein Gesicht, eine Gestalt, ein Anzug wie sie tausend und aber tausend Sterbliche besitzen, die nicht unsterblich sind. Wir werden, um ferneren Verwechslungen und Enttäuschungen vorzubeugen, am besten tun, wenn wir die Personalbeschreibung aus dem jüngsten Reisepaß unseres Helden hier einrücken.

Alter: 35 Jahre. (Wir hören im Geist einen weiblichen Seufzer: Schon fünfunddreißig? -) Statur: Mittlere. Haare: Braun, kurz verschnitten. Stirn: Hoch. Augen: Grau. Nase: Gewöhnlich. Mund: Gewöhnlich. (- Wiederholte Seufzer. -) Bart: Rasiert. Kinn. Stark. Gesichtsfarbe: Gesund. Besondere Kennzeichen: Keine. Kleidung: Rock, Hose und Weste von gleichem Stoff und grauer Farbe; schwarzseidenes Halstuch; Halbstiefeln von Kalbleder.

Kein Vorname, kein Schnörkel. Gerade so stand sie, und nicht ein phantastisches Monogramm, auf den Bildern des Meisters. Also auch in der Handschrift nichts Geniales, Ungewöhnliches, Außerordentliches. Armer Roland! Ärmere Leserin!

Trösten wir uns indessen. Bei genauerer Prüfung stellt sich die Stirn, welche der obrigkeitliche Steckbrief lakonisch als »hoch« bezeichnet, auf das Schönste gewölbt, von den kurzen aber dichten Haaren regelmäßig eingefaßt, und von herrlicher Weiße dar; ein edler Geist, reine Gedanken leuchten von ihrer Höhe herab. Das Auge, grau allerdings, aber tief und klar, liegt unter starken, prächtig geschwungenen Brauen wie ein Gebirgssee unter Wald und Fels. Die Nase - die gewöhnliche, weder griechische noch römische, aber auch nicht kamtschadalische oder feuerländische, ist fein geschnitten; ihre Spitze verrät den scharfen Denker, die Beweglichkeit der Flügel verheißt Temperament und Rasse. Um den gewöhnlichen Mund, diesen ausdruckvollsten Teil des Gesichts, welchen bei den meisten Männern der starre, struppige Bart so ungeschickt - oder auch so geschickt - versteckt, schwebt ein Lächeln, dem man ansieht, daß dies offene, ernste, feste Antlitz in guten Stunden bis zur kindlichsten Heiterkeit sich aufklären kann. Auch kleine, zarte Fältlein des Humors und der Ironie spielen da Schlangen unter Rosen, welche sagen: hüte dich; wir stechen, - aber nur, wenn wir müssen, wenn man uns reizt. Das hervortretende Kinn kündigt Willenskraft und Entschlossenheit an, beinahe Eigensinn. Fügen wir endlich hinzu, daß die Gestalt, obwohl nur von mittlerem Wuchs, sich elastisch trägt und harmonisch bewegt, so hoffen wir, den dunklen Umriß aus dem Reisepaß unseres Helden genugsam koloriert zu haben, um der geneigten Leserin ihr verloren geglaubtes Ideal in einzelnen Zügen zurückzustellen.

Mit klangvoller Stimme, aus welcher natürlicher Wohllaut nebst einem angeborenen Ton des Befehlens spricht, begrüßte Roland seinen Besuch, dankte für den Brief des Jugendfreundes aus Bremen der Überbringerin, und bedauerte, daß sein Atelier nicht mehr zu bieten gehabt habe. Alles in wenig Worten, die eine artige Verbeugung schloß. Die enthusiastische Hanseatin hatte sich inzwischen gesammelt und s-tammelte mit einem durchbohrenden Blick auf den neidischen Vorhang, die Fragen ob die berühmte Amazone nicht zu sehen sei? »Amazone?« war die Gegenfrage des Meisters. Worauf der Herr Onkel oder Vetter aus Bremen eine Nummer der Morgenzeitung hervorbrachte, in welcher gedruckt und zu lesen stand, daß man in dem Atelier des gefeierten Roland eine neue Schöpfung, alle früheren übertreffend, bewundern möge, die Amazone, das Porträt einer hervorragenden Größe aus der Kunstwelt. Roland lächelte, während die kleinen Schlangen um die Mundwinkel lustig zu spielen anfingen. Er beklagte, daß die verw-, die verbindlichen Tageblätter wieder einmal eine Neuigkeit brächten, die dem Betreffenden selbst neu sei. - »Vielleicht ein ganz kurzer, ein halber Blick?« - »Unmöglich; das Bild ist kaum angefangen. Außerdem wird Ihnen Herr Raffael gesagt haben (der Ton des Befehlens erhob sich schon deutlicher), daß ich beschäftigt bin; eine Lektion.« Herr Raff, genannt Raffael, verstand den Wink. Er trat vor, nahm das rote Fes mit ausgesuchter und dabei plastischer Höflichkeit ab und sagte: »Wenn es nunmehr den Herrschaften gefällig wäre?« Die Karawane setzte sich nach einigen mißvergnügt abgekürzten Verbeugungen von beiden Seiten langsam in Bewegung. Vater Winter führte den Rückzug an; Roland geleitete bis an die kleine Treppe, Raffael, mit welchem die Fremden verschämte Händedrücke wechselten, bis an die Haustüre. Dort begegnen sich Winter und Raffael noch einmal in kurzer, aber inhaltvoller Zeichensprache. »Kaum nett,« murmelt Raffael, nachdem er den Inhalt seiner Rechten unzufrieden geprüft. Vater Winter zuckt die Achseln: »Die Amazone ist schuld. Ein Prischen zum Abschied?« Raffael schüttelt das Haupt, der Vollbart schlägt unmutige Wellen. Er verschwindet hinter der mit sanfter Energie zugeworfenen Haustür. Vater Winter treibt seine Herde schweigsam über den grasbewachsenen Hof, wobei die Franzosen den Pfau, die Engländer den Hund, die Deutschen das Federvieh wiederholt bewundern. Beide Geschlechter und alle Nationen stimmen darin überein, daß Herr Roland wenig einnehmend und zuvorkommend sei. Bremen seufzt. Das Album, welches in der entschieden straßenräuberischen Absicht eines Anfalles auf Roland mitgenommen worden war, muß der Herr Onkel ohne Autograph des Meisters zurückschleppen.

Mittlerweile war der letztere in seinen Turm zurückgekehrt und hatte dessen Tür hinter sich verschlossen. Ein dunkler Lockenkopf lauschte aus dem Vorhange, eine Silberstimme fragte: »Sind sie fort?« Roland antwortete: »Auf und davon«; der andere Herr setzte ärgerlich hinzu: »Endlich.« Hierauf schlüpfte das junge Mädchen, nicht doch, eine Sylphide, herein und hing sich dem verdrießlichen Herrn in den Arm, indem sie schmeichelnd bat: »Nun noch ein halbes Stündchen, cher papa, und Sie sind erlöst.«

Sylphide, - verdrießlicher Herr, - wer sind sie? Erlaube der geduldige Leser, daß wir ihm, ehe unsere Erzählung fortschreitet, beide pflichtgemäß vorstellen. Wir wählen dazu die bequeme Form, mit welcher der Theaterzettel seine Personen hohem Adel und verehrungswürdigem Publikum zuführt: er nennt die Namen und überläßt dem Zuschauer, sich in die neuen Erscheinungen und Charaktere, die mit jeder Szene auftreten, wohl oder übel hineinzufinden. So sagen auch wir: Herr Krafft, Großhändler und Bankier. Armgard, dessen Tochter. Doch wollen wir nicht unterlassen, zu besserer Deutlichkeit einige Nachrichten über die letzten Ankömmlinge unserer Geschichte ihrer näheren Bekanntschaft vorauszuschicken. In guter Gesellschaft weiß man doch gern, mit wem man es zu tun hat, bevor man sich auf vertraulichen Verkehr einläßt.

Hans Heinrich Krafft ist der alleinige Gründer, Eigentümer und Führer eines berühmten Handels- und Bankhauses, welches Kommanditen oder doch Korrespondenten auf allen Geldmärkten und Stapelplätzen der fünf Weltteile besitzt. Er gilt für den reichsten Mann der Residenz, in deren Tor er vor einigen vierzig Jahren einzog mit einem Felleisen auf dem Rücken und einem, in das Futter der Westentasche eingenähten Doppel-Louisdor. Jetzt führt eine Straße der Stadt seinen Namen, das größte Dampfschiff des Hauptstromes seine Büste. Das Land dankt seiner unermüdlichen Tätigkeit, seinem Geist und (wie er selbst bescheidentlich hinzuzufügen pflegt) seinem Glück in den großen Geschäften zahlreiche Fabriken, gemeinnützige Anstalten und zwei Eisenbahnen. Er hat eine Not- und Hilfsbank für Arbeiter, eine Bodenkreditanstalt für den kleinen Bauern geschaffen, deren Dividende im letzten Jahre achtzehn Prozent betrug. Zwei Republiken in Südamerika bestehen nur durch die Anleihen, welche er zu unglaublich günstigen Bedingungen realisierte: ob günstig für sie oder für ihn, wissen wir nicht, hoffen aber: für beide. Solchen Verdiensten fehlte die gerechte Anerkennung nicht. Der Magistrat der Residenz wollte ihn, vor Jahr und Tag schon, zum Ehrenbürger machen; er antwortete der Deputation: »Lassen Sie mich bleiben, was ich bin - Ihr Mitbürger.« Unlängst wurde ihm ein Sitz in der ersten Kammer angeboten; er lehnte ab, weil er von hoher Politik nichts verstünde. »Ich will,« sagte er, »keine jüdische Großmacht an der europäischen Börse und auch keine Spezialität im Welthandel sein, sondern ein deutscher, ein christlicher Bürger, schlicht und einfach, wie mein Name: Hans Heinrich Krafft.« Er sagte das oft; nicht so oft, daß man daran zu zweifeln anfängt, aber gerade oft genug, um seine Worte als vollwichtig in Kurs zu setzen. Im Einklang mit dem Wahlspruch seines öffentlichen Lebens weiß er auch sein häusliches, seine äußere Erscheinung zu halten. Krafft ist ein hoher Fünfziger, groß und derb von Wuchs und Gliedern, mit einem eckigen Kopf, langen Füßen und Händen, einer tiefen rauhen Stimme. Sein hellblondes Haar beginnt an den Schläfen sich zu lichten und grau zu werden, wogegen seine bis zur Steifheit aufrechte Haltung von einer Bürde des Alters noch nichts gewahren läßt. Er kleidet sich jahraus jahrein in zwei Farben, welche keine sind und dennoch oder deswegen als eigentümliche Kennzeichen einer altfränkischen Eleganz gelten: weiß und schwarz, im Sommer weiß, im Winter schwarz. Sein ganzes Leben gehört dem Geschäft. Zum Lieben hat er niemals Zeit gehabt, kaum zum Heiraten. Und dennoch war seine Ehe ein Stück Romantik, das einzige, das er jemals sich erlaubt; er entführte, da er noch jung und wenig bemittelt war, die Tochter eines adeligen Hauses, welche die Eltern seiner Werbung versagten. Lange Zeit brauchte es, ehe sein aufblühender Kredit von diesem Geniestreich sich erholte, den ihm die Welt seiner Erfolge wegen verzieh, er selbst nicht. Seine Frau starb im ersten Wochenbett, ehe sie das goldene Zeitalter ihres Mannes gesehen und mitgenossen.

Armgard, die einzige Tochter, ist das Ebenbild ihrer Mutter, der Gegensatz des Vaters: klein und zierlich, ein Tituskopf voll dunkler Locken, darin zwei blitzende, schwarze Augen, ein impertinentes Stumpfnäschen und kindliche Grüblein in Kinn und Wangen. Sie trägt Handschuhe von Nr. 6½ und wird zeit ihres Lebens die Kinderschuhe nicht austreten. Die Stadt erzählt, sie sei vortrefflich, aber furchtbar streng erzogen worden, und Armgard hütete sich wohl, zu widersprechen. Im Hause, das sie allein führt, geht es nach des Vaters Willen »schlicht und einfach« zu; seine Lieblingsworte gelten auch hier. Sie darf den Papa nicht Du nennen, sondern Sie, nach der veralteten Sitte des platten Landes, von dem er stammt. Jeden Morgen und jeden Abend küßt sie ihm die Hand. Alle Küchenrechnungen gehen durch ihre kleinen Finger, obgleich dieselben nur mit Widerwillen die fetten, groben Blätter berühren, aus denen diese Runenschriften bestehen. Ebenso muß sie der Wäsche, den Vorratskammern, den Gesindestuben ein scharfes Augenmerk widmen, und wenn sie den Vater ganz guter Laune machen will, nimmt sie eine weibliche Arbeit vor, ein Taschentuch, an dem sie seit undenklichen Zeiten stickt, ein Dutzend Servietten, deren Zeichnung, H. H. K., »schlicht und einfach« in Kreuzstich ausgeführt, niemals fertig zu werden scheint, wie das Gewebe der sinnigen Penelopeia. Daß Fräulein Armgard daneben dreimal täglich Toilette macht und für ihren Privatgebrauch zwei Reitpferde und drei verschiedene Equipagen besitzt - ein Kupee, eine Kalesche und eine Americaine, in welcher letzteren sie mit ihren eigenen, schönen Händlein den gestrengen Herrn Vater spazieren fährt - dergleichen Nebendinge sieht Hans Heinrich Krafft nicht. Wer den Kopf so voll hat, wie er, kann die Augen nicht überall haben. Außerdem ist für Armgard ein unbeschränkter Kredit eröffnet, so an der Kasse, wie im Herzen des Vaters. Der große Rechenmeister weiß, daß er keinerlei Gefahr dabei läuft. Er hat die Tochter frühzeitig selbständig, im Geiste mündig gemacht. Sie empfängt und besucht, wen sie mag. Ihr liegt es ob, die Honneurs des Hauses zu machen, das eines der gastlichsten der Residenz ist und namentlich Fremde von Auszeichnung täglich sieht. Von Jugend auf der Mittelpunkt eines glänzenden Kreises, als reichste Erbin des Landes mit Heiratsanträgen von Kindesbeinen an verfolgt, blieb Armgard gerade deswegen »kühl bis ans Herz hinan«, wenn nicht gar kalt. Ihre zierlichen Hände flochten mit wahrer Fertigkeit die zierlichsten Körbe und teilten sie freigebig nach allen Seiten aus. Ihre Freundinnen behaupteten, sie sei, die echte Tochter ihres Vaters, keiner Liebe fähig; sie selbst gestand, sich in ihrer goldenen Freiheit und Mädchenschaft so wohl zu fühlen, daß sie töricht sein müßte, ein bekanntes

Glück gegen ein unbekanntes umzutauschen. In der Tat, was fehlt ihrem Leben? Den Sommer bringt sie auf dem herrlich gelegenen Landgut des Vaters zu, mit ihm, der sich alsdann in den geborenen Bauern zurückverwandelt und unter einem unermeßlichen Panamahute Rosen aller Gattungen und Preiszwergobst für Gartenausstellungen zieht. Die übrige Zeit des Jahres lebt sie in der Residenz, ihrer Neigung, oder, wie sie gravitätisch versichert, ihren »Pflichten« gemäß. Sie besucht Bälle, Konzerte, Theater. Sie singt italienisch, aber wenig, weil sie für Musik keinen Sinn hat. Sie liest französisch und englisch; deutsche Bücher hält sie für ungesund: ihr Ernst, ihre Empfindsamkeit stecke an. Nur eines treibt sie seit einiger Zeit mit Passion - Zeichnen und Malen . . .

Passion für die Kunst oder für den Meister? That is the question! Das ist die Frage, deren Beantwortung die öffentliche Meinung der Residenz in zwei Lager teilt. So viel steht fest, daß Fräulein Krafft die großen und die kleinen Entrées in dem schwer zugänglichen Atelier Rolands hat. Hinwiederum verkehrt er auf dem vertraulichsten Fuße mit dem Hause Krafft. Er, dem es ein Greuel ist, den Eckensteher in Routs oder den »Löwen« bei feierlichen Zweckessen zu spielen; er, der, je mehr er sich von der Gesellschaft zurückzieht, desto eifriger von ihr verfolgt wird, er fehlt an den Sonntagen Armgards fast niemals bei jenen kleinen, reizenden Soireen, die nur wenige Auserwählte versammeln und nicht von den blendenden Lüstern aller Salons, sondern von ein paar verschleierten Lampen in dem Boudoir Armgards magisch erleuchtet werden. Im Frühling machen Roland und Armgard in der gekannten Americaine gemeinschaftliche Land-partien zu Naturstudien, nur von einer alten Engländerin, Mrs. Henderson, bewacht, welche im Laufe der Jahre von der Bonne zur Gouvernante, von der Gouvernante zur Gesellschafterin Arm-gards aufgerückt ist. Was Wunder, daß es bei den Schülern Rolands für gemacht gilt, Fräulein Krafft müsse, früher oder später, ihre Frau Meisterin werden? Die jüngeren freuen sich darauf, weil zur vollen Gemütlichkeit dem Hause nichts als eine Herrin fehle. Dagegen machen die äl-teren, Herr Stark an der Spitze, mit Raff, genannt Raffael, im Bunde, stumme Opposition. Sie hassen im stillen die bevorzugte Mitschülerin, die ihre Meisterin zu werden droht. Ist sie doch die einzige Dilettantin, der Roland Unterricht gibt. Stark nennt sie in Verschwörungsstunden nicht anders als »die Millionärin«. Ihm gewährt es ein unsägliches Vergnügen, die Lektionen zu stören, in welchen Armgard ihre erste größere Arbeit, ein Porträt des Herrn Hans Heinrich Krafft, Kreidezeichnung in Lebensgröße, nach der Natur ausführt.

Nun wissen wir, warum nach der unwillkommenen Störung durch den Fremdenbesuch Arm-gard noch um eine kurze Geduld zum Sitzen bettelte. Cher papa war nicht in der Gebelaune: er mußte um ein Uhr, zur Börsenstunde, in der Stadt sein. Zeit ist Geld, Börsenstunde hat Gold im Munde, und wie die Sinnsprüchlein alle heißen, in welchen er seine gestrenge Lebensphi-losophie aussprudelte. Alles Schmeicheln und Streicheln half zu nichts, als daß für den stillen Beobachter, Meister Roland, ein artiges Genrebild gestellt wurde: zwei Jahreszeiten. Der Vater spielte den Winter; er befand sich noch auf der Schattenseite des Jahres, ging in Schwarz. Das Töchterlein hingegen sah aus wie der lachende, liebliche Lenz in eigenster Person. Sie trug eine weiße, lilagestickte Bluse, ein Lilaseidenkleid, hoch aufgeschürzt, mit fliegenden Bändern, gelb geschnürte und befranste Stiefelchen von der kleidsamen Art, welcher Kaiser Caligula seinen Namen und die moderne Damenwelt ein reizendes Piedestal verdankt. Der veilchenduftende Lenz umfaßte mit beiden Armen den dunklen Winter, um ihn zu schmelzen. Er aber schmolz nicht, trotz dem nahen Feuer der beiden schwarzen Augen, welche mit schelmischem Seiten-blick Held Roland zu Hilfe riefen. »Sehen Sie nur, wie hart heute Papa wieder mit mir ist,« klagte sie, worauf Roland erwiderte: »Wenn Herr Krafft einmal Nein gesagt hat, gibt es für ihn kein Ja mehr. Außerdem bleibt auch mir nicht viel Zeit übrig, ich erwarte um zwölf Uhr die Amazone.« - Abermals die Amazone! - wer mag sie sein? - Eine gleichgültige Person keinesfalls, denn bei Ankündigung ihres Erscheinens verdüsterte sich der Frühlingshimmel, während auf dem Antlitz des Winters ein halbes Lächeln aufstrahlen wollte. Er versetzte: »Habe ich Nein gesagt? Daß ich nicht wüßte! Um zu beweisen, daß ich kein Haustyrann bin, sitze ich dir bis gegen zwölf. Wenn wir uns sputen, kann ich doch zur rechten Zeit an der Börse sein.« - »Wir gehen zusammen, Papa,« fiel Armgard hastig ein. »Ich fahre Sie hin. Jack mit den Ponys habe ich um Mittag hierher bestellt. Sie wissen, Jack ist pünktlich und meine Ponys sind flink.«

Sie faßte den nicht mehr Widerstrebenden unter den Arm. Der Vorhang tat sich auf, der Turm des Meisters mit allen seinen geheimen Schätzen... Sehen wir uns immerhin auch hier ein wenig um. Der Aufenthalt wird der geneigten Leserin nicht leid sein, wenn sie bedenkt, wie viel ihre Mitschwester aus Bremen dafür geben möchte, an ihrer Stelle sich zu befinden.

Der Turm, ansehnlich an Umfang und Höhe, enthält im Erdgeschoß nur das Atelier, einen weiten Raum, dessen Wände verschwinden unter zahllosen Studien, Skizzen, Zeichnungen. Das Wanderbuch Rolands liegt hier aufgeschlagen mit bunten Bildern: Bettler von der Puerta del Sol zu Madrid, Jäger aus den Pyrenäen, albanische Bäuerinnen, Lazzaroni von der Chiaja, sizilische Banditen, Pariser Gamins, holländische Matrosen, Hirten aus Schottland, Fischer vom Nordkap - eine ethnographische Galerie, in der kein europäischer Volksstamm fehlt. In einer Ecke stehen unter breitblättrigen Gummibäumen und blühenden Oleandern eine Chaiselongue und ein paar amerikanische Schaukelstühle; gegenüber eine Etagere mit großen Mappen von Kupferstichen und Photographien. Der erste Stock, in Verbindung mit dem gleichen des Haupt- und Mittelbaues, ist geteilt in das Wohn und das Schlafzimmer, aus dem eine kleine Wendeltreppe auf die Plattform führt. Droben wird in der guten Jahreszeit durch Vorhänge, Teppiche, Zierpflanzen und Blumen ein Sommerhaus aufgeschlagen, das die Schüler die hängenden Gärten der Semiramis nennen, Roland seine Sternwarte, obgleich er, der gute, außer dem großen Bären keinen einzigen persönlichen Bekannten am Himmel hat. Aber nicht bloß gen oben bietet die luftige Höhe eine unumschränkte Aussicht, sondern auch rückwärts auf die Stadt und nördlich weit hinaus in die von Landstraßen und Eisenbahnen durchschnittene Ebene, aus welcher weiße Häuser wie Segel im Meere und spitze Dorfkirchlein wie Masten auftauchen. Am fernen Rande des Horizonts breitet sich in fast regelmäßigem Halbkreis das Gebirge aus, dessen Häupter noch tief mit Schnee bedeckt sind, indessen Wiesen und Felder bereits im ersten Sammetgrün prangen und die Weiden längs dem Strome unter dem frischen Aprilwinde die jungen Blätter vom zartesten Silbergrau schütteln.

Schülerin Armgard saß schon wieder an der Staffelei, vor ihr in seinem erhöhten Marterstuhle ihr Opfer und Modell, der bestverleumdete aller Väter. Hatte er nicht, trotz des warmen Tages, einen kostbaren Nerzpelz um, ohne welchen das Porträt der eigenwilligen Künstlerin zu mager und unansehnlich vorkommen wollte. Ihre Arbeit war ziemlich vorgerückt und sie förderte sie mit Stift und Kohle eifrigst unter dem Auge des Meisters, der sich über ihren Sessel lehnte und dem emsigen Spiele der zarten Hände prüfend zusah. Nach einer Weile hemmte er sie mit der eigenen Rechten, indem er ihnen ein plötzliches »Halt!« zurief. Armgard fragte, ob sie einen Fehler gemacht? Seine Antwort war: »Nur den alten. Ihre Hand ist tätiger, als Ihr Auge.« - »Wie versteh' ich das?« - »Sie erinnern sich, was Lessing gesagt hat: Ein Raffael ohne Hände sei möglich. Er hat recht, wie immer. Aber auch ich habe recht, wenn ich hinzufüge: Ein Raffael ohne Augen ist unmöglich. Sehen ist Nummer eins, Zeichnen oder Malen kommt hinterdrein.« - »Wird mein Porträt nicht ähnlich, Herr Roland?« - »Mein Fräulein, es kann unwahr werden, wenn Sie nicht tiefer und getreuer nach der Natur arbeiten. Sie stilisieren wie ein gelernter und gelahrter Professor. Sie charakterisieren nach Ihrer eigenen Auffassung. Sie versuchen sogar schon zu idealisieren. Darüber geht die Wahrheit, die Individualität, der Kopf Ihres Herrn Vaters verloren.« - Herr Krafft rief in komischer Verzweiflung dazwischen: »Mein Kopf geht verloren? Ich danke!« - Der Meister fuhr, wärmer werdend, fort: »Sie kennen zwei Köpfe, welche seit Jahr und Tag die deutsche Kunst oft genug beschäftigt haben: Schiller und Goethe. An Schiller ist solange herum charakterisiert und stilisiert worden, bis er eine Nase bekommen hat, scharf wie ein Messerrücken, dergleichen ein lebendiger Mensch gar nicht im Gesicht trägt. Die Locken Goethes haben die akademischen Peruquiers dergestalt zerzaust, daß sein schönes, geist- und lebensvolles Antlitz in einer Mythe zu erstarren droht. Hüten Sie sich vor dem Stil, Fräulein Krafft. Schmeicheln Sie Ihrem Herrn Vater nicht. Er braucht keine Schmeichelei. Eine jede Schmeichelei, gesprochen, geschrieben, gedruckt, gemalt, gemeißelt, ist eine Grobheit wider ihren Gegenstand und wider die Natur. Sie will ihn besser machen, als die Natur ihn gemacht hat.« - Herr Krafft äußerte sich nun zwar keineswegs empfindlich und verletzt über das Attentat seiner Tochter gegen Natur und Wahrheit; ihm komme es, meinte er, auf ein paar Falten weniger gar nicht an. Der Meister aber war unerbittlich; er trug mit eigener, scharfer, sicherer Hand hier und da einen Zug in das Bild, der dem Original aus dem Gesicht geschnitten schien und der ganzen Zeichnung wie durch Zauber ein sprechendes Leben einhauchte. »Wissen Sie,« sagte er, während er Armgard den Stift wegnahm und selbst führte, »daß Graf Wallenberg vor einigen Tagen dieselbe Bemerkung gemacht hat?« - Armgard erglühte. »Hat Graf Wallenberg mein Reißbrett gesehen?« fragte sie heftig. - »Verbergen Sie doch einem Diplomaten etwas! Als mein Freund ging er hier aus und ein. Kurz, er kam, sah und sagte...« - »Was sagte er?« - »Wenn Fräulein Krafft ein anderes Modell braucht, so empfehlen Sie mich ihr. Sie borgt einem großmütig von ihrem eigenen Kapital an Schönheit.« - »Das sagte er?« - »Und fügte lachend hinzu: Ich wünschte, ihr Herr Vater täte desgleichen.« - »Daß ich ein Narr wäre!« lachte seinerseits Herr Krafft. Armgard hatte, noch höher errötend, sei es aus Verdruß oder aus Freude, den Stift wieder an sich genommen und flatterte, flink wie eine Motte, in dem väterlichen Pelzkragen umher, dem sie mit weißer Kreide die hellsten Lichter verschwenderisch aufsetzte. Dazu sprach sie leise, den Kopf tief auf ihre Zeichnung gesenkt: »Ich wünschte, er hätte diesen bescheidenen Studienkopf nicht gesehen.« - »Würde er ihn nicht früher oder später in Ihrem Zimmer doch gefunden haben?« entgegnete Roland, und Krafft fragte: »Warum hast du denn gerade vor diesem Kunstrichter einen so gewaltigen Respekt?« Als Armgard die Ant-wort schuldig blieb, gab sie sich ihr Vater selbst, indem er, ernster geworden, fortfuhr: »Ich will es dir sagen, liebe Tochter. Weil Graf Wallenberg dir geraume Zeit den Hof machte, vielleicht noch macht, willst du ihm keine wirkliche oder vermeintliche Schwäche zeigen. Prinzessin Tu-randot möchte vor ihrem Freier als der Inbegriff aller weiblichen Vollkommenheit erscheinen und überläßt es dem armen Vater - wie heißt der Tropf doch gleich, der Kaiser von China? - die Überlästigen ihr vom Hals zu schaffen.« - Armgard sprang auf und rief: »Papa, Wallenberg hat mir niemals den Hof gemacht!« - »Leugne, so viel du willst. Diskretion ist eine schöne Eigenschaft, wo sie hingehört. Hier, vor unserem Hausfreund, haben wir uns keinen Zwang anzutun.« - » Cher papa, bitte Sie...« - »Scher' mich nicht um dein Papa und dein anderweitiges Papperlappap. Bin, in gutem und ehrlichem Deutsch, dein Vater, wie du meine liebe, verzo-gene Tochter bist. Mein Haus ist ein schlichtes, einfaches, bürgerliches. Brauche darin keinen hochgräflichen Schwiegersohn, wenn du ihn zum Manne nicht willst. Du hast freie Wahl. Nur wenn du gewählt hast« - (bei diesen Worten streifte ein schlauer Seitenblick den Meister der Schülerin, der sich verwirrt zurückgezogen hatte) - »wenn du gewählt hast, fordere ich dein Ver-trauen. Ich glaube ein Recht darauf zu haben.« - »Vater, lieber guter Vater, ängstigen Sie mich nicht.« - »Kind, ich ängstige weder dich, noch mich. Nur blind sollst du mich nicht machen und nicht glauben. Meinst du, weil in meinem alten Schädel Eisenbahnen rumoren, Papiere steigen und fallen, Staatsanleihen geboren werden und sterben, er habe deshalb keinen Raum mehr für seine einzige Tochter?«

Vater Krafft war von seiner Höhe herabgestiegen und zog die wechselsweise Erglühende und Erbleichende zärtlich an sich. »Meine Armgard,« sagte er ihr ins Ohr, »feiert in wenig Tagen ihren zweiundzwanzigsten Geburtstag, ich habe den achtundfünfzigsten hinter mir. Zahlen spre-chen.« Sie barg den Lockenkopf im Nerz, und - wahrhaftig, die schwarzen, lebhaften Augen konnten auch weinen; auf ihre Blitze folgte ein plötzlicher Tränenschauer.

Roland wollte hinauseilen, aber ein Wink Kraffts hielt ihn zurück. »Bleiben Sie, Herr Ro-land,« sagte der letztere, und die rauhe Stimme schlug recht weiche Töne an. »Sie sind hier nicht zu viel. Als unser wahrer und warmer Freund stehen Sie nicht scheidend, sondern vermit-telnd zwischen Vater und Tochter. Außerdem sind Sie, neben dem großen Künstler, ein kluger, erfahrener Mann. Wir beide wissen Sie zu schätzen. Gelt, Armgard?« - Keine Antwort. - »Sie werden mir beistehen, Ihre Schülerin und mein Kind auch in anderen, ernsteren Studien, als an der Staffelei, zurechtzuweisen.« - Herr Roland blieb stumm, aber er faßte die dargebotene Hand Kraffts und schüttelte sie derb.

Es schien, als ob die Männer sich stillschweigend verständigt hätten. Wenigstens wurde Herr Krafft wieder völlig heiter, sogar heiterer und gesprächiger als zuvor. Er warf den Pelz ab und rief beinahe lustig. »Du und der Nerz, ihr habt mich warm gemacht. Da liege! Mit der Sitzung wird es so wohl heute nichts mehr sein. Laß mich zur Belohnung, daß ich zwei Glockenstunden Modell gesessen, stramm und gehorsam wie ein Leibgardist, nun auch einmal sehen, was ihr zwei aus mir gemacht habt.«

Armgard führte ihn vor die Staffelei, auf welcher Roland das Porträt in das rechte Licht rückte. Krafft brauchte einige Minuten, verschiedene »Hms, Hms« und sogar ein unmerkliches Kopfschütteln, bis er zu den Worten gelangte: »Wie sagt die verrückte Gräfin in dem italienischen Stück, die Orsini oder Orsina? Ich bin zufrieden, wenn ich nicht schlechter aussehe.« - »Das heißt,« entgegnete Roland, »Sie sind nicht zufrieden.« - »Ein Mann, der so wenig Zeit für den Spiegel hat, wie ich, kann sich nicht gleich in seinem Gesicht zurecht finden, wenn es ihm in Öl oder Kreide begegnet... Nur mein ich, die Falte zwischen den Augen sei ein bißchen tief gegraben.« - »Sie stammt von Herrn Roland,« unterbrach ihn Armgard, und die Augen trockneten vollends aus durch einen kleinen Strahl von Schadenfreude. - »Nicht von mir,« versetzte Roland ruhig, »von der Börse stammt sie, das ist die Geschäftsfalte.« - »Und die scharfe Linie um die Mundwinkel, kommt die auch von der Börse? Nun, nun, ich sehe schon, mir ergeht es in Ihrem Atelier, wie in meinem Hause. Man macht einen Knecht Ruprecht aus mir, mit dem man die Kinder schreckt oder die Vögel scheucht. Möglich, daß Ihr recht habt. Aber gewiß ist, daß Ihr Kollege, der Hofmaler, der mich für den Sitzungssaal des Verwaltungsrates unserer Zentralbahn gemalt hat, meine Schönheit besser zu würdigen wußte. Auf seinem Bilde ist meine Stirn glatt wie Postpapier und mein Mund lächelt honigsüß, wie der eines Diplomaten, Graf Wallenbergs zum Exempel. Laßt's gut sein. Doch muß ich Armgard darin beistimmen: ehe dergleichen fertig ist, sollte niemand Fremdes darüber geraten. Schaffen wir den schwarzen Mann beiseite.« - »Ehe die Amazone kommt, nicht wahr, cher papa?« fragte Armgard neckisch. - »Was geht uns die Amazone an?« antwortete er mit der alten, rauhen Stimme. - »Ich meine nur, weil ich das wilde Heer hinter ihr schon höre, daß sie nicht weit sein kann.«

Armgard hatte sich nicht getäuscht. Draußen auf dem Hofe wurden Stimmen laut. Gleichzeitig klopfte Herr Stark, der stillvergnügte Störenfried, an die Tür und rief: »Meister, die Amazone kommt; empfängst du ihr Gefolge?« - »Wer ist's?« - »Raffael meldet den Kapellmeister, Ritter Blümchen, Doktor Hirsch und einige unbekannte Atelierfliegen.« - »Wir sind beschäftigt, nur die Damen laß herein.«

Roland setzte Armgards Staffelei weg und ging, um aufzuschließen. Sie wusch sich hinter einer spanischen Wand die Hände, drückte ihr flaches Hütlein, mit einem Veilchenstrauß und Lila-Schleier aufgeputzt, in die Stirn und drängte zum Gehen. Herr Hans Heinrich Krafft aber, der es vorhin so eilig hatte, schien seine Börsenstunde unbegreiflicherweise vergessen zu haben. Er knöpfte seinen schwarzen Gehrock zu, nicht ohne einige Gewalttat, strich sorgfältig den feinen Zylinder von gleicher Farbe glatt und zog die dunklen Handschuhe an, alles das vollkommen gemächlich und mit der Gewissenhaftigkeit eines gegen sein Äußeres keineswegs gleichgültigen Mannes. Seinen Chronometer konsultierend, sagte er zu Armgard: »Fünf Minuten über Zwölf. Jack und die Ponys sind nicht pünktlich, sonst wären sie dir schon gemeldet worden. Übrigens - wir haben keine Eile. In einer halben Stunde fährst du mich hinein, und hier können wir doch nicht ausreißen, ohne uns bei Roland empfohlen und seine ankommenden Gäste begrüßt zu haben.« Armgard lächelte, doch hatte ihr Lächeln einen Stich von Bitterkeit.

Jetzt drang der Lärm der Nahenden schon in das anstoßende Atelier. Roland eilte entgegen und öffnete die Tür. Hastige Schritte über die kleine Treppe, lauter Nachruf von draußen: »Addio, Diva!« und die Amazone trat? - schwebte? - nicht doch, sie sprang mit einem Satze herein.

3. Ein Modell

»Komm ich wieder zu spät?« fragte die Eintretende mit einem unvergleichlichen Sopran, der wie ein voller Glockenton sich durch den hohen Turm schwang. - »Immer recht,« war Rolands Antwort, von einem herzhaften Händedruck begleitet. - »Zum ersten Male wohl zu früh,« setzte sie piano hinzu, als sie Krafft und Armgard gewahrte. Doch dies mißtrauische Beiseite erstickte in der lebhaften Umarmung, in welcher die Schülerin und das Modell des Meisters, Armgard und die Amazone, einander zu verschlingen drohten.

Die Hand aufs Herz, schöne Leserin: nicht wahr, wenn wir »unter uns Mädchen« bei einer alltäglichen Begegnung so stürmisch auf uns losstürzen und so inbrünstige Küsse wechseln, als hätten wir uns seit Jahren nicht gesehen, oder wollten vor einer kleinen Nordpolfahrt raschen Abschied nehmen - nicht wahr, in solchen Fällen ist hundert gegen eins zu wetten, daß wir innerlich in demselben Augenblick uns gern mit der ersten besten Schalnadel umbringen möchten?

Herr Krafft bewillkommnete seinerseits die Amazone mit einer jugendlichen Galanterie alten Stils. Er sagte feierlich: »Welch später Sonnenaufgang - um zwölf Uhr mittags?« - Wogegen die Gefeierte, hell auflachend, ihr Barett abwarf, auf ihr Haar deutete, das (gestehen wir es nur gleich anfangs) vom unleugbarsten, leuchtendsten Rot ist, und ausrief: »Sonne, Herr Krafft? Sie wollen Komet sagen. Danken Sie nur dem Himmel, daß ich meinen Schweif draußen gelassen habe.« - Armgard erkundigte sich, wer so glücklich gewesen sei, auf dem weiten Weg heraus sie zu begleiten? - »Für heute nur das kleine Kortege, meine Liebe,« entgegnete sie. »Nummer eins: der alte General von Schall, außer Dienst, wie Sie wissen, aber als Schatten in den meinigen getreten. Nummer zwei: Herr Moses Blümchen, die Blume aller Kavaliere, als Moritz Ritter von Blumenberg aus dem Alten Testament ins Neue übersetzt. Nummer drei: der berühmte Maestro der Zukunft, Signor Bullermann. Nummer vier und fünf: die feindlichen Brüder, Abendblatt und Morgenzeitung. Mein guter Kollege und häusiger Vater, Herr Braun, Nummer sechs. Ein Wagen und zwei Droschken voll. Auf der Brücke ließ ich halten, weil unser Thespiskarren bekanntermaßen in die Vorstadt nicht fahren darf. Ein gutes Mitglied befolgt alle die kleinen Gebote seines Chefs, um die großen ungestraft verletzen zu können. Meine alte Garde zu Roß und zu Wagen geriet in Aufregung, plötzlich zum Fußvolk degradiert zu werden. Half aber nichts, sie mußten mit. Der Herr Ritter trug meine Mantille, die sich bei jedem Windstoß in seine Sporen verwickelte. Bullermann, zwei Bände seiner Partitur unter dem Mantel, sah aus wie der Erlkönig, der sein eigenes Fleisch und Blut in väterlicher Todesangst schleppt. Um meinen Kamelienstrauß rissen sich Abendblatt und Morgenzeitung, bis sie ihn glücklich in zwei Hälften zerrissen hatten. Dabei ging's immer vorwärts, ich an der Spitze, meinen unglücklichen General am Arm. Als es vom Strafarbeitshaus zwölf Uhr schlug - die Stunde, wo mich Roland erwartet, der niemals warten kann - gab ich das Tempo furioso einer Steeplechase an und blieb um zwei Nasenlängen des Ritters von Blumenberg allen Rennern voraus, die nun matt und atemlos draußen in den Ateliers umherliegen.«

Sie streckte sich, ausgelassen lachend, der Länge nach auf die Chaiselongue, nachdem sie ihre Mantille einem kleinen, unanständigen Amor unter den Oleandern schamhaft umgehängt hatte.

Wie sie so daliegt, die Amazone, ist sie ein bildschönes Weib. Wenn der geneigte Leser naserümpfend an das rote Haar mahnt, so weiß er nicht, mit Respekt zu sagen, was schön ist; er gehe zu Tizian und den Venetianern, stellenweise zu Rubens in die Schule. Fuchsrotes Haar oder braunrotes, samt den unzertrennlich damit vereinigten Sommersprossen und Hautausschlägen, wollen auch wir ihm nicht für eine Schönheit verkaufen. Aber von der rechten Farbe des lauteren, geschmolzenen, flüssigen Goldes, mehr dicht und stark als lang, natürlich gewellt, an den Schläfen und hinten im Nacken in kurze, jedem Kammstrich widerstrebende Ringeln ausgesponnen - solch ein Haar strahlt auf dem weiblichen Kopfe wie eine lichte Krone der Schönheit, nicht einer regelrechten, aber desto reizvolleren Schönheit. Was sich immer zu diesem Haar findet, besitzt unsere Heldin: blendend weiße Gesichtsfarbe, ein Paar Wangen zum

Anbeißen - man verzeihe den trivialen, aber bezeichnenden Ausdruck -, Hals und Schultern, Arme und Hände wie jeder Maler seinem Modell sie wünschen mag, und eine Gestalt, deren Umrisse noch lange nicht in eine herbstliche Fülle ausschweifen, wohl aber den Sommer in voller, glühender Reife verraten. Von eigentümlicher Nuance und Beschaffenheit sind die Augen der Amazone; ob schwarz, grau, grün oder blau, weiß niemand mit Bestimmtheit zu sagen, weil sie, je nach der Beleuchtung von außen oder nach innerer Stimmung, alle diese Farben spielen. Der alte General von Schall nennt sie mit einem vortrefflichen Vergleich: Nixenaugen, so elementarisch, so beweglich, so tief ausdrucksvoll sind sie. Ihren Mund findet man auf den ersten Blick zu groß; hat man aber die Perlen gesehen, die er enthält, und die Perlen gehört, die er ausströmt, dann bleibt man an den schwellenden, dunkelroten Lippen gefesselt hängen, solange sie offen sind, und auch wenn sie, leicht aufgeworfen, sich schließen.

Nach dieser gewissenhaften Personalbeschreibung kann sich der geneigte Leser ein treues Bild unserer Heldin machen. Daß sie »vom Theater« ist, hat sein Scharfsinn bereits erraten. Wir machen deshalb auch keine Umstände mit ihr und schreiben aus dem ersten besten musikalischen Lexikon ab wie folgt: sie heißt Seraphine Lomond, stammt aus dem nördlichen Deutschland, gehört zu den gepriesensten Sängerinnen der Gegenwart und zählt 28 Jahre. Die Prinzessinnen der Bühnenwelt haben, wie diejenigen auf der Weltbühne, anderen Frauen gegenüber neben manchen Vorzügen den Nachteil, daß ihr Lebensalter jeden Augenblick aus dem Almanach, von Gotha oder des Theaters, festgestellt werden kann. Um ihre äußere Erscheinung vollends zu zeichnen, fügen wir hinzu, daß Fräulein Lomond konsequent, Sommer und Winter, in hellblau geht. Wie alle Damen, die sich pflichtmäßig oft an- und umkleiden müssen, macht sie möglichst einfach und rasch ihre gewöhnliche Toilette. An dem Freitag morgen, an welchem wir ihr bei Roland begegnen, trägt sie ein blaues Seidenkleid, mit Schnüren und Knöpfen von gleicher Farbe aufgeputzt, bis an den Hals geschlossen. Das rote Haar ist unter dem einfachsten Morgenhut, dessen Samtschleife ein stählerner Pfeil zusammenhält, in ein Netz von blauer Chenille geschlagen. Ein Anzug, der etwas von einer modernen Amazone hat. Die Schleppe des Kleides ein bißchen verlängert, und sie könnte, wie sie ist, zu Pferde steigen.

Ob Herr Hans Heinrich Krafft über der lustigen Schilderung des Triumphzuges vom Hoftheater nach Rolandseck seine goldene Börsenstunde vollends vergaß? Er schaukelte sich behaglich in einem der amerikanischen Stühle zu den Füßen der Primadonna und lieferte in tiefem Sarastrobasse das Akkompagnement zu ihrem hellen Soprangelächter. »Gnade Gott dem, der in Ihre Hände fällt,« sagte er. Sie entgegnete: »Mich wundert nur, warum solche Originale wie sie mich umgeben, sich nicht für Geld sehen lassen. Sie würden unserem besten Komiker Schaden tun. Doch von etwas Ernsterem,« fügte sie abbrechend hinzu. »Ich muß Sie dieser Tage auf Ihrem Kontor heimsuchen, Herr Kommerzienrat.« - »Das bin ich nicht, mein Fräulein.« - »Sie sind es, wenn ich Sie dazu ernenne? Sie sind mein wirklicher Geheimer Rat, mein Finanzminister.« - »Das heißt, Sie brauchen schon wieder Geld.« - »Schon wieder?« - »Haben Sie nicht vor kaum einen Monat zweitausend Taler bei mir erhoben?« - »Alles fort, Herr Minister.« - »Ich muß Ihnen ernstliche Vorstellungen machen, meine schöne Souveränin. Sie wirtschaften unverantwortlich.« - »Wozu hätte ich den besten aller verantwortlichen Minister, Sie? Oder wollten Sie gar Ihr Portefeuille niederlegen, mein Kontokorrent in Ihrer Bank schließen?« - »Nicht doch, nur warnen will ich Sie, muß ich Sie. Ihnen täte ein Vormund not.« - »Ich bin mündig.« - »In allem, nur nicht in Ihren Geldangelegenheiten, die glänzend stehen könnten, wenn Sie wollten. Schon lange habe ich Ihnen ernsten Vortrag darüber halten wollen und - (eine kleine ausdrucksvolle Pause) - über manches andere. Wenn Sie nicht zu mir kommen, suche ich Sie auf. Werden Sie mich empfangen, notabene: ohne großes und kleines Kortege?« - »In geheimster Privataudienz.« - »Die Hand darauf?« - Sie hielt ihre Rechte hin, welche Krafft an seine Lippen ziehen wollte. - »Halt, Herr Minister!« - »Bin ich in Ungnade gefallen?« - »Im Gegenteil. Wir reichen Ihnen die Hand au naturel, ohne dieses dänische Leder, an welchem heute schon unzählige Schnurrbärte, gefärbt und ungefärbt, sich abgewischt haben.« Sie bot ihm das niedlichste, rosige Sammetpfötchen mit fünf Perlmutterkrallen, nach neuester Mode lang und spitz. Dazu ein Blick... und ein Lächeln... selbst ein Finanzminister konnte nicht widerstehen; er hielt die feine, schmale, weiche Hand länger, als irgendwie nötig war, in seiner großen gefangen, nachdem er sie wiederholt geküßt hatte.

Ein scharfer Seitenblick Armgards streifte die kleine Gruppe in der Ecke. Bisher stand sie, wie in Bewunderung versunken, vor dem großen Bilde, das Raffael auf des Meisters Staffelei gehoben hatte, die angefangene Amazone. Roland, der sich am wenigsten um das Geplauder und Gelächter gekümmert hatte, richtete indessen Pinsel und Palette und rückte den Stuhl für sein Modell zurecht. Er und Armgard schienen unruhig, ungeduldig, beinahe verwirrt. Sie hielten sich in scheuer Entfernung von einander, und erst, als Jack und die Ponys, eine halbe Stunde später, als bestellt, gemeldet wurden, wandte sich Armgard hastig zu Roland und sagte halblaut zu ihm: »Was mein Vater vorhin im Scherz geäußert...« Da sie innehielt, fuhr er ernsthaft und leise fort: »Habe ich nicht mißverstanden, mein Fräulein.« - Damit wurde aufgebrochen, mit einem abermaligen Aufwand von Küssen und Umarmungen zwischen den beiden Damen. Doch kehrte Herr Krafft an der Türe um und sagte: »Wir rechnen Sonntag fest auf Sie, mein Fräulein, und auf Freund Roland. Es ist der letzte Abend meiner Tochter in dieser Saison. Vielleicht eine Überraschung,« flüsterte er der Sängerin ins Ohr und verschwand mit geheimnisvollem Lächeln. »Übermorgen also!« - »Auf Wiedersehen.«

Die Amazone, die bei der Verabschiedung aufgestanden war, durchmaß jetzt mit langen, tragischen Schritten das Atelier. Plötzlich blieb sie vor Roland stehen, der seinen Malerstab ergriffen hatte und an die Arbeit gehen wollte. »Was hat denn die Bankprinzessin heute?« fragte sie heftig. Er zuckte die Achseln. - »Diese kleine Personnage, welche die große Dame spielt, ist mir mit ihrer erkünstelten Ruhe und ihrer Vornehmtuerei, mit ihren Heimlichkeit und stundenlangen Lektionen in deinem Atelier recht zuwider. Ich weiß nicht, warum du nicht sie, statt meiner zum Modell deiner Amazone wählst? Sie, mit ihrem Malerstock, ihrem Reitkleid, ihrer Kutscherpeitsche, ist zehnmal mehr Amazone als ich... Und wie das hier duftet, wenn sie dagewesen ist! Ein Parfümerieladen ist nichts dagegen. Veilchenpomade, Veilchenessenz, Veilchenpulver; Veilchen und kein Ende. Ich lasse mir die Veilchen im Freien, auf der Wiese, im Walde gefallen. Hier betäubt der Geruch alle gesunden Nerven. Ich muß Luft haben. Man erstickt bei dir.«

Sie öffnete ungestüm einen kleinen Flügel in dem großen Fenster des Ateliers und lehnte sich hinaus. Roland trat zu ihr und sprach im ruhigsten Tone, die Hand auf ihre Schulter legend: »Wenn du dich abgekühlt hast, gehen wir an die Arbeit.« - »Arbeit,« murrte sie, »nichts wie Arbeit. Aus einer Klavierprobe von drei Stunden gerate ich in eine zweistündige Sitzung. Heute abend harrt meiner ein philharmonisches Konzert, morgen früh eine Konferenz mit dem Agenten, dann Konferenz mit Papa Krafft, hernach Konferenz mit dem Intendanten. Übermorgen abend große Oper. Und immer und in allem bin ich auf mich allein angewiesen, ohne Schutz und Halt von außen. O wie ich dieses elenden Lebens satt und müde bin, das mir ein blindes, blödes Volk noch beneidet. Wenn sie nur wüßten, wie gern ich mit jeder Negersklavin tauschte!«

Roland ließ den Sturm des erregten Künstlergemütes, der in den Saiten seines eigenen leise widerhallte - nur in harmonischer Auflösung der grellen Dissonanzen - er ließ ihn austoben. Nach einer ziemlichen Pause sagte er, scheinbar mehr zu sich, als zu der Sängerin: »Der Frühling macht endlich Ernst. Seine stille, friedliche Künstlertätigkeit sieht sich gut und lehrreich an. Über Nacht, von derselben Palette, die er seit tausend und aber tausend Jahren braucht, färbt er meine alten Kastanienbäume grün. Die braunen Knospen sind, wenn sie klebrig aufbrechen, wie frisch gefirnißt, die jungen, noch nicht entfalteten Blätter voll Runzeln, wie die Gesichtlein neugeborener Kinder.« - »Haben kleine Kinder Runzeln im Gesicht?« fragte die Primadonna mit großen Augen. - »Zierliche Fältlein um die Augen, den Mund, die Nase, wie Greise.« - »Ei, wie häßlich mögen die schreihalsigen Bambini damit aussehen.« - »Es gibt nichts Häßliches in der Natur, wie keinen Sprung. Ihre Bewegung ist überall eine kreisförmige, Ende und Anfang verschlingend. Winter und Frühling gehen unmerklich ineinander über, gleich zwei verwandten und doch verschiedenen Tonarten. Jedes Wesen fühlt den Unterschied. Sieh nur, selbst unser alter Jakob weiß, ohne Kalender, daß Frühlings Anfang da ist. Droben sitzt er, der sonst so frostige Bursche, in dem höchsten Wipfel der Esche und sonnt seinen klugen Schädel. He, Jakob, Jakob!«

Schwerfälligen Flugs schwebte ein großer Rabe herab an das Fenster, setzte sich auf Rolands Schulter, betrachtete, den Kopf drehend, bald ihn, bald die Sängerin, und pickte mit dem Schnabel nach dem goldenen Medaillon, das sie um den Hals trug. Der schwarze Galgenvogel war das letzte Stück aus dem eisernen Inventar des ehemaligen Tierspitals. Die Nachbarn gaben sein Alter auf fünfzig Jahre an, wenn nicht darüber. Er hatte, vor undenklichen Zeiten, einem als Hexe verschrienen Weibe zugehört, das in ihrem durch Spuk und Zauberkünste übelberufenen Hause in der Margaretenvorstadt ein verdächtiges Wesen trieb. Große Damen sprachen ein und ließen sich wahrsagen, wobei Jakob eine wichtige Rolle spielte. Es wurde Kaffeesatz auf den Tisch gegossen, in dem er gravitätisch spazieren ging. Aus den Spuren seiner Schritte las die Alte die Zukunft. Fing er an zu krächzen, so bedeutete das unfehlbar seltenes Glück oder Unglück. Nach der Hexe Tod fand er seine Zufluchtsstätte auf einem Kornspeicher, wo seine Wirksamkeit ebenfalls der Nachtseite der Natur zugewendet war, jedoch in mehr unmittelbarer Aufgabe: Jagd auf Ratten, Mäuse, und Kornwürmer. Ins Spital wanderte Jakob wegen einer chronischen Heiserkeit, die ihm, dem an warme Stuben gewöhnten, ein besonders kalter Winter zugezogen. Dem unternehmenden Homöopathen gelang es nicht, trotz unmäßiger Anwendung von Akonit, dies Übel zu heben; ein weiterer Versuch, ihm auf seine alten Tage noch die Zunge zu lösen und die Kunst der Sprache beizubringen, mißglückte sogar so gründlich, daß er die Stimme gänzlich verlor. Die Heiserkeit war in Stummheit geheilt. Der arme Jakob konnte nur noch den Schnabel aufsperren, wenn er krächzen wollte. In diesem traurigen Zustande übernahm ihn Roland, an den sich das Tier bald in engster Vertraulichkeit gewöhnte. Sein Lieblingsplatz war oben auf des Meisters Staffelei, wo er stundenlang sitzen konnte, den Kopf in die aufgeblasenen Federn des Rückens vergraben. Roland hatte in langem Verkehr dem alten Lehrling ein von den übrigen Schülern hoch bewundertes Kunststück beigebracht; wenn er rief: »Jakob, mir ist zu warm!« setzte sich Jakob auf seinen Scheitel und fächelte ihn mit den großen, schwarzen Flügeln. Das ganze Atelier, bis auf eine einzige Person, liebte den Raben; Raff, genannt Raffael, war sein geschworener Feind; er verdächtigte Jakobs Ehrlichkeit und zieh ihn offen des Diebstahls, bald an einer Blase voll frischer Ölfarbe, bald an einer trockenen Semmel, die zum Auslöschen der Bleistiftszüge dienen sollte. »Gold und Silber darf man nun gar nicht liegen lassen vor der Bestie,« schalt Raffael, als ob er die Taschen bis zum Überlaufen von edlen Metallen voll zu haben pflegte.

Roland, der sein Modell wie ein Kind beschwichtigen und zerstreuen wollte, streichelte den zahmen Vogel und ließ ihn sein schwieriges Kunststück aufführen, erst an sich, dann an der Sängerin. Auf ihrem Kopfe verfing sich die scharfe Klaue in dem blauen Netz, so daß sie es abnehmen mußte, wobei ihr Haar, nur mit einigen Nadeln leicht aufgesteckt, sich löste und wie ein goldener Regen, elektrische Funken sprühend, über ihre Schultern floß. »Seraph, wie schön bist du so!« rief Roland aus. »Deine Marie hätte dich nicht reizender koiffieren können und nicht glücklicher für unser Bild.« - »Du siehst überall Schönheiten,« lächelte sie. - »Wie du überall Wohllaut hörst; auch in deinem eigenen, rein und hoch gestimmten Inneren, wenn du selbst nicht mit mutwilliger Grausamkeit die goldenen Saiten unsanft berührst.« - »Vergib, Bruderherz, wenn ich wieder einmal wild und wüst gewesen bin, dir galt es nicht.« - »Aber es schmerzt mich um deinetwillen.« -»Nicht zanken, Roland. Ich will brav sein und dir sitzen, ganz, ganz still.« - »So ist's recht; komm, Jakob, an die Arbeit.«

Der Rabe flog auf die Staffelei, während Roland der Sängerin einen stahlblauen Helm in das lichte, sie frei und dicht umwallende Haar drückte. »Ich will dich,« sagte er dabei, »mit dem Gewand heute nicht plagen. Da hilft zur Not die Gliederpuppe. Gesicht, Haar und Helm geben uns beiden genug zu tun. Wenn du in vierzehn Tagen reisest, muß der Kopf bis dahin noch wacker gefördert werden.« - Sie seufzte: »Ach, ich wünschte, ich wäre schon fort von hier.« - »Ich nicht, Seraph, und du auch nicht, mit Aufrichtigkeit. Du scheidest schwer, wie wir dich schwer ziehen lassen.« - »Wir?« - »Wir alle. Deswegen mußt du mir, für alle und für mich, wenigstens dein Bild fertig zurücklassen; setze dich, wie du weißt, den Kopf gesenkt, etwas mehr nach rechts gewendet; so ist's vortrefflich. Wenn du aushältst, nur eine Stunde, nicht zwei, teile ich zwischen dir und Jakob eine Schachtel Biskuits und eine Tasse Schwarzen.« -»Statt der Biskuits lieber eine Laferme, ja?« jubelte das Modell. - »Hausgesetz - § 5: Du sollst nicht rauchen, außer im Billardzimmer.« - »Das ist ein Gesetz, das wir Fremden geben, um es selbst zu brechen. Wir trinken dort im Winkel, unter den Oleandern, selbander Kaffee, rauchen unsere Friedenspfeife, und du erzählst mir ein Märchen, das längst versprochene.« - »Welches ist das?« - »Deine Geschichte: Vergangenheit, Gegenwart und Zukunft. Willst du?« - »Wenn du vorher fein fromm gesessen hast.« - »Ich bin von Stein.«

Eine lautlose Stille herrschte darauf im Turm. Nur durch den Fensterflügel, der offen geblieben war, drang frisches Wehen und Rauschen der Zweige und das Gezwitscher der ersten Singvögel am Wasser. Wie gut malte sichs da, sicher vor jeder Störung, in schwellender, triebkräftiger Frühlingsstimmung, allein mit einem Modell, das nicht allein mit blendender Schönheit, sondern auch mit aller Übung und Fertigkeit eines Künstlertums dem Meister sich hingab. Sein Auge leuchtete, wenn es bald in den tiefen See der Nixenaugen, bald in den Goldstrom des Haares tauchte; seine Hand flog, obgleich zuweilen zitternd, in den Farbentönen seiner Palette und auf der Leinwand umher. Dann und wann eilte ein Lächeln, ein Blick, ein trauliches Neigen des Hauptes hinüber und herüber. Die ganze Wonne eines Schöpfungsmorgens war in die weihevolle Stunde gedrängt.

Dürfen wir es wagen, dem schaffenden Geiste in der Werkstatt, dem Meister über die Schulter zu sehen? Unsere Neugier wird dürftige Nahrung finden. Roland hat mit Recht gesagt, daß das Bild kaum angefangen ist. Es stellt eine Amazonenschlacht dar; Reminiszenzen an Rubens, wird seinerzeit unstreitig ein gelehrter Rezensent sagen, der in jedem Original eine Kopie entdecken möchte, jeden eigenen Gedanken als gestohlen beargwöhnt, weil er selbst keinen hat. Den Vorwurf lieferte eine neue Oper: »Die Amazone«, von demselben Tondichter geschrieben, den die Primadonna in ihrem Gefolge als Zukunftsmeister namhaft machte, Maestro Bullermann. Als erster Wurf eines entschiedenen Talents hatte die Oper, mit und durch Fräulein Lomond im Titelpart, großes Glück auf der Bühne der Hauptstadt gemacht. Es war ein ernstes Werk, an Gluck zunächst sich anlehnend, nicht frei von den Fehlern seiner Nachtreter, aber auch ihre edle und tüchtige Richtung teilend. Der Text führte, die verschiedenen Sagen von Herkules, Theseus, den Amazonen mit dichterischer Freiheit verschmelzend, im ersten Aufzug in das Lager der Amazonen unter Königin Antiope. Held Theseus wird gefangen eingebracht und soll sterben. Erwachende Neigung im Herzen der jungfräulichen Königin rettet sein Leben; er entflieht mit ihrer Beihilfe. Prachtvolles Schlußduett. Aktus zwei zeigt Theseus als undankbar; er gelobt, die Amazonen mit Krieg zu überziehen und als Trophäe Antiopes Wehrgehäng seiner Gemahlin Phädra zu Füßen zu legen. Antiope, in männlicher Tracht auf Kundschaft ausgegangen, belauscht den Verrat. Beiderseitige Racheschwüre. Wirksames Terzett: Antiope, Phädra, Theseus; Finale: Chor der Hellenen beim Opfer vor der Schlacht. Im dritten Aufzug entbrennt sie, die Schlacht, und wie! Das Orchester ist mit massenhaften Leichen hingewürgter Töne bedeckt; durch welche übernatürliche Mittel die unglücklichen Amazonen mit ihren. Weiberstimmen den Lärm aller losgelassenen Instrumente zu bewältigen vermögen, weiß der Himmel allein. Erst wenn Holz und Blech müde sind, tritt verhältnismäßige Ruhe ein. Antiope, von Theseus im Einzelkampf angegriffen, überwindet ihn, und statt ihm den wohlverdienten Gnadenstoß zu geben, muß sie, mittels einer jener psychologischen Wendungen, wie sie nur auf dem Theater vorkommen, ihm zum zweiten Male das Leben schenken, samt dem Wehrgehäng, und sich das ihrige nehmen. Theseus, beschämt und erschüttert, läßt zum Rückzug blasen. Finale: Klage der Amazonen um Antiope, weiblicher Doppelchor, nur von Flöten und Oboen begleitet.

Dies der Text der Oper. Die gelehrte Rezension im Abendblatt hatte natürlich in ihm Anklänge an Norma, die Jungfrau und die Nibelungen gefunden. Im großen und ganzen ist er nicht schlechter, als so manche seinesgleichen, und wir geben ihn nicht für besser aus, als er ist. Was Offenbach und die lustige Bande seiner Librettisten aus dem Stoffe hätten machen können, eine Parodie des schönen Altertums, zum Totlachen für den ersten und letzten Rang, eine verführerische Gelegenheit zu plastischen Bildern des gesamten Corps de Ballet, mit oder ohne Trikot, das komme hier nicht in Betracht. Maestro Bullermann, Komponist und Librettist in einer Person, war töricht genug gewesen, seine Aufgabe ernst zu fassen und ein musikalisches Drama zu liefern, das sich namentlich durch effektreiche Ensemblesätze und charakteristische Chöre auszeichnete. Er hatte das Glück gehabt, in der Lomond eine Darstellerin für seine Amazone zu finden, der es ebenso ernst um ihre Kunst war. Ihr Monolog im ersten Aufzuge - Arien hat bekanntlich die neue Schule verbannt - und ihre große Szene mit Theseus im dritten galten für Meisterstücke, welche den Erfolg der Oper bei den Kennern entschieden. Der Mehrheit des Publikums gefiel sie durch ein Heer von achtundvierzig phantastisch an- oder ausgekleideten Frauen, durch Aufzüge und Gefechte, für welche der Ballettmeister das seinige getan, durch eine reiche Ausstattung. Die Amazone wurde Mode; die Militärmusik zog mit dem Amazonenmarsch auf Wache, die Herren trugen kleine Amazonenschilde als Hemdenknöpfe, die Damen Amazonengürtel. Die breiten, mit Stahl, Silber oder Gold beschlagenen Lederriemen, welche eine Zeitlang die weibliche Taille umspannten, sie waren nicht nach dem Muster Sir John Falstaffs gebildet, sondern Abbreviaturen des Wehrgehänges, das Mars der Antiope, diese dem Theseus geschenkt. Fräulein Lomond selbst gewann ihre und Bullermanns gemeinsame Schöpfung so lieb, daß sie, und zwar am nächsten Sonntag schon, als Amazone von der Hofbühne der Residenz sich verabschieden wollte, welcher sie alle Anträge des Intendanten und die einstimmigen Wünsche der Presse wie des Publikums nicht hatte erhalten können. Warum sie ging, wohin? Vielleicht erfahren wir es, wenn und sobald sie es weiß.

Roland hatte zu seinem Bilde den Auftritt erwählt, wo die Amazone dem niedergeworfenen Theseus sein Leben und ihren Gürtel mit souveräner Verachtung zuwirft. Schwert und Schild sind ihm entfallen, er erwartet den Todesstreich. Sie blickt auf ihn herab mit einem Ausdruck, den man malt, wenn man Roland ist, darstellt, wenn eine Lomond, aber mit kalten Worten zu schildern nicht vermag. Im Hintergrunde, über Felsen und zwischen Bäumen tobt die Schlacht.

Ob der Meister sich über das Modell zu seinem Theseus bereits entschieden habe, war die Frage der Amazone, mit welcher sie das lange, heilige Schweigen der Sitzung unterbrach. - »Nicht doch,« sagte Roland. »Ich dachte anfangs an Stark; sein Kopf entspricht aber doch nicht recht.« - »Warum nimmst du nicht deinen eigenen?« - Roland sah verwundert auf. »Ich und ein Grieche?« lachte er. »Außerdem passe ich an die Stelle nicht. Als Allori die Judith malte, gab er ihr die Züge seines Schätzchens, ihrer Vertrauten die ihrer Mutter, die seinigen dem Haupt des Holofernes, das sie in der Hand trägt, ungefähr wie ein Jäger seinen Hasen. Die Figuren einer Komposition müssen, wenn sie dem Leben entnommen werden, womöglich in einer persönlichen Beziehung zueinander stehen. Diese fördert ungemein die Wahrheit. Deinen Theseus hättest du, streng genommen, dir auszusuchen. Mache mir Vorschläge. Anbeter fehlen dir ja nicht.« - »Was meinst du zu Papa Krafft?« - »Siehe da, gehört er auch zu deinem Hofe?« - »Das merktest du bisher nicht? Wie wenig Wachsamkeit und Eifersucht doch die Freundschaft besitzt!« - »Herr Krafft ist zu alt zum Theseus.« - »Sage ihm das nicht; ich müßte sehr irren, oder er strebt noch nach jüngeren Rollen als diese.« - »Mein Theseus ist nicht so männlich und heroisch, wie der auf deiner Bühne; ich ließe ihn eher Tenor als Bariton singen. Ich stelle mir ihn vor wie ein Exemplar der jeunesse dorée von Athen, ein Sieger im Frauengemach, der seine Opfer bald hier und bald da sitzen läßt, eine Ariadne auf Naxos, die ihm zu seiner rettenden Tat erst beistehen mußte, eine zweite - wie hieß sie doch gleich? - sogar in der Unterwelt. Der antike Held, welcher den Minotaurus schlug, ist übrigens auch in eurer Oper nicht wiederzuerkennen. Würde ihn ein Weib überwinden?« - »Deswegen dacht' ich an dich, den Unüberwindlichen.« - »Großen Dank für die schlechte Meinung. Nein, mir fällt eben ein anderer ein, vielleicht der rechte: Graf Wallenberg. Du wirst rot bei dem Namen, also paßt er.« - »Possen! Ich werde rot, weil mich der Helm drückt. Laß mich einen Augenblick ausruhen.« - Sie wandte sich ab, während er, eifrig weiter malend und auf seine Arbeit gebeugt, fortfuhr: »Ein feiner Kopf, dunkles Haar, schlaue Augen, zierliches Bärtchen, schlanke Gestalt. Wir stecken sie, anstatt in die goldgestickte Uniform, in einen goldenen Harnisch, und das Ideal meines Theseus ist fertig.« - »Aber der meinige nicht.« - »Warum?« - »Darum.«

Die weihevolle Stimmung schien unterbrochen. Seraphinens Worte klangen gereizt; sie rückte ungeduldig auf ihrem Sessel hin und her und stieß auf einmal einen kleinen Schrei aus. »Was ist dir?« rief Roland und wollte zu ihr eilen. Sie versetzte: »Bleib nur, bleib. Ich habe mich ge-stochen, weiter nichts. Hier unter dem Kissen liegt eine lange Haarnadel. Noch eine. Woher mögen sie kommen?« - »Vermutlich von dem Modell, das mir gestern zu deinem Amazonen-kleide saß.« - »Oder von Fräulein Armgard, die du heute gemalt hast, statt ihr Stunde zu geben. Ich sitze auf dem Stuhle nicht mehr. Ich will nicht.« Sie sprang auf; er legte, nicht unmutig, aber betrübt, Pinsel und Palette weg. »Du weißt,« sagte er ruhig, »daß ich Fräulein Krafft nicht male, niemals gemalt habe. Sie sitzt mir nicht.« - »Dann tu' ich's auch nicht. Sie ist nichts Bes-seres als ich.« - Wiederum herrschte tiefe Stille im Turme; aber eine drückende, schwüle. Die Sängerin machte einen raschen Gang durchs Zimmer und sagte dann, nicht zu Roland, sondern wie unwillkürlich mit sich selbst redend: »Einen Maler könnt ich niemals lieben oder heiraten, die Eifersucht auf die Modelle würde mich vergiften.« - Roland lachte auf, so ungezwungen und laut, als hätte ihn dies Bekenntnis wirklich erfreut. Darauf erwiderte er, sie bei der Hand nehmend: »Und dein künftiger Bräutigam oder Mann? Soll er auch eifersüchtig sein auf alle erste Tenöre, die dich minutenlang an ihre atemlose Brust drücken, auf unzählige serieuse Bäs-se, welche, als zärtliche Väter, dich auf ihren Armen in die Kulissen tragen, oder als zürnende Oheime an diesem reizenden Goldhaar über die Bühne zerren, um dir am Souffleurkasten im tiefsten F oder FF ihren Fluch zu geben?« - »Das sind Strohmänner vom Theater; wer denkt an sie, wenn man mit ihnen singt?« - »Und das sind Strohweiber vom Atelier. Man denkt auch nicht an sie, wenn man sie malt.« - Mit diesen Worten rückte Roland den Sessel auf die Seite und schleuderte die verhängnisvollen Haarnadeln auf den Boden.

»Bist du böse, Roland?« - »Daß du es schon wieder wirst, ja.« - »Komm, laß uns gut sein. Meine Stunde ist längst vorüber, der Kaffee verdient.« Sie rief in das Atelier hinaus: »Herr Raf-fael! Bitte auf einen Augenblick.« - Der Gerufene flog herein. - »Lieber Herr Raffael, machen Sie uns zwei Tassen Kaffee, wie Sie allein in dieser schlechten Welt voll Zichorien und anderen Falschheiten ihn noch zu machen pflegen: schwarz, wie Ihr wundervoller Bart, süß...« - »Wie Ihre Stimme, Fräulein Amazone.« - »Ei, wie geistreich und galant, Herr Raffael! Und heiß...« - »Wie das Blut einer prima donna assoluta!« schloß Roland, indem er lustig mit dem Finger drohte. Während Raffael hinausstürzte, dem Wunsche der Allvergötterten Folge zu leisten, führte sie Roland zu der Chaiselongue unter den Oleandern. Ehe sie sich niederließ, wollte sie ihren Rotkopf zurecht gerückt haben, wie sie sagte. »Hilf mir das Haar aufstecken,« bat sie ihn. - »Laß es, wie es ist, es steht so unvergleichlich schön.« - »Daß einer deiner Schüler käme und mich in solcher Auflösung allein mit dir fände? Nicht doch!« - »Torheit. Wir zwei sind ein Geschwisterpaar aus der verfemten Künstlerwelt; gute Kameraden, die in Neapel zusammen studierten, du in San Carlo, ich im Museo Borbonico, und die beim Einsiedler auf dem Vesuv Brüderschaft tranken. Uns ist alles erlaubt.« - »Was sich ziemt,« erwiderte sie. »Gib Netz und Nadeln, aber dort vom Fenster, nicht die am Boden.« - Er gehorchte. Sie warf ihm über die Schulter das dichte, Funken sprühende Haar zu, das er langsam durch die Hände gleiten ließ, um es in einen losen Knoten zu schlingen. Aber seine Hände zitterten dabei, sein Arm wollte sie plötzlich umfassen. Sie zog sich zurück und lachte hell auf. - »Herr Bruder,« rief sie, »keine Wahlverwandtschaften, wenn ich bitten darf.« - »Seraphine!« - »So heiß ich nicht für dich. Ich bin dein Seraph, dein getreuer Kamerad. Sei nicht wie die anderen Männer alle, die das Weib in mir sehen, nicht die Künstlerin.« - Sie bot ihm die Hand, welche er nicht ergriff. Er wandte sich ab, während sie allein das gefährliche Haar im blauen Netze fing und barg.

Mittlerweile war Herrn Raffaels Musterkaffee fertig geworden und wurde von ihm in hochei-gener Person samt zwei kleinen orientalischen Schalen aufgetragen. Roland holte die verpönten Laferme, erste Qualität. Beide setzten sich, möglichst weit auseinander, in zwei Amerikaner, wiegten sich schweigsam, hüllten sich in duftende Rauchwolken, schlürften in kurzen Zügen - was war es? Ein Liebestrank oder Lethe?!

Der Rabe weckte das Paar. Von der Staffelei herunterflatternd, verlangte er seinen Teil an Zucker und Mokka. Roland und die Amazone gaben ihm redlich ab; die letztere, sich in einem Scherze wieder sammelnd, unter dem Zurufe: »Jakob, deinem Herrn ist zu warm!« Aber der klu-ge Vogel zog das Naschen dem Fächeln vor. Nach der ersten Zigarre sagte die Sängerin: »Nun erzähle.« - »Was?« - »Dein Märchen.« - »Meinethalben. Mir ist märchenhaft genug zu Sinne. Und doch werde ich dir nur das Alltägliche zu berichten haben, wirklich ein Kindermärchen zum Einschläfern. Aber der weibliche Sultan muß auch schlafen, wenn die männliche Scheherazade plaudert.« Sie sah ihn mit den unergründlichen Nixenaugen lächelnd an und sprach: »Fange nur an; ich schlafe schon.«

4. Künstlers Erdenwallen

Der Meister begann: »Es war einmal ein Mann...« - »Der hieß Roland,« unterbrach ihn die Sängerin. - »Nein, so hieß er, leider, nicht; er nannte sich nur so.« - »Wie, auch du?« fragte sie verwundert wiederum dazwischen. - »Auch ich? Was bedeutet dies auch?« - »Ich wußte bisher nur, daß bei uns Theaterzigeunern angenommene Namen nicht selten sind,« antwortete sie, eine flüchtige Verlegenheit niederkämpfend. »Daß sie auch in ehrbaren Malerschulen vorkommen, überraschte mich. Gewiß zwang dich ein Standesvorurteil oder das Verbot von Angehörigen zu deiner Selbsttaufe?« - »Du irrst. Den Namen meines Vaters legte ich ab, weil er ein Unglück war. Mein Vater hieß Meyer.« - »Das nennst du ein Unglück?« - »Eines der größten, welches einem strebsamen, ehrgeizigen Jüngling aufgebürdet sein kann. Meyer, Müller, Schmidt...mache doch solch einen Namen bekannt! Versuch es. Ich behaupte kühn, wenn Goethe Meyer geheißen hätte, wäre er sein Lebtag nicht berühmt geworden.

Übrigens hatte ich ein Standesvorurteil bei Wahl meines Berufes nicht zu bekämpfen. Täusche dich nicht, indem du unter der Maske ›Roland‹ einen hochgeborenen Kopf mit der Grafenkrone suchst. Mein Vater, der Meyer hieß, war Hirt in einem der entlegensten Dörfer von Deutschtirol. Sommers hütete er die Ziegen und die Schafe der Bauern, im Winter als Lehrer ihre Kinder, wobei gelegentlich nach Möglichkeit gewildert wurde. Dorfschulmeister, Hirt, Wilddieb...Nein, Standesvorurteile hemmten meinen Genius nicht.

Halte mich nicht für so schwach, daß ich meiner Abstammung mich schämen könnte. Aber auch die nicht minder erbärmliche Schwäche, stolz darauf zu sein, liegt mir fern. Ich bin nicht hoch genug gestiegen, um des niedrigen Ausgangs mich rühmen zu dürfen. Ohne jede Anwandlung eines bauernstolzen Schwindels blicke ich zurück, auf die enge Hütte, die, sechs Monate im Jahre verschneit, meiner Kindheit Schauplatz war.

Als ob es am Fluche des Namens Meyer nicht genug wäre, hing mir der Tag meiner Geburt noch einen zweiten an. Am elften September erblickte ich das Licht dieser Welt, das für mich ein Halbdunkel war. Du errätst nicht, welcher Heilige an diesem Tage im Kalender steht. Ein wunderlicher ist es: Paphnutius. Unter seinem Namen wurde ich in das Kirchenbuch eingetragen. Dem Vater verdanke ich den Meyer, der Mutter den Paphnutius, zärtlich abgekürzt in Nuzi, durch ein naheliegendes Wortspiel in Nichtsnutz verwandelt. ›Paphnutius Meyer‹ macht dich lachen, nicht wahr? Mir hat es manchen Puff und Knuff eingetragen. Denke dir doch eine zärtliche Liebesszene, wo Julie ihren Romeo anredet: ›Mein Nuzi!‹ Oder ein Bild, gezeichnet: ›Meyer‹; das ist gerade so gut, als ob gar kein Name darunter stünde. Du begreifst das nicht, Seraph. Dir sind Engelsflügel angeboren, dein Name trägt gen Himmel, indes der meinige halb eine Unmöglichkeit ist, halb das Gemeingut einiger hunderttausend Mitmenschen, will sagen Mitmeyer.

In einer seinen Dorfgeschichte, wie sie heutzutage Mode sind, oder es gestern noch waren - Dorfgeschichten auf Velinpapier mit Illustrationen unserer berühmtesten Künstler - würde sich meine Heimat unstreitig vortrefflich ausnehmen. Auch daß der Meyer-Nuzi Ziegen hütet, ehe er sie malt, ist für einen Vasari der Gegenwart ein gefundenes Fressen. Aber in Wahrheit, in Wirklichkeit sehen sich solche Dinge verwünscht hart an, leben sich noch härter durch. Wenn die Giotto rar genug sind, gibt es der Cimabue sicher nicht mehr. Ein Malertalent ersten Ranges kann heute auf jeder Weide verkümmern, ohne von einem zünftigen Meister entdeckt, gehegt und gepflegt zu werden. Die Cimabue unserer Akademien würden einen Giotto entweder eifersüchtig im Keim ersticken oder eigennützig für ihre Zwecke ausbeuten.

Das Künstlerblut in meinen Adern mag mir von der Frau Mutter vererbt sein, die als Tirolerin, als echte, jodelnd und Zither schlagend, die Leipziger Messe ein paar Jahre lang besucht hat; nicht für eigenen Gewinn, setze ich gleich hinzu, sondern im Dienst eines ländlichen Impresario, der sie auf Wochenlohn engagierte. Ihre Beute aus fünf, sechs Feldzügen, welche bis Berlin und Hamburg ausgedehnt worden waren, belief sich auf zweihundert Gulden Konventionsmünze. Dazumalen gab es bei uns noch Konventionsmünze, das heißt: Münze, die nicht bloß Konvention war. Es langte gerade, um die Hütte am Ende des Dorfes zu kaufen, die sie dem Herrn Vater als Heiratsgut zubrachte. Weiter besaß sie nichts, und er hatte gar nichts. Null plus Null ist im ehelichen Leben nicht gleich null, sondern gibt ein minus X, das mit jedem Kindbett wächst. Der schmale Verdienst meines Vaters durch sein Doppelamt reichte nirgends. Unfrieden und Mangel gruben die ersten Eindrücke in mein junges Gemüt. Die besten Stunden waren die, wenn der Vater den schweren Stutzen hinter dem Ofen hervorholte und vor Tagesanbruch auszog, eine Gams oder ein paar Steinhühner aufzuspüren. Ich ging dann mit der Mutter auf die Hut. Sie erzählte von ihren Reisen, wie es im Reich nicht gar so schlimm ausschaue, als der Herr Pfarrer meine; die Lutherischen und ›der Preiß‹ seien zwar Ketzer, im übrigen aber kreuzbrave Leut’. Und ihr Land viel, viel schöner als das unsrige; von den grauslichen Bergen keine Spur, alles eben wie ein Garten, voller Obstbäum’. Ihre einfachen Schilderungen weckten meine Wanderlust. Ich fing an, die herrlichen Alpen zu hassen, die zwischen mir und meinen Träumen lagen. Jenseits hätt’ ich sein mögen, wo die Welt weit und offen ist.

Wie ich ein Maler ward, weiß ich mit dem besten Willen nicht zu sagen. Es muß doch mit dem ursprünglichen, unwiderstehlichen Naturtrieb mehr auf sich haben, als man insgemein denkt. Kein Bild hat meinen Sinn für Zeichnung und Farbe angeregt, denn es gab bei uns meilenweit in der Runde keins; unser Dorf hatte nicht einmal eine Kirche für sich, es war eingepfarrt über dem nächsten Joch drüben, zwei Stunden Wegs. Die kleinen Heiligenbilder, welche die reichen Kinder vom Herrn Göd zur Firmung geschenkt bekamen, und ein gräulicher Sandwirt in Steindruck, den der Vater im Rausch auf dem Jahrmarkt zu Schwatz erstanden hatte, sind die einzigen Kunsterzeugnisse, die ich bis zu meinem zehnten Jahre gesehen. Sonderbar, daß ich sie nicht ausstehen konnte. Auch die Kupfertafeln, die der Vater von Amts wegen zugesandt erhielt als Vorlagen zu dem sogar in unserer Einöde anbefohlenen Elementaranschauungsunterricht, ließen mich kalt. Und doch waren sie der nächste Anlaß zu meiner ersten, eigenen Haupt- und Staatsaktion, nachdem ich freilich schon geraume Zeit hindurch mit einem Stück Kreide, die ich dem Wirt abgebettelt, sämtliche Türen und Läden im Ort mit freien Handzeichnungen aller möglichen und unmöglichen Geschöpfe, nach der Natur ausgeführt, verunreinigt hatte. Ich erinnere mich der kleinen Szene noch zu lebhaft, um sie nicht beschreiben zu müssen. Mein Vater hielt Schule. Er hing eine kolorierte Tafel aus der kaiserlich-königlichen Staatsdruckerei zu Wien auf, die als Nummer eins ein stattliches Haus aufwies. - ›Was ist das, ihr Buben?‹ - ›A Haus, a Haus.‹ - ›Was denkt’s euch bei dem Haus?‹ - Tiefe Stille. - ›Der Unterst’, was denkst?‹ - ›I wollt’ halt, es wär’ mein.‹ - ›Der Nächst’.‹ - ›I möcht’s a haben.‹ - ›Der Dritt’ von unten, Nuzi.‹ - ›Daß das Dacherl z’kloan is.‹ - ›Bub, nichtsnutziger, wirst’s besser machen, gelt?‹ - ›Ja, Herr Vater, wann ich dürft’.‹ - ›Du Malefizschmierer du, ich werd’ dir dein Haus anstreichen. Gehst her?‹ - Einige väterliche Krafthiebe korrigierten wohl meine respektwidrige Kritik, aber nicht die herausgeforderte Lust, ein besseres Haus zu machen, als jenes auf der Tafel, das ein Stadthaus war mit flachem Schieferdach, zahllosen Fenstern und glatten Wänden, dergleichen mir niemals vorgekommen. Am nächsten Feiertag - es fehlt an ihnen in Tirol nicht - zeichnete ich auf ein Brett, das ich dem Ziegenstall entlehnt hatte, unser Haus ab: das vorspringende Dach, mit Schnee bedeckt, mit Steinen beschwert, die hölzerne Galerie, die kleinen, runden Scheiben, die niedere Tür. Vor ihr lag gerade, in der bleichen Wintersonne sich wärmend, unser Hund. Er hieß: der Wred’, unser Hund. Das Echo der Berge und des Volksherzens bewahrt mit wunderbarer Treue den Namen seiner Dränger wie seiner Helden. In der Pfalz heißen eine Menge Köter zur Stunde noch Melac, in Sachsen Tilly. Und wie oft steht Kaiser Nero, der populärste Name in Rom, bei unseren Vierfüßlern Gevatter. Den Wred’ behandelte ich mit ganz besonderem Fleiß, weil er so glänzend weiß aussah. Ihn und den Schnee am Dache machte ich mit weißer Kreide. Alles, was ich dunkel sah, mit Kohle. Mein Prachtstück gab der Gamskopf mit den zwei Hörneln am Giebel ab. Da ich fertig war, brachte ich mein Opus 1 zu Vater und Mutter. Diese fiel mir um den Hals und weinte, jener schüttelte bärbeißig den Kopf, sagte nichts, verwahrte aber doch das Brett sorgfältig im Kasten nebst Pulvermaß und Schrotbeutel, seinen teuersten Schätzen. Vorher äußerst freigebig mit Züchtigungen, hat mich seine Hand seit jenem Tage nicht mehr berührt.

Vergib, wenn ich deine Engelsgeduld ermüde, langmütiger Seraph. Ein Kindermärchen geht gern langsam, zumal, wenn es in des Erzählers eigene Kindheit zurückkehrt, die in der Erinnerung immer verklärt und rosig hinter uns liegt, auch wenn sie in der Wirklichkeit grau in grau gewesen ist. Aus der meinigen vertrieb mich eine schaudervolle Nacht, die ich verschweigen möchte und doch nicht verschweigen kann. Wende dein Antlitz ab von ihr, wie es der gute Engel unserer Hütte auch getan.

Von sechs Geschwistern, die ich hatte, war das jüngste, ein Mädchen, mein Liebling. Es hieß Rosel. Rosel starb an Scharlach, als sie fünf Jahre alt war, ich fünfzehn, also schon ein erwachsener Bursch, früh reif geworden, des Vaters Hilfe in seinen zwei Geschäften. Die kleine Leiche ward auf dem niederen Hausboden ausgestellt, bis sie auf den Gottesacker in unserem Pfarrdorf geschafft werden konnte.

Mitten in der Nacht höre ich, - wir schliefen alle, Eltern und Kinder, in einem und demselben Gemach unten im Hause neben der Wohnstube, - wie der Vater sich leise aufmacht und die knarrende Treppe zur Bodenkammer hinaufschleicht. Ich schlief nicht, weil mein Leid um das heimgegangene Schwesterlein mich wach erhielt. Alle anderen lagen in tiefer, dumpfer Ruhe, auch die Mutter, müde von Nachtwachen und Krankenpflege. Was wollte der Vater droben bei der Toten? Atemlos horchte ich auf. Das Herz schlug mir bis in den Hals. Ich hörte die Hoftür gehen, nach einer ziemlichen Weile in der Hausflur am Herd Licht machen, dann Tritte in der Stube und ein mehrmaliges Knacken, wie von dem Hahn des Stutzens - Alle Heiligen im Himmel stehen mir bei! Ich krieche aus meinem Bett und tappe sachte, sachte an das einzige Fenster. Das ist hart und fest gefroren. Mein Hauch taut das Eis auf, daß eine der kleinen Scheiben frei wird und mir den Ausblick gestattet über unsern Hof und in den unmittelbar hinter ihm aufsteigenden Bergwald. Der Mond schien hell, ringsum lag fußhoher Schnee. Da, unter den ersten Tannen - sieh mich nicht an, Seraph - hat der Vater die Leiche seines Kindes gebettet... um das Raubgetier der Nacht, Fuchs, Steinmarder, Iltis, anzulocken; er steht, den Stutzen im Arm, im Schatten der Galerie auf der Lauer.

Meine Knie brachen unter mir. Die Nägel in das dichte Fenstereis geschlagen, lag ich wie besinnungslos da. Dann stürzte ich unter krampfhaftem Schluchzen an Rosels Bett und vergrub den Kopf in die kalten, leeren Kissen. Die Mutter erwacht, sie hört mich heulen. ›Was hast du, mein Bub'?‹ sagt sie. ›Mußt nimmer weinen um unsre Rosel; schau, die ist jetzt ein Herrgottsenglein und betet droben im Himmel für uns.‹ - ›Nein, Mutter,‹ erwidere ich zähneklappernd, ›die Rosel liegt hinter der Hütten im Schnee. Der Herr Vater will ludern mit ihr.‹ - Hierauf ein Schrei, dessen Ton mir noch heute das Herz zerreißt; ich habe ihn später wieder gehört, im Atlas, von einer Löwin, die sich über ihr angeschossenes Junges warf. Die Mutter stürzt hinaus, halb nackt. Ich blieb in namenloser Angst in der Kammer liegen, unter den fünf Geschwistern, die, aus dem Schlafe aufgeschreckt, weinten, ohne zu wissen warum. Erst ein Schuß, der draußen krachte, riß mich empor. Ich eilte in die Hausflur und sah, wie die Mutter, Rosel im Arm, durch die Hintertüre hereinschwankte. Der Vater folgte mit dem Stutzen, der losgegangen war, während sie mit ihm gerungen.

Am nächsten Morgen lag die Mutter im hitzigen Fieber, drei Tage darauf war sie eine Leiche. ›Die Gaisen-Meyerin ist am Hirnschlag gestorben,‹ hieß es im Ort. Auf einem Schlitten wurde ihr Sarg und die kleine Lade mit Rosel über das Gebirg zum Friedhof gefahren; ich saß zwischen beiden, meine Toten bewachend, bis sie die geweihte Erde in ihren schützenden Schoß aufgenommen. Zwei andere Schlitten mit den Leidtragenden folgten.

Nachdem der abscheulichen Sitte des Leichenschmauses Genüge geschehen, trat ich zum Vater, den Stecken in der Hand, den grünen Quersack um die Schultern, der meine Habseligkeiten enthielt: ein paar Hemden, deren grobe Leinwand die selige Mutter gesponnen und gewebt hatte, Fußsocken, von ihr gestrickt, zu unterst ein Seidentüchel von Rosels Hals.

›Ich geh', Herr Vater,‹ sagte ich. - Er nickte mit dem Kopf: ›Und läßt mich allein mit den fünf Fratzen‹ - ›Ihr wißt, daß es so sein muß. Wir zwei können keine Nacht mehr unter einem Dach liegen.‹ - Er murrte: ›Wenn die vornehmen Leut' ihre Kinder nach dem Tode aufschneiden lassen...‹ - ›Vater, kein Sterbenswörtlein mehr, oder es gibt ein Unglück. Behüt' Euch Gott. Was ich in der Fremd' erwerb', werd' ich heimschicken.‹ - ›Vergiß nit drauf, und daß es nur fein genug ist für mich und die fünf‹, so höhnte er hinter mir drein.

In Meran fand ich nach kurzer Wanderschaft Unterstand: ein Zimmermaler nahm mich unentgeltlich, sogar mit Kost und Logis, in die Lehre, unter der Bedingung, daß ich vier Jahre wenigstens bleiben müßte. Ich blieb solange, strich Wände, Decken, Fenster, Türen an, daß es eine Lust war, und besuchte die Sonntagsschule, in der ich den ersten Zeichenunterricht empfing. Weil ich, allem Verbot zum Trotz, wenn es Arbeit in seinen Häusern gab, nicht durch die Schablone pinselte, sondern aus freier Hand und nach eigener Erfindung Plafonds malte, gab es häufigen Zank mit dem Meister, doch auch allerlei Nebenverdienst und örtliche Berühmtheit. Die Schützen bestellten ihre Scheiben zum Festschießen bei mir, eine fromme Wittib ein Ex-voto-Bild für ihren in der Passer verunglückten Gatten. Im dritten Jahre erhielt ich den Auftrag, eine Fahne für die Fronleichnamsprozession zu liefern, welche als die schönste im ganzen Zuge männiglich bewundert wurde. Es fehlte nicht viel, so hätten mich die geistlichen Herrn für einen ihrer Orden gewonnen; sie wollten mit aller Gewalt ein Kirchenlicht in mir riechen. Gegen Ende meiner Lehrzeit wurde eines der zahlreichen Schlösser im Etschtal neu dekoriert. Ich schmeichelte meinem Meister die Erlaubnis ab, den Speisesaal auf eigene Faust zu übernehmen, bat mir aber aus, daß während der Arbeit nicht ein fremder Fuß die Schwelle überschreiten dürfe. Nach vier Wochen führte ich den Eigentümer und den Meister vor mein fertiges Werk. Sie waren außer sich. Ich hatte den Saal in einen Weinberg verwandelt, wozu mir Mutter Natur, meine einzige, ewige Lehrmeisterin, die schönsten Originale an jedem Hügel darbot. Unten um die vier Wände herum lief ein altes Mauerwerk, auf welchem Efeu und Eidechsen nicht gespart waren. Die Reben rankten in üppigstem Wachstum darauf und darüber empor, teils frei, teils an Geländern, an der Decke in zarte Arabesken auslaufend. Dunkle Trauben hingen überall herunter, den Gästen, wenn sie zu Tische saßen, sozusagen in den Mund. Und wieviel verschiedene Arten von Vögeln an den Beeren pickten, wie viele Käfer und Raupen auf den grünen Bäumen krochen, wie viele Schmetterlinge durch die lichten Zwischenräume flogen - nun, du kennst ja meine Zärtlichkeit für alles, was da fleucht und kreucht. Oben in dem einen Winkel des Plafonds lauschte aus dem Halbdunkel ein mächtiger Bär, der in jenen Gegenden noch häufig zum Besuche sich einstellt; gegenüber Meister Reineke, auf einer Latte liegend, mit lang herabhängender Rute. Am Himmel standen, zu gleicher Zeit, Sonne, Mond und Sterne. Das Hauptstück aber war ein Porträt des Saltners, das heißt Weinberghüters von Meran, der in Lebensgröße durch ein Fenster der Laube von außen hereinsah, die Flinte im Anschlag gerade auf den in die Türe eintretenden Beschauer gerichtet. Welch ein Triumph meiner Kunst, daß jedermann unwillkürlich zurückfuhr, sobald er des allgemein bekannten, bärtigen Gesichtes unter dem grünen Hut ansichtig wurde! Im übrigen versteht es sich von selbst, daß meine Arbeit ein roher, naiver, jeder Regel und Form spottender Versuch gewesen ist. Dies hinderte indessen nicht, daß von fern und nah Besuche kamen, um sich das Meisterstück eines Lehrlings anzusehen, darunter viele Fremde, zur Traubenkur gerade in Meran versammelt. Am Tage, da das neue Schloß eingeweiht wurde, erschien ich mit meinem Meister als Gast an der Mittagstafel. Ich fand unter meinem Kuvert eine funkelnagelneue Banknote zu fünfzig Gulden, das Geschenk des großmütigen Hausherrn. Dessenungeachtet schmeckte mir kein Bissen, ich schwitzte große Tropfen der Angst. Kein Wunder; meine eigene Sonne schien mir gerade auf den Kopf, und neben mir saß ein gelehrter, berühmter Maler, der Professor - aus - (Namen tun nichts zur Sache) -, der mir die Seele aus dem Leibe fragte und nach jedem Gericht dozierte: ›Sie haben ein entschiedenes Talent, junger Mann, aber Sie sind auf falschem Wege. Sie fangen an mit dem Ende. Ehe man nach der Natur arbeitet, muß man einen regelmäßigen Kursus der Schule durchmachen.‹ Darauf bewies er mir sonnenklar, daß ich von der Perspektive nichts verstünde, daß meine Zeichnung inkorrekt sei, daß auch die Farbe nichts tauge. Ich dankte meinem Schöpfer, als die Mahlzeit vorüber war, und der Herr Professor einen kleinen Spitz hatte. Wie wenn der Kopf mir brennte, rannte ich nach Haus, wechselte meinen Fünfziger und schickte dreißig Gulden heim an meinen Vater.

Mit den übrigen zwanzig im Sack verließ ich am letzten Tage meiner Lehrzeit Meran. Sehr gegen meine Neigung, aber gehorsam dem Rate meines großmütigen Gönners, des Burgherrn, pilgerte ich zu meinem Tischnachbar, dem berühmten Professor. Er nahm mich als Schüler an. Obgleich ich längst lesen konnte, lernte ich bei ihm das A-B-C der Kunst und buchstabieren. Die Summe seiner Lehrweisheit faßte sich in dem Satz zusammen, daß in unserer Zeit, wo das Reich der Malerei ein unermeßliches, die Technik eine Wissenschaft für sich sei, jeder Künstler eine Spezialität ergreifen und diese bis zum Virtuosentum ausbilden müsse. Gerade das Gegenteil meiner tiefinnerlichen Überzeugung, daß die Kunst allumfassend ist, wie die Natur. Mir empfahl er die Spezialität der Blumen-, Frucht- und Tierstücke. Die seinige war die Winterlandschaft. Er hatte es darin so weit gebracht, daß man bei seinen Bildern eine Gänsehaut und Frostbeulen bekam. Ich genoß im geheimen die Vergünstigung, Staffagen in dieselben zu malen, Bauern mit Holzschlitten, Köhler am Feuer, Wild und Raubvögel. Dennoch habe ich bei ihm mancherlei gewonnen, mehr noch in den zahlreichen Ateliers der Hauptstadt, in denen ich mich mit zudringlicher Beharrlichkeit einzubürgern wußte. In einem saß und stand ich Modell, im andern rieb ich Farben, im dritten schlug ich Zither und sang Schnaderhüpfl'n. Aber in allen hatte ich offene Augen, welche sahen, wie der einzelne es machte, und von jedem lernten. Nach zwei Jahren fragte ich den Professor, wieviel ein Mensch von einfachen Bedürfnissen und Gewohnheiten an Zeit und Geld brauchen möge, um in Paris und in Italien studieren zu können. Er veranschlagte vier bis fünftausend Gulden, auf vier bis fünf Jahre verteilt. Mein Plan war gemacht. Ich schnürte mein Bündel, sagte dem Professor Dank und Ade und suchte mir eine kleine deutsche Stadt, in der es noch keinen Maler gab. Sie sind schwer zu finden, aber ich fand. Ich rechnete hundert Porträts, Stück für Stück fünfzig Gulden, mit denen ich binnen zwei Jahren fertig zu werden und genug für meine Wanderschaft erworben zu haben hoffte. Wohlgemut stellte ich die Staffelei auf und eröffnete meinen Laden. Aber die Kundschaft blieb aus. Ich mußte mir erst einen Namen machen, indem ich Aushängeschilder für fremde Läden unternahm. Dies gelang. Ein Ritter für das vornehmste Gasthaus des Ortes, zum Ritter genannt, ein Mohr und eine Türkin für einen Tabakshandel, ein paar Kühe für ein Milchgeschäft, ein Tiger vor dem Gewölbe des Kürschners - sie wirkten Wunder. Sämtliche Honoratioren, die Pächter der Umgegend, der Landadel auf zehn Stunden in der Runde gingen mir nach und nach ins Netz. Dabei spielte mir die Liebe einen bösen Streich, an welchem um ein Haar mein ganzer Plan gescheitert wäre. Ich faßte eine grausame Leidenschaft für meine Türkin, das Töchterlein des Tabaks- und Zigarrenkrämers, welche ich auf der Auslage ihres Vaters in Lebensgröße abkonterfeit hatte. Sie war ein munteres, frisches Ding mit einem Paar sehr viel versprechender, schwarzer Augen im Kopfe und einer Gestalt, welcher das orientalische Jäckchen und die gelben Pumphosen vortrefflich anstanden. Mit Christinen - so hieß die Odaliske - war ich bald genug im reinen. Sie ermutigte mich zu einem förmlichen Heiratsantrag bei den verehrlichen Eltern, nachdem sie die Mutter durch ihre Beredsamkeit so gut wie gewonnen haben wollte. Eines schönen Sonntagsmorgens stieg ich denn auch, in meinem ersten schwarzen Frack, den Zylinder in der Hand, unter schwerem Herzklopfen die kleine Stiege hinan, die aus dem Laden in das Familienzimmer führte. Der Tisch war bereits gedeckt; aus der Küche drang ein höchst verführerischer Geruch herein, unverkennbar von einer gebratenen Martinigans, mit Äpfeln gefüllt. Christine empfing mich blinzelnd, winkend, schmunzelnd, augenscheinlich voll Zuversicht und ohne den leisesten Zweifel an dem vollständigen Erfolge meiner Werbung. Sie zeigte verstohlen auf einen vierten Platz am Tische, als wollte sie sagen: die Gans und ich, wir sind dir gewiß; nur vorwärts! - Die Mutter saß am Fenster und strickte meinen Schicksalsstrumpf. Papa schloß im Winkel des Zimmers am kleinen Kontor, über dem eine ewige Lampe glimmte, die Bilanz der vergangenen Woche; sein Stirnrunzeln verkündete ein verhängnisvolles Defizit. Trotz des lockenden Schildes am Laden war Rappé und Kanaster flau gewesen, Vollheringe wenig begehrt, Öl still, nur Seife angenehm, an der nicht viel verdient wird. Er empfing mich mit würdevoller Zurückhaltung, hörte meine lange, wohleinstudierte Rede, ohne mich zu unterbrechen, schweigend an, indem er sich auf seinem Schreibebock herumdrehte, und klappte, als ich geschlossen, Journal und Hauptbuch feierlich zu. ›Ihre Werbung, Herr Maler Meyer,‹ so antwortete er nach einem feierlichen Räuspern, ›kann mir, meiner Frau und meiner Tochter nur ehrenvoll sein. Indes, ehe wir weiter gehen, belieben mir Euer Wohlgeboren zu sagen, wieviel Uhr es sein mag?‹ - Verwundert stammelte ich etwas wie zwölf Uhr vorüber. - ›Das denken Sie, aber ein Kaufmann ist in allen Dingen exakt. Haben Sie die Gewogenheit, Ihre Uhr zu befragen und mir genaue Antwort zu geben.‹ - ›Meine Uhr? Ich habe keine.‹ - ›Heißt das, Euer Wohlgeboren besitzen ein solches, dem ordentlichen Manne durchaus notwendiges Stück überhaupt nicht, oder dieselben haben es nur zu Hause gelassen?‹ - ›Ich habe keine Uhr, weder bei mir, noch daheim.‹ - ›Dann bedauern wir,‹ sagte er, von seinem erhabenen Sitze herabsteigend, ›unsere Tochter Ihnen versagen zu müssen. Ein Mann ohne Taschenuhr ist kein Ehemann für sie. Suchen Sie, junger Herr, zuerst eine Uhr und dann eine Frau. Nicht einmal eine Uhr! Christine, richte an. Es ist‹ - er zog wohlgefällig sein Nürnberger Ei in Schildpattschale aus der Hosentasche und ließ das Petschaft an der goldenen Kette vernichtend in meine Augen blitzen - ›es ist zwanzig Minuten über zwölf. Nun wissen Sie, wie es an der Zeit ist. Womit wir uns Euer Wohlgeboren in allem übrigen bestens empfohlen haben wollen.‹ Er neigte das Haupt, Mama stand auf, knickste und ließ eine Masche fallen, vor Schreck oder Mitleid. Christine war verschwunden, mit einem Abschiedsblick, der mir zurief: ›Nicht einmal eine Taschenuhr! Hätte ich das gewußt!‹ - Ich empfahl mich zerknirscht. Ein halbes Jahr später hatte ich eine Taschenuhr, und Christine, meine Türkin, die zur Vielmännerei neigte, einen Bräutigam, den reichsten Advokaten des Städtleins, einen alten Junggesellen. Beide begegneten mir, Arm in Arm, bei ihrem Visitenrundgang. Die schwarzen Augen maßen mich höhnisch und wiesen auf die rote Samtweste des Zukünftigen, auf welcher eine vielfach verschlungene Goldkette baumelte. Ich zog mit der linken Hand den Hut, mit der rechten meine neue Taschenuhr und fühlte mich gerächt, fast gerettet. Hätte ich an dem Gänsesonntag eine Uhr besessen, so brütete ich vielleicht noch in dem kleinen Nest über Ladenschildern und Porträts. Woran ein Menschenleben doch oftmals hängt!

Aber nicht bloß in der Liebe, auch in der Kunst sollte ich schweres Lehrgeld bezahlen. Ich sagte dir, mit welch heiligem Feuereifer ich meine Staffelei aufgestellt und nach Arbeit getrachtet. Dabei gelobte ich mir, vor allen Dingen immer wahr zu sein, niemals zu schmeicheln. Höre, wie ich die Probe bestand. Mein erster Kunde war eine Bäckermeisterin, Frau Maier mit Namen. Sie nannte mich freundlich ›Herr Vetter‹ und eröffnete die Sitzungen, die in ihrer ›guten Stube‹ abgehalten wurden, mit einem Frühstück von selbsterzeugtem Kuchen und gleichfalls selbsterzeugten Morgenschnäpschen. Eine kleine Versüßung der Aufgabe konnte allerdings nicht schaden. Frau Maier war eine vollreife Schönheit von einigen fünfzig Lenzen und einem Gewicht von guten dritthalb Zentnern. Sie präsentierte sich in einem ausgeschnittenen Seidenkleid mit kurzen Ärmeln, bloßem Hals und Nacken, um welchen sich wie eine Schlange eine goldene Kette wand, ein Lorgnon haltend. Ich wagte die schüchterne Anfrage, ob sie nicht eine Krause oder ein Tuch nehmen wolle? Sie verneinte entschieden, weil sie nicht wüßte, warum sie ihren, ohnehin etwas kurzen Hals noch verstecken sollte. Seufzend brachte ich ihre Schwäche, das ist Stärke, in ein möglichst diskretes Licht und ging ans Werk. Mit den Umrissen des Kopfes war leidlich fertig zu werden. Als ich aber in die unteren Partien des Gesichts geriet, das in ein majestätisches Kinn von mehreren Stockwerken auslief, befiel mich ein Schwindel, der Angstschweiß brach mir aus. Ich irrte, erst mit den Augen, dann mit der Kohle, trostlos in diesen Fleischgebirgen umher, ohne zu wissen, wo das Kinn aufhörte und der Busen anfing. Die Sitzung wurde kurz abgebrochen. Am nächsten Morgen trank ich mir Courage an zwei, wenn nicht gar drei Bitteren, und setzte dann rüstig meine Wanderschaft fort, entschlossen, Ordnung in das Chaos zu bringen, vor allem meinem Schwur der Wahrheit unverbrüchlich getreu zu bleiben. Ich arbeitete wie ein Metzgergesell, während dann und wann meine Kollegen, die Bäcker, in aufgestreiften Hemdsärmeln, mit weißen und weisen Gesichtern, mir über die Schultern sahen, heimlich lachend. Auch der Meister kam, schüttelte den Kopf und ging. Am dritten Tage - fehlte das Frühstück. Böses Omen. Die Besuche aus der Backstube blieben gleichfalls aus. Nur der Lehrbub kam einmal herein, schnitt eine Koboldsfratze und rief, davonlaufend: ›Die Frau Meisterin sieht aus, als ob sie einen Kropf haben täte.‹ Die dritthalb Zentner gerieten in eine tiefe Erschütterung. Frau Maier weinte blutige Tränen. Herr Maier schalt mich einen Pinsel und fragte, ob ich seine Ehehälfte für eine Löffelgans hielte? Meine Zukunft stand auf dem Spiel, die Studienreise nach Rom und Paris. Wenn meine erste Kundschaft mich unzufrieden entließ, war meines Bleibens nicht, mein Erwerb ruiniert. Ein schmerzlicher Kampf entbrannte in meinem Innern. Endlich senkte der Genius der Wahrheit besiegt die Fackel, mein Gelübde ward gebrochen. Ich machte die Augen zu: ein herzhafter Strich und die Unterkinne verschwanden, in einer lieblichen Wellenlinie ging das Fleischgebirge unter, nur eine appetitliche Fülle blieb zurück. Natürlich brachte die vierte Sitzung einen Regenbogen des Friedens in den verschiedenfarbigsten Likören, und das Fleisch, welches ich meinem Modell gewissenlos genommen, wurde mir reichlich ersetzt - auf Butterbrot. Der ›Herr Vetter‹ mußte, als das Bild fertig dastand - sprechend ähnlich, wie alle Welt anerkannte - jeden Sonntag beim Hofbäcker essen. Die dankbare Bäckersfrau empfahl mich, um gute fünfzig Pfund erleichtert, der gesamten Verwandtschaft, worunter ich einem Stadtrat eine römische Nase aufsetzte statt seiner angeborenen Kartoffel, und die Tochter des Kreisphysikus, welche schielte, vorsichtig in Profil malte. Mein Glück war gemacht... Was ist Glück, Seraph? Damals dünkte es mir das Höchste, jede Woche einen deutschen Kleinstädter zu versilbern, in zweimal zweiundfünfzig Wochen ein paar tausend Gulden auf die Seite zu schaffen. Ihr, meiner Hofbäckerin, dankte ich dies Glück. Friede ihrem Unschlitt; denn nur darein, nicht in Asche kann sich ihr braver Leichnam aufgelöst haben.

Noch vor Ablauf der zwei Jahre stand ich am Ziele. Ich hatte in der letzten Zeit meine Preise erhöhen können; ein Rittergutsbesitzer mußte hundert Gulden, statt anfänglicher fünfzig, zahlen, und doch bekam ich mehr Aufträge, als ich auszuführen vermochte. Aber mit welch innigem Aufatmen, wie laut jubelnd und triumphierend verbrannte ich, nach dem letzten Attentat auf die Wahrheit, meine verfluchten meineidigen Pinsel! Nun ein freier Künstler! Fort auf die hohe Schule, in die weite, wilde Welt! - Paris die erste Station. Dort fand mich nach einjähriger, harter, heißer Arbeit Lord Rochester. Du weißt, daß er über das, was damals meine Zukunft hieß, entschied. Das Kapital, das zwei, drei Jahre dauern, bis Rom und Neapel reichen sollte, war in fünfzehn Monaten geschmolzen. Ich hatte nur gesäet, nicht geerntet, und nebenbei gelebt aus dem vollen. Mein letztes Zwanzigfrankenstück brannte in meiner Tasche, als er mir im Louvre, bei der Kopie eines Murillo, begegnete. Er stellte mir die erste große Aufgabe meines Künstlertums, die Roland-Galerie. Ich führte sie unter seinen Augen aus, in Paris, in den Pyrenäen, in Madrid. Laß dir sagen, daß unsere Maler Toren sind, wenn sie, jahrein, jahraus, Italien ab- und ausschreiben. Madrid besitzt die reichste Fundgrube der Welt, Italiener, Niederländer, Spanier. Und welche herbe, tüchtige Eigenartigkeit des Volkes dazu! Bin ich etwas geworden oder werde ich noch etwas, so danke ich's den Spaniern und Lord Rowland. Er war ein Sonderling mit Haut und Haar, aber ein Kenner wie wenige, unbestechlich, tief, originell. Mit ihm habe ich England, Schottland, den Norden Europas bereist. Er erlöste mich von der Erbsünde des Meyer. ›Nennt Euch Roland,‹ sagte er, ›und seid der Sohn Eurer Werke; - so haben wir dieselben Ahnen.‹

Nachdem ich ihn in Rowlandshall begraben, zog ich nach Neapel; fünfundzwanzig Jahre alt, mit einem kleinen Vermögen, einem jungen Namen - kurz, ein gemachter Mann, wie man's zu nennen pflegt. Du erinnerst dich der Stunde, die uns dort zusammenführte, am Posilipp. Von dieser Stunde an bis zum heutigen Tage ist dir mein Leben bekannt. Abenteuer weist es keine auf, so wenig in der Gegenwart, wie in der Vergangenheit. Die Idylle aus den Tiroler Bergen ist weder zu einem Heldengedicht mit reizvollen Episoden, noch zu einem bewegten und wechselnden Drama angewachsen, das deinem frischen, fröhlichen Vogelfluge gliche. Sie verflacht sich allmählich in bürgerliche Alltäglichkeit, so daß ich mich zuweilen frage, welcher Unterschied bleibt zwischen mir und meinen Geschwistern, die ich daheim im ›Land'l‹ gut versorgt und untergebracht habe, die Brüder als ehrliche Handwerksleute, die Schwestern als tüchtige Haus- und Ehefrauen, und wer von uns das bessere, das glücklichere Teil erwählt hat? Was ist Glück? sage ich noch einmal. Weißt du es, Seraph?«

Die Sängerin, welche der Erzählung Rolands schweigend gefolgt war, stand auf und legte ihre Hand auf seine Schulter. Er blieb in seinem Sessel nachdenklich sitzen und starrte vor sich hin, als hätte das Kindermärchen seines Lebens Gespenster, ruhelose und Ruhe raubende, in ihm heraufbeschworen. Sie sprach mit bewegtem Tone: »Ja, ich weiß, was Glück ist, weiß es, weil es mir fehlt, weiß es in und aus dir. Glück ist Frieden. Deine starke Seele schwebt, in unerschütterlichem Gleichgewicht mit sich selbst, hoch über den Schwankungen und Verirrungen unserer bald aufstrebenden, bald ab- und zurückfallenden Künstlerbahnen. Du stehst am Ziele. Deine Werke, deine Schüler haben deinen Namen in alle Welt getragen. Du bist glücklich, weil du glücklich machst.« - »Belüge dich nicht,« erwiderte er sehr ernst, beinahe traurig. »Ich bin schwächer als du glaubst. Was ich als Maler erreicht habe, schätzen und überschätzen andere; ich allein fühle, was mir zur Vollendung abgeht, wie weit, unerreichbar weit das wahre und höchste Ziel noch über mir liegt. Fühle, mein Seraph, was hier innen klopft und wogt« - dabei zog er ihre Hände an sein Herz -, »Stürme der wildesten Art, die ich nicht immer bezwinge, die Herbstäquinoktien meines Lebens, das bergab geht, Tag für Tag, Stunde um Stunde.« - »Du, Roland, in der Fülle deiner Kraft, auf der Höhe deines Ruhmes?« - »Ich, der ich, angekommen an dem fatalen Grenzsteine zwischen Jugend und Alter, rückwärts harte Anfänge, heiße Kämpfe erblicke und vorwärts öde Einsamkeit. Mir fehlen die Bedingungen der einfachsten, ursprünglichsten Menschenexistenz, mit denen ungestraft niemand bricht, auch der Bevorzugteste nicht: eine Heimat, der feste Zusammenhang mit der Familie. Ich bin aufgewachsen wie ein Baum ohne Wurzel, immer nach oben strebend, nach außen gekehrt. Für diesen Mangel am Nächsten, Natürlichsten entschädigt keine Arbeit und kein Resultat in der Kunst. Was hilft es dir, hoch gestiegen zu sein, wenn du auf dem Gipfel allein stehst, ganz allein? Und ich stehe allein, vollkommen allein, wenn auch du deine Wege wiederum von den meinen trennst. Ist es entschieden, daß du gehst, ist es?«

Er hatte beide Hände Seraphinens erfaßt und hielt sie in den seinigen, ihr bewegt ins Auge sehend. Sie machte sich langsam los. Ein leises Zittern flog durch ihre Glieder, als sie unsicher und abgewendet ihm erwiderte: »Ich weiß es noch nicht. Die nächsten Tage müssen meinen Entschluß reifen, den ich nicht fasse, ohne dich zu Hilfe gerufen zu haben. Es findet sich ja wohl eine stille Stunde, in welcher ich meine Bekenntnisse einer schwachen Seele gegen deine Jugendgeschichte austausche.« - Sie schüttelte dunkle Erinnerungen wie gewaltsam ab und fuhr mit einer gezwungenen Heiterkeit fort: »Einstweilen kann ich dir nur sagen, daß mich die Anträge des amerikanischen Agenten auf Schritt und Tritt verfolgen. Dieser würdige Zögling Barnums, Ullmanns und anderer Kunstkornaks hat ein noch nie dagewesenes Unternehmen begonnen. Er wirbt eine internationale Oper, mit welcher er eine Reise um die Welt macht. Ein eigenes Schiff, der Delphin genannt, unter der Sternenflagge segelnd, trägt nicht nur die neuen Arions männlichen und weiblichen Geschlechts, sondern auch ein eisernes Theater, das aufgeschlagen wird an denjenigen Stationen, die keine Bühne besitzen. Zuerst geht es nach Konstantinopel, in die Levante, nach Kairo; dann nach Nord-, Mittel- und Südamerika; über Melbourne nach Ostindien, was weiß ich, wohin? Wir singen italienisch, deutsch, französisch, je nach den Ohren unseres Publikums. Aber Seele und Leib müssen wir, und das auf fünf Jahre, an den transatlantischen Sklavenhändler verkaufen. Mir überläßt er es, meinen Preis selbst zu bestimmen; die Kontrakte liegen seit acht Tagen in meinem Nachttisch, damit ich mir die Sache beschlafen kann.«

Roland ging mit großen Schritten unmutig auf und ab. »Fünf Jahre!« rief er aus. »Du denkst nicht daran, abzuschließen, darfst nicht daran denken.« - »Warum nicht? Ich bin frei wie der Vogel in der Luft... vogelfrei! Und wieviel kann ich mir nicht erwerben, da ich die Ziffern, die meinen Wert ausdrücken, selbst in den Vertrag setzen darf.« - »Ich kenne dich genug, um zu wissen, daß Gewinn dich nicht bestimmt.« - »Vielleicht doch, wenn er erheblich ist; vielleicht auch nicht. Alsdann vergißt du, daß meine Schwäche für schwarzen Kaffee und türkischen Tabak magnetisch mich in den Orient zieht.« - »Scherze nicht mit ernsten Lebensfragen.« - »Im Ernste also: hier ist meines Bleibens nicht. Mit jedem Frühjahr regt sich in mir die alte Zugvogelnatur, nur daß sie nicht gen Norden mich treibt, sondern nach Süden, in meinen süßen, süßen Süden, nach unserem gemeinsam besessenen und verlorenen Paradies. Bruderherz denke an unsre Maultierritte zu den Kamaldulensern, an die Fahrten auf dem mondbeglänzten Golf.«

Sie flog auf ein Piano zu, das im fernsten Schmollwinkel des Zimmers versteckt stand. Eine unbändige Dithyrambe stürmte durch alle Saiten. Allmählich sammelten sich die weißen Finger zu maßvolleren Gängen. Über ihnen erhob sich, anfangs nur leise einsetzend, in kaum hörbaren Hauchen, allmählich anschwellend, zuletzt in höchster, herzerschütternder Kraft, eine Stimme, so seelen- und ausdruckvoll, so jungfräulich rein, so himmlisch helle, als klänge sie wirklich herab aus den Wolken, dem Chore der Cherubim und Seraphim, nicht aus den roten Lippen eines staubgeborenen Weibes empor. »Kennst du das Land, wo die Zitronen blühn?« sang die Amazone nach einfacher Weise, aber mit jener künstlerischen Genialität und Vollendung, die auch dem Bekanntesten das glühende Leben einer Improvisation einzuhauchen weiß und jeden, den sie berührt, unwiderstehlich fortreißt in die Wirbel der eigenen Stimmung. Die Frage: »Kennst du es wohl?« stieg stakkato in die Höhe wie ein schwer unterdrücktes Weinen, aus welchem ein Aufschrei des tiefsten Heimwehs, der schmetternde Ruf: »Dahin, dahin« sich unbezwinglich losrang, um in dem schmerzlichen Seufzer: »Möcht' ich mit dir, o mein Geliebter, ziehn,« lispelnd zu erlöschen. Die unvergleichliche Malerei der Worte und die heiße Farbe des Tones, sie wirkten zusammen zu einer alle Sinne umnebelnden Täuschung, einer Fata Morgana Italiens. Da lag es, sichtbar und greifbar und hörbar nahe, das heilige, das heiß ersehnte Traum- und Wunderland. Seine goldenen Früchte dufteten, sein sanfter West wehte herein durch das offene Fenster. Draußen rauschten nicht mehr die kahlen, kühlen Lindenwipfel, sondern der hohe Lorbeer, die stille Myrte. Und die Wasserfälle von Tivoli brausten und stäubten drein, die Säulengänge, die Marmorbilder der Villa Albano blickten gespensterhaft weiß hervor aus dem dunklen Grün... Dahin, dahin!

Roland lag, gefesselt und gebannt, zu den Füßen der gefährlichen Zauberin, mit verhaltenem Atem lauschend, beide Hände fest vor das Gesicht gepreßt. Sie zog ihn noch tiefer, bis zum Versinken in den magischen Ring, indem sie unmittelbar auf ihn Mignons letzte Bitte variierte:

> »Dahin, dahin
> Geht unser Weg. - Bruder, laß uns ziehn.«

Dann schloß sie mit einem kurzen Nachspiel: ein paar verhallende Akkorde, in denen die zum Zerspringen angespannte Empfindung wohltätig ausschwingt. Sie sah sich um nach Roland. - Was ist das? Er rührt sich nicht, aber durch seine Finger quellen Tränen, helle Tränen. Da erhebt sie unwillkürlich ihre Arme; wie auf blauen Seraphschwingen will sie zu ihm hinschweben, ihn umfassen, halten, herzen... doch der Zauber zerriß plötzlich. Ein Dritter war unbemerkt in den Kreis getreten. Durch die Tür drang lautes Beifallklatschen und der wiederholte Zuruf: » Brava, bravissima! Da capo! Fuora!«.

Der Augenblick, vielleicht ein entscheidender, war verloren. Seraphinens Schwingen sanken geknickt herab. Roland strich sich über die Stirn und ging mit dem Lächeln eines erwachten Nachtwandlers dem Störer - oder war er ein Retter? - freundlich entgegen.

5. Diplomatische Intervention

Der enthusiastische Claqueur, um welchen sich die gesamte jugendliche Bevölkerung des Ateliers auf der kleinen Treppe malerisch gruppiert hatte, ist Herr Augustus Graf von Wallenberg, außerordentlicher Gesandter, bevollmächtigter Minister und so weiter, und so weiter... Ein höchst vornehmer, liebenswürdiger Kavalier, dessen Bekanntschaft uns die geneigte Leserin ehestens Dank wissen wird. Seine Landsleute, Kollegen und Freunde, deren Zahl Legion ist, nennen ihn schlechtweg den Gustel Wallenberg, halten ihn für »sehr einen guten Kerl«, der sich hier und da sogar ein weniges aufziehen läßt, und trauen ihm im Grunde doch nicht recht, trotz oder wegen seiner ausnehmenden Gemütlichkeit. Es hat Fälle gegeben, politische und kritische Fälle, wo er die anderen geraume Zeit über sich lachen ließ, um zuletzt, das heißt am besten, und über alle zu lachen, wenn auch nur ins Fäustchen und immer gemütlich. Er ist außerordentlich beliebt bei dem Hofe, an welchem er schon vor einigen Jahren akkreditiert worden, und gilt bei seinem Ministerium für einen gewiegten Diplomaten, obwohl er gern dergleichen tut, als kümmere er sich blutwenig um die Geschäfte, welche ja bei seinem alten Legationsrat in den besten Händen sind, einem Kabinetts- und Inventarstück der Gesandtschaft, das alle Wechsel und Wandlungen in der Person des ersten Repräsentanten eisern überdauert. Wallenbergs äußere Erscheinung hat Roland gelegentlich schon geschildert: ein feiner Kopf, dunkles Haar, schlaue Augen, zierliches Bärtchen, schlanke Gestalt. Fügen wir hinzu, daß dieses Äußere im ganzen und in allen Einzelheiten, die echt diplomatische Eigenschaft besitzt, nichts zu verraten, weder das Alter, noch den Charakter. Man kann den Grafen auf vierzig Jahre, man kann ihn auf fünfundzwanzig taxieren. Er ist nicht groß und nicht klein, nicht hübsch und noch weniger häßlich. Sein Auge, so gemütlich es dreinschaut, ist unter einem tief herabhängenden Lid, wie hinter einem diskreten Vorhang, versteckt. Da er von Kindesbeinen an im auswärtigen Dienst gewesen ist und fast alle Höfe Europas, sogar ein paar überseeische Missionen durchgemacht hat, trägt auch seine Sprache keine besonders kenntliche Farbe. In der Kleidung ist er elegant genug, nicht elegant zu sein, wie es die neue Mode will, welche die Bequemlichkeit als höchstes Gesetz aufstellt. Summa Summarum: ein distinguierter Mensch, - einer, der sich durch nichts distinguiert.

Unverkennbar hatte Wallenberg bei seinem Einbruch in den Turm von Rolandseck gestört; des Meisters mühseliges Lächeln, das Abwenden der Sängerin bewiesen es zur Genüge. Aber wie wird ein Diplomat jemals bemerken, eingestehen, oder gar entschuldigen, daß er störte? Mit vollkommener Unbefangenheit drückte er die zum Willkomm dargebotene Rechte Rolands und küßte Seraphinens Hand, mit der Beteuerung, nicht nur »dahin«, sondern auch dorthin, überall hinziehen zu wollen, wenn er das Glück hätte, so hinreißend aufgefordert zu werden. Dann fuhr er, zu Roland gewendet, fort: »Ich möchte wetten, daß unser zerstreuter Freund die heutige Verabredung vergessen hat.« - »Welche Verabredung?« - »Ein ländliches Diner auf dem Forsthaus; Sie versprachen, mein Gast zu sein, und ich komme, Sie zu holen.« - »Ihre gütige Einladung lautete auf Freitag; ist denn heute...« - »Freitag um sechs Uhr; gegenwärtig ist es vier vorüber.« - »Schon vier Uhr?« rief Seraphine erstaunt aus. »Und mein Konzert!« - »Wahrhaftig, das Diner hat Raffael gründlich vergessen.« - »Wie meine Marie mich vergißt,« sagte Seraphine. - »Nicht doch, Diva Illustrissima. Mademoiselle Marie wartet draußen auf Ihre Befehle. Ich traf sie mit Herrn Raff auf dem Hühnerhofe; er war eifrig beschäftigt, ihr die Vorzüge eines Cochinchinahahns vor dem gemeinen deutschen Haushahn auseinanderzusetzen.« - »Vier Uhr; dann ist es höchste Zeit, daß ich mich auf- und davonmache,« meinte Seraphine, nach Hut und Mantille greifend, während Roland Herrn Raff herbeirief und wegen der vergessenen Einladung hart anlassen wollte. Doch gelang es ihm nicht; der Vorwurfsfreie entgegnete mit Würde, seit Mittag liege alles im Ankleidezimmer des Meisters bereit, auch (mit verächtlichem Achselzucken) der schwarze Frack. - Wallenberg wollte nichts vom Frack wissen. »Wir speisen im Überrock, ländlich - schändlich. Nur sechs Herren; außer uns mein Sekretär, der bereits hinaus ist, nach Küche und Keller zu sehen, mein niederländischer Kollege, welcher vor Begierde brennt, Herrn Roland persönlich kennenzulernen, der Maestro der Amazone, und ein fremder Gelehrter, von meiner Regierung an mich empfohlen zum Zweck historischer Studien in den hiesigen Archiven.« Roland seufzte in stiller Ergebenheit, während Graf Wallenberg der Sängerin die Mantille umhing. Er bot ihr seinen Wagen zur Rückfahrt in die Stadt an, nicht die offizielle Gesandtschaftskutsche, nur ein diskretes Junggesellenstück, ohne Livree und ohne Wappen. Sie nahm dankend an und gelobte, das rettende Fahrzeug sogleich wieder herauszuschicken. »Morgen sehen wir uns wohl nicht?« fragte sie Roland. - »Kaum,« war die Antwort. »Aber Sonntag im Theater, bei deinem Schwanengesang.« - Beide schüttelten sich die Hände; Seraphine schied, von dem Chor sämtlicher Schüler an den Wagen geleitet und mit einem jubelnden Zuruf entlassen.

Wallenberg sah ihr nach und bemerkte: »Eine ungeschickte Neuerung!« - »Welche?« - »Einer schönen Frau die Hand zu schütteln, daß alle Gelenke knacken. Englische Mode, gut für Matrosen. Ich lobe mir die alte französische Sitte, den Handkuß. Übrigens ein prächtiges Weib. Schade, daß wir sie verlieren sollen. Geht sie ernstlich?« Roland nickte trübsinnig mit dem Kopf. Er war erregt; seine Stimmung rang nach Mitteilung. Nachdem er mit dem Grafen einen Gang durch das Atelier gemacht, blieb er plötzlich stehen und begann: »Bis der Wagen zurückkommt, haben wir eine halbe Stunde Zeit. Umgezogen bin ich im Nu. Wollen Sie mich ernsthaft anhören, Graf? Mir einen guten Rat in einer für mich höchst wichtigen Angelegenheit geben?« - Wallenberg fragte, erstaunt über die feierliche Einleitung, zurück: »Kennen Sie Tiecks Blaubart, lieber Roland?« - »Nein; warum?« - »Im Blaubart ist der Ratgeber die lustige Person. Jedermann geht ihn um seine Meinung an und tut hinterdrein doch, was er will, das Orakel auslachend.« - »Wir Künstler,« entgegnete Roland, »lassen uns gern von Fremden, von Freunden bestimmen in Dingen, die außerhalb unseres Berufes liegen. Selbsterkenntnis besitzen wir wenige, Erfahrung gar keine. Sie, Wallenberg, sind mein Freund.« - »Von ganzem Herzen.« - »Sie kennen die Welt.« - »Wer kennt sie nicht, und doch, wer kennt sie?« - »Nun denn, Ihren Rat. Gerade heraus: Ich...ich möchte heiraten.« - »Auch du, Brutus?« - »Ich fange an, meiner Einsamkeit müde zu werden, nach Haus und Herd, Weib und Kind zu verlangen. Ich glaube sogar...ich liebe.« - »Meinen Glückwunsch auf alle Fälle. Aber Liebe und Ehe sind zwei himmelweit verschiedene Dinge. Man kann lieben, ohne zu heiraten; heiraten, ohne zu lieben. Eine Heirat ist, in unseren Jahren, verzweifelt ernsthaft, um nicht zu sagen: gewagt. Wir wissen zu gut, was wir aufgeben, und zu schlecht, was wir dagegen eintauschen. Ehen aus Neigung oder gar aus Leidenschaft gelingen in der Regel nur der ersten, grünen Jugend. Die Sphäre des reiferen Alters ist die Vernunftheirat.« - »Die ich verabscheue,« fiel Roland hastig ein. - »Die aber,« entgegnete Wallenberg, »für das echte Künstlerblut immer die heilsamste sein und bleiben wird. Freilich kommt zuletzt alles auf die andere Ehehälfte, auf den Gegenstand Ihrer Wahl an.« - »Raten Sie, Wallenberg.« - »Raten und erraten also! Fräulein Krafft?« - »Das rät die Eifersucht,« lächelte Roland. - »Warum nicht gar? Fräulein Armgard und ich leben seit Jahr und Tag auf dem strengen Fuß bewaffneter Neutralität. Ich riet auf sie zuerst, weil die Stadt in ihr mehr als Ihre Schülerin sehen will.« - »Sie ist es nicht.« - »Wer denn?« - Roland deutete auf die Tür, durch welche Seraphine verschwunden war. - »Doch nicht...« - Der Maler nickte heftig. - »Nicht diese da, nicht die Amazone?« rief Wallenberg, auf die Staffelei weisend. - »Sie und keine andere.« - »Sind Sie des Teufels?!« Dabei warf sich der Diplomat mit wirklichem oder gut erkünsteltem Schrecken in einen Stuhl. Roland sah ihn an, verwundert über den Eindruck, welchen seine Mitteilung gemacht hatte. Nach einer ausdrucksvollen Pause hub Graf Wallenberg wieder an: »Die Lomond wollen Sie heiraten?« - »Wenn sie mich nimmt, auf der Stelle!« - »Unmöglich, Roland!« - »Warum?« - »Eine Primadonna heiratet man nicht.« - »Warum nicht?« - »Sängerinnen sind Fresken; man bewundert sie von weitem, man betet sie an, man liebt sie meinethalben bis zum Wahnsinn. Aber heiraten? Nie!« - »Ich frage noch einmal: warum nicht?« - »Weil man zum häuslichen Herd nicht einen feuerspeienden Berg nimmt.« - »Übertreibung!« - »Weil mit unbezähmbarer Leidenschaftlichkeit, mit unberechenbaren Launen, mit unersättlichen oder blasierten Stimmungen kein ewiger Bund zu flechten ist.« - »Als ob Ihre Damen von der großen Welt nicht auch an Vapeurs und Migränen litten, die einem geplagten Ehemann das Leben sauer machen! Lieber ertrage ich die Seestürme einer tiefen, aber offenen Künstlerseele, als die kleinen Tücken und Nücken treuloser Binnenwässerlein.« - »Ihre Frau, das höchste und beste, was der Mann besitzt, wollen Sie mit dem vielköpfigen Ungeheuer, dem Publikum, teilen?« - »Wenn sie mich liebt, wird sie die Bühne verlassen.« - »Um nach Verlauf eines Jahres wiederum Sie zu verlassen und zur Bühne zurückzukehren.« - »So übt sie ihre Kunst, wie ich die meinige, frei und ungehindert.« - »Sie, Roland, der Mann einer Sängerin, ein Queens Konsort, ein Schatten? Überall im Genitiv stehen, Notenblätter nachtragen, mit den Direktoren zanken, Rezensenten behandeln, die tadelnden mit der Reitgerte, die lobenden mit Banknoten, hinter den Kulissen zweideutige Händedrücke wechseln, auf dem Rücksitz des alten Theaterwagens fahren... Sie, Roland, Sie, mit Ihrem Stolz, mit Ihrem unbändigen Unabhängigkeitsgefühl?!«

Einigermaßen verdutzt und kleinlaut ließ sich Roland, ohne ein Wort zu erwidern, neben dem Grafen nieder, der nach einer Weile, bedenklich den Kopf schüttelnd, fortfuhr: »Sie ahnen nicht, teurer Freund, in welchem Grade Ihre unerwartete Mitteilung mich für Ihre Zukunft besorgt macht. Als Sie begannen, dachte ich für Sie an Armgard. Diese Wahl würde mir eine vortreffliche erschienen sein. Alle Verhältnisse stimmen. Sie brauchen allerdings bei Ihren jetzigen reichen Ernten auf Vermögen nicht zu sehen. Schulden haben Sie auch keine, Sie Beneidenswerter! (Ein kleiner Seufzer, beiseite.) Immerhin aber hätten Papa Kraffts Millionen einen wunderbaren Hintergrund für Ihre Bilder abgegeben, die goldene Unterlage eines unvergleichlich glänzenden Künstlerlebens. Fräulein Krafft ist die Wohlerzogenheit, die Bildung selbst; über die Maßen hübsch, fein, klug; in Ihrer Kunst Dilettantin genug, Sie zu verstehen, ohne Sie zu stören; in der Welt so hochgestellt, daß sie Sie mit der Gesellschaft vermittelt haben würde, welcher Sie sich unverantwortlich entziehen. Sie beide wären ein Paar, wie von den Tauben zusammengetragen. Die glückliche Ehe, lieber Roland, ist ein Rechenexempel mit ungleichartigen Größen; während Sie und Seraphine, zwei Künstlerleben, in eines verschlungen, sich gegenseitig verwirren und aufheben, hätten Armgard und Sie sich harmonisch ergänzt.« - »Aber ich liebe Armgard nicht, sie liebt mich nicht.« - »Und lieben Sie Seraphinen? Werden Sie von ihr geliebt?« - »Ich... ich weiß es nicht. Es gibt Stunden, wo ich beides glaube, und Tage, an welchen ich an jedem einzelnen zweifle.« - »Sehen Sie wohl! Täuschen Sie sich doch nicht über die Natur Ihrer Empfindungen für Seraphinen. Ihr geschwisterlich trauliches Verhältnis zu der reizenden, hochbegabten Frau nimmt vielleicht vorübergehend, bei ihr oder bei Ihnen, eine bis zur Leidenschaftlichkeit warme Färbung an. Allein eine solche wird nicht vorhalten. Woher erklärt es sich denn, daß Sie, nach Jahr und Tag des ungehinderten, engsten Verkehrs miteinander, auf einmal in eine ganz andere Beziehung treten wollen als bisher? Aus Bruder und Schwester - Mann und Frau! Es tut nicht gut, Roland; es tut wahrhaftig nicht gut. Soweit ich Seraphinen kenne, liebt sie niemanden. Wen soll, wen kann eine Primadonna lieben? Sich selbst, in ihrer Partie, in ihrer Bühne, ihrem Publikum. Sobald sie einen anderen, einen einzelnen liebt, gibt sie sich und ihre Kunst auf. Das Theater sollte, wie die katholische Kirche, von seinen Priestern Ehelosigkeit fordern. Lassen Sie dem Himmel seine Sterne, auch dem Theaterhimmel. ›Die Sterne, die begehrt man nicht‹, sagt Goethe...«

Graf Wallenberg ergoß sich noch des weiteren und breiteren in seiner Spruch und Lebensweisheit, ohne daß sein Zuhörer sonderlich erbaut oder nur aufmerksam geschienen hätte. Im Gegenteil, Roland verfiel in tiefes, nachdenkliches Schweigen, das er plötzlich brach, indem er, aufspringend, rief: »Sie mögen recht haben, Wallenberg. Auf keinen Fall wollen wir uns unser heutiges Mahl noch mehr als es bereits geschehen, durch mich verderben lassen. Ich kleide mich an; wir fahren hinaus, essen und trinken, beschlafen uns hernach die Sache nach Herzenslust. Vielleicht hab' ich morgen früh das Ganze wie einen Traum vergessen. Wenn nicht, so versprechen Sie mir eins, Freund: Sie gehen, als mein Geschäftsträger, zu Fräulein Lomond, erforschen die Lage, was ja des guten Diplomaten erste Kunst ist, und rücken, je nach Befinden, mit einem Antrag in bester Form vor, oder ziehen sich und mich auf den Status quo zurück. Wollen Sie?« - »Das Mandat,« erwiderte Wallenberg, »ist schwieriger und gefährlicher, als Sie denken. Doch ich will's versuchen, falls Sie nicht über Nacht anderen Sinnes werden.« - »Top?« - »Top!« - »Meinen Dank zum voraus. Und nun kein Wort mehr. In einer Viertelstunde bin ich wieder bei Ihnen.«

Der Graf blickte dem Hinauseilenden mit einem Gesicht und einer Haltung nach, ähnlich denjenigen des Carlos im Clavigo, wenn er den berühmten Aktschluß spricht: »Da macht wieder jemand einmal einen dummen Streich.« Allein unmerklich, unwillkürlich mischte sich in seine Unzufriedenheit mit dem Freunde ein leises Gefühl, welches - dem Neide gegen denselben gleichen wollte. Es ist in der Zunft der Hagestolzen, zu der Wallenberg sich und bis zum heutigen Tage auch Roland in gutem Glauben zählte, so bestellt, daß keiner den anderen ausscheiden und in den Ehestand übertreten sieht, ohne im stillen etwas wie Mißgunst zu empfinden, mag auch der Abtrünnige von den Zurückbleibenden noch so laut verhöhnt werden. Gleichzeitig wuchs das Bild der Sängerin vor seinen Augen, seit er sie als das von einem bedeutenden Manne geliebte und umworbene Weib erblickte. In diesem Lichte hatte er sie niemals gesehen. Es mußten, außer den allgemein bewunderten Eigenschaften, Schönheit, Geist, Ruhm, noch verborgene in ihr liegen, die ein Herz wie Rolands anzuziehen vermochten. In der Tat, wenn Seraphine liebte, sich hingab, von ihrer schimmernden Höhe herabstieg, wie unendlich glücklich konnte, nein! mußte ihr ausschließlicher Besitz den einen unter Tausenden machen! Die stürmisch gefeierte Künstlerin herabziehen von dem bestechenden Piedestal ihrer Bühne, sich satt küssen an diesen schwellend roten Lippen, die ein übervolles Haus, ein ganzes Volk in Taumel und Raserei zu versetzen wußten, die göttliche Amazone, noch heiß von den Siegen ihrer Theaterabende, in die Arme pressen, sie überwunden, ein schmachtendes Weib, zu seinen Füßen sehen, - - o beneidenswerter Roland!

In eine solche Gedankenreihe, welche den kühlen Diplomaten in fremde Regionen zu verführen drohte, trat mit einem Male Herr Hans Heinrich Krafft, der lange nach der Börsenstunde in das Atelier zurückkam, um etwas Vergessenes zu holen, seine Brieftasche, die im Pelz stecken geblieben sei. Die Wahrheit zu gestehen, hatte der Gute, der niemals vergaß, das kostbare Büchlein absichtlich in den Nerz gleiten lassen, um wiederkehren zu müssen. Allein wen er suchte, Seraphinen, fand er nicht mehr; dagegen fand er, wen er nicht gesucht, den Grafen. »Um so besser,« sagte er nach freundlicher Begrüßung, »daß ich Sie allein treffe, Herr Graf; Sie gewähren mir wohl eine kurze, vertrauliche Unterredung unter vier Augen.« - »Ich stehe zu Diensten, Herr Krafft.« - »Sie sind, Herr Graf, ein erfahrener, weltkluger Mann.« - (Will er mich etwa auch um Rat fragen?) - »Daneben darf ich Sie als Freund meines Hauses betrachten, obschon Sie sich darin während der letzten Zeit selten gemacht haben.« - »Ich hoffte nicht, vermißt zu werden.« - »Ebenso bescheiden, wie liebenswürdig. Diesem meinem Hause steht eine Veränderung bevor. Meine Tochter wird sich binnen kurzem vermählen.« - »Ich gratuliere, Herr Krafft, mehr noch dem Zukünftigen, als Ihnen und Fräulein Armgard.« - »Wie ich an ihr, meinem einzigen Kinde, hänge, wissen Sie. Ihrer Neigung Zwang anzutun, wäre es auch nur durch väterlichen Wunsch oder Rat, ist mir niemals eingefallen. Ihr Herz hat lange geschwiegen. Jetzt spricht es. Es müßte mich alles täuschen, wenn sie nicht ihren Meister, unseren Freund Roland, im stillen auserwählt hätte.« - »Ihre Wahl konnte auf keinen Würdigeren fallen, Herr Krafft.« (Im stillen dachte der Graf dabei: »Zwei Bräute auf einmal! Was der Mann für ein Glück hat!«) - »Machen wir uns darüber, mein Herr Graf, weder Komplimente, noch Illusionen. Ich bin der letzte, Herrn Roland herabzusetzen, dessen Wert ich in jeder Beziehung zu schätzen weiß. Aber, ohne Umstände gesprochen, ich kenne doch auch meine Tochter, ich kenne mich selbst. Wir hätten am Ende eine bessere Partie finden können, und es gab eine Zeit, wo ich gefunden zu haben glaubte.« Hierauf entstand eine kleine, verlegene Pause, während deren Krafft den Grafen prüfend ansah, und dieser die Gläser seines Zwickers emsig mit dem Zipfel seines Battisttuches abwischte. »Reden Sie von der Leber weg, Herr Graf, und geben Sie mir eine bündige Antwort, wenn ich Sie frage: Raten Sie zu dieser Verbindung?« - »Sie überraschen mich, Herr Krafft. Sie sind ein so sprichwörtlich weiser Mann, daß ich mir kaum anmaßen darf, Ihnen irgendeinen Rat zu erteilen.« - »Auf die Börse und meine Bücher verstehe ich mich allerdings ganz gut, allein minder gut auf Heiratsgeschichten, auf das Herz eines jungen Mädchens, das Urteil der Welt und dergleichen. Sie haben sich früher viel mit Armgard beschäftigt. Roland ist Ihr Jugendfreund. Werden die zwei Leutchen miteinander glücklich werden? Ja oder nein?« - »Zuvor eine Gegenfrage: Liebt Roland Ihr Fräulein Tochter?« - »Ich glaube, so etwas bemerkt zu haben, noch in der heutigen Lektion.« - (Es geht doch nichts über den väterlichen Scharfblick, dachte Wallenberg bei sich.) - »Außerdem kann eigentlich die Liebe eines wohlerzogenen Mädchens selbverständlich immer nur eine Gegenliebe sein.« - »Meinen Sie, Herr Krafft?« - »Von meiner Tochter bin ich es überzeugt. Setzen wir den Fall, das junge Pärlein hat sich stillschweigend verständigt. Gehen wir weiter: Sie billigen die Partie als ein unparteiischer und dabei beiden Seiten wohlgeneigter, auch sachkundiger Richter. Die Werbung findet statt. Der Vater, ein weichherziger Mann, der auf Geld und Gut nicht zu sehen braucht, wo es das Glück seiner Tochter gilt, der Vater willigt ein. In drei Monaten ist Hochzeit.« - »So bald, Herr Krafft?« - »Warum zögern, bester Herr Graf? Die Aussteuer liegt fix und fertig da, mündig sind beide Leutchen auch. Rasch gefreit, hat niemand gereut. Danach aber ist das Haus des Vaters leer und öde geworden. Der Alte hat sich an weiblichen Umgang, an ein in seiner Nähe lieblich waltendes Wesen gewöhnt. Er erträgt die neue Einsamkeit nicht. Was tut er? Wozu raten Sie ihm, lieber Graf?« - »Er verjüngt sich im Glück seiner Kinder; Enkelchen wiegt er auf seinen Knien.« - »Sie denken sich ihn zu sehr als ehrwürdigen Greis. Nehmen wir an, er darf noch eigene Ansprüche an das Leben machen... Sie verstehen mich, Herr Graf?« - »Nicht so ganz, Herr Krafft,« lächelte Wallenberg, der längst merkte, wo der andere hinauswollte, ihn aber mit heimlichem Vergnügen sich völlig aufknöpfen ließ. - »Ein so berühmter Diplomat fängt doch sonst jeden Wink, jedes halbe Wort auf.« - »Sie überschätzen mich augenscheinlich, mein verehrter Herr Krafft.« - »Ins Himmels Namen denn! Ich falle mit der Tür ins Haus: wieder heiraten will ich, und zwar ... die da (auf das Bild deutend), die Amazone! Nun lachen Sie mich aus, so laut Sie wollen; hernach aber geben Sie mir, als Mann von Ehre, als Mann von Welt, als Freund unseres Hauses, Ihren Rat; über beide Pläne erbitte ich ihn mir.«

Krafft trat an das Fenster und trommelte mit den Fingern auf den Scheiben. Graf Wallenberg blieb sitzen, so verwundert, wie ein Diplomat es nur sein kann, beinahe verlegen um eine Antwort. Wäre er allein gewesen, er würde in ein homerisches Gelächter ausgebrochen sein über das neckische Spiel des Zufalls, welches ihn in derselben Stunde zum Vertrauten zweier verschiedener und doch in ihren Zielen zusammentreffender Absichten machte. Er, der bevollmächtigte Minister und außerordentliche Gesandte, sah sich zum Heiratsagenten eines Bankiers und eines Malers befördert... Zum Kranklachen! Und doch lachte Wallenberg nicht. Die lockende Erscheinung Seraphinens, der neuen Helena, stieg immer höher und heller vor ihm auf. Er versank in das Anschauen ihres Bildes auf der Leinwand fast so tief, daß er Kraffts Anwesenheit und die ganze Situation vergessen hätte. Mit Gewalt mußte er sich losreißen und sprach zu dem gereiften Freier: »Herr Krafft, Ihr Vertrauen ehrt und erfreut mich.« - »Und so weiter; ich schenke Ihnen die Vorrede. Sie sehen, daß ich auf Kohlen stehe. Lachen Sie mich aus, und damit basta.« - »Nichts weniger als das. Ihr Alter, Ihre Persönlichkeit, Ihre Stellung sind, auch abgesehen von Ihrem glänzenden Vermögen, ganz und gar danach angetan, Sie zu einer zweiten Ehe zu berechtigen.« - »Ist das Ihr Ernst?« - »Mein vollster. Unzählige Frauen werden mit Kußhand, wie man zu sagen pflegt, die Ihrige annehmen. Sie können noch glücklich machen, und Sie verdienen es zu sein.« - »Ich war es, streng genommen, niemals, lieber Wallenberg. Ich hatte keine Zeit dazu. Jetzt könnte ich anfangen, mir die Zeit zu nehmen.« - »Doch übereilen Sie nichts, weder Fräulein Armgards, noch Ihre eigene Vermählung. Sie kennen unsere liebenswürdige Primadonna genauer?« - »Fräulein Lomond kommt häufig zu meiner Tochter; auch besorge ich ihre kleinen Geschäfte.« - »Welche brillant stehen, nicht wahr?« - »Wie man es nimmt, Herr Graf. Manchen anderen dürfte ihr Vermögen zu einem Antrag bestimmen; mich nicht. Ich verdiene in einer einzigen Börsenschlacht, morgen zum Beispiel, wo die Aktien unserer neuen Südwestbahn in meinem Hause ausgegeben werden, mehr als Fräulein Lomond im Jahre.« - »In der Tat?« - »Nun, Sie werden doch auch ihr bißchen Singsang und Klingklang nicht mit meiner Arbeit, meiner Verantwortlichkeit vergleichen wollen?« - »Sicher nicht.« - »Ihr Haben in ihrem Kontokorrent bei mir, so artig es sein mag, bedeutet für mich so gut wie gar nichts. Was mich, und zwar schon länger, als ich Ihnen oder mir gestehen will, an die göttliche Amazone zieht und fesselt, ist ihr Reiz, ihr Talent, ihr Charakter.« - »Die Launen und Leidenschaften der Sängerin nicht zu vergessen.« - »Das Salz der Ehe, mein Freund, die wahre Würze, wie sie für einen

Fünfziger nötig ist. Alles Feuer, das sie jetzt auf den Brettern verschwendet, wird mein Haus, mein Alter erleuchten und erwärmen. Ihre Stimme, die unvergleichliche Silberstimme gehört mir, mir ganz allein; ich münze sie aus in meinem Salon, dem ersten der Residenz.« - »Und Sie fürchten nicht von einer jungen, an die Herrschaft gewöhnten Frau beherrscht zu werden?« - »Je mehr, desto besser, Graf Wallenberg. Mir wird es wohl tun, in tiefster Seele wohl, einmal einem andern Kopfe als dem meinigen zu folgen. Sie mag herrschen, sie soll herrschen. Wenn sie reisen will, wir reisen; spielen - ich sprenge alle Banken für sie... Wallenberg, das Weib hat's mir angetan. Machen Sie meinen Brautwerber bei ihr, und wenn Sie mir ein Jawort zurückbringen... bei Gott, lieber Graf, es soll Ihr Schade nicht sein... Keine Antwort jetzt, ich bitte. Sie haben mein Geheimnis, wir reden weiter darüber. Die Losung bleibt: Ein Königreich für die Amazone!«

Damit ging er ab, der reißende Wolf, seinen Schafpelz zurücklassend, nämlich nicht allein den kostbaren Nerz, worin Armgard ihn malte, sondern auch die Hülle des kalten Geschäftsmannes, des strengen Haus- und Familienvaters, die er bisher so ängstlich festgehalten. Wer hätte solche Glut unter dem Schnee gesucht? Graf Wallenberg gewiß nicht. Denn er blickte mit noch größerer Betroffenheit, als vorhin dem Maler, jetzt dem Bankier nach. Zwei Narren für einen, rief er im stillen Selbstgespräch aus. Aber ich will dir einen dritten zeigen, Gustel Wallenberg, der noch ein ärgerer Narr ist, als beide zusammengenommen. - Er griff nach einem Handspiegel, den Roland beim Malen oft zu gebrauchen pflegte; denn der Herr Professor Spiegel zeigt mehr Fehler, als ein Dutzend Kenner und Kritiker, war seine Ansicht. - Siehst du, Gustel Wallenberg, der größte Narr von euch dreien bist du selbst, mit allem Respekt vor deiner Exzellenz sei es gesagt. Mit diesem Antlitz, dessen Krähenfüße längst für das unbewaffnete Auge sichtbar geworden sind, mit diesem Haar, das an den Schläfen bereits die Kunst deines Kammerdieners herausfordert, und das auf dem Scheitel einen dünnen Mondschein, letztes Viertel genannt, aufzuweisen anfängt, mit deinem Alter, das dich klug machen müßte, wenn du das Glück hättest, ein Schwabe zu sein, mit deinen Passivis, die von Jahr zu Jahr eine schreiendere Ähnlichkeit mit den europäischen Großmächten gewinnen, - mit allen diesen verzweifelten Gaben stehst du jahrelang zwischen zwei bildhübschen, steinreichen Mädchen, wie Buridans Esel zwischen den zwei Heubündeln, und schwankst und schwebst und schwatzest solange, bis dir rechts die eine, links die andere vor dem Maul weggeschnappt wird. Denn das unterliegt nicht dem mindesten Zweifel, daß die Lomond klug genug ist, ihren seufzenden Krösus zu nehmen, und Meister Roland kindlich genug, sich zu der kleinen, feinen Bankprinzessin bekehren zu lassen. Ich selbst habe ihn ja auf sie hingeführt; dreifacher Tor, der ich bin... Halt, Gustel Wallenberg, ehe es zu spät ist. Hier heißt es einlenken. Entweder ich hetze die Nebenbuhler, Vater Krafft und Roland, gegeneinander, so daß keiner von beiden die Erkorene davonträgt, die ich dann für mich behalte. Der schlaue Fuchs Krafft spricht von ihrem Vermögen in so unbestimmten Zügen, daß in jedem Falle eine runde Summe mit verschiedenen Nullen dahinter steckt. Ohne eine günstige Bilanz ihres Kontokorrents nähme sie der Rechenmeister nicht. Oder aber ich wende die Sängerin einem ihrer zwei Freiwerber zu und komme auf meine früheren Absichten zurück, auf Armgard. Oder endlich, dritte Kombination: ich spiele den Edelmütigen und bringe als geschickter Eheprokurator beide Paare unter die Haube, Krafft mit Seraphine, Roland mit Armgard, während ich leer ausgehe, ledig bleibe... Welche Operation ist die richtige? Zunächst temporisieren wir. Nur nicht vor der Zeit vollendete Tatsachen machen, mit welchen später nicht mehr zu rechnen ist. Rolands Passion muß unterhalten werden, nicht abgeschreckt, wie bisher. Seraphine und Armgard sondiere ich kraft meines Amtes als doppelter Bevollmächtigter. Dem alten Herrn, dem ungeduldigsten von allen, der auf Resultate drängt, erwecken wir Hindernisse, um gleichzeitig zu reizen und zu verzögern. Die Fäden liegen noch in meiner Hand; es steht bei mir, ob ich sie zerreißen will, oder glatt abwickeln, oder unlösbar verwirren, oder endlich laufen lassen, wie es dem Zufall, dem gewaltigen Meister unser aller gefällt.

So weit war Wallenberg in seinem Monolog gediehen, als Roland nach einer ziemlichen Weile, von der Toilette, zurückkam, ein lebendiges Kunstwerk aus Raffaels Händen. Er entschuldigte sich bei dem Grafen, daß er ungebührlich habe warten lassen. »Ich mußte,« sagte er, »mir nicht bloß die Hände waschen, sondern auch tüchtig den Kopf, für allen Unsinn, den ich mir hineingesetzt. Ein paar Minuten ruhiger Überlegung haben mich zur Besinnung gebracht. Ich fange an einzusehen, daß Sie im Rechte sind, lieber Freund, mit Ihren Bedenken gegen eine doppelte Künstlerehe.« - »Welch rasche Umkehr,« entgegnete mißvergnügt Wallenberg. - »Wir Künstler sind, ich sagte es Ihnen, Kinder in unseren Entschlüssen, die das praktische Leben berühren. Das Wort eines erfahrenen, zuverlässigen Mannes bläst sie über den Haufen.« - »Sie gehen weiter, als meine Ansicht und Absicht gewesen, Roland.« - »Seien Sie nicht, aus Freundschaft für mich, schwach gegen meine Schwächen.« - »Wenn ich Ihnen aber sage, daß Sie mich mißverstanden haben!« - »Heißt das, Sie stimmen nunmehr für meine Werbung um Seraphinen, nachdem Sie dieselbe vor einer halben Stunde, auf dieser nämlichen Stelle, gefährlich, gewagt, unmöglich genannt haben?« - »Weder für, noch wider, mein teurer, stürmischer, wankelmütiger Freund! Ich zeige Ihnen nur, daß jedes Ding zwei Seiten hat. Ist Ihre Liebe für die große Künstlerin eine echte, probehaltige, so muß sie, wie jede Leidenschaft, aus sich selbst, nicht nach den Rücksichten der Gesellschaft beurteilt und behandelt werden. Gönnen Sie sich, ihr, mir, uns allen Zeit zur wechselseitigen Prüfung. Guter Rat kommt über Nacht. Warten wir ihn ab. Es bleibt zunächst bei unserer Vereinbarung: ich begebe mich morgen in das Lager der Amazone, als Ihr Abgesandter. Alles weitere findet sich je nach dem Ergebnisse meiner Mission. Und jetzt zu Tische!«

Arm in Arm verließen die Freunde das Atelier. Graf Wallenberg stellte das Menu seines ländlichen Mahles im Hinausgehen zusammen. Lukullus speiste bei Lukullus. »Wir haben,« sagte er mit rührender Wehmut, »die letzten Austern dieses Jahres, und die ersten Forellen, getrennt durch eine Kräutersuppe, Potage printanier, worin die Küche meiner Frau Försterin exzelliert. Dann schreibt mir der Förster, der das Wild noch besser zuzubereiten als zu erlegen versteht, von einem Schnepfensalmi mit Trüffeln und von einem Auerhahn, der seine fröhliche Urständ auf unserer Tafel feiert, nachdem er acht Tage lang in kühler Erde begraben gelegen. Wir werden unter uns sein und vortrefflich bedient werden. Ich lasse im Eckpavillon servieren, mit der Aussicht über das Tal und in den Strom. Ach, lieber Roland, glauben Sie mir, die Rückkehr zur Natur ist das einzige, was uns nach allen Geschäften und Leidenschaften des Lebens als Erholung übrigbleibt.« - »Natur mit Trüffeln und Austern, frappierte Natur,« lachte Roland, indem er in den Wagen stieg. Siehe da, auf den Kissen lagen zwei Veilchensträuße, welche Seraphine herausgeschickt. »Das Fräulein,« meldete der Kutscher, »läßt den gnädigen Herren guten Appetit wünschen.« - Beide steckten die Blumen nachdenklich ins Knopfloch. - »Vorwärts, ins Forsthaus. Laß deine Pferde ausgreifen. Schlag sechs Uhr bist du droben.«

6. Beim Lever einer Theaterprinzeß

Auf den Freitag, an welchem die bisher erzählten Begebenheiten sich zugetragen, folgte ein
Sonnabend. Wir würden dieses Umstandes, der an und für sich nicht eben merkwürdig genannt
werden kann, kaum Erwähnung tun, hätte er nicht auf den Gang der Ereignisse, die uns und
unsere verehrten Leser beschäftigen, beschleunigend eingewirkt. Wäre unsere Geschichte in
den ersten Wochentagen angegangen, statt am Freitage, so verliefe sie ungleich ruhiger, regel-
mäßiger. Aber gegen Schluß der Woche gerät sämtliches Leben, das öffentliche wie das private,
äußeres und inneres, unwillkürlich in rascheren Fluß. So klein der Zeitabschnitt auch ist, so
steigert sich doch gegen das Ende zu alle Bewegung, und insonderheit der Sonnabend, südlich
der Mainlinie Samstag geheißen, ist ein vorzugsweise stürmischer Tag, eine Springflut vor der
ebbenden Sabbatstille des letzten Wochentages. Wie viele Besen, Scheuerlappen, Schwämme
befinden sich in fieberhafter Erregung. Auf den Straßen, welches Gedränge von Wäscherinnen,
Schusterbuben, Schneiderlehrlingen mit geheimnisvollen Paketen! Auf den Märkten, in den
Läden, am Postschalter, in Kontoren und Kanzleien welches Gewühl!

Auch in Fräulein Lomonds Wohnung, die überhaupt nicht zu den stillen im Lande gehörte,
stellte sich dieser Sonnabend unter unruhigen Zeichen ein. Die Sängerin residierte in der Nähe
des Theaters, Rosenstraße Nr. 27. So zierlich das Bild ist: eine Nachtigall in Rosen, so gebietet
uns doch die Wahrheitsliebe, des Geschichtsschreibers höchste Pflicht, hier zu erklären, daß
nicht von Rosengärten die Straße ihren duftenden Namen empfangen, sondern von einem alten, herrschaftlichen Hause, das zur roten Rose genannt wurde, noch von Olims Zeiten her,
als die Häuser nicht numeriert waren wie jetzt, vielmehr durch Sinnbilder und Schilder unter-
schieden. Über der Haustür der roten Rose prangte, in Stein gehauen, die Königin der Blumen,
eine kolossale Zentifolie, die man freilich, wäre sie grün, statt ziegelrot angestrichen gewesen,
ebensogut für einen Kohlkopf hätte ansehen können. Das Haus stammte aus einer Periode, wo
italienische Baumeister in der Stadt grassiert und sie mit allerlei exotischen Steingewächsen
bereichert hatten; Fluren mit Oberlicht, gewölbte Gemächer, lange Korridore, Balkone mit eisernen, ehedem vergoldeten Gittern, Mezzanine, Attiken mit Figuren, flache Dächer, und was
dergleichen welsche Spielereien mehr sind. Fräulein Lomond fand Geschmack daran, vielleicht
in Erinnerung an Neapel. Sie bezog den Hauptstock der roten Rose, eine Reihe von hohen,
hallenden Zimmern, mit einem Balkon auf die Straße und einer Loggia auf den mit Akazien
bepflanzten Hof. Über ihr, in der Attika, hauste ein polytechnischer Schüler, der sie im stillen
anbetete. Wenn sie übte oder studierte, lag er mit verhaltenem Atem auf dem Fußboden, das
Ohr an die Dielen gedrückt. Vor den Fenstern ihres Schlafzimmers hing er von oben an langen
Bindfaden anonyme Selams auf. Begegnete er ihr aber einmal zufällig auf der Stiege, so lief er
davon, als ob ihm der Kopf brennte, und zwar ohne Gruß. Unter ihr im Entresol fand häufiger
Wechsel der Mietsparteien statt; jetzt wohnte ein pensionierter Finanzrat darin, der sich hatte
zur Ruhe setzen und nebenbei ein Freibillett auf die Oper genießen wollen. Unglückseliger
Wahn! Außer der Skala, der täglichen, hörte der Musikfreund nichts oder doch nicht viel von
seiner Hausgenossin. Dagegen liefen am Morgen Theaterdiener, Livreediener, Lohndiener die
Treppen lärmend auf und ab; mittags und abends kam lustige Gesellschaft, und nicht selten
wurde bis lange nach Mitternacht über dem Haupte des Pensionierten gewalzt, gepolkt, geländ-
lert. Er zählte verzweiflungsvoll die Stunden bis zur Ziehzeit. Ins Erdgeschoß der roten Rose
teilten sich ein Geldwechsler und eine Weinhandlung, welche beide Fräulein Lomond häufig
in Nahrung zu setzen liebte.

Ehe wir an ihrer Tür anläuten, wollen wir ein Geständnis machen. Wenn unsere geneigten Leserinnen »den bürgerlichen Haushalt, wie er sein soll,« »die perfekte Köchin,« oder »das
Ganze einer Musterwirtschaft« bei ihr kennenzulernen hoffen, so bleiben sie besser draußen.
Fräulein Lomond gehörte nicht zu den Auserwählten, Hausfrauen von Gottes Zorn, die beim
ersten Schritt ins Zimmer ein Staubwölklein im entferntesten Winkel, ein schief aufgezogenes
Rouleau, einen nicht ganz lot- oder wagrecht hängenden Spiegel wahrnehmen und mit Fanatismus zu Felde ziehen gegen solche Sünden wider den Heiligen Geist. Sie hatte das Bedürfnis und

die Gewohnheit, schön umgeben zu sein, setzte den Fuß lieber auf Brüsseler Teppiche, als auf den nackten Boden, und saß (noch häufiger lag) ohne sonderliche Schonung und Rücksicht in Lehnstühlen von Samt, auf Ruhebetten von Seidendamast. Es kam ihr auch nicht darauf an, ihre Möbel nach Herzenslust und augenblicklicher Laune durcheinander zu werfen, einmal am Schreibtisch zu frühstücken und auf dem Piano ein hastiges Billett mit Bleifeder hinzukritzeln. Wie alle Singvögel, die zugleich Zugvögel sind, war sie ziemlich gleichgültig gegen ihr Nest, dabei jedoch himmelweit entfernt von der genialen Unordnung mancher Theaterkolleginnen, welche Schminktopf und Kaffeetasse nebeneinander stellen, und zwar auf ein Noten- oder Zeitungsblatt, das Kamelienbukett von gestern abend zwischen den Pantoffeln von heute morgen liegen lassen, und wenn ein Besuch gemeldet wird, hastig ein Paar Strümpfe, ein gebrauchtes Taschentuch oder schmutzige Handschuhe unter die Sofakissen stopfen, von wo sie der Schoßhund, das Ungeheuer, im entscheidenden Moment der Unterhaltung hervorzerrt... O Schicksal! - Von solcher Künstlerwirtschaft dachte die Sängerin wie Roland von der malerischen Unordnung eines Ateliers.

So viel vorausgeschickt, treten wir ein. Im Vorzimmer, obgleich es noch nicht zehn Uhr vormittags ist, findet sich bereits eine zahlreiche Gesellschaft. Auf den Bänken mit hoher Lehne räkeln sich stattliche Lakaien, Überbringer von Briefen, Visitenkarten, Blumensträußen und Blumentöpfen, welche sämtlich persönlich übergeben sein wollen. Den Ehrenplatz im ledernen Armsessel behauptet Vater Winter, das wandernde Album aus Bremen im Schoß, das die gefeierte Künstlerin an passender S-telle mit einem kurzen Denks-pruche ausstatten soll. Ein paar andere Lohndiener haben sich ihm angeschlossen, um Jagd auf Billette zur letzten Vorstellung zu machen. Der Uhrmacher, der Sonnabend aufzieht, der Klavierstimmer, der Sonnabend stimmt, der Theaterschneider mit einem neuen Helm zum Anprobieren, der Kapelldiener, stehende Figuren in diesen Räumen, harren am Eingang. In den finstersten Winkel verkriechen sich jammervolle Gestalten: Damen mit baumwollenen Handschuhen und karierten Schals, auf der linken Seite getragen; Herren, welche die Röcke bis an den Hals hinauf krampfhaft zuknöpfen, während ihre Fußzehen aus dem Stiefel neugierig in die Welt blicken. Die schmierigen Reisepässe, die sie in erfrorenen Fingern halten, sagen, was sie sind: »Künstler« ohne Engagement, welche auf Kollekte gehen. Zuweilen werden Gespräch und Gelächter der buntgemischten Gesellschaft zu laut; dann öffnet sich die innere Tür, ein majestätischer Männerkopf mit Ohrringen schaut heraus, ein gebieterischer Finger legt sich an den Mund, - und »die Stille wird stiller.«

La Diva, die Göttin, schlummert noch. Ehe im Allerheiligsten, dem Schlafzimmer, das erste Glockenzeichen getönt hat, muß ehrfurchtsvolles Schweigen im Tempel herrschen, dafür sorgt der Oberpriester, Signor Beppo, eben jenes majestätische Antlitz mit den goldenen Ohrbommeln. Wenn Herr Raff, genannt Raffael, ein Original ist, so ist Beppo ein Ideal, der Inbegriff aller möglichen und unmöglichen Vollkommenheiten der dienenden Menschheit, wie er sich nur noch in Italien realisiert. Wen der Himmel lieb hat, den züchtigt er mit einem solchen Faktotum. Die Primadonna brachte ihn aus Neapel mit. Er schrieb und unterschrieb sich: Giuseppe del Sotto, Intendente della Signora Lomondi Seraphina, prima donna assoluta del teatro reale. Nur seiner Herrin räumte er das Recht ein, ihn kurzweg Beppo zu rufen; im Hause, im Theater, in der Stadt bestand er auf seinem Geschlechtsnamen, dessen Quelle er bis in das graueste Altertum, die pelasgischen Kolonien in Großgriechenland, nachwies. Sein Äußeres widersprach der Angabe keineswegs. In schwarzem Frack, kurzen Unaussprechlichen und seidenen Strümpfen, eine weiße Krawatte mit Brillantnadel um den Hals, glatt rasiert, das dunkle Haar zu Berge gestrichen, sah er unglaublich vornehm aus. Über der stolz geschwungenen Adlernase funkelten ein Paar Augen, die das blaßgelbe Gesicht noch heller heraushob. Er trug bei großen Gelegenheiten den Orden vom goldenen Sporen im Knopfloch, der ihm, streng genommen, das Recht gegeben haben würde, sich Cavaliere del Sotto zu betiteln; allein er verschmähte das. »Herr del Sotto«, oder »Herr Haushofmeister« genügte; »Herr Kammerdiener« versetzte ihn in Wut. Wer ihn »Beppo« nannte, empfing keine Antwort. Die Tätigkeit des Ideals ist eine bis zum Unendlichen vielseitige. Vor Tagesanbruch, ehe noch ein Fenster oder Auge im Hause sich geöffnet, steht er auf, Winter und Sommer. Er ordnet, wie ein Hausgeist, unsichtbar und unhörbar, alle Zimmer. Sogar das Parkett hält er nicht unter seiner Würde; auf einer Bürste, die gleich einem Kothurn unter die Füße geschnallt wird, läuft er pfeilschnell über den Boden dahin, der glatt und blank wie eine Eisfläche aus seiner Behandlung hervorgeht. Dann werden die Möbel, die Rahmen, die Vorhänge, die Teppiche abgestäubt, die Blumen verschnitten und mit Bürste und Schwamm bedient, der Käfig des Papageien und der Korb der Wachtelhunde gereinigt. Um sieben, acht Uhr ist diese erste Herkulesarbeit beendigt; wehe dem Sterblichen, der ihn dabei überrascht! Die Küchenmagd, welche einmal helfen wollte, wurde sofort entlassen. Niemand darf wissen, was für eine Hand hier gewaltet hat. Um acht Uhr beginnt der zweite Teil der Tagesordnung: Beppo sorgt in der Küche für die Schokolade der Herrin. Wer anders als er könnte dies Getränk nach echt italienischer Art bereiten und Ravioli dazu, Seraphinens unentbehrliches Naschwerk? Mit dem Frühstück, das sie im Schlafzimmer, oft im Bett einnimmt, serviert Beppo die eingelaufenen Zeitungen und Briefe, jene aufgeschnitten, diese erbrochen, beide gelesen. Er »arbeitet mit der Signora«. Wiederum wehe dem Sterblichen, der zu stören wagte! Der Zimmerputzer hat sich in den Mandolettibäcker, der Bäcker hierauf in den Geheimsekretär verwandelt. Die Signora diktiert kurze Notizen zur Erledigung der starken Korrespondenz; der Signor Intendente schiebt die Papiere in sein Portefeuille und zieht sich zurück in sein Hofgemach, um zu expedieren. Nur eine annähernde Vorstellung zu geben von der überraschenden Fertigkeit des Vielseitigen im deutschen Briefstil, schalten wir hier ein paar seiner Antworten ein, die er, nach dem Thema, zu variieren wußte, con grazia, in infinitum.

Nummer eins, an einen Bittsteller: »Eier Wolgegeborn! In Erwiderung auf Ihren Allerwertesten a dato 24 voriges Monat, so winschen Sie eine Unterstutzung. Diesen ißt in gegenwärtigen Augenblicken nicht möglick. Ätten Sie früher, wäre möglick. Haber was nicht möglick, ißt unmöglick. Mit haller Hachtung Ihren haufricktigen: Giuseppe del Sotto, Intendente usw.«

Nummer zwei, an einen Theaterdirektor - »Eier Wolgeborn! In Erwiderung auf Ihren Allerwertesten a dato 9 laufendes Monat, so winschen Sie von uns heinige Gasserollen. Diesen ißt in gegenwartigen Augenblicken nickt möglick. Denn warum, so aben wir schon so ville Gasserollen mit haußwartige Impresarii, daß wir nicht wissen, wie hihne halle befriedigen. Vielleickt auf eine handere Jahren ißt möglick. Mit halle Hachtung usw. (wie oben).«

Bis zehn Uhr wurde im Kabinett konzipiert, mundiert, expediert und hierauf Toilette gemacht, Signor Beppo ging immer schwarz, nur mit farbigem Halstuch, Sommers im Strohhut, Winters in einem weißen Zylinder, jeder Zoll ein Gentleman. Er begab sich zur Post, besorgte die mündlichen Aufträge seiner Gebieterin, kaufte ein: Geflügel, Wild, junges Gemüse, Früchte. Hier spielte das Taschenbuch dieselbe wichtige Rolle, wie im Sekretariat das Portefeuille: »Butter - due funti (zwei Pfund), Eier - cinque mandole (fünf Mandel)« usw. Heimgekehrt, hüllte sich Beppo in die weiße Schürze und Mütze des Mundkochs, wobei er der assistierenden Hausmagd selten zu erzählen unterließ, daß auch Rossini, der göttliche Maestro, der Schwan von Pesaro, sich niemals das Recht nehmen lasse, seine Makkaroni, sein Risotto selbst zu komponieren. Bei Tisch bediente er aber nur die Sängerin; für Gäste wurden Lohndiener angenommen. Große Diners dirigierte sein Haushofmeisterstab; auch hier wehe dem Sterblichen, der eine silberne Gabel fallen ließ oder mit den Tellern klapperte! Ein Blitz aus den funkelnden Augen mit nachfolgendem Donnerschlag, der im stillen mittels des Stabes appliziert wurde, vernichtete ihn. Abends besuchte Beppo das Theater, jedoch niemals die Bühne. Er hatte seinen Sperrsitz unmittelbar hinter dem Orchester, stand mit allen Mitgliedern desselben auf dem Prisenfuß und übte eine furchtbare Kritik, stellenweise auch Antikritik, über die Opernvorstellungen, während er im Schauspiel regelmäßig schlief. Einen Fremden, der sich neben ihm unterfangen hatte, die Lomond auszuzischen, warf er im Zwischenakt aus dem Parkett ins Orchester, so daß er mitten in die große Trommel zu sitzen kam. Er wurde verhaftet und nur auf Verwendung der einflußreichen Primadonna wieder losgegeben. »Signora,« sagte er bei der Rückkehr aus dem Polizeiarrest, »ich küsse Ihnen die Füße für meine Freiheit: aber die Strafe war verdient, nicht von mir, sondern von Ihnen.« - »Beppo, was fällt Euch ein?« - »Signora hat wirklich schlecht gesungen an jenem unglücklichen Abend; sie hat zweimal falsch angesetzt, einmal zu früh, einmal zu spät, und die Schlußkadenz der großen Arie verdorben.« - »Ich war zerstreut, Beppo, müde, indisponiert.« - »Signora, dann singt man nicht. Man kompromittiert nicht seine Freunde.« Sie versprach Besserung und erhielt Verzeihung, nicht im Scherz, nein, vollkommen ernsthaft gemeint. Denn aufrichtig und groß war der Respekt der Sängerin vor dem musikalischen Urteil ihres getreuen Beppo. Er besaß ein unbestechlich feines Ohr, angebornen Sinn für Takt und Tempo, Geschmack und Erfahrung in Verzierungen des Gesanges, und ein eigenes Repertoire neapolitanischer Volkslieder, dem die Primadonna manches Paraderößlein für den Salon verdankte. Deswegen benützte sie ihn auch zuweilen im Studium neuer Partien; zum Geheimsekretär, Haushofmeister, Kammerdiener, Koch gesellte sich eine abermalige Verwandlung: der Musikmeister. Beppo schwur einen körperlichen Eid, er werde noch Amme werden, dry nurse, wie die Engländer sagen, falls es der Signora einfallen sollte, was der Himmel verhüte, Kinder zu kriegen.

Außer Beppo umfaßte der Hausstand Seraphinens nur noch eine präsentable Person, Marie, die Jungfer, der wir im Hühnerhof von Rolandseck am Arme Raffaels flüchtig begegnet sind. Marianka war eine Tschechin mit Leib und Seele; sie trug breite Backenknochen, längliche, etwas schief gestellte Augen und rabenschwarzes Haar, das, aufgelöst, sie wie ein Mantel bis herab zum Knie bedeckte, sprach wenig, hörte und horchte desto mehr, galt für eine Fee mit der Nadel und dem Bügeleisen und konnte ohne Theater nicht leben. Ihr Bereich ging über Schlafzimmer, Toilettenkabinett und Garderobe der Herrin nicht hinaus. Wagte sie einmal, Fuß oder Hand jenseits dieser Grenzen auszustrecken, so begegnete sie auf Schritt und Tritt dem zähen Widerstand des Italieners. Die Tochter Libussas und der Enkel der Pelasger lebten in unaufhörlichem Kriege miteinander. Da beide das Deutsche nur gebrochen redeten, fielen sie in der Hitze des Gefechtes immer in ihre Muttersprachen zurück und wurden einander vollkommen unverständlich. Dergleichen Zankduette waren die Wonne vertrauter Hausfreunde; Graf Wallenberg, des Böhmischen und des Italienischen mächtig, versäumte niemals, die zwei Feinde zusammenzubringen und durch die perfideste Dolmetschung zur höchsten Leidenschaftlichkeit zu steigern. Ihre Fehde entstand, angeblich, aus eitel Liebe und Treue für die Herrschaft. Mariankas Herz blutete unaufhörlich, weil Beppo, - der Schnipfer, der Salamimann, - Pana, die so gut und arglos, bei Rechnung seiniges betrog. Beppo hinwiederum bezichtigte die Wilde, das Kalmückengesicht, sie plaudere die Geheimnisse der Theatergarderobe an den ersten Kommis der Weinhandlung im Erdgeschoß aus, mit dem sie ein Techtelmechtel habe. Die Sängerin schlichtete den edlen Wettstreit mit einem Urteil Salomons, indem sie sagte: »Ihr habt beide recht; nun laßt mich in Ruhe!«

Ruhe... Als ob das Leben einer Primadonna in und außer dem Hause die Ruhe jemals kennen lernen könnte! Ihr Dasein braucht, gleich der Uhr, die Unruhe zum Gehen. Unruhig war denn auch, wie gesagt, unser Sonnabendmorgen, zu welchem wir nach einer kleinen Farbenskizze von Signor Beppo und Mademoiselle Marie zurückkehren.

Er hielt sich, der Vielseitige, seit neun Uhr bereits im Speisezimmer auf und wartete ungeduldig auf das Zeichen der Glocke, das ihn mit der Schokolade und dem silbernen Teller voll Briefe und Zeitungen zu der aufgehenden Sonne bescheiden würde. Das Speisezimmer ist ein mäßig großes, höchstens auf ein Dutzend Gäste berechnetes Gemach. Von Silberzeug weist das Büfett nur die nötigsten Stücke auf. An den Wänden hängen, in Kupferstich und Steindruck, die Porträts berühmter Theatergrößen, mit eigenhändigen Unterschriften der Sängerin gewidmet; den glänzendsten Rahmen hat ihr Gesanglehrer, ein Neapolitaner, dem sie den ersten ihr gespendeten Kranz, eine Erinnerung an San-Carlo, mit Schleifen in den italienischen Farben, grünweißrot, auf das Haupt gedrückt. Ein Atemzug der Weltgeschichte weht durch die welken Blätter dieses Kranzes. Die Hand, die ihn vor Jahr und Tag geworfen, büßte damals auf Ischia in Eisen und Banden das Verbrechen, die nationale Trikolore auf den Brettern von San-Carlo gezeigt zu haben - Links an den kleinen Speisesaal stößt der Salon, das einzige Zimmer, das nicht mit reichen Teppichen und Portieren versehen ist, weil hier gesungen und musiziert wird. Zwei Flügel von Bösendorfer teilen sich mit einer Menge kleiner Etablissements für gesellige Gruppen in den weiten Raum: Fauteuils, Chaiselongues, Causeusen, Dos-à-Dos, Eckdiwans in buntester Unordnung. Blumentische, kostbare Majolikaschalen, bis an den Rand mit Visitenkarten gefüllt, deckenhohe Spiegel, drei Lüstres, ein marmorner Kamin, mit Bronzen bedeckt, wirken zu einem stattlichen Gesamteindruck zusammen, während Etageren mit fingerlangen Nippen und Porzellanpüpplein, desgleichen photographische Albums nur durch ihre Abwesenheit glänzen. Ein einziges Bild schmückt die Hauptwand: das Porträt des Landesherrn, in Öl gemalt, ganze Figur, Geschenk Seiner Majestät zum letzten Namenstage der Künstlerin.

In diesem Salon, wie in jenem Speisezimmer, vor der Tür und an den noch dicht verschlossenen Gardinen des Himmelbettes - überall wurde gewartet. Im Salon befinden sich zwei Gruppen, die wir uns näher ansehen müssen. Am Kamin harrt ein Paar ältlicher Herren, der eine ein Theateragent, namens Baldrian, der zweite ein Theaterdirektor, unter der Benennung Salamander im ganzen deutschen Bühnenstaat berühmt. Herr Baldrian, der mächtigste seiner Zunft, erscheint selbst bei der Primadonna nur im bequemen Morgenanzug; die Füße gegen das Bronzegitter des Kamins gestemmt, beide Hände in den tiefen Rocktaschen vergraben, mit finstergerunzelter Stirn sitzt er da. Ihn verdrießt das Warten. Seine Zeit ist Geld. »Diese Prinzessinnen aus meinem Theateralmanach,« klagt er bitter, »lassen länger antichambrieren, als die des Gothaischen.« Der Salamander zuckt die Achseln; ein geschmeidiges, feistes, freundliches Amphibium von »Künstler« und »Bühnenvorstand«, in einer wundervollen schwarzen Perücke und einem schwarzen Frack, der etwas zu weit ist (um auf dem Theater auch über Wattierung getragen werden zu können) und auf der linken Brust ein paar Maschen hat zum Einhängen von Sternen und Großkreuzen aus Blech. Seine Handschuhe, trotz der frühen Stunde buttergelbe, riechen nach Terpentin, weil sie einige Male gewaschen worden sind, und von seinen Stiefeln tropft, vielleicht von der Kaminwärme, der Lack auf den Fußboden. Der Salamander beruhigt den Baldrian und schlägt ihm, die Zeit zu vertreiben, ein kleines Geschäftchen vor. »Seid Ihr denn wieder flott?« fragt der Agent. - »Noch nicht, aber ich hoffe es zu werden durch die Lomond.« - »Satanskerl! Dreimal abgebrannt, viermal bankerott gemacht und immer oben auf.« - »Ich arbeite jetzt an einer neuen Konzession für Pommern.« - »Die wievielte ist das?« - »Ungefähr das Dutzend voll, das Ausland, Schweiz, Holland, Elsaß, nicht gerechnet.« - »Und was sagt der Herr Regierungspräsident dazu?« - »Ich berufe mich auf die Opfer, die ich bei der letzten Landestrauer gebracht habe.« - »O Salamander ohnegleichen. Auch von der Landestrauer profitiert er! Als ob man nicht wüßte, daß Ihr zum fünften Male hättet zugrunde gehen müssen, wenn der Theaterschluß nicht zur rechten Zeit gekommen wäre!« - »Sans Spaß, das Geschäft ging brillant; beim Sommertheater hätte ich ein Heidengeld herausgeschlagen.« - »Ohne die Wintergagen zu bezahlen, Salamanderchen?« - »Jede Jahreszeit für sich, Gevatter Baldrian. Aber sans Spaß, wollt Ihr mir eine Gesellschaft machen, wenn ich Pommern kriege?« - »Darüber läßt sich reden, wenn Ihr's habt. Der jetzigen Direktion, Stullmüller und Breul, spiele ich gern einen Possen; sie arbeiten seit zwei Jahren nicht mehr mit mir, sondern mit meinem Erbfeind, dem Musteragenten, der die Provision auf sechs Prozent herabsetzen wollte, dem Doktor Siebenreuter.« - »Die Rache ist süß, Baldrianchen. Rächen wir Euch. Seht einmal nach, was Ihr auf Lager habt.« - Der Agent zog eine Brieftasche heraus, die mehr Sack als Tasche heißen durfte, so strotzte sie von Briefen, Rechnungen, Zeitungsblättern, Telegrammen, photographischen Porträts, Rollenverzeichnissen usw. Er öffnete seinen Sklavenmarkt. »Von Johannis ab disponibel,« las er, »Frau Deubel-Fitzinger, das erste tragische Talent der Gegenwart.« - »Wohl schon mehr Vergangenheit, Baldrianchen?« - »Unsinn! Dreißig Jahre alt, Augen wie Minerva, eine Büste wie Juno, gewachsen wie die Venus Kallipygos. Famoses Repertoire. Alle klassischen Rollen. Kein Hoftheater besitzt eine Jungfrau, die ihr nur das Wasser reichte.« - »Was tu' ich in Anklam mit der Jungfrau? Ich brauche eine muntere Liebhaberin, Spieltenor, Naturburschen, vor allem eine Soubrette für Oper und Gesangsposse.« - »Wißt Ihr was? Nehmt die Mintschka; ein reizender Balg, achtzehn Jahre alt, den Satan im Leibe. Studiert in allen Offenbachschen Opern. Spielte die schöne Helena in Altona zehnmal mit aufgehobenem«... - »Abonnement?« - »Nein, Peplon.« - Nachdem die Biedermänner eine Minute lang über den köstlichen Witz gelacht hatten, daß ihre Bäuchlein wackelten, fuhr der Direktor fort: »Sans Spaß! Könnt Ihr mir die Mintschka liefern? Und nicht zu teuer?« - »Um ein Spottgeld. Sie ist schwer anzubringen, weil kein Direktor es lange mit ihr aushält. Ihrem vorletzten, Heumeister in Torgau, hat sie auf offener Szene eine Ohrfeige gegeben.« - »Was tat Heumeister darauf?« - »Er entließ sie.« - »O Heupferd! Drei Monatsgagen Strafe hätte ich ihr angesetzt und ein brillantes Geschäft gemacht. Ich nehme die Mintschka.« - »Ihr sollt sie haben, wenn die Konzession da ist.« - »Dazu muß die Lomond herhalten. Wenn ich ein Gastspiel von ihr im Sack habe, kann der Regierungspräsident nicht nein sagen.« - »Aber wie wollt Ihr das Honorar aufbringen? Sie singt Euch nicht unter hundert Louisdor.« - »Ich verschreibe ihr tausend, wenn sie's verlangt. Dergleichen Gäste bezahlt man ohnehin nicht.« - »Man bezahlt sie nicht?« - »Niemals. Ich verspreche die halbe Einnahme, ganzes Benefiz, Garantie bis ins Blaue hin. Ist das Gastspiel vorüber, so schicke ich dem berühmten Gast, wenn er weichherzig ist, ein halbes Dutzend Theaterkinder über den Hals, je zerlumpter, desto besser. Ich erscheine auch, ich spreche vom Hungertuch, ich weine; keine Ruhe, bis mir das Honorar erlassen wird. Bei hochfahrenden Damen, wie die Lomond, zähle ich in kleiner Münze einen Bettel auf den Tisch, den sie sich anzunehmen schämen; sie werfen ihn mir ins Gesicht, mich zur Tür hinaus, und ich lache mir draußen ins Fäustchen.« - Der Agent sah den Direktor mit einem Blicke unverhohlener Bewunderung an, als wollte er ausrufen: »Wenn ich nicht Baldrian wäre, möchte ich Salamander sein!« Jedoch verlor sich ihr vertrauliches Zwiegespräch in dem immer lauter anwachsenden Lärm der anderen Gruppe, die um den weit aufgeschlagenen Bösendorfer versammelt war.

Dort erklärte Herr Bullermann, der Verfasser der Amazone, dem Redakteur der halboffiziellen Morgenzeitung, dem Bassisten Braun und dem Ritter von Blumenberg Tendenz und Charakter seiner neuesten Tondichtung: die Sündflut. Er kündigte dieselbe, mit ebensoviel Bescheidenheit als Sehergabe, als das absolute Kunstwerk der Zukunft an. Der Meister der Schule, die vom »Wagen« den Namen führt, ist darin bereits meilenweit überflügelt; er liegt tief unten und hinten, ein überwundener Standpunkt. Ebenso sind alle Grenzen und Formen der Kunst siegreich niedergeworfen. Die Sündflut ist weder Oratorium, noch symphonische Dichtung; noch weniger kann und will sie für ein musikalisches Drama gelten. »Musik gewordene Weltgeschichte« wäre die etwa einzige, treffende Bezeichnung für das Werk. Zur Aufführung bedarf der »Schöpfer« eines Theaters von der Größe und Einrichtung des altrömischen Zirkus Maximus; der eine Halbkreis wird für die Zuschauer, der andere für das Orchester bestimmt, während in der Mitte die Sänger und Darsteller ihren Platz haben. Wie die Schauspiele der Hellenen beginnt das Werk mit Sonnenaufgang, unter freiem Himmel, und endet, nach den notwendigen Pausen, um Mitternacht bei bedecktem Raume. Von der Mysterienbühne des christlichen Mittelalters borgt es die Dreiteilung des Schauplatzes, Himmel, Erde, Hölle; von der Neuzeit alle Wunder der Malerei, des Kostüms und der Maschinenkunde. Dasselbe zerfällt in sieben Teile, wie denn die mystische Zahl Sieben (sieben Schöpfungstage oder Epochen, sieben Farben des Regenbogens usw.) in Septimenakkorden sinnig durch das Ganze klingt. Idyllisch ist der Anfang: Erwachen der Natur bei Sonnenaufgang. Eine Herde Kühe mit Glocken - die kein Anachronismus sind, da Tubalkain das Erz bereits erfunden - ein Zug Kamele wird über die Bühne getrieben, natürlich in natura. Hirten, soviel wie möglich auch in naturalibus, singen, tanzen, spielen Schalmeien. Hierauf entfaltet sich das Patriarchenleben in seiner Reinheit: Noah, nebst Töchtern, tritt auf. (Noah - Herr Braun, tiefer Baß.) Dann ein Zwischenstück in der Hölle: ein gefallener Engel, dem Heldentenor zugedacht, wird vom Satan, humoristischer Baßbuffo, auf die Erde gesandt, um die jugendliche Menschheit zu verderben. Es gelingt ihm nur zu leicht; wer kennt nicht die unwiderstehliche Macht des hohen C über weiche weibliche Gemüter? Vierte Abteilung: riesige Orgie; alle drei Schauplätze wirken mit. Im obersten Stock weinen die Engelschöre, in der Mitte brüllen Trink-, Spiel-, Liebeslieder, unten heulen die Triumphdithyramben der Dämonen, worin die sechzehn Kontrabässe, unisono, hohnlachen. Hiernach verdunkelt sich die Bühne, das gesamte Haus, über dem sich plötzlich eine Decke wölbt. Sündflut mit wirklichen, von Stufe zu Stufe des Amphitheaters und von einem Tone zum anderen wachsenden Wassern. Noah baut die Arche; prachtvoller Chor der Zimmergesellen mit taktmäßigen Axtschlägen. Chor der Ertrinkenden, decrescendo, während das Orchester, die Flut steigt, steigt, steigt, bis in die höchsten Flageolettöne der ersten Geige. Hierauf tiefe Stille. Man sieht die Arche schwimmen. Sechster Teil: Die Noahtauben fliegen aus; das Schlagen ihrer Flügel wird durch einen Schlag mit dem Holz des Fiedelbogens auf die Saiten täuschend nachgeahmt. Die Wasser fallen, fallen, fallen! mit einem Ruck durchs ganze Orchester strandet die Arche auf Ararat. Dankopfer Noahs und der Geretteten; Jubelchöre im Himmel (Seraphine - erster Seraph), Verzweiflung in der Unterwelt, wohin der erste Tenor in einem Musikstück zurückkehrt, das zwischen Don Juan und Tannhäuser, aber hoch über beiden steht. Ein Septimenakkord geht mit dem Morgenregenbogen auf und in melodische Farbenmalerei über. Siebenter Teil: Gründung des Weinbaues, im antiken Sinne aufgefaßt, so daß Noah, gleich Bacchus, den Kulturbringer darstellt. Bacchantisches Finale.

Von dieser Schöpfung gab ihr Urheber, Herr Bullermann, seinen Getreuen am Piano einen kleinen Begriff. Bei dem Sänger Braun hatten seine Intentionen zum voraus gewonnenes Spiel; derselbe freute sich auf die Partie des Noah und gedachte namentlich dessen Trinkszene meisterhaft auszuführen, worin taumelnde und abgebrochene Läufe des englischen Horns einen zarten Rausch wundervoll andeuteten. Ob er's aushalten würde, fragte Ritter von Blumenberg, der Bedenklichste des kleinen, aber auserlesenen Auditoriums. Statt aller Antwort erhob sich Braun und schlug auf seinen Brustkasten, der wie ein Faß dröhnte... Ein geborner Noah! Herr Braun ist sechs Fuß lang, wie die meisten Bassisten, unverhältnismäßig breit, wie viele, und mit einer sanft geröteten Nase versehen, wie einige unter ihnen. Noch größere Skrupel als Vater Noahs Ausdauer verursachte die Maschinerie dem einigermaßen ängstlichen und kritischen Ritter Blümchen von Blumenberg. »Wie werden Sie können machen die Sündflut?« fragte er kopfschüttelnd. - »Durch Druckwerke; nichts leichter als das.« - »Wie werden Sie lassen regnen?« - »Durch Wasser, an hohen Glastafeln herabgeschüttet. Ein leichter Gazevorhang davor macht die Täuschung vollkommen. Außerdem ist das Haus halbdunkel, und das Ohr hilft dem Auge, indem es den Regen im Orchester hört.« - »Aber der Regenbogen?« - »Optische Apparate von kolossalen Dimensionen bringen ihn glänzender hervor, als die Natur selbst.« - »Und die Tauben?« - »Haben Sie nicht von Ziegen gehört, die für die Bühne dressiert worden? Von den Börsentauben?« - »Die Arche endlich?« - »Das Schiff aus der Afrikanerin.« - »Tausendkünstler. Eine Antwort hat er für alles.« - »Sagen Sie, er ist alles in allem!« rief enthusiastisch der Mann der Morgenzeitung aus: »Dichter, Komponist, Regisseur, Dekorateur, Maschinenmeister! Bullermann, du bist ein Universalgenie!« - Der Maestro wiegte lächelnd das Haupt; wobei es ungewiß bleiben mag, ob das Universalgenie ihm zu viel oder zu wenig schien. Die Freunde umarmten einander, über den Bösendorfer hinweg; ein Schauspiel für Götter: die offizielle Presse und die neue Musik im herzlichsten Einverständnis!

Wenige Monate vorher war ihr Verhältnis noch das entgegengesetzte gewesen. Damals diente das oppositionelle Abendblatt als Organ der Zukunftsmänner, während die Morgenzeitung das eine ihrer Häupter einen Wasserkopf, das andere ein verbranntes Hirn, die gesamte Schule ein Irrenhaus nannte. Der Bekehrungstag von Damaskus ist inzwischen angebrochen, das Blatt hat sich durchaus gewendet. Vielmehr beide Blätter. Die Morgenzeitung schwärmt für die Romantiker, das Abendblatt wütet gegen sie. Nur eines ist beim alten geblieben: der gegenfüßlerische Standpunkt beider Organe und ihrer Vertreter. Der Feuilletonist der Morgenzeitung, Meyer Hirsch, sitzt im Salon; das Licht des Abendblattes, Hirsch Meyer, wartet allein im Kabinett der Primadonna. Sie dürfen sich persönlich nicht begegnen, sonst gibt es ein Unglück, Mord und Totschlag.

Und doch - wenn jemals zwei Sterbliche durch die Stimme des Blutes, des Berufes, der innigsten Seelenverwandtschaft zu einem Paar von Busenfreunden bestimmt gewesen, so sind es Hirsch Meyer und Meyer Hirsch. Sie gehören zu der interessanten Gattung von Säugetieren, die ein Staatsmann der Gegenwart mit dem Namen »Preßjuden« taufen wollte. Beide führen keineswegs das Steuer in den Redaktionen ihrer Organe; sie bedienen nur das Feuilleton mit Kunstartikeln, vermischten Nachrichten, Verbrechen und Unglücksfällen. Die halboffizielle Morgenzeitung geht tapfer hinter der Regierung her, durch dick und dünn. Ihr Hauptredakteur ist ein Mann in Amt und Würden, der aus dem Vorzimmer des Ministers dirigiert wird und auch dirigiert. Sie zeichnet sich aus durch Berichtigungen, die regelmäßig vier Wochen hinter den Ereignissen dreinhinken und niemals sagen, was geschehen sein soll. Umgekehrt das Abendblatt, welches ebenfalls durch dick und dünn vor der Opposition einherläuft. Eigentümer ist eine Aktiengesellschaft, die in Liberalismus spekuliert, je nach dem Tageskurs. Wird das Blatt in irgendeinem Staate verboten, so reist ein Hauptaktionär sofort ab, um an Ort und Stelle Buße zu tun, Besserung zu geloben. Konfiskationen hingegen sind beliebte, oftmals absichtlich herbeigeführte Maßregeln, die den Kurs in die Höhe treiben. Freiheitsstrafen sitzt Hirsch Meyer ab nach einer bestimmten Diätenskala. Seine Spezialität ist die Theaterkritik; doch schreibt er auch glänzende Leitartikel. Wenn die Kammern einberufen werden, so donnert er gegen unzeitige Verschwendung; es sind die Regierungsvorlagen noch nicht fertig, die Ausschüsse unvorbereitet. Vertagt man dieselben, dann blitzt Hirsch Meyer von der anderen Seite: Wehe dem Lande, wo die Stimme der Volksvertretung unterdrückt wird. Eben wirft er auf dem Schreibtisch der Sängerin, einem Prachtstück aus Vieux-Boule, die glühende Improvisation auf fliegende Blätter: »Fusion der Parteien, Konfusion der Minister.« Pitt und Fox - nicht die Minister, sondern die zwei Wachtelhunde Seraphinens - zerren dabei spielend an seinen herabhängenden Rockschößen, der Papagei spritzt ihm von der Stange herab Hanfkörner und Wassertropfen ins Gesicht.

Aber die Primadonna, aber Seraphina? Wo bleibt sie, was treibt sie? Sie schläft den Schlaf der Gerechten, fester als irgendeine Fenella bei Mas Aniellos langer Schlummerarie. Erst als die Sündflut im Salon bis in die höchsten Tasten ihres Bösendorfer steigt, als gleichzeitig draußen auf dem Gang der prächtige Chor der Zauberflöte: O Isis und Osiris, überlaut angestimmt wird, ein Morgen- und Abschiedsständchen, der Sängerin vom Chorpersonal des Theaters gewidmet, erst da, gegen zehn Uhr, fährt sie unruhig und erschreckt empor. Sie läutet; ein heftiger Zug an der Glocke über ihrem Bett bedeutet Sturm. Marie stürzt herbei und reißt die dunkelblauen Vorhänge auseinander »Was ist das? Was soll das? Wer singt das?« - »Theaterleut' sein draußen, Pana, wullen machen Nachtmusik.« - »Und drüben am Flügel?« - »Weiß nit. Salon is ganz vull von Mannsbilder, fremdiges; Beppo hat einlassen, Pana.« - »Wieviel Uhr?« - »Acht hat geschlagen, vor paar Stund', Pana.« - »Bis zehn Uhr läßt man mich schlafen?! Unerhört, abscheulich! Ich könnte sterben, keine Seele sieht nach mir!« - Wiederum zwei Glockenzüge; der Sturm wird stärker, von obligatem Isis und Osiris und leisem Wimmern der Ersäuften aus der Ferne begleitet. Beppo erscheint ruhig und lächelnd. - »Was unterstehst du dich, Besuch zu empfangen, ehe ich auf bin?« - »Sie mögen warten, Madonna.« - »Sie sollen nicht warten, du auch nicht. Hinaus mit dir.« - Beppo verschwindet, immer ruhig lächelnd. - »Meinen Schlafrock; rasch!«

Nach einer hastigen Toilette von fünf Minuten rauschte sie hinaus, aus dem Schlafzimmer ins Kabinett. Das zitternde Abendblatt fiel ihr zuerst in die Hände. »Sie hier, Herr Meyer Hirsch? Was wünschen Sie?« - »Hirsch Meyer, gnädiges Fräulein.« - »Einerlei. Was wünschen Sie?« - »Nur einige Notizen, zu einem Abschiedsartikel; Ihr Leben, göttliche Lomond.« - »Bin ich tot, daß Sie einen Nekrolog über mich schreiben wollen? Ich will nicht einbalsamiert sein bei lebendigem Leibe! Verstanden?« Damit eilte sie an ihm vorüber und warf die Tür hinter sich zu, daß die Fenster klirrten. Pitt und Fox bellten ihr nach, der Papagei kreischte mit gellender Stimme: »Bravo, Bravissimo!« - Im Speisezimmer stand Beppo und öffnete, ruhig und lächelnd, beide Flügeltüren des Salons dem heranziehenden Ungewitter.

Seraphine begrüßte die frühen Eindringlinge mit ironischer Verbeugung. »Entschuldigen Sie, meine Herren,« sagte sie, »daß ich nicht von acht Uhr morgens auf dem Paradebette liegen und Cour machen kann.« - Der Agent faßte sich am ersten ein Herz, während die andern Anwesenden scheu zurückgetreten waren. Er haschte vergeblich nach ihrer Hand und begann eine pathetische Anrede, die aber sofort unterbrochen wurde. »Herr Enzian oder Thymian, wenn ich nicht irre?« fragte die zornige Göttin. - »Baldrian, zu dienen, Generalagent Baldrian, geschickt von der hochfürstlichen Hoftheaterintendanz zu...« - »Ich muß Sie an meinen Intendanten verweisen. Signor Beppo, den Hut des Herrn Baldrian. Und wer sind Sie, mein Herr?« blitzte sie den Direktor aus Hinterpommern an, indes Baldrian durch den lächelnden Beppo hinauskomplimentiert wurde. - »Direktor Mander, genannt Salamander; konzessioniert für Stargard, Stolpe, Köslin, Kolberg; Sommertheater in Swinemünde. Feines Publikum. Eine einzige Gastrolle rettet meine Gesellschaft. Brandunglück...« - »Genug, genug, mein Herr. Folgen Sie Herrn

Thymian zu meinem Intendanten. Er allein kennt meine Disposition.« - Der Salamander schlich langsam hinaus. - »Nun zu Ihnen, meine Freunde!« fuhr die Göttin fort. Ritter Blümchen eilte überglücklich herbei und ergriff ihre eine Hand, Bullermann die andere, der Mann von der Morgenzeitung suchte verzweifelnd die dritte. »Es tut mir leid, auch Sie verabschieden zu müssen. Ich brauche heute Ruhe für morgen. Auf Wiedersehen. Noch eins. Herrn Hirsch Meyer bitte ich, mir einen Augenblick in mein Kabinett zu folgen.« - »Meyer Hirsch, meine Gnädige.« - Gleichviel. Ich erwarte Sie.«

Die Sonne verschwand, wie sie erschienen war, in Sturmwolken. Der Ritter und der Musiker suchten das Weite; die Morgenzeitung pochte, ungewiß der Dinge, die da kommen sollten, zaghaft an das Kabinett. Drinnen standen urplötzlich, überrascht und ergrimmt, die zwei feindlichen Brüder einander gegenüber. Seraphine lächelte, zog eine Schublade ihres Schreibtisches auf, worin Gold, Silber, Banknoten, Schmuck, Briefe, Karten, Etuis, allerdings in einiger Unordnung, zusammenlagen und sprach indem sie eine Schere ergriff: »Ich möchte, ehe ich gehe, ein gutes Werk stiften und zwei unversöhnliche Feinde wenigstens auf eine kurze Zeit unzertrennlich verbinden.« - »Unmöglich, niemals,« so lautete die Antwort. - »Lassen Sie mich den Versuch wagen. Sehen Sie diese Banknote?« Sie zeigte einen preußischen Hunderttalerschein und schnitt ihn mit einer künstlichen Wellenlinie in zwei ungleiche Teile, jedem der Gegner einen davon darbietend. »Seid einig - einig - einig,« rief sie dazu aus und verschwand im Schlafzimmer, die Kritiker sich selbst überlassend. Sie hatten wie unwillkürlich die sonderbare Abschiedskarte der Sängerin aus ihrer Hand genommen und sahen sprachlos zuerst ihr nach, dann sich an. Meyer Hirsch erwachte vor Hirsch Meyer aus der Verzauberung und rannte eilig hinaus; Hirsch Meyer noch eiliger hinter Meyer Hirsch drein. Und in der Tat erfüllte sich der Künstlerin Wunsch, wenn auch nur für eine einzige Stunde. Man sah Hirsch Meyer und Meyer Hirsch, ein nie dagewesenes Schauspiel, selbander zunächst in einen Buchbinderladen treten und dort mit Kleister und Pinsel eine geheimnisvolle Operation vornehmen. Hierauf gingen sie, wiederum selbander, in das Wechselkontor zur roten Rose, aus dem sie mit roten Gesichtern zurückkehrten, um alsbald auf den alten, entgegengesetzten Wegen davonzurennen. Niemand hat das Rätsel dieser engen, aber ach! nur flüchtigen Freundschaft zwischen Morgenzeitung und Abendblatt jemals gelöst.

Seraphine streckte sich, erschöpft durch ihren frühen Feldzug, noch einmal auf dem kaum verlassenen Lager aus. Beppo verabschiedete auf ihren Befehl mit einem Geschenk die Supplikanten und Choristen, welche auf Isis und Osiris noch das schöne Volkslied: »Ach. ist es möglich denn, daß ich dich lassen muß?« zum besten gaben und eben an ein drittes Stück gehen wollten. Alle übrigen Morgenopfer wurden mit kurzem Dank angenommen, das Bremer Album dem knurrenden Vater Winter unbeschrieben zurückgestellt, und so kehrte allmählich, draußen und drinnen, der Frieden in das bedrängte Hauptquartier der Amazone zurück. Sie erholte sich unter den Händen Mariankas, die ihre Fußsohlen streichelte; ein untrügliches Mittel, die aufgeregten Nerven zu beschwichtigen.

Beppo brachte die Schokolade und die ersten Erdbeeren des Jahres, welche Ritter Blümchen persönlich hatte zu Füßen legen wollen, der mit schnödem Undank Belohnte. Aber alle diese Aufmerksamkeiten vermochten nicht, die finstern Wetter zu zerstreuen, hinter denen an dem stürmischen Sonnabend die Sonne aufgegangen war. Die Liebkosungen der Wachtelhündlein, das Geplauder des Papageien, sie blieben unerwidert. Die Amazone klagte, mehr sich selbst als ihren Getreuen, die Verlassenheit und Hilflosigkeit ihrer Lage. Die Heldin, welche, einen Augenblick vorher, alle ihre Feinde und Freunde mit eigener Kraft aus dem Felde geschlagen hatte, gebärdete sich nicht anders, als wäre sie ein schwaches, erbarmenswertes Kind. Signor Beppo bemerkte ihr dies beim Einschenken. »Signora haben,« so sagte er mit feierlichem Ernst, »sich selbst geholfen, besser und tapferer, als es der stärkste Mann vermöchte.« - »Das heißt, ich war wieder einmal recht heftig.« - »Superba,« rief Beppo mit komischer Emphase aus. - »Über diese verwünschte Leidenschaftlichkeit, die ich niemals werde bezwingen lernen! Sie macht mich unausstehlich für andere, unglücklich in mir selbst. Daß ich ein Mittel wüßte, mich zu zähmen, eine Hand, die mich zurückhielte, einen Mann, dem ich mich unterwerfen könnte, - einen ... Meister!« -

Sie nahm, in Gedanken verloren, ein Blatt von ihrem Nachttisch, ein Billett, dessen Siegel ein Wappen mit der Grafenkrone trug. Gestern abend spät, nach dem Konzert war es abgegeben worden. Wallenberg kündigte ihr darin auf heute mittag seinen Besuch an in wichtigen Angelegenheiten. Erriet sie die letzteren oder nicht? Von den zahlreichen Briefen und Karten, die eingelaufen, beschäftigte sie sich nur mit dem einen, kleinen, bereits gelesenen Billett. Sie studierte die zierliche Handschrift, die fast einer weiblichen glich, das Wappen, den Stempel; sie rollte das starke Papier, hellblau mit Silberrand, um ihre Finger. »Es sind seine Farben, Wallenbergs Farben,« sagte sie, »und die meinen: blau und weiß.«

Nach geraumer Zeit sprang sie hastig auf und rief Beppo zu: »Ich bin für niemanden zu Hause, außer für den Grafen Wallenberg, der nach zwölf Uhr kommen wird. Für niemanden, hörst du? Geh und besorge das nötige. Und du, Marie, komm zum Anziehen. Du sollst mich schön machen, so schön du kannst; aber kein Auge darf das Gemachte sehen. Gib mir den weißen Morgenüberrock, die blaue Samtjacke.«

Die Amazone rüstet sich zum Kampfe.

7. Ein alter Römer

Auch Theseus hatte seine besten Waffen angelegt zu der verhängnisvollen Begegnung. Als Beinschienen trug er hellgraue Frühlingspantalons, als Brustharnisch ein Gilet von dunkelblauem, englischem Samtplüsch mit schwarzen Jettknöpfen, als Mantel einen kurzen, schwarzen Gehrock mit Seidenkragen; sämtliche Stücke Meisterwerke aus den Ateliers von Dusautoy zu Paris. Sein Helm war der feinste Filzhut, der Handschuh, den er der Amazone hinzuwerfen gedachte, ein dänischer von erster Qualität. Aber das Antlitz des kampfbereiten Heroen zeigte nicht die gewöhnliche Munterkeit und Frische. Unter dem sonst so klaren Auge lagerten dunkle Schatten, die nicht von dem trefflichen Diner im Forsthaus stammen konnten, vielleicht eher von einer schlaflosen Nacht. Auf der Rückfahrt war zwischen ihm und Maler Roland noch ein langes und breites verhandelt worden über die Ehe im allgemeinen und diejenige des letzteren insbesondere. In verschwiegenem Kämmerlein hatte der Diplomat diese wichtigen Betrachtungen fortgesetzt, mit Anwendung auf sein eigenes Ich, auf das kritische Zeitalter, in dem er sich befand, und auf seine Zukunft. Daraus war spät, aber fest der Entschluß hervorgegangen - nun, ein sehr merkwürdiger Entschluß, den uns der Verlauf dieses unseres siebenten Kapitels in ganzer Größe und in allen seinen Folgen dartun wird.

Kurz nach zwölf Uhr läutete er bei Fräulein Lomond an. Da Beppo noch abwesend war, führte ihn Marie sofort ein, und zwar nicht in den Salon, sondern in das Kabinett, wo die Sängerin seiner harrte. Die erste gegenseitige Begrüßung, der Handkuß, so leicht er scheinbar gegeben und empfangen wurde, ein kurzes, vorbereitendes Schweigen verrieten die Erregtheit, in welcher sich beide befanden. Es lag eine elektrische Spannung in der Atmosphäre des kleinen Gemachs, aus dem alle Störer entfernt worden waren, auch Pitt und Fox und der geschwätzige Papagei. Als man Platz genommen, die Dame auf dem Eckdiwan, der Herr in einem Fauteuil an ihrer Seite, mit kluger Berechnung das Licht in seinem Rücken, hatte der Mann von Welt seine volle Sicherheit wiedergewonnen und schlug mit aller Fertigkeit das Vorspiel des Gesprächs an. »Mein Fräulein,« sagte er, seinen Hut neben sich auf den Teppich stellend, »Sie kennen die römische Geschichte?« - »So viel zu Norma oder der Vestalin nötig ist; wenig mehr.« - »Immer genug, um zu wissen, wie jener alte Römer hieß, der in den Senat von Karthago eintrat - oder war es anderswo? mein Livius ist mir nicht gegenwärtig - seine Toga feierlich in Falten schlug und den versammelten Vätern zurief: »Hier bringe ich Frieden und Krieg! Nun wählet!« - »Eine Kriegserklärung, Herr Graf? Sie erschrecken mich!« - »Ich will kurz und offen sein, mein Fräulein, wie der alte Römer oder ein neuer Diplomat. Ich erscheine bei Ihnen in außerordentlicher Sendung zweier Großmächte. Meine Toga enthält zwei Heiratsanträge für Sie.« - »Nur zwei? Es vergeht keine Woche im Jahre, die mir nicht mindestens ebenso viele bringt. Wo ein Kaufmann zugrunde gehen will, wenn ein junger Kavalier seinen Marstall standesgemäß zu montieren gedenkt, spekulieren sie zunächst auf meine Hand. Die Hand einer Sängerin ist Gemeingut. Lassen Sie sich von Signor Beppo in sein geheimes Archiv führen; ein großes, volles Fach desselben trägt die Aufschrift: Offerte di matrimonio.« - »Es versteht sich von selbst, daß ich mich nicht zum Träger solcher Botschaften hergeben würde. Was ich bringe, sind ernste, ehrenhafte Werbungen. In der linken Seite der Toga« - er faltete seinen Rockschoß zusammen - »steckt kein geringerer Freiersmann, als Herr Hans Heinrich Krafft; Sie sehen, wie seine Schwere die antiken Falten beinahe zerreißt.« - Seraphine lächelte, aber ohne jedes Zeichen von Überraschung. Der Gesandte fuhr fort: »Auf jedes Jahr, das er im Verhältnis zu Ihnen zuviel haben mag, legt er mit freigebiger Hand eine Million; sein Haus kennen Sie. Er bietet Ihnen, und das mit der ganzen Leidenschaftlichkeit später Neigungen, sein Herz.« - Das Lächeln verschwand. Die Sängerin spielte nachdenklich mit den Quasten und Fransen des Diwans. Nach kurzem Schweigen fragte sie: »Und das Gegengewicht zur Schwere dieses ersten Antrags? Karthago hatte zwischen Krieg und Frieden die Wahl, Herr Abgesandter. Wen birgt die rechte Seite der römischen Toga?« - »Einen Freund, mein Fräulein,« war die sehr ernste Antwort, »den Maler Roland.« - Seraphine wurde blaß bis in die roten Lippen hinein. Die Hand, die mit den seidenen Quasten tändelte, klammerte sich fest an sie, um ein tiefes Zittern zu verbergen. Es entstand eine schwüle Stille, in der man jeden leisen Pendelschlag der Vieux-Boule-Uhr auf dem Schreibtisch deutlich vernahm, beinahe auch noch den rascheren, lauteren Herzschlag der Amazone. Graf Wallenberg beobachtete sie scharf; er fühlte sich nicht weniger als sie bewegt. Nachdem sie ihre Fassung wieder erlangt, sprach sie, den diplomatischen Vermittler fest anblickend: »Sie nennen sich Rolands Freund, Herr Graf. Ich glaube Ihnen, daß Sie es sind. Haben Sie als solcher seine Werbung gutgeheißen?« - Er zögerte. - »Offen und ehrlich, wie ein alter Römer.« - »Wohlan, offen und ehrlich, nicht wie ein alter Römer, sondern als sein und Ihr Freund: Nein.«

Seraphine sprang auf, vielmehr sie wollte aufspringen. Der Graf ergriff ihre Hand, die eiskalt war, so kalt, daß er es durch den Handschuh hindurch spüren konnte, und hielt sie zurück. Er bat: »Hören Sie mich ruhig an und aus, mein Fräulein. Die Sache, eine sehr zarte und schwierige, steht folgendermaßen. Aus naheliegenden Gründen wünscht Herr Krafft seine Tochter vor sich vermählt zu sehen. Er will Fräulein Armgard keine Stiefmutter ins Haus führen. Nun weiß er oder glaubt als scharfsichtiger Vater zu wissen, daß seine Tochter eine geheime Neigung für ihren Meister hegt; vielleicht eine von diesem geteilte. Eine Verbindung zwischen Roland und Armgard scheint mir, und wohl nicht mir allein, nicht bloß äußerlich vorteilhaft für unseren Freund, sondern auch ein tieferes, dauerndes Glück in seinem Leben. Ich denke dabei gar nicht einmal an ihren Reichtum, vielmehr an die innere Wahlverwandtschaft der beiden verschiedenen Naturen. Sie ist ein kluges, feines Weltkind, mit gerade soviel Phantasie als nötig, um einen Künstler zu verstehen, zu fesseln. Sein Wesen, durchaus auf die ideale Seite des Lebens gerichtet, verlangt zur Ergänzung einigen gesunden Realismus. Nicht bloß in der Staatskunst, auch in der Ehe gilt die Lehre von der heilsamen Vereinigung ungleichartiger Größen. Seraphine Lomond und Roland, die gefeierte Primadonna und der berühmte Maler, sind ein herrliches Geschwisterpaar. Als solches haben beide jahrelang in den reinsten und edelsten Beziehungen zueinander gestanden. Die plötzliche Übersetzung dieser idealen Beziehungen in den positiven Ehestand wird ein gewagter Versuch. Die natürliche, ja notwendige Unstetigkeit jeder Künstlerlaufbahn widerstrebt der Verschlingung zweier in eine. Atelier und Bühne vertragen sich nicht. Der Maler braucht eine Hausfrau, welche die Sängerin nicht sein kann; die Sängerin einen Hausherrn, der im Maler nicht steckt, im Künstler überhaupt nicht. Wäre die Ehe nichts weiter, als ein freies Bündnis der Herzen, so gäbe es keine schönere, höher gestimmte, als eine Ehe zwischen zwei Künstlern. Aber sie ist mehr als das oder weniger; sie ist, trocken gesagt, ein Gesellschaftsvertrag mit höchst ernsten, äußerlichen, prosaischen Voraussetzungen, über welche keine Poesie des Gemüts hinweghilft. Dies meine Theorie, teuerste Freundin, nicht kurz und vielleicht auch in Ihrem hochfliegenden Sinne nicht gut, aber aus der Praxis gezogen, durch sie bewährt.« - »Und diese Theorie,« fragte Seraphine, die aufmerksam zugehört hatte, weiter, »diese Theorie haben Sie Herrn Roland vorgetragen?« - »Offen und ehrlich, wie Ihnen; gestern abend auf unserer Rückkehr vom Forsthaus.« - »Roland gibt Ihnen Recht?« - »Sein Verstand muß, mag sein Herz wollen oder nicht.« - »So will es nicht?« drang Seraphine in ihn ein, und es war, als ob eine heimliche Hoffnung, ein halber Jubelton aus ihrer letzten Frage klänge. - »Sein Herz ist, wie das Ihre, ein echtes Vollblutkünstlerherz. Es weiß nicht, was es will. Es träumt heute von Ihnen, morgen von Armgard. Aber unsanft wird es aus diesem Traume erwachen, sobald es eine Verbindung geschlossen hat, bei welcher die eherne Stimme des Verstandes nicht gehört worden ist.« - »Ich weiß genug und bitte Sie, mich einige Augenblicke zu entschuldigen.« Mit diesen Worten erhob sich Seraphine langsam und zog sich in ihr Schlafzimmer zurück. Graf Wallenberg blieb allein; ein nicht unzufriedenes Lächeln spielte um den seinen, geschlossenen Mund. Theseus glaubte vielleicht den Gürtel der Amazone schon in der Hand zu haben? Gemach, gemach.

In dem dunkelsten Winkel des Schlafzimmers stand ein Betstuhl, darüber eine kleine, marmorne Bildsäule der Jungfrau mit dem Kinde. Vor ihr warf sich Seraphine nieder, zu einem Gebet ohne Worte: »Madonna, Mutter Gottes, gebenedeite Schutzpatronin, siehe, ich komme zu dir, nicht im hohlen Gaukelspiel einer Opernpreghiera, nein, Madonna, in heiligem, heißem Ernst. Steh mir bei zu dem großen Opfer, das ich bringe. Mein blutendes Herz leg ich dir zu Füßen, mit allen seinen geheimen, törichten, ach, und doch so süßen Wünschen. Nimm es hin. Es ist dein, da es sein nicht werden kann. Ihm gib alles Glück, das ich mir rauben muß...«

»Amen,« hauchte sie und stand auf. Die Kunst der Schauspielerin half der Natur des Weibes. Sie trat an die Toilette und kühlte mit der Haarpuderquaste das glühende Gesicht. Keine Träne im Auge, aber auch kein Lächeln auf den Lippen, erschien sie wieder vor dem doppelten Brautwerber. Ihr goldenes Haar leuchtete um die weiße Stirn, wie der Nimbus einer Märtyrerin. »Herr Graf,« sagte sie mit heller Stimme, »ich danke Ihnen für Ihren weisen Rat. Mehr noch, ich folge ihm. Sagen Sie unserem Freunde, daß sein Antrag mich hoch ehrt und erfreut, daß er beinahe mich gerührt hätte, daß ich aber bei reiflicher Überlegung der Stimme der Erfahrung und Freundschaft, der Ihrigen, Graf Wallenberg, Gehör gebe und für mich frei bleibe. Ich wünsche dringend, daß auch Roland durch Sie sich bestimmen lasse und mir bald, recht bald seine Verlobung mit Fräulein Krafft anzeige.« - Wallenberg küßte ihre Hand und erwiderte: »Meinen Glückwunsch zu Ihrem raschen, mutigen Entschluß. Doch welche Antwort bringe ich auf den schweren Antrag aus der linken Rocktasche?« - Die Sängerin besann sich eine Weile, ehe sie erwidertem »Wie hoch schätzen Sie Herrn Kraffts Vermögen, Graf Wallenberg?« - Er stutzte und sah sie erstaunt, fast mißbilligend an, indem er bei sich dachte: »Sie ist gescheit genug, die Millionen für die Jahre anzunehmen, wie ich vorausgesehen.« Worauf Seraphine, ebenso im Geist, entgegnete: »Wie falsch mich der welt- und menschenkundige Diplomat in diesem Augenblick doch beurteilt. Er meint, ich frage um das, was mir der Vater zubringt, während ich nur die Mitgift der Tochter für Roland kennen möchte, um zu wissen, ob sie mein Opfer aufwiegt?« - »Wie reich Krafft ist,« sagte Wallenberg darauf, »mag er selbst kaum sagen können. Unermeßlich, sagt die Börse. Indes, wer schätzt dergleichen unberechnete Größen richtig ab? Und welchen Schwankungen, welchen Gefahren bleibt ein solcher Besitz in meist künstlichen Werten immer ausgesetzt!« - »Wenn ich Sie recht verstehe, mein freundlicher Ratgeber, so warnt mich die Stimme des Verstandes auch vor dieser Verbindung, die doch augenscheinlich eine wahre Vernunftheirat heißen kann.« - »Vielleicht; vielleicht auch nicht.« - »Wie? Finden Sie denn hier nicht diejenigen Gegensätze in vollster Schärfe vor, welche Ihre Theorie der ungleichartigen Größen zu einer gelungenen Ehe verlangt? Atelier und Bühne vertragen sich nicht, sagen Sie. Sie sind zu nahe verwandt, um sich heiraten zu dürfen. Einverstanden. Welchen Grad der Seelenverwandtschaft entdecken Sie aber zwischen Theater und Börse? Meine Silberstimme, wie Meyer Hirsch sie nennt, und das Gold der Firma Hans Heinrich Krafft gäben, dächt ich, vereinigt einen guten Klang.« - »Sie haben mich falsch verstanden,« rief Wallenberg eifrig aus. »Das Herz soll nicht ganz schweigen bei dem wichtigsten Entschlusse des Lebens, die Vernunft nicht allein reden. Nur ein Kompromiß zwischen beiden liefert das richtige Resultat. Ihre Vermählung mit Papa Krafft wäre, wie sag' ich denn nur, zu verständig. Sie würde ihre künstlerische Natur, welche ihre vollberechtigten Ansprüche hat, nicht zu befriedigen imstande sein. Der Unterschied der Jahre...« - »Wird ausgeglichen durch eine Million für jedes. Lautete nicht so Ihr eigener Ausspruch, Herr Graf?« - »Den Sie verkannt haben, liebes Fräulein, wenn Sie ihn so deuteten, als sollten Sie sich gleichsam an den Meistbietenden verkaufen. Wenn Sie sich einmal entschließen, aus dem Glanz der Bühne in das Privatleben herabzusteigen...« - »Das werde ich, früher oder später, müssen; darum besser, es geschieht zu früh, als zu spät.« - »Wär es möglich, daß Sie in der Fülle der Kraft entsagen, auf dem Gipfel Ihres Ruhmes und Ihrer Herrschaft abdanken könnten?« - »Sie kennen die Kehrseite der Münze nicht, Graf Wallenberg, weil Sie nicht hinter die Kulissen geblickt haben. Ich darf Ihnen gestehen, daß ich des Theaters von Herzen müde bin. Es war meine Heimat nicht, sollte auch nicht Ziel meines Wegs, nur eine Station darauf sein. Glauben Sie mir, mein Freund, wenn ich morgen abend in der Amazone nicht nur der hiesigen Bühne, sondern dem Theater überhaupt Ade sagen müßte, so wäre dies Opfer nicht das schwerste meines Lebens.« - »Wenn das ist, so steigen Sie, nicht doch, so springen Sie mit gleichen Füßen von den Brettern, die die Welt bedeuten, auf jene, die die Welt sind. Verlassen Sie die Bühne, aber nicht, um in dem Kontor oder in dem bürgerlichen Salon Kraffts unterzugehen, sondern um von einer Höhe zur andern überzutreten, vom Theater in die Gesellschaft; herrschen Sie in Wahrheit und Wirklichkeit als Dame, wie Sie bisher als Primadonna nur in einer Welt des Scheines geherrscht haben.« - »Jetzt verstehe ich Sie nicht, Herr Abgesandter.« - »Weil ich vergessen habe, Ihnen zu sagen, daß die römische Toga eine dritte Tasche hat, die

Brusttasche, gerade an der Stelle, wo das Herz schlägt.« - »Das Herz eines Diplomaten, das nur dem Verstande folgt.« - »Wenn es nicht dem Verstande auf und davon läuft.« - Graf Wallenberg griff in die bezeichnete Tasche und zog ein elegantes Büchlein, aus diesem eine Visitenkarte hervor, hellblau mit silberner Einfassung, auf welcher in Kupferstich zu lesen stand: Le Comte Auguste de Wallenberg, Chambellan et Ministre de ... und so weiter; zwei Reihen voll stolzer Titel. Er überreichte mit tiefer Verbeugung die Karte der Sängerin und sagte mit scherzhaftem Tone, der aber seine Aufregung nur schlecht verbarg: »Aller guten Dinge sind drei.«

Seraphine warf sich, laut auflachend, in die blauen Kissen zurück. - »Ist das meine Antwort?« - fragte erstaunt, wenn nicht verletzt, der Brautwerber für eigene Rechnung. - »Bester Graf, Sie verlangen doch nicht, daß ich Ihren Antrag für etwas anderes nehmen soll, als für das, was er ist: ein Impromptu, das humoristische Scherzo, mit welchem Sie Ihre ernste Symphonie schließen?« - »Auf Ehre, mein Fräulein, mir ist selten im Leben so ernst zumute gewesen wie heute. Eine unruhige Nacht gab mir Anlaß zur Einkehr in mich selbst, deren Ergebnis, so wenig schmeichelhaft und erfreulich es für mich ist, ich Ihnen mit ganz undiplomatischer Offenheit mitteilen will, damit Sie mich richtig verstehen.« - »Sie machen mich neugierig.« - »Ich feiere, was Sie just niemandem ohne Not zu wiederholen brauchen, allernächstens mein vierzigstes Wiegenfest.« - »Das beste Alter des Mannes.« - »Sehr verbunden. So sagt man ihm zum Troste, nachdem das gute Alter vorüber ist. Ich bin erzogen gleich den meisten meines Standes: durch das Leben; nachdem mir ein schlechter Hauslehrer von dem wenigen, das er wußte, das wenigste beigebracht hatte. Der zweite Sohn einer alten und reichen, aber auch zahlreichen Familie, trat ich in die Diplomatie wie meine jüngeren Brüder in die Armee, die Marine, die Kirche. Solange der ältere, der Majoratsherr, meine Schulden bezahlte, habe ich gehörig welche gemacht. Die Wucherer aller europäischen Hauptstädte kennen meine Unterschrift. Seit weder sie, noch mein Bruder mir mehr borgen, fange ich an, mich zu rangieren. Zwar steht meine Bilanz noch nicht so fest und günstig, daß ein vorsichtiger Hausvater, wie Papa Krafft, mir auf mein ehrliches Gesicht unbeschränkten Kredit geben würde, aber ich habe mich doch aus dem gröbsten herausgearbeitet. Eine solide Ehe wird mich ganz und gar auf festen Grund und Boden stellen, zu geschweigen davon, daß sie auch meinem Hofe wohlgefällig ist, der ungern sieht, wenn seine Vertreter unbeweibt sind und kein Haus machen. Das meinige ist ungastlich genug. Nur um den nächsten geselligen Verpflichtungen zu genügen, lasse ich alljährlich zur Karnevalszeit meine Schwester, Äbtissin des Stiftes zu Kaltenmünster, auf Besuch kommen. Sie dirigiert meine kleinen Hausbälle wie ihre Kapitelsitzungen mit finsterem Ernst. Bei meinen Garçondiners verschwindet sie, ehe der Kaffee erscheint, weil ihr die Zigarre ein Greuel ist. Kurz, meine Junggesellenwirtschaft läßt anderen viel, mir alles zu wünschen übrig, so daß eine eheliche Verbindung für mich die Erlösung von manchem Übel werden kann; obenan die Tyrannei meines Kammerdieners, neben welchem Signor Beppo wie ein weißes Lamm an Einfalt und Redlichkeit dasteht.«

Seraphine unterbrach die Geständnisse des Diplomaten. »Es kann Ihnen, Herr Graf,« sagte sie, »nicht an Gelegenheiten zu den glänzendsten Partien gefehlt haben.« - Er entgegnete kopfschüttelnd: »Nicht alles, was glänzt, ist Gold. Auch suche ich Geld und Gut nicht allein, nicht einmal zuerst. Bisher hat nur der Verstand gesprochen, hören Sie auch mein Herz. Allerdings ist es nicht mehr jung genug, dies Herz, um die Erstlinge seiner Liebe darbringen zu können; aber es verlangt solche auch nicht zur Erwiderung, und es ist nicht so alt, daß es nicht einem edlen und schönen Weibe noch eine warme, würdige Stätte zu bereiten vermöchte.« - »Irre ich nicht,« lächelte Seraphine, »so war das Herz, von dem Sie sprechen, schon eine Zeitlang bewohnt von derselben jungen Dame, die Sie jetzt Herrn Roland bestimmen wollen.« - »Ich leugne nicht, daß ich mich für Armgard Krafft interessiert habe. Allein meiner Verheiratung mit ihr steht mein bekannter Grundsatz entgegen: derjenige von den gleichartigen Größen, die nicht zur Ehe stimmen. Sie ist ein kleines, kluges Weltkind, wie ich heute schon einmal gesagt habe. Deshalb paßt sie zu Roland, dessen tiefsinniges Künstlergemüt viel aus ihr machen wird, aber nicht zu mir, der ich auch nicht mehr bin als ein Mensch von dieser Welt, wenn auch ein alter. Für mich taugt nur eine außerordentliche Persönlichkeit, ein neues, meinem Leben bisher fremd gewesenes Element, ein Wesen höherer Art, mit einem Wort oder Namen: Seraphine. Sie erinnern sich, daß Verbindungen zwischen der ersten Gesellschaft und dem Theater nicht ungebräuchlich sind; der englische Pairsalmanach weist eine Reihe Beispiele auf. Die Aristokratie des Talents vermischt sich noch am leichtesten mit der Geburtsaristokratie, viel leichter, als mit dem massiven oder plattierten Geldadel. Ich kann mir uns beide als ein wohl assortiertes Paar denken. Über das heimliche Achselzucken meiner Standesgenossen, der sogenannten Mesalliance wegen, setze ich mich hinweg. Dies Vorurteil wird uns um so weniger berühren, als meines Bleibens in der hiesigen Residenz nicht lange mehr ist. Der erste Botschafterposten, der in Rom, Paris, London, Petersburg offen wird, gehört mir. Wir treten in eine vollkommen neue Sphäre, beginnen gemeinsam ein neues Leben. Ihr Talent, Ihr Geist, Ihre Schönheit, schmücken unser Haus; meine Stellung in der Gesellschaft erbaut Ihnen ein Piedestal, gediegener und erhabener als die Bühne. Ich geleite Sie auf Höhen des Lebens, von welchen Ihnen wunderbare Fernsichten aufgehen, und ein weiter Horizont sich erschließt. Sogar der Teilnahme an meinen Arbeiten werden Sie, mit Ihrer raschen Auffassung und vielseitigen Bildung, Geschmack abgewinnen. So sind Sie in jedem Sinne und Betracht zu meiner besseren Hälfte geeignet, wie keine andere. Um wie nahe Sie meinem Herzen stehen, das habe ich, wahrhaftig zu meiner eigenen Verwunderung erst erfahren, als die gleichzeitige Doppelwerbung mir die Gefahr Ihres Verlustes zeigte. Lassen Sie mich denn noch einmal, in ganzem, gutem Ernste, Sie für mich um diese reizende Hand bitten, welche Sie sowohl Roland wie Krafft versagen müssen, und gönnen Sie mir eine freundliche Antwort, wenn Sie sich von dem Schreck über die drei Freier an einem Morgen erholt und Ihren großen Entschluß, von der Bühne auf immer Abschied zu nehmen, zur Tat gemacht haben.«

Graf Wallenberg griff nach seinem Hut, er wollte aufbrechen. Seraphine winkte ihm, zu bleiben. Sie sprach: »Entziehen Sie sich meinem Danke nicht, Herr Graf. Den schulde ich Ihnen zuerst für Ihr Vertrauen, das ich erwidern werde; dann für Ihren Antrag, der, ehrenvoll und schmeichelhaft an sich, für mich den besonderen Vorzug hat, zu rascher Entscheidung über schwebende Lebensfragen mich zu nötigen. An dem Scheidewege, an welchem ich angelangt bin, zwischen Sein und Nichtsein, Bühne und Haus, alter oder neuer Welt, da tut die Hand eines Führers, eines Freundes wohl. Ich fasse die Ihrige mit Zuversicht.« - »Und behalten sie? Sagen Sie Ja, Seraphine.« - »Übereilen wir nichts. Für heute mag es genug sein an dem zweimaligen Nein, das ich Ihnen für Herrn Krafft und... für Roland zur Antwort gebe.« - »In den Korb für Papa Krafft hoffe ich den Brautkranz seiner Tochter legen zu können, zum Troste des würdigen, alten Herrn, zum Heil unseres Freundes Roland. Welchen Bescheid aber habe ich auf meine eigene Anfrage von Ihnen zu erwarten?« - »Lassen Sie mir Zeit, bis wenigstens meine hiesigen Verpflichtungen gelöst worden sind, und... bleiben Sie mir nahe in den Tagen des schweren Kampfes mit mir selbst.« - »Diese Erlaubnis empfange ich als eine günstige Vorbedeutung für meine Werbung.« - »Des einen dürfen Sie gewiß sein, daß ich Ihrer wert bin, Graf Wallenberg. Diese Hand kann ich zum ewigen Bunde ohne Beben in die Rechte jedes Ehrenmannes, auch des besten, des höchstgestellten, legen; sie ist rein von jedem Makel.« - »Wer zweifelt daran, meine teuerste Seraphine?« - »Im stillen Sie selbst. Leugnen Sie nicht, Wallenberg. Sie äußerten eben, daß Sie die Erstlinge der Liebe weder bieten könnten, noch fordern wollten. Und dann kenne ich unsere vornehmen Herren. Ihre Jugend bringen sie zu in dem zweifelhaften Dunstkreise der Demimonde, ihr reiferes Alter innerhalb jener chinesischen Mauer, mit welcher sich die Gesellschaft, die vorzugsweise so genannte, nach außen abschließt. Die Begriffe von weiblicher Tugend und Würde, die sie aus beiden Sphären mitbringen, sind nicht die besten. Geraten sie nun gar in Berührung mit dem Pariavolk des Theaters, so kann der Herr Baron, der Herr Graf, der Herr Fürst ohne weiteres als Cäsar verfahren: kommen, sehen, siegen. Aus kurzer Hand wirft er der Tänzerin, der Schauspielerin sein Schnupftuch zu, überzeugt, daß es nicht zurückgewiesen wird, wenn ein Brillantschmuck oder eine Brieftasche voll Banknoten darin verborgen ist.« - »Welche finstere Lebensanschauung spricht aus Ihnen.« - »Es ist diejenige Ihres Standes, Herr Graf, aber, dem Himmel sei Dank, nicht die richtige. Ich stehe ein für den meinigen, obwohl ich für ihn nicht geboren und erzogen bin. Es gibt im

Halbdunkel, im Schmutz der Bühne noch reine und starke Weiblichkeit, so gute wie in Ihren Salons, in den Stuben des Bürgerhauses, ja bessere, weil sie schlimmere Proben zu bestehen hat. Über die wohlfeile Tugend Eurer jungen Mädchen aus gebildeten Ständen, die das Auge einer nur zu erfahrenen Mutter nicht zu täuschen vermögen und dafür, sobald sie ihm entronnen sind, den Ehemann hinter dem Rücken oder auch ins Gesicht hinein belügen und betrügen! Rechnet doch ab, wo am meisten verführt und entführt, Ehe versprochen und gebrochen wird, auf unserem Theater oder auf dem Eurigen! Und doch - wie ausgesetzt sind wir von dem ersten Schritt an auf unserem hohen, hellen, aber schlüpfrigen Wege den feinen und plumpen Werbungen einzelner, dem berauschenden Beifall der Menge, dem Aufruhr unserer eigenen Sinne, dem zwanglos freien Verkehr mit den gefährlichsten Männern! Wer da feststehen will, muß sich auf sich verlassen, muß sich selbst bezwingen können. Mit Stolz darf ich sagen: ich habe es getan. Mein Leben liegt offen unter dem Auge der Welt; es ist kein Fehltritt darin. Meine Vergangenheit wird nicht den geringsten Schatten werfen in das Haus, das ich als Frau betrete, und wäre es das glänzendste.«

Die Künstlerin war aufgestanden, fortgerissen vom Strom ihrer Empfindungen, durch das Bewußtsein ihres Wertes gehoben. Überwältigt fiel ihr Wallenberg zu Füßen mit dem Ausruf: »Sie sind ein Engel, Seraphine! Seien Sie mein guter Engel; ziehen Sie mich hinauf in Ihre lichte Höhe!« - Sie erwiderte, abwehrend und einlenkend: »Nicht so, mein Freund! Stehen Sie auf, ich bitte Sie. So schmeichelhaft es ist, einmal einen Grafen vor sich knien zu sehen, statt der Herzöge und Ritter vom Theaterzettel - es besticht mich nicht. Wir sind von der Bühne daran gewöhnt.« - »Sie spotten, Seraphine.« - »Ich will nur Sie und mich zurückführen in das verlassene Gleis eines ruhigen, ernsten Gespräches unter Freunden. Dies geschieht am besten, indem ich Ihnen von der nüchternsten, niedrigsten Prosa des Lebens, vom Gelde spreche. Setzen Sie sich noch einen Augenblick zu mir.« - »Sie legen es darauf an, mich zu verletzen.« - »Warum? Haben Sie mir Ihre Schulden gebeichtet, so darf ich Ihnen meine Armut bekennen. Zwischen uns soll keine Täuschung walten; ich weiß, daß Sie nicht nach Geld freien; die reichste Erbin würde Ihnen nicht entgehen. Sie aber müssen wissen, daß ich nicht reich bin, nicht einmal wohlhabend für Ihre Verhältnisse, mag mich das Gerücht auch dafür ausgeben. Meine Ernten zählen erst seit einigen Jahren. Ich brauche viel für andere, nicht wenig für mich. Wie hoch sich mein erworbenes Vermögen beläuft, ist mir nicht bekannt. Als ich meinen getreuen Finanzminister, Herrn Krafft, zum letzten Male danach fragte, vor einem Jahre etwa, antwortete er mit der runden Summe von hunderttausend Talern; er fügte hinzu, nur das erste Hunderttausend sei schwer zu erwerben, die folgenden kämen von selbst nach, wenn man fein vernünftig wäre und das liebe Kapital ungestört arbeiten ließe. Ich fürchte, ich bin nicht vernünftig gewesen; ich habe gezogen, gezogen, gezogen, zur gewaltigen Unzufriedenheit meines sparsamen Verwalters, mit dem ich heute wieder abrechnen wollte. Das geht nun natürlich nicht an. Und doch muß ich Ordnung in meine Angelegenheiten stiften, Papa Krafft seiner Vormundschaft entheben, die er nun nicht länger wird führen mögen, Signor Beppo entlassen oder in eine strengere, verantwortliche Stellung bringen. Eine Menge verdrießlicher Geschäfte. Auch für sie bin ich an den Rat des erfahrenen Freundes gewiesen.« - »Befehlen Sie über mich.« - »Sobald ich frei bin, werden wir eine lange, lange Konferenz miteinander halten; nach der Sonntagsoper.« - »Darf ich Sie vorher nicht besuchen?« - »Wenn Sie die Bühne nicht scheuen, sind Sie mir im zweiten Zwischenakt willkommen.« - »Also auf Wiedersehen auf dem Schlachtfelde, schöne Amazone.« - »Morgen abend, Theseus.«

Entzückt küßte der Graf ihre Hand und ging. Als er schon in der Tür war, rief ihn Seraphine zurück. »Graf Wallenberg!« - »Mein Fräulein?« - »Ich habe noch etwas auf dem Herzen.« - »Herunter damit! je mehr, desto besser.« - »Etwas, das ich bisher niemandem in der Welt offenbart, keinem Kollegen, nicht einmal dem brüderlichen Freunde Roland. Der heutige Tag, das Gespräch mit Ihnen, die Nähe der Entscheidung über mein Schicksal öffnen alle verrosteten Schleusen in meinem Inneren.« - »Wenn Sie wüßten, wie glücklich mich Ihr Vertrauen macht!« - »Haben Sie noch eine Viertelstunde für mich übrig?« - »Mein Leben gehört Ihnen, Seraphine!« - Sie trat an den Schreibtisch, öffnete ein verborgenes Fach und nahm eine kleine, mit blauem Samt überzogene Schatulle heraus, auf deren Deckel ein Wappen in Silber gestickt war; Samt und Stickerei sahen verblaßt, abgeschossen aus. Dabei rang sich ein tiefer Seufzer aus ihrer Brust. Den geheimen Inhalt dieser Schatulle hatte sie vor Rolands Augen enthüllen, ihm, als Erwiderung seines Kindermärchens, erzählen wollen, was nun ein anderer hören sollte... Nachdenklich sank sie in den Sessel am Schreibtisch und stützte den Ellbogen auf diesen, den Kopf in die Hand; Wallenberg hatte ihr gegenüber Platz genommen, sichtlich gespannt und unruhig. Nach einer ziemlichen Pause begann sie mit trübem Lächeln: »Wie sagten Sie vorhin, Wallenberg? Sie würden sich über das Vorurteil Ihrer Standesgenossen gegen die Mesalliance mit mir hinwegsetzen; war es nicht so?« - Er nickte. - »Diesen immerhin gewagten Sprung könnte ich Ihnen ersparen, wenn wir so weit miteinander wären. Mein Übergang von der Bühne in die Gesellschaft würde nur eine Rückkehr sein.« - »Wär's möglich?...« - »Daß eine Künstlerin Ihrem Stande angehörte, Herr Graf? Warum nicht?« - »Sie sind von den Unsrigen?« jubelte Wallenberg auf. »Nun leugne man noch die Stimme der geheimen Blutsverwandtschaft, die sämtliche einzelnen Glieder unseres Standes zu einem und demselben Körper macht. Auch wenn wir uns nicht kennen, erkennen wir uns, ahnen uns an jenem unnennbaren Etwas, das...« - »Das Sie an mir seit jahrelangem Verkehr nicht haben entdecken können,« unterbrach ihn lächelnd Seraphine, »und das Sie in derselben Minute finden wollen, in welcher ich Ihnen das Geheimnis verrate. Lassen wir das, mein bester Graf, und erlauben Sie mir, in dieser Sache anderer Ansicht zu sein und zu bleiben als Sie, vielleicht nur, weil ich nicht zum deutschen Adel gehöre.« - »Ich erinnere mich, daß die Sage ging, Sie seien schwedischer Abstammung.« - »Ganz richtig; das Abendblatt erzählte, da ich mein hiesiges Engagement antrat, ich käme aus fabelhaft hohem Norden, etwa aus Isenland, wie die grimmige Brunhild, meine rothaarige Ahnfrau. Worauf die Morgenzeitung halboffiziell berichtigte, meine Heimat sei vielmehr Sizilien, mein Geschlecht normannischen Ursprungs. Beide waren gleich gut unterrichtet, wie das zu geschehen pflegt. Ich bin eine Schottin.« Seraphine schloß die kleine Schatulle auf und legte ein Päckchen Briefe, vergilbte, zum Teil schwarz geränderte Blätter, das Porträt eines Greises und die Bleifederzeichnung eines hochländischen Schlosses auf den Tisch. »Hier haben Sie die Adresse, das Bild meines Vaters, hier mein Vaterhaus. Nehmen Sie, lesen Sie!« Sie senkte noch tiefer ihr Haupt und verhüllte mit beiden Händen die blauen Nixenaugen.

Graf Wallenberg ergriff mit einiger Scheu das dargebotene Rätsel. Auf den Briefen stand: To the Earl of Menteith, Menteith-Castle, near Callander, Scotland. Das Porträt, eine verblichene Miniatur, zeigte ein Gesicht mit strengen, düsteren Zügen, Haar und Brauen schneeweiß; in die Stirne gedrückt die schottische Mütze, blau und weiß gesäumt, mit der Spielhahnfeder; um die Schultern geschlungen den blau und weiß gewürfelten Plaid. Menteith-Castle erschien als ein grauer, halbverfallener Bau, mit hohen Mauern und schweren Türmen, mitten im Moor und Heide gelegen; im Hintergrunde ein melancholischer See, von Bergen überragt und beschattet.

Nachdem der Graf geraume Zeit in die moderduftigen Zeugnisse einer fernen, fremden Vergangenheit geblickt hatte, begann er mit leiser Stimme: »Ich begegne hier einem der ehrwürdigsten Namen aus der schottischen Geschichte.« - »Er ist gestrichen,« erwiderte die Sängerin in dumpfem Tone, »aus dem goldenen Buche des Adels der drei vereinigten Königreiche, aus der Reihe der Lebendigen. Der letzte Graf von Menteith liegt begraben in der Gruft seiner Ahnen auf Inch-machome, das heißt auf der Insel der Ruhe, im See von Menteith. Seine einzige Tochter, Lady Mary Menteith, ist für die Welt ertrunken in den Tiefen des Loch Lomond... Sie sitzt vor Ihnen, Wallenberg!« - »Seraphine!?« - »Seien Sie ruhig, mein Freund! Wenn ich Ihnen mein Leben ausführlich erzählen wollte, würden Sie keine Kriminalgeschichte neuesten Stiles hören, allerdings aber ein Stück Romantik aus Walter Scotts Schule, oder auch die Sensationsnovelle eines neuenglischen Blaustrumpfs. Ich könnte anfangen wie Lady Milford in der großen Szene des zweiten Aktes... Doch ich will Sie nicht erschrecken, Herr Major Ferdinand von Walter. Es kommt kein Fürst in dem ziemlich einfachen und kurzen Roman vor. Sie müssen ihn kennen, um nicht irre an mir zu werden. Der Schluß - bleibt Ihnen vielleicht anheimgegeben.

Mein Vater, der letzte Graf von Menteith, war ein schottischer Edelmann von echtem Schrot und Korn, katholischen Glaubens, ein begeisterter Anhänger der Überlieferungen seines Hauses und seines Volkes. Wie der Häuptling eines Clans saß er auf seinem Stammschloß, in steter Fehde mit den Nachbarn, auf Händen getragen von den Seinigen, denen er als ein vortrefflicher Gutsherr, ein Laird von altem Schlage, in patriarchalischem Regiment vorstand. Wenn er seinen erblichen Sitz in der Pairskammer zu London einnahm, machte er dem Ministerium eine ziemlich unfruchtbare, aber desto erbittertere und hartnäckigere Opposition. Er haßte Graf Derby und Lord Palmerston mit gleicher Glut, donnerte gegen die Hochkirche und schwärmte, mit Kindeseinfalt und Greisenblindheit zumal, für eine unmögliche Selbständigkeit Schottlands unter einem eigenen, rechtgläubigen König, für Herstellung der Clans, der Adelsvorrechte, für Staats und Gesellschaftsformen, die Märchen geworden sind und niemals wieder zur Wirklichkeit werden können.

Zweimal war er vermählt gewesen, ohne einen Erben zu sehen. Seine stattlichen Besitzungen fielen, wenn er ohne männliche Nachkommenschaft verstarb, an Verwandte, zwar auch Schotten, aber protestantischer Religion und englischer Politik. Ein unerträglicher Gedanke für ihn. Im sechzigsten Lebensjahre schritt er zu einer dritten Ehe. Vier Jahre später fühlte sich Lady Menteith gesegneten Leibes. Sein Jubel kannte keine Grenzen. Daß das Kind ein Knabe sein mußte, stand über jedem Zweifel. Die Halle von Menteith-Castle wurde nicht leer von Gästen, von Freudenfesten. Aus den entlegensten Gegenden stiegen sie herab, die Söhne des Clans, um ihren Laird zu beglückwünschen, auf die Gesundheit des jungen Herrn zu trinken. Sein Name war schon bestimmt: David, der Name der alten Könige Schottlands. Zimmer wurden für ihn hergerichtet, die sonnigsten des finsteren Schlosses, kleine Gebirgspferde eingestellt zu seinem Dienst, eine Amme geworben, die kein Wort Englisch sprach, ein Erzieher, bei dem er aus Ossian, nach dem Urtext lesen lernen sollte. Lady Menteith verging vor Angst und Sorge über das tolle Gebaren, das sie Gott versuchen nannte; sie war ein schwaches Weib, das vor dem Earl zitterte, unterwürfiger als ihre niedrigste Magd. Da ihre Stunde gekommen, gab sie - mir das Leben und verlor das ihrige aus Schreck über die furchtbare Täuschung. Zehn Tage nach ihrer Entbindung ward sie zur Ruhe gebettet, auf dem Eilande der Ruhe, neben ihren beiden Vorgängerinnen.

Ich bin fünf Jahre alt geworden, Wallenberg, ohne meinen Vater zu sehen... Er hat mich gehaßt, Wallenberg. Wenn ein Schrei seines unschuldigen Kindes zufällig sein Ohr traf, geriet er in schäumende Wut. Meine Wärterin, die, mich im Arme tragend, ihm eines Tages auf der Wendeltreppe des Wasserturmes begegnete und nicht rasch genug ausweichen konnte, jagte er mit der Hetzpeitsche aus dem Hause, obwohl sie ihre Schürze über mich geworfen hatte... Vorüber, o vorüber!

An körperlicher Pflege ging mir nichts ab. Ich wuchs gedeihlich auf unter den Kindern der Schloßdienerschaft, der Fischersleute am See Menteith. Am Abend meines sechsten Geburtstages holte mich der alte Kammerdiener des Earls, im stillen mein zärtlicher Freund, in die Bibliothek. ›Ihr sollt zum Laird kommen, Miß Maria,‹ sagte er. - ›Warum soll ich?‹ - ›Er ist Euer Vater, wißt Ihr.‹ - ›Ich weiß.‹ - ›Ihr müßt ihn lieb haben.‹ - ›Muß ich?‹ - Er seufzte, ergriff meine Hand und führte mich hinauf. Er war viel bewegter als ich, da wir zusammen die steinernen Stufen langsam emporstiegen und in das hohe, dunkle Zimmer traten. Der Earl saß im Lehnstuhl am Kamin, in welchem ein mächtiges Feuer loderte. Ich sehe ihn noch, den weißen Kopf wie mit Blut übergossen vom Widerschein der Flammen. Scheu stand ich an der Tür, die Walter, der Kammerdiener, hinter mir geschlossen hatte. Wir waren allein. Mir graute aber gar nicht. Da sich der alte Mann im Lehnstuhl nicht rührte, ging ich gerade auf ihn los und sagte in gälischer Mundart laut, was mir Walter auf der Treppe einstudiert hatte: ›Gott segne meinen lieben Herrn und Vater!‹ - Mit einem Male fühlte ich mich von zwei bebenden Armen emporgehoben, an seine Brust gedrückt, daß ich vor Schmerz hätte aufschreien mögen, und meine Stirn von einem Tränenstrom überschwemmt, so heiß, daß mir ist, als brennten mir heute noch die Tropfen bis in alle Haarwurzeln hinein.

Von dieser Dämmerstunde an bis zu der Nacht, worin mein Vater starb, bin ich wenig mehr von seiner Seite gekommen. Er hat mir später gesagt, daß der Ton meiner Stimme ihn so mächtig bewegte, ihn bekehrte zu dem neuen Leben, das für uns beide begann. Ich schlief neben seinem Schlafgemach, teilte seine Mahlzeiten, folgte ihm auf einem sicheren Pony zur Jagd, fuhr mit ihm in den See, zu fischen und Wasservögel zu schießen. Oftmals, wenn ich in gestrecktem Galopp ohne Bügel mit fliegendem Haare in den Schloßhof sprengte, nachdem ich mein Pferdchen in die Schwemme geritten, oder mit meiner kleinen Büchse ein Rebhuhn mitten aus der aufgehenden Kitt herunterlangte, klopfte der Vater freudestrahlend meine glühenden Wangen und sagte zu Walter: ›Würde sie nicht einen kapitalen Buben gegeben haben?‹ Worauf sich der alte Getreue immer abwandte und schmerzhaft seufzte. Allmählich lernte ich Sinn und Grund dieses Wunsches begreifen, der unwillkürlich aus dem gebrochenen Herzen meinet armen Vaters hervorquoll, wie Blut aus einer schlecht geheilten Wunde. Ich erinnere mich, daß es eine Zeit gab, wo ich niemals mein Nachtgebet sprach, ohne aus eigener Erfindung hinzuzufügen: Maria, heilige Mutter Gottes, gebenedeite Schutzpatronin, laß mich doch morgen früh als ein Knabe aufwachen, damit Pa, mein lieber Pa nicht mehr traurig ist! Dieser kindliche Wunsch verwuchs so fest mit mir, daß ich, auch nachdem ich zu reiferen Jahren gelangt, mich ernsthaft fragte, ob es einem Mädchen gar zu schwer fallen würde, die Eigenschaften eines Knaben zu erwerben? In allen männlichen und ritterlichen Übungen tat ich es dem wildesten Jungen gleich: ich ritt, fuhr, focht, schwamm, schoß mit jedem um die Wette und war dabei mit zwölf Jahren eine vollkommen entwickelte Jungfrau. Von weiblichen Künsten und Fertigkeiten besaß ich hingegen nur eine: Gesang und Musik; ein Erbstück meiner Mutter, die eine vorzügliche Harfenspielerin gewesen war und schottische Balladen vorzutragen wußte wie eine Meisterin. Allein im Spinnen, Stricken, Nähen, Sticken blieb ich schauderhaft zurück; ich erinnere mich, daß eine Jagdtasche, die ich Papa auf seinen Namenstag verehrte, mit zwei Kaninchen durch meiner Hände Arbeit verherrlicht, den alten Herrn in die ausgelassensten Lachkrämpfe versetzte.

Nachdem ich vom Schloßkaplan die heilige Firmung erhalten, sollte ich ein Fräulein werden, in die Welt treten. Doch war von geselligem Zwang nicht viel die Rede. Wir lebten einsam, nur mit wenig Nachbarn verkehrend. Der Earl nahm mich aber von nun an mit auf weitere Reisen. Wir besuchten Edinburgh, die Seen, die Berge, die Inseln unserer herrlichen Heimat. Ich lernte ihre Geschichte kennen, und die unseres Hauses, seine glorreiche Vergangenheit, seine dunkle Zukunft. Auch in meine eigene ließ mich der Vater einen bangen Blick tun. Ich war dem Erben seines Besitztums zur Frau bestimmt, einem künftigen Herzog, dem Sohne eines schottischen Vaters, einer englischen Mutter, die in London zu leben pflegten. In den Schulferien besuchte uns einmal der Jüngling, der meines Alters sein mochte, aber ein blasses, frühreifes, wenn nicht welkes Bürschlein, mit Sitten eines Mannes und dem verweichlichten Dialekte der Hauptstadt. Er sagte statt Menteith-Castle nie anders als Menteith-Cassel, und betrachtete dasselbe, mich eingeschlossen, bereits als sein Eigentum. Bei einem Morgenritt mit mir zwang ich ihn durch Hohn und Spott, über einen Graben zu setzen, den ich mit Leichtigkeit genommen hatte. Er stürzte und brach den Arm dabei. Das vergab er mir niemals, mit um so größerem Rechte, als ich ihn noch derb auslachte und die Pflege des Kranken den Dienern und Mägden überließ. Ich war ihm zuwider, er mir. Daß er bei der Einrichtung des gebrochenen Armes ohnmächtig wurde, schien mir verächtlich. Ach, mein Freund, die Amazone ist in mir nur allzuzeitig zum Durchbruch gekommen!

In meinem fünfzehnten Jahre, seinem achtzigsten, starb mein Vater. Von London, von Edinburgh, von Glasgow berief der Telegraph die Leidtragenden, die lachenden Erben, die Advokaten, die Notare, die Schreiber; ein langer, schwarzer Zug krächzender, beutegieriger Raben. Die Totenglocke auf dem kleinen Eiland der Ruhe im Menteithsee wimmerte den ganzen Tag, bis sie ihn, mit Fackeln und auf Kähnen, hinübergeschafft in seine letzte Ruhestätte. Das Landvolk war meilenweit aus der Umgegend herbeigeströmt, ihm das Geleit zu geben und in der Halle den Leichenschmaus zu feiern. Ich stand allein, auf Gottes weiter Welt mutterseelenallein, in einem Erkerfenster des Wasserturmes und sah die Fackeln durch den Nebel glimmen wie Funken und hörte, vom Nachtwind herübergeweht, die Klänge der Totenmesse. Das war eine bange, bange Nacht!

Am nächsten Morgen hing über dem Hauptportal des Schlosses das große Trauerwappen der Earl von Menteith. Von den Türmen flatterte, mit Flor umwunden, ihr blauweißes Banner. Das

Kabinett meines seligen Vaters, die Familienpapiere enthaltend, war mit mächtigen Siegeln verschlossen. Fremde Menschen gingen im Hause ab und zu, geschäftig, lärmend, zum Teil lustig. Ein Herr, den ich in Edinburgh flüchtig gesehen hatte, stellte sich mir als mein Vormund vor und kramte einen tiefen Sack voll Akten, Rechnungen, Briefen aus. ›In vier Wochen,‹ sagte er, ›wird das Testament des verlebten Earl von Menteith in der Halle feierlich eröffnet und gelesen werden. Seine Gnaden der Herr Herzog kommen zu der Handlung von London herauf.‹ Mir ward unheimlich zumute. Die schweren Türme, die dicken Mauern drückten auf mein junges, wundes Gemüt. Ich mußte fort, um jeden Preis und ohne Verzug fort. Mit Einwilligung meines Vormunds und der Anverwandten, die mir übrigens teilnehmend und gütig begegneten, zog ich mich mit Walter, der Haushälterin und meiner Jungfer zurück auf ein kleines Jagdschloß, das sich der Earl von Menteith hart am Ufer des Lomondsees erbaut hatte, und zwar an der schönsten Stelle desselben, unweit Tarbet, gegenüber der malerischen Felspartie, welche unter dem Namen: Rob-Roys Gefängnis bei allen Touristen berühmt ist. Rob-Roys-Lodge hieß die schmucke, freundliche Villa, im gefälligsten Cottagestil erbaut. Von ihren Fenstern und Galerien hat man eine wunderbare Aussicht auf den König der schottischen Seen, Loch-Lomond, und den Riesen der schottischen Berge, Ben-Lomond, der seinen breiten Fuß in die weite, glänzende Wasserfläche taucht und das spitze Haupt fast immer in graue Nebel und Wolken streckt. Dort fand ich, was ich zunächst brauchte: Ruhe und Abgeschiedenheit. Ich fing ein zweites Leben an, von dem ersten gar sehr verschieden. Meine Flinte rostete über dem Kamin, die Ponys wurden feist und faul im Stalle. Ich las, schrieb, zeichnete, sang. Nur die Seefahrten gab ich nicht auf. Mit Walter oder Jeanie, meinem Mädchen, welches Ruder und Steuer ebensogut wie ich zu führen verstand, bestieg ich den kleinen Nachen und kreuzte auf Loch-Lomond, bald längs den Ufern, bald quer hinüber, stundenlang. Man ließ mich gewähren. Erst als ich das siebzehnte Jahr erreicht hatte, entboten mich die Verwandten nach London, wo ich meine erste Saison machen, an Hof und in die Welt kommen sollte, mit allem Glanze, die der letzten Tochter der Menteith gebührte. Ich folgte ungern und nur insoweit leichten Herzens, als mein Zukünftiger nicht daheim, sondern auf dem Kontinent verweilte. Die Reise entschied über mein Leben. Im Theater der Königin hörte ich die erste Oper, eine italienische. Als der Vorhang fiel, war der in meinem Innern aufgegangen: die Bühne, nicht das stolze Herzogshaus an Belgrave-Square, stand als höchstes Ziel, unverrückbar, vor meinen flammenden Augen. Was kümmerten mich Bälle, Routs, Drawing-Rooms? Abend für Abend, bis tief in die Nacht hinein, saß ich in dem finstersten Winkel der herzoglichen Loge, das süße Gift in tiefen Zügen einsaugend; den Tag über, den lieben, langen Sommertag, hinter der Harfe und dem Flügel, die geschicktesten Meister des Gesanges, der italienischen Sprache an meiner Seite. Meine Verwandten störten mich nicht, in dem Wahne, meine Leidenschaft für die Musik sei die Tür, durch welche ich aus meiner Wildnis in die große Welt eintreten werde. Umgekehrt. Ich wollte durch sie ihrer großen Welt entschlüpfen und einer verhaßten Verbindung, deren Vollzug beabsichtigt war, sobald ich das neunzehnte Jahr erreicht haben würde.

Im Herbst, am Schlusse einer besonders langen und reichen Saison, kehrte ich nach Rob-Roys-Lodge zurück, den Plan meiner Flucht fertig und fest im Kopfe. Der einzige Vertraute desselben war Walter, der mich unterstützen, mich begleiten mußte. An Geld gebrach es mir nicht; aus der Freigebigkeit meines Vaters und meinen reichen Jahreseinkünften hatte ich Ersparnisse gemacht, die mich für einige Zeit jeder Sorge überhoben. Als Walters Nichte, auf seinen Namen und Paß wollte ich reisen. An einem nebligen Oktobermorgen bestiegen wir zwei das kleine Boot und fuhren über den See, an einem öden Punkte des jenseitigen Ufers unbemerkt aussteigend. Der Kahn ward in die höher als gewöhnlich gehenden Wellen zurückgestoßen, mein Hut, mein Tuch, Walters Plaid, die Ruder in das Wasser geworfen. Wurden sie gefunden, so galten wir unfehlbar für verunglückt, ertrunken. Und so geschah es denn auch. In Neapel legte mir der alte, getreue Freund meiner Kindheit und unseres Hauses mit vorwurfsvollem Kopfschütteln das englische Zeitungsblatt vor, in welchem unter der Rubrik: ›Lamentable death by accident‹ gemeldet stand, der letzte Zweig vom Stammbaume der Menteith habe in einem Sturme auf Loch-Lomond ein frühes und trauriges Ende gefunden. In Wahrheit hatte ich mit meinem neuernannten Oheim auf einer kleinen Station das Dampfboot des Sees bestiegen, Balloch, und dort die Eisenbahn nach Glasgow gewonnen, den Londoner Nachtzug erwischt, in Catherine-Wharf das bereitliegende belgische Postschiff erreicht und am nächsten Nachmittag in Ostende den Boden des Festlandes glücklich betreten. Alles mit englischer Geschwindigkeit und Genauigkeit. Von Ostende ging es über Paris, Marseille nach Neapel. Zwei Jahre später stand ich in San Carlo zum ersten Male auf den Brettern, getauft nach dem See, in dem ich untergegangen war, ungefähr zu derselben Zeit, wo ich in der Heimat hätte an den Traualtar treten müssen. Ich debütierte als Donna del Lago, als Fräulein vom See, in Rossinis köstlicher Oper. Mit welcher Empfindung ich, im Hintergrunde des Theaters in einem Kahne sitzend, die ›holde Morgenröte‹ begrüßte, welche die heimatlichen Berge um Loch-Catherine mit transparenter Theaterbeleuchtung vergoldete, brauche ich nicht zu beschreiben. Mein Walter hatte den entscheidenden Abend, leider, nicht erlebt; er starb am Heimweh oder am Herzschmerz über die unverwindbare Schmach, daß die letzte Gräfin von Menteith dem italienischen Bettelvolk für Geld was vorsingen wollte.

Ich stehe am Ende meiner Novelle, Wallenberg. Daß ich in Neapel Roland gefunden, später Sie, und wie sich von San Carlo aus meine Künstlerlaufbahn gestaltet, wissen Sie. Ob sie morgen endigt, was folgen mag...? Das weiß der Himmel.«

Die Sängerin schwieg, erschöpft und zugleich erregt von ihren Erinnerungen. Graf Wallenberg, der ihr mit wachsender Teilnahme zugehört hatte, ergriff und küßte, sich zum Abschiede erhebend, noch einmal ihre Hand. »Ich will Ihnen jetzt nicht aussprechen, was ich empfinde,« sagte er mit gerührter Stimme, »und wie tief Ihre wunderbare, märchenhafte Mitteilung mich erschüttert hat. Doch nur mit den heitersten Hoffnungen scheide ich von Ihnen, um wiederzukehren, bald wiederzukehren. Fassen Sie Mut, meine teure Freundin, und einen Ihrer würdigen Entschluß. Der erste Teil Ihres Lebens liegt versunken in Seestiefen, ein köstlicher Hort, den ich zu heben und zu bergen gedenke. Möge den zweiten der Scheiterhaufen der Amazone am morgenden Abend weihevoll verzehren. In den dritten führt, wenn Sie mich durch ein Jawort beglücken, meine Hand Sie ein; heut übers Jahr herrscht die auferstandene Gräfin Menteith als meine angebetete Gemahlin im Botschaftshotel zu London, auf ihrem natürlichen Grund und Boden, an der Spitze des ersten Hauses der ersten Stadt der Welt.« -

Seraphine-Maria antwortete nichts. Sie neigte weder, noch schüttelte sie das schöne Haupt; sie drückte die Hand des Grafen und winkte ihm, zu gehen. Ihr Auge starrte, wie abwesend, in die Blätter, die aus der blauen Schatulle gefallen waren.

8. Der gordische Knoten

Wer den Gustel Wallenberg an jenem unruhigen Sonnabend, kurz nach ein Uhr nachmittags,
aus der roten Rose kommen, durch die Rosenstraße, über den Theaterplatz, in die städtischen
Anlagen, nach dem Prinzessinnengarten eilen sah, an dessen Saum das Gesandtschaftshotel liegt,
der mußte notwendig glauben, es sei am politischen Horizont ein Ereignis, und zwar ein für ihn
hoch erfreuliches, eingetreten. Der Herr Minister strahlte von Befriedigung und Glückseligkeit.
Er ging nicht, er schwebte; er schwebte nicht, er flog. Das Wetter stimmte zu seiner Gemüts-
verfassung, als ob es dazu gemacht worden wäre: ein herrlicher Frühlingstag, an dem die Sonne
nicht bloß schien zu scheinen, sondern wirklich und wonnig wärmte, eine laue Luft, die in
Büschen und Bäumen die trägsten Keime, im Menschenherzen die geheimsten Ahnungen und
Hoffnungen weckte. In den Anlagen und im Prinzessinnengarten wimmelte es denn auch von
Spaziergängern, welche Schal und Paletot zum erstenmal auf dem Arme, statt auf dem Rücken
trugen. Kranke ließen sich in kleinen Rollwagen umherfahren, Genesende wagten, am Arme
ihrer Pfleger, den ersten Ausflug. Die Arbeiter nahmen den Beeten und Statuen ihre häßli-
chen Winterdecken von Stroh ab. Aus langer Haft erlöst, warfen die Najaden das Wasser der
Springbrunnen lustig und frei in die Höhe, und durch den großen Teich, welcher den wolken-
losen Himmel in tiefer Bläue abspiegelte, zogen die Schwäne ihre langen, gekräuselten Bahnen,
dann und wann mutwillig untertauchend und statt des geschwungenen Halses den stumpfen
Schweif und die zappelnden Füße nach oben kehrend. Eine Schar geputzter Kinder mit ihren
Wärterinnen tummelte sich im ersten Grün des Rasens oder im frischen Sand der Wege, die
Gummibälle und die Reifen flogen nach allen Richtungen, Drachen stiegen, kleine Trompeten
quäkten. Wallenberg gewahrte ein paar stramme, pausbäckige Knaben mit schottischen Mützen und gewürfelten Schürzen über den nackten Beinchen. »So werden,« dachte er und lachte
im stillen, »meine Buben ausschauen. Ich schaffe ihnen einen Dudelsack an, auf dem sie die
kriegerische Weise des Clans ihres Großpapas aufspielen. Und ein bissel von der Erbschaft des
alten Earl muß doch zu retten sein, wär's auch nur das Jagdschlössel am Lomondsee mit famos
geschontem Wildstand...«

Unter so lachenden Vorstellungen war er, ohne es zu merken, zu Hause angelangt. Das Gesandtschaftshotel liegt am Prinzessinnenplatz, nahe dem Garten desselben Namens; ein vornehmes, den Londoner Squares nachgebildetes Viereck, dessen eine Seite von einem stattlichen
Palast eingenommen wird, dem Wohnsitz zweier unvermählter Muhmen des Königs. Auch die
anderen drei Seiten weisen nur ansehnliche Bauwerke auf: den prächtig eingerichteten Nim-
rodklub für Freunde des Sports und des hohen Spiels, eine neue englische Kirche, die Häuser
zweier Mitglieder der ersten Kammer, das Gesandtschaftshotel, die Villa des Vereins für Obst-
bau und Blumenzucht. Das Alltagsleben der inneren Stadt dringt nicht in diese Gegend; Läden,
Werkstätten, Frachtwagen, Schiebkarren kennt sie nicht, wohl aber Equipagen, elegante Reiter
und Reiterinnen, gepuderte Livreebediente und galonierte Portiers in den Torwegen.

Wallenbergs Haus ist das wenigst gutgehaltene und imponierende am ganzen Platze. Aus
welchem Grunde wohl? Weil es dem Staate angehört, den Graf Wallenberg vertritt, und von
einem Junggesellen bewohnt wird. Der kleine Garten, der es umgibt, ist jetzt, inmitten des
April, noch nicht bestellt; verwildert und in winterlicher Anordnung liegt er da, der Rasen
ungepflegt, die Rabatten vertreten, die Wege nicht gereinigt, die Boskets nicht verschnitten.
Im Souterrain des Hauses, wo die zahlreiche Dienerschaft ihr Unwesen treibt, spielt, um ein
Uhr nachmittags, der Koch mit dem Leibjäger Karten, die Küchenmägde schäkern und haschen
sich mit dem Reitknecht. Der Kutscher schläft auf einer Bank im Hofe, den breiten Rücken
der Sonne zugekehrt. Auf der Haupttreppe plaudern die verdächtig hübsche Haushälterin und
der Kammerdiener, ein Kabinettsstück mit weißen Händen, weißen Haaren, weißer Halsbinde,
wie die Unschuld selbst anzusehen in seiner Ehrwürdigkeit, trotz dessen aber ein durchtriebener
Spitzbube. Der Portier hat draußen vor dem Tore Stab, Hut und Bandelier in den Landesfarben
samt dem langen Rock abgelegt, um seinem Spitz die Frühlingstonsur zu geben, bei welcher
idyllischen Beschäftigung ihn sein Herr und Gebieter überrascht, durch die Gartentür unbe-

merkt eingetreten. Erschreckt und hastig legt der Pförtner seinen Staat an und zieht dreimal
die große Hausglocke, ein Warnungszeichen, daß der Graf zurückgekehrt ist. Das erwartete
Donnerwetter geht indes glücklich über seinem Haupte vorüber; im Gegenteil, der gnädige
Herr streichelt dem Spitz, der sich frostig schüttelt, das kahle Fell und fragt in rosigster Laune,
die er aus der Rose mitgebracht: »Viel Leut' da, Petrus?« – »Das Vorzimmer voll, Ex'lenz, wie
alle Täg'.« – »Nichts Wichtiges?« – »Glaub' net. Meist Handwerksg'sellen.« – »Herr von Marvál
noch nicht zurück?« – »Vor zwei, Ex'lenz? Niemalen!« – »Richtig.« – »Aber der Herr Fürst sein
droben.« – »Gut. Ich bin für Besuche nicht zu Hause. Du weisest alles ab, Herrn Roland aus-
genommen.« – »Befehlen, Ex'lenz.«

Der Graf trat durch die Tür, deren Flügel sich ehrerbietig vor ihm öffneten, in den Hausflur und wandte sich rechts einer Tür zu, an welcher mit großen Buchstaben geschrieben stand:
»Gesandtschaftskanzlei.« Drinnen, im ersten Zimmer, fand er eine zahlreiche Versammlung vor,
ähnlich derjenigen, die wir bei Seraphinens Lever belauscht haben, und doch auch wieder we-
sentlich verschieden. Die Reisenden, welche hier warteten, kamen nicht um eine Unterstützung,
sondern um das Visa ihrer Pässe und Wanderbücher. In gleicher Eigenschaft war auch Vater
Winter da, der Unvermeidliche, heute kein Bremer Album im Schoß, sondern eine hanseati-
sche Legitimationsurkunde. Herr Raff, genannt Raffael, hatte die Botschaft auszurichten, daß
Herr Profes-, nein, er schluckte den Titel mühselig wieder hinunter – daß Herr Roland schlechtweg gegen zwei Uhr bei dem Herrn Grafen vorsprechen werde. Herr Hirsch Meyer stand in
einer Fensternische, gleichsam auf dem Anstand; er pflegte sich in diesem offiziellen Revier,
der Oppositionsmann, dann und wann auf politische Neuigkeiten wilddiebisch anzupirschen.
Ein anderer Herr, im schwarzen Leibrock, war zum neunundvierzigsten Male erschienen, sich
zu erkundigen, ob der erwartete Orden noch nicht eingetroffen? An der Konsole lehnte ein
verkanntes Erfindergenie, das Modell einer neuen Taucherglocke im Arm, auf das er, durch
Wallenbergs Vermittelung, ein Patent von dessen Regierung erwirken wollte. Zwei verschleierte
Damen saßen auf dem mit bescheidenem Roßhaar überzogenen Kanapee; sie brachten Empfehlungsschreiben der allervertraulichsten Gattung. Einige Subskribentensammler, ein blinder
Flötenvirtuos mit seiner klassisch-dekolletierten Antigone, ein Photograph, der ein Museum
des deutschen Adels in Porträts nach dem Leben herauszugeben beabsichtigte, und ein Phreno-
log, welcher zu Vorlesungen über seine Wissenschaft einlud, vollendeten die bunte Gesellschaft.

»Seine Exzellenz der Herr Minister!« kündigte der diensttuende Lakai an, die Tür geräusch-
voll und weit aufreißend. Der laute Ruf setzte die durch langes Harren versteinerte Gruppe plötzlich in Bewegung. Die beiden Damen entschleierten sich, der Taucher wischte mit dem Sack-
tuch seine Glocke ab, Antigone versetzte dem Vater einen kindlichen Rippenstoß, der Hirsch
Meyer schoß aus seinem Versteck hervor. Graf Wallenberg neigte freundlich das Haupt, erst
nach links, dann nach rechts, und sagte in mildester Tonart: »Ich bin desperat, meine Herrschaften, daß Sie haben warten müssen. Bitte nur noch ein paar Minuten zu verziehen. Der
Herr von Marvál werden gleich hier sein, sind nur zum Speisen gegangen. Herr Doktor Hirsch
Meyer, wenn's gefällig wäre, mir zu folgen?« – Wieder ein liebevoller Abschiedsblick auf die Versammelten, eine Verneigung, erst nach rechts, dann nach links, und Seine Exzellenz der Herr
Minister verschwanden, wie sie erschienen waren, und stiegen die Treppe hinauf, über welcher
noch die Winterteppiche lagen; Hirsch Meyer mit stolz erhobenem Haupte hinterdrein.

Im ersten Stockwerk wurde nicht haltgemacht. Hier befinden sich die Staatsgemächer für feierliche Repräsentation. Zuerst der Empfangssalon, verziert mit den lebensgroßen Porträts von
Wallenbergs Allerhöchsten Herrschaften in prächtigen, gekrönten Goldrahmen; eine Mitteltür
führt hinaus auf den Balkon. Roland nennt unter vier Augen diesen Raum, worin Galacouren
und andere Hauptaktionen vor sich gehen, das Wachsfigurenkabinett seines erlauchten Freundes. Rechts daran stößt der große Speisesaal, der noch größere Tanzsaal mit einigen Seitenka-
binetten; links eine Reihe Spiel- und Konversationszimmer. Die Herrlichkeit wird nur benutzt,
solange die Äbtissin des freiadeligen Damenstiftes zu Kaltenmünster, Gustels Schwester, die
Honneurs seines Hauses macht. Sobald sie verschwindet, herrschen Grabesruhe, Halbdunkel
und Staub im ganzen ersten Stock. Die Läden werden geschlossen, die Vorhänge herabgelas-

sen, Kronleuchter und Möbel mit grauen Überzügen geschützt. Wenn sich ein Stubenmädel mit dem Kehrbesen einmal herein verirrt, fürchtet sie sich unsäglich. Die Frau Äbtissin mit der Habichtsnase und dem diamantenen Kreuz auf der linken Achsel geht hier bei hellichtem Tage spuken, schneidet steife Reverenzen vor den Allerhöchsten Herrschaften in Lebensgröße und gibt gespenstischen Musikanten auf der Tribüne des Tanzsaales mit aufgehobenem Zeigefinger das Signal zum Ende des stummen Kotillons.

Die zweite Etage empfängt uns ungleich heiterer und wohnlicher. Sie umfaßt eine lebenslustige Junggesellenwirtschaft: Gustel Wallenbergs Speisezimmer, für höchstens neun Personen berechnet, sein Arbeitszimmer mit der Bibliothek, sein einsames Schlafgemach, Toiletten und Garderoberäume, ein Kabinett mit Jagd- und Fischgerät und, was er seinen Schornstein zu nennen pflegt, einen halbrunden Tempel, in welchem dem Götzen des Tabaks ausgiebige Brand- und Rauchopfer dargebracht werden. Gustel hat seine Privatappartements nicht nur mit Geschmack, reich und bequem eingerichtet, sondern auch durch Jagdtrophäen und Reiseerinnerungen bedeutungsvoll ausgeschmückt. Den Fußboden bedecken Bärenhäute, deren vormalige Eigentümer er an der Seite des Kaisers von Rußland erlegte; Löwenfelle, die ihm der Vizekönig von Ägypten nach gemeinsamen Wüstenritten zum Geschenk machte. Roland behauptet zwar, es gebe auf den Petersburger Hofjagden nur noch angebundene Bären, und ebenso in dem Revier von Kairo bloß zahme Löwen auf zwei Beinen; allein wer wird dem ungläubigen Thomas glauben, der selbst nichts glaubt? Gustel schläft auf einem kunstvoll gegerbten Elenfell, ihm von einem Lappen in Stockholm verehrt, dem er bei dem Fest der Sonnenwende in Hammerfest das Leben rettete. Seine Jagdhüte, seine Weidmesser, Waffen, Büchsen, Pistolen hängen an Hirschgeweihen und Elefantenzähnen, welche eine ähnliche Geschichte haben. Jedes einzelne Stück des Hausrates steht in einer persönlichen Beziehung zum Besitzer; sogar die bunte Schellenkappe, die in humoristischer Anwandlung einem Globus im Arbeitszimmer aufgesetzt ist, sie mahnt an einen Maskenball in der großen Oper zu Paris. Am wenigsten Inhalt und Reichtum weisen die Glasschränke der Bibliothek auf, in welchen ein indiskreter Blick hinter die grünseidenen Vorhänge eine lange Reihe des Gothaischen Almanachs, Heyses Fremdwörterbuch, das Konversationslexikon und ähnliche mehr nützliche als wissenschaftlich wertvolle Werke enthüllt. Auf dem Handels- und Wechselrecht, auf Märtens Receuil des traités liegt dicker Staub. Im übrigen verraten sämtliche Räume und deren Einrichtungen den Diplomaten, indem sie nichts verraten. Nirgends hervorstechende Farben, überall dicke Teppiche, doppelte Türen, schwere Portieren, versteckte Ein- und Ausgänge. Hier wird nicht gelauscht, nicht durch Schlüssellöcher geschielt; man begegnet sich auch nicht, wenn man nicht will. Die Wohnung ist verschwiegen wie der Herr.

Einen Besuch verdient für sich allein das Rauchkabinett, ein Meisterstück des Sammlerfleißes. Niedrige Diwans und Tische sind die einzige Ausstattung; auf letzteren stehen Aschenbecher in allen denkbaren Formen. Zierliche Eckschränke enthalten in Originalkisten, was die Erde an Zigarren hervorbringt, von der kleinsten Stroh- und Papierzigarre bis zum riesigsten Regaliaformat. An den Wänden hängen in gleicher Vollständigkeit die Pfeifen: ein Nargileh, in Smyrna gekauft, die Houkah des Indiers, das Kalumel der Rothaut, Wiener Meerschaumköpfe, Ulmer Holzköpfe. Auch die germanische Studentenpfeife fehlt nicht mit dreifarbiger Quaste, grünweißschwarz, und mit dem Westfalenwappen, auf den Porzellankopf gemalt; darunter steht die Widmung: Wittekind-Droste seinem Wallenberg. Gustel hat sich ein Jahr lang studierenshalber in Heidelberg aufgehalten und einige Gastrollen im Pandektensaal, mehr noch in der Hirschgasse gegeben. Wenn er recht müde und angegriffen sich fühlt, der arme Chargé d'affaires, der mit Geschäften Überladene, zieht er sich in seinen Schornstein zurück, verschwindet nach kurzer Zeit in duftigen Wölklein, die, damit sie nicht belästigen, durch einen sinnreichen Ventilationsapparat im Plafond des Tempels hinausgeführt werden.

In diese anheimelnden Räumlichkeiten, und zwar in das Arbeitszimmer, trat Graf Wallenberg, von Hirsch Meyer gefolgt. Es befand sich bereits ein junger Mann darin, mit dem wir später Bekanntschaft machen werden. Zunächst sehen wir, wie der Graf seinem Begleiter eine Mitteilung ins Ohr flüstert, welche dieser überrascht und erfreut aufnimmt. Hirsch Meyer grinst und nickt mit dem Kopf, zum Zeichen, daß er den Grafen verstanden, und will sich, verabschiedet von ihm, entfernen. Da fällt sein Blick auf einige blaue Kuverts, die auf dem Fußboden liegen. »Exzellenz, Herr Graf,« sagte er, »darf ich aussprechen eine Bitte? Lassen Sie mich auflesen die Brosamen, die gefallen sind von des Herrn Tische.« Er zeigte auf die Kuverts. - »Was können Ihnen die leeren Kuverts nützen, Doktor?« - »Viel, exzellenter Herr Graf, grausam viel. Steht doch darauf Euer Exzellenz hochgräflicher Name oder die hohe Gesandtschaft. Wenn ich kann zeigen im Vertrauen das Kuvert einer solchen Depesche, so werden steigen meine Artikel um fünfzig Prozent.« Der Graf lachte, worauf Hirsch Meyer seelenvergnügt seinen Raub aufraffte und davoneilte in die Druckerei, um die Befehle der Exzellenz auszuführen.

Nach seinem Abgange erhob sich der junge Mann, welcher hinter englischen und französischen Zeitungen versteckt gesessen hatte, mit dem Rotstift anstreichend, was dem Grafen wichtig sein konnte. Es war sein Attaché, Fürst Paul Seß zu Neuseß-Sessenheim, seit kurzem der Gesandtschaft beigegeben und jetzt, bei Beurlaubung des Sekretärs, mit dessen Dienst betraut. Der angehende Staatsmann, Sohn des seinerzeit allmächtigen Premiers, eben von der Universität gekommen, brachte den Ruf profunder Gelehrsamkeit mit und galt für eine hervorragende, zu den schönsten Hoffnungen berechtigende Kraft der Diplomatie seines Vaterlandes. Schon auf den ersten Blick stellt er sich dar als vollkommener Gegensatz seines Chefs, des Grafen Wallenberg. Was dieser zu leicht ist oder scheinen mag, ist oder scheint jener zu schwer. Er gehört der jüngsten Jugend unserer Zeit an, wie sie mit erschreckender Gleichförmigkeit in allen Großstädten aufwächst, hauptsächlich durch den gemeinsamen Zug charakterisiert, daß sie älter ist, als das älteste Alter. Wer frische Lebenslust, Neigung und Talent für Geselligkeit, verbindliche Formen im Umgang, namentlich mit dem weiblichen Geschlecht, Redseligkeit und guten Humor sucht, der klopfe bei Knaben über fünfzig Jahren an; die Männer darunter, besonders die Greise zwischen zwanzig und dreißig, sind bei ihrem Eintritt in die Welt über alle diese Eigenschaften hinweg, die sie als frivol und altmodisch verachten. Unter ernsten Ereignissen und Kämpfen geboren und erzogen, überall von materiellen Bestrebungen umgeben, den Kopf voll positiver Kenntnisse, das Herz leer von allen Idealen, fangen sie damit an, womit ihre Väter aufhörten. Ihr einziges Dichten und Trachten heißt: Karriere machen, en carrière, über Nacht reich werden oder berühmt, sich eine Stellung erwerben. Alles andere erscheint ihnen Überfluß, wenn nicht vom Übel. Sie sprechen wenig, essen und trinken nicht viel, tanzen gar nicht, es sei denn auf Befehl, reiten soviel es der Arzt, des lieben Unterleibs wegen verlangt, und beschäftigen sich auch mit Turf und Sport nur, entweder aus Standespflicht, oder um zu gewinnen. So sind sie, unsere jungen englischen Lords, die Marquis aus Frankreich, die russischen Knese, die italienischen Principi, die deutschen Grafen und Barone: Alles *ein* Geschlecht, auch im äußeren! Mit ihren blassen, harten Gesichtern und kurz verschnittenen Haaren, ihren weiten Ärmeln und schlotternden Hosen, ihren dicken, doppelsohligen Schuhen und grauen Filzhüten sehen sie aus wie neu aufgelegte Rundköpfe, Puritaner in Miniatur, aber solche, die an nichts glauben, außer an den Erfolg, und keine andere Religion haben, als den Egoismus; Fanatiker von der schlimmsten Sorte, der kalten!

Fürst Paul - ein Prachtexemplar dieser Gattung, der fertigste Greis von dreiundzwanzig Jahren, den man sich denken kann - stand nach Hirsch Meyers Abgang von seiner Arbeit auf und sagte bedenklich: »Fürchten Sie nicht, Herr Minister, daß der Journalist uns kompromittiert?« - »Durch das leere Kuvert eines Telegramms?« - »Hm! Gestohlene oder verlorene Depeschen, Briefe, die in unrechte Hand gekommen, haben Verlegenheit oder Verwirrung genug angerichtet.« - »Lieber Paul, dann wäre kein Mensch vor seinem Papierkorb sicher.« - »Ich verbrenne den Inhalt des meinigen jeden Abend.« - »Diesen da leert mein Herr Kammerdiener. Ob er Postmarken und Siegel an Sammler verkauft, oder ob ein armer Preßjude einmal mit einem Stück Abfall spekuliert, was verschlägt das?« ...Der Graf fragte abbrechend: »Nichts Neues mit der Mittagspost?« - »Eine Zirkularnote unserer Regierung an ihre Agenten im Ausland. Sie erläutert ihre Handelspolitik im friedfertigsten Sinn und weist uns an, überall das beste Einvernehmen mit den fremden Kabinetten aufrecht zu erhalten und nach außen zu betonen.« - »Wenn der Herr Minister Frieden predigt, ist ein Handstreich in der Luft, vielleicht der Anfang vom Ende. Seien wir auf der Hut. Aus Amerika keine Nachricht?« - »Keine. Doch meint Marvál, jede Stunde könne eine wichtige Meldung unseres geheimen Agenten in Liverpool bringen.« - »Ich wette, daß sie wieder kommt, wie der Dieb in der Nacht. Lassen Sie mich nur im äußersten Notfall wecken. Ich habe eine schlaflose Nacht hinter mir und brauche Ruhe. Sie haben den Schlüssel zur Chiffreschrift. Die Sache wird liegen bleiben können bis morgen früh.« - »Wenn Sie erlauben, biwakiere ich im Hotel und schicke um Marvál. Eine interessante Untersuchung wird uns die Zeit vertreiben. Professor von Siebold sandte mir ein paar wundervolle Exemplare von Schaltieren. Denken Sie sich,« - fuhr der junge Puritaner fort und wurde so warm, wie es ihm möglich war - »Siebold hat in einer ganz kleinen Muschel einen noch kleineren Krebs gefunden, von dem bisher schlechterdings nicht zu erraten war, wie er da hinein gekommen. Nun stellt sich heraus, daß das Schaltier das Weichtier vertreibt und sich in dem Gehäuse festsetzt. Dem Burschen will ich mit der Lupe zu Leibe gehen.« - Graf Wallenberg sah seinem naturforschenden Attaché mit Verwunderung an. »Wissen Sie auch,« sprach er lächelnd, »daß Sie unter dem Mikroskop ein ungleich interessanteres Tierlein sind, als Ihr Seekrebs? In Ihren Jahren, lieber Paul, untersucht man Hummern und Austern in der Regel aus anderen Zwecken, als Herr von Siebold es tut.« - »Das Studium der Mollusken ist meine Spezialität, Herr Graf, und meine Erholung.« - »In einer schlaflosen Nacht?« - »Ich bedarf nie mehr als vier Stunden Schlaf.« - »Bei Ihrer Jugend? Wenn Sie in mein Alter kommen, werden Sie gar nicht mehr schlafen.«

Der Gesandte faßte vertraulich den Arm seines Sekretärs und fuhr fort, indem er mit ihm durch die geöffnete Zimmerreihe auf und ab ging: »Sie wissen, Fürst Paul, vielmehr, Sie wissen nicht, wie nahe Sie meinem Herzen stehen. Lächeln Sie nicht. Wir alten Knaben haben noch Herzen. Ihr großer Vater hat mich in die Geschäfte eingeführt. Fürstin Clarisse, Ihre unvergeßliche Mutter, war meine Lehrmeisterin. Als Schule der Diplomaten galt damals der Salon; es gab nämlich noch Salons in der Zeit, von welcher ich Ihnen spreche. Diese seltene Frau, welche für hart, hochfahrend, unbesonnen, leidenschaftlich verschrien worden ist, besaß das edelste, maßvollste, weiblichste Gemüt, in dessen Tiefen nur wenig Augen eingedrungen sind. Sie spielte mit wahrhaft heldenmütiger Selbstüberwindung eine schwierige und undankbare Rolle vor der Welt, als die geheime, aber unendlich wirksame Mitarbeiterin Ihres Vaters. Was er an spitzen Antworten und Bescheiden, an absichtlichen Verletzungen und scheinbaren Indiskretionen, an kleinen Hausmitteln für öffentliche Zwecke gebrauchte, übertrug er seiner Gemahlin, die sein tätigster Agent und obendrein unverantwortlich war. Wenn einmal Memoiren aus jener Zeit erscheinen, wird man mit Erstaunen sehen, wie viele seine Fäden ihre geschickte Hand gesponnen und verflochten, wie manchen verwickelten Knoten sie mutig zerhauen hat. Ihre Menschenkenntnis, ihre Erfahrung, ihr Scharfblick, ihre Gewandtheit - wahrhaftig, man wußte nicht, was man mehr an ihr bewundern sollte. Ich verdanke ihr unendlich viel, denn ich stand, wohl darf ich es sagen, hoch in ihrem Vertrauen, ihrer Gunst. Einen Teil meiner Schuld möchte ich an den Sohn abtragen.« - Ein liebenswürdiges Erröten färbte bei der Erinnerung an die Verstorbene die Wangen Wallenbergs. Es stand seinem diplomatischen Gesicht gut, dieses undiplomatische Erröten. Fürst Paul erwiderte ihm: »Ich danke Ihnen, Herr Graf, für mich und für das schöne Andenken an meine Mutter, an welche ich selbst nur eine dunkle Erinnerung habe.« - »Lassen Sie mich nicht als Chef, sondern als väterlicher Freund zu Ihnen sprechen, lieber Paul. Sie arbeiten zu viel, und nicht immer in der rechten Weise. Bei Ihrem Eintritt in die hiesige Gesandtschaft wurde Ihnen eine Denkschrift über die Eisenindustrie dieses Landes aufgetragen. Sie lieferten sie in vier Wochen, eine Arbeit, zu der unsereiner wenigstens drei Vierteljahre und einen außerordentlichen Urlaub gebraucht haben würde.« - »Es handelte sich ja fast nur um statistische Auszüge und Zusammenstellungen. Das Material war mir zur Hand, der Gegenstand geläufig.« - »Gleichviel; eine weise Zögerung hätte Ihrem Memoire nur höheren Wert verliehen. Ihr Neulingseifer überlegt nicht, daß schon die Würde des Geschäftsganges, das Dekorum schickliche Pausen, ein Tempo maestoso erheischt. Dann kennen Sie die Herren vom Ministerium daheim noch nicht. Sie beneiden uns ohnehin um unsere Posten im Auslande. Je mehr wir leisten, desto mehr begehren sie. Wenn wir, heute gefragt, morgen antworten, müssen sie auf den Gedanken kommen, wir hätten nichts zu tun.« - Fürst Paul lächelte verstohlen. -

»Ich weiß, was Ihr Schmunzeln bedeutet: daß wir in der Tat mit Arbeit nicht überhäuft sind. Irrtum, mein Freund! Unsere Arbeit ist eine andere, als diejenige in der Kanzlei einer Behörde, auch als die in dem Studierzimmer des Gelehrten. Man zählt sie nicht ab an den Nummern unserer Berichte, an der Ziffer des Auslaufjournals. Der Diplomat ist oft am wenigsten müßig, wenn er müßig scheint. Haben Sie niemals nachgedacht über den erhabenen, den tiefen Doppelsinn, der in dem Worte Geschäftsträger liegt? Geschäfts- *Träger!* Die Kraft der Trägheit ist das notwendige Gegengewicht der Kraft der Bewegung. So war denn auch die erste und letzte Instruktion, welche Talleyrand bei jeder wichtigen Sendung gab: ›Vor allem - kein Eifer!‹ Point de zèle, lieber Paul! Merken Sie sich die goldene Regel.«

Der Graf zündete, da er eben am Rauchkabinett vorüberwandelte, mit Kennerblick wählend, eine Regalia-Londres an, milde, abgelagerte Ware, wie sie vor dem Diner rätlich ist. Sein Sekretär lehnte ab; er rauchte nicht, der Mann des Positiven. Nach den ersten Zügen setzte sein Lehrmeister den peripatetischen Vortrag fort wie folgt: »Ihr jungen Herren lernt zu viel. Das schreibt sich her von Euren abgeschmackten Prüfungen: Fakultätsexamen, Staatsrigorosum, praktischer Konkurs; lauter nachmärzliche Errungenschaften, von denen die gute alte Zeit keine Ahnung besaß. Mit etwas Figur und Tournure, ein paar Sprachen, einem bißchen Talent und möglichst viel Geld, vor allem mit einem guten Namen, kamen wir rasch an, langsam vorwärts. Die Übung machte den Meister, nicht das mitgebrachte Wissen. Heutzutage besteht kaum noch ein Unterschied zwischen einem Attaché und einem Privatdozenten. Sie zum Beispiel, Fürst Paul, haben jetzt schon mehr vergessen, als ich zeit meines Lebens gewußt.« - »Sie beschämen mich, Herr Minister.« - »Ein Diplomat schämt sich nicht. Ich bin sogar unverschämt genug, mich meiner Ignoranz weniger zu schämen, als Ihrer Polyhistorie. In Ihrem Eisenmemoire haben Sie spezielle Sachkenntnisse verraten. Sie urteilen über schwedisches, belgisches, steierisches Roheisen, vertiefen sich in die schmutzige Kohlenfrage und liefern als Zugabe einen Exkurs von zwanzig Seiten Folio über die Arbeiterbewegung. C'est déroger, mon Prince, c'est complètement déroger. Dergleichen Detail gehört den Fachmännern, den Kommissionen von Experten ad hoc, wie der Kunstausdruck lautet. Wenn wir uns in solche Einzelheiten verlieren, büßen wir die Freiheit unseres Standpunktes ein, den klaren Blick. Viel Wissen macht Kopfweh, sagt ein bedeutungsvolles Sprichwort. Wir aber bedürfen vor allem einen offenen Kopf. Die Staatskunst hat, wie jede Kunst, im Können, nicht im Wissen ihren Schwerpunkt. Wenn Kenntnisse den Staatsmann machten, hätte es nirgends glänzender um die deutsche Politik gestanden, als in der famosen Kirche, die Ihren Namen führt, in der Paulskirche, wo fast lauter Professoren von Profession saßen. Und doch! ...Lassen Sie mich mein langweiliges Kolleg ohne Heft mit einem zweiten Zitat aus Talleyrand schließen. Erinnern Sie sich seiner Definition der Diplomatie?« - Fürst Paul murrte, gleichgültig, wenn nicht verächtlich, er erinnere sich nicht. - »Diplomatie ist der gesunde Menschenverstand, angewendet auf die großen Geschäfte der Welt. Eine prächtige Formel, weder philosophisch, noch mathematisch, aber praktisch, aus dem Leben, für das Leben.«

Fürst Paul hatte aufmerksam zugehört und sich zu einer Erwiderung gesammelt. Er begann: »Ich bin meinem gütigen Chef tief verpflichtet für sein Wohlwollen, wie für seine guten Ratschläge. Sie werden durch seine bewährte Erfahrung, durch glänzende Resultate verbürgt. Wer von uns Epigonen wüßte nicht, daß Ihnen, Herr Graf, das Verdienst gebührt, unsere Regierung aus ihrer gefährlichen Isoliertheit zurückgeführt zu haben in das europäische Konzert? Es war ein Meisterstreich Ihrer Hand, welcher der westlichen Allianz das erste Loch beibrachte.« - »Und wissen Sie auch, wie und wo mir der Streich gelungen? Nicht durch Depeschen und Noten, lieber Fürst. Den ersten Stoß versetzte ich ihr, dieser bedrohlichen Allianz, auf einer Hofjagd. Acht Tage später wurde sie in der Quadrille eines Kammerballs vollends unter die Füße getreten. Wenn der verschlossene Mund da einmal reden wird,« sagte der Graf, und brach ab, auf einen Schrank im Arbeitszimmer deutend, der seine geheimen Papiere enthält.. - »Doch fahren Sie fort, Paul.« - »Mit aller aufrichtigen Pietät sei es denn gestanden, Herr Graf, daß wir völlig verschiedene Ausgangspunkte und Ziele haben. Das macht: die Revolution liegt zwischen uns, jene Sündflut, auf welche das berühmte Après moi le déluge leichtfertig hinwies, und die nun in vollem Ernst plötzlich über uns gekommen ist, alle Rechte unseres Standes mit sich hinwegschwemmend, und uns nur Pflichten zurücklassend. Die Schule der Diplomatie, als deren Stifter mein seliger Vater gilt, die Sie, der glücklichste seiner Nachfolger, allein noch repräsentieren, sie beruht, wie Sie selbst sagen, auf der begabten Persönlichkeit, dem angeborenen Talent; die Staatskunst ist allerdings eine freie Kunst. Aber eine andere neue Schule erwächst schon in der Gegenwart, für die Zukunft: die Staatskunst der Notwendigkeit. Das Individuum tritt überall zurück gegen die Massen, auch in unserem Berufe. Genie und Talent allein genügen nicht mehr, um die Tatsachen zu beherrschen. Unsere Zeit, Herr Minister, ist eine eiserne; sie geht im Sturmschritt, mit Dampf, auf materielle Interessen los. Die feinsten Berichte, die Sie in dieser Stunde schreiben, kann der Telegraph in der nächsten überholen oder widerlegen. Die Diplomatie muß, wohl oder übel, aus ihren Kabinetten herabsteigen auf den Markt, an die Börse, in die Kammern und Volksversammlungen, wo eben Geschichte gemacht wird. Bemerken Sie gefälligst, wie die Souveräne schon angefangen haben, unserer Dienste sich zu entschlagen; sie handeln selbst, statt durch Unterhändler; sie halten Kongresse unter sich, bei denen wir antichambrieren dürfen. Es vergeht keine Woche, in welcher nicht das Ministerium des Auswärtigen einen oder den andern seiner Agenten geradezu fallen läßt, obgleich - nicht doch, weil er nichts anderes getan, als seinen Instruktionen folgte. Das Volk, die öffentliche Meinung glaubt schon längst nicht mehr an uns. Wir können die verlorene Stellung nur wiedererobern, indem wir der Bewegung folgen, sie leiten, uns an die Spitze stellen. Unsere Diplomatie muß eine positive werden, die Trägerin der internationalen Handelspolitik, Vermittlerin der Völker in ihren nächsten, natürlichsten Bedürfnissen, die Hüterin der allgemeinen Wohlfahrt und Gesittung. Sie glauben kaum, mein Herr Graf, auf welche wunderbaren Resultate die Forschung stößt, wenn sie die jetzt kaum angebahnte Bewegung rückwärts in ihre ersten Spuren verfolgt. Ich sammle seit meinem zweiten Jahrgang auf der Universität Materialien zur Geschichte der Diplomatie. Nur wo sie positiv gewesen, hat sie Resultate gehabt. Nichts lehrreicher, als der Vergleich zwischen den Agenten des Kapitols und denen des Vatikans, zwischen den Minister-kardinälen und den Ministermarschällen Frankreichs, zwischen altrussischer und neurussischer Schule, zwischen englischen und amerikanischen Gesandten. Bis in die griechisch-byzantini-sche Epoche führe ich meine Studien zurück. Man kann den Lorbeer eines Thucydides mit der Arbeit verdienen.« - »Und die Falten eines Sokrates,« lachte Gustel Wallenberg, der Unver-besserlichste aller vorsündflutlichen Staatsmänner. »Lieber Paul, der Himmel bewahre meine Stirn vor beiden! Das aber ist der Unterschied zwischen uns alten Diplomaten und euch neuen: wir machten Geschichte; ihr schreibt sie.«

Ein leises Klopfen, vielmehr Kratzen an der Tür unterbrach das Gespräch. Legationsrat von Marvál schlich herein, seine rote Maroquinmappe unter dem Arme. Schlag zwei Uhr war er, wie täglich, vom Speisen gekommen, hatte in wenig Minuten die Besuche und Anliegen in der Kanzlei abgefertigt und kam nun, dem Chef Bericht zu erstatten und diejenigen Papiere vorzulegen, welche dessen Unterschrift benötigten.

Schade, ewig schade, daß Herr von Marvál zu spät in unserer Erzählung auftritt, um sich nach Verdienst darin auszubreiten. Wir können von dieser höchst interessanten Figur im Vorbeigehen nur eine Profilskizze liefern. Theophil Marvál hat von der Pike auf gedient. Er ist der Zeitgenos-se und das Geschöpf des Fürsten Joseph Maria Seß zu Neuseß-Sessenheim, Pauls Vater. Unter anderen Schönheiten liebte der Herr Premierminister eine schöne Handschrift. Der junge Mar-vál, als Kopist auf Tagelohn in einer Kanzlei des Auswärtigen Amtes aufgenommen, schrieb wie gestochen. Niemand vermochte den Anfangsbuchstaben einer Depesche, eines Reskripts mit so wunderbaren Schnörkeln zu verbrämen, so akkurat Zeile an Zeile, Ziffer unter Ziffer zu reihen, wie er. Der Premier, durch ein großes W eines Tages wahrhaft geblendet, ließ den Kalligraphen kommen, fand Gefallen an ihm, zog ihn in sein Kabinett, nahm ihn mit auf Reisen, brauchte (und mißbrauchte) ihn zu allerlei Sendungen, machte ihn zum Kanzlisten, zum Sekretär, zum Rat. Marvál bestand alle Proben, sogar die gefährlichste, die eines schnellen Avancements. Er hörte nicht auf, sich nicht nur nützlich, sondern auch angenehm zu erweisen. Seiner Talente waren gar mancherlei. In Papparbeiten, Silhouettenschneiden, Kartenkunststücken, Zitherspiel und Bauchreden hatte er seinesgleichen nicht. Jede fremde Handschrift verstand er bis zur Täuschung nachzuahmen, natürlich nur zum Scherz, ebenso Briefe zu eröffnen und wiederum zu verschließen, so daß das schärfste Auge keine Spur der geschickten Operation wahrnahm. Aus welchem Grunde der Fürst nach zwanzigjährigem Beisammensein einen solchen Tausendkünstler von sich tat und, mit Erhebung in den Adelstand, als Legationsrat der Gesandtschaft beigab, ist für die profane Welt Geheimnis geblieben. Es ging eine Sage, unstreitig Verleumdung, Marvál habe auf eigene Faust ein schwarzes Kabinett angelegt und der hohen Polizei ins Handwerk gepfuscht, als Meister. Andere behaupteten, er sei zur Kontrolle dem damaligen Gesandten beigegeben worden, einer mißliebigen Persönlichkeit. Genug, daß Marvál im neuen Wirkungskreis ebenso heimisch und notwendig war, wie im alten. Fünfundzwanzig Jahre bekleidete er seinen jetzigen Posten; Graf Wallenberg war der siebente Chef, dem er diente. In Marvál personifizierte sich die ganze Gesandtschaft. Sein Kopf galt mit Recht für ein illustriertes Staatshandbuch, für den mit den wertvollsten Notizen durchschossenen Adreßkalender der Residenz. Er kannte alle Kreise, von den höchsten bis zu den niedrigsten. Mit den Bürgern spielte er Billard, Domino und Tarok in den Kaffeehäusern und Bierstuben; in der biederen, gemütlichen Volksmundart seiner Heimat, die er in der Vollendung sprach, gewann er ihre Herzen, ihr Vertrauen. Sämtlichen Damen des diplomatischen Korps verschrieb er die neuen Hüte beim Anfang der Saison, dem Beichtvater der Königin böhmische Fasanen und Tokaierausbruch. Bis in die Portierslogen erstreckten sich seine fruchtbaren Aufmerksamkeiten; den kleinen Kindern darin brachte er bei jedem Besuch Zuckerwerk mit, den großen Romane, die von der Polizei konfisziert worden waren, seltene Tulpenzwiebeln und komische Faschingsmasken. Aber wie bekannt war er auch bei jung und alt, wie beliebt, der gute Herr von Marvál! Wenn er über die Straße ging, nie anders als im schwarzen Frack und in weißer Halsbinde, - nicht ein fingerbreiter Streifen, nachlässig umgeschlungen, wie ihn die heutige Mode trägt, sondern eine solide, gestärkte und gesteifte Krawatte, vom Kinn bis zum Schlüsselbein reichend, - kerzengerade wie ein Lineal, trocken wie eine Stange Siegellack, scharf und blank wie eine Stahlfeder, - da flogen von allen Seiten die Mützen, die Hüte, das vertrauliche Kopfnicken der vornehmen Dame aus ihrer Glaskutsche, der errötende Gruß des jungen Bürgermädchens, das er unter seinen Schirm nahm, wenn ein plötzlicher Regenguß die weißen Strümpfe bedrohte.

Der Herr Legationsrat stand neben seinem Chef, legte ihm mit der linken Hand die Papiere zur Unterzeichnung vor, die meisten darunter von seiner eigenen, durch die Jahre nicht in einem Haar oder Grundstrich verschlechterten Schrift bedeckt, und hielt in der dienstfertigen Rechten die Streusandbüchse bereit, um das zierliche Autograph Wallenbergs feierlich zu versilbern. Während dieser wichtigen Prozedur, welcher Fürst Paul zusah, um sich in die laufenden Geschäfte einzuschießen, meldete Marvál, daß die Kanzlei vollständig leer sei bis auf die zwei Damen, die von dem Roßhaarkanapee nicht weichen wollten. »Wer sind sie denn eigentlich und was bringen sie?« fragte Wallenberg im Unterschreiben. - »Für zwei polnische Gräfinnen geben sie sich aus, die vertrieben seien, flüchtig gegangen von wegen der Religion. Immer die nämliche Geschichte, und kein wahres Wort daran. Aus Petersburg kommen sie, Geschäftsreisende mit Rekommandationsschreiben von der Botschaft.« - »Den Teufel auch! Unsere großstädtischen Kollegen sind zuweilen von einer verzweifelten Naivetät. Was sie sich in Petersburg, Paris, London ungeniert erlauben, bringt uns hier um alle Reputation. Namentlich ich darf mich gerade jetzt um keinen Preis kompromittieren.« - »Anschauen möchten sie der Herr Graf doch; auch anhören. So ein fahrendes Fräulein weiß immer mehr, als einer denkt.« - »Soviel ich im Flug bemerkt, sind sie bildsauber, besonders die eine, die größere. Fürst Paul, haben Sie nicht Lust, den fremden Damen die Honneurs zu machen? Sie sind jung, unverheiratet. Ein Attaché kann nicht kompromittiert werden.« - »Wenn Sie befehlen, Herr Minister.« - »Dergleichen darf man sich nicht befehlen lassen. Ich sehe schon, Herr von Marvál muß sich wieder einmal aufopfern. Laden Sie die Reisenden heute abend ein, Marvál; nicht in eine Restauration, in Ihre Wohnung. Ein paar respektable, aber unbedenkliche und diskrete Personen bitten Sie dazu. Das Souper muß glänzend sein. Den Champagner sparen Sie nicht, er löst die Zungen. Die Kosten berechnen Sie auf unsere geheimen Fonds.« - »Sehr wohl, Herr Graf.«

Wallenberg erhob sich, fertig mit den Unterschriften, froh, aus den fremden Geschäften zu seinen eigenen, nicht den auswärtigen, sondern den inneren Angelegenheiten überzugehen. Als sich seine zwei Untergebenen empfahlen, sagte er: »Noch eins, Herr von Marvál. Sie sind so gefällig, meines verwahrlosten Hausstandes sich anzunehmen. Wie steht es um den Stall, die Livreen, Silberzeug, Leinenkammer und so weiter? Es wird mancherlei nachzuschauen sein.« - »Der Herr Graf hatten au contraire Einschränkungen befohlen.« - »Später; im Augenblick geht das auf keinen Fall.« - »So wird der Groom nicht entlassen? Der Jäger kann alleweil seinen Dienst mitversehen.« - »Unmöglich, Marvál. Sagen Sie, Fürst Paul, welche Figur ich machen würde, wenn ich vor dem Koloß dahergeritten käme? Ein Zwerg, der einen Riesen zur Jahrmarktsschau führt. Der Reitknecht bleibt. Bei Brandmeyer in Wien muß ein Kupee bestellt werden, elegant blau lackiert, mit weißer Seide ausgeschlagen. Das Wappen schicke ich ihm.« - Marvál zuckte kläglich die Achseln. - »Ich verstehe Sie, alter Freund. Es fehlt am besten. Vermitteln Sie noch eine kleine Zwangsanleihe, Marvál. Die letzte, meiner Seel, die letzte. Nur zwanzigtausend Gulden.« - »Das ist eine Summe, Herr Graf.« - »Nicht für den, der sie hat; nur für den, der sie nicht hat.« - »Geld ist knapp. An allen Börsenplätzen stieg der Diskont auf 7½. Wir werden nur unter den ungünstigsten Bedingungen abschließen.« - »Pah, ungünstiger, als die unseren Großmächten auferlegten, können sie nicht ausfallen. Was einem reichen Finanzminister recht ist, muß einem armen Gesandten billig sein. Sorgen Sie, Marvál, mein getreuer Chargé d'affaires.« - »Bei Herrn Krafft?« - »Durchaus nicht.« - »So suchen wir halt einen anderen Juden,« murmelte der Legationsrat, indem er mit Fürst Paul hinausging, dem Sohne seines verewigten Gönners respektvoll den Vortritt lassend. »Da ist 'was im Werk, Durchlauchtchen,« flüsterte er draußen. - »Und was?« - »Eine Vermählung oder eine Crida.«

Während sie die Treppe hinunterstiegen, zog sich Wallenberg in den Diwan des Rauchkabinetts zurück. Sein Feldzugsplan war gemacht. Heute abend schon platzte die erste Bombe; ein Artikel im Abendblatt, den er Hirsch Meyer ins Ohr geraunt, brachte die Nachricht, Seraphine Lomond werde sich von der Bühne ganz und gar zurückziehen, um einem bei Hofe und in der Gesellschaft hochgestellten Herrn ihre Hand zu reichen; sie selbst sei von vornehmer Abkunft und wolle am Tage ihrer Vermählung das bisherige Inkognito ablegen. Diese wohl überlegte Indiskretion sollte Seraphinen »engagieren«, hinter ihr die Brücke zur Rückkehr auf die Bühne abbrennen. Papa Krafft wurde für seine abgewiesene Werbung entschädigt durch den Schwiegersohn seiner Wahl. Armgard, die nette, kleine, geistreiche Bankprinzessin mit ihrer Million Mitgift, an welche Gustel selbst einmal im Ernst gedacht hatte, - sowohl an die Million, wie an das Mädchen, - war ein mehr als ausreichendes Schmerzensgeld für Roland...

Wie auf das Stichwort meldete ihn der Kammerdiener, als die Uhr im kleinen Salon halb drei schlug. Wallenberg ging dem Eintretenden mit einiger Befangenheit entgegen. Der Maler sah verstört aus. »Sie waren bei ihr,« rief er, noch ehe er Platz genommen hatte. »Ich sah Sie in das Haus gehen, sah Sie herauskommen. Seit gestern nacht irre ich umher, wie ein ruheloser Geist. Raffael, den ich auf Kundschaft an seine Marianka abgeschickt hatte, hinterbrachte daß Sie eine Stunde lang mit Seraphinen allein gewesen. Das Mädchen lauschte, verstand aber nichts. Ihre Herrin hatte verweinte Augen, da Sie fortgingen. Was ist geschehen, Wallenberg? Ich liege auf der Folter. Reden Sie doch!« - »Sobald Sie mich anhören wollen. Fassung, lieber Freund!« - »Fassung, also keine Hoffnung? Um Himmels willen, nur in dieser Stunde nichts von diplomatischen Ausflüchten und Abschweifungen!« - »Die außerordentlichsten Dinge haben sich zugetragen, Roland; Märchen aus Tausend und eine Nacht, an die ich nicht glauben würde, hätte ich nicht mit eigenen Ohren gehört, mit eigenen Augen gesehen. Der Schleier, der über Seraphinens Vergangenheit lag, ist gelüftet. Ich weiß nicht, ob ich Ihnen jetzt schon alles mitteilen darf. Erfahren Sie wenigstens so viel, daß sie von hoher Familie stammt.« - »Das hat sie Ihnen anvertraut? Mir verschwieg sie es, jahrelang; mir, ihrem Freund, ihrem Bruder. Freilich, wenn sie eine vornehme Dame ist, steht ihr der Kavalier näher, als der Künstler.« - »Halten Sie ein, Roland, Seraphine ist ein Engel.« - »Das war sie, auch ehe sie ihresgleichen wurde, Herr Graf.« - »Sie sind bitter und ungerecht. Ich werde schweigen, bis Sie sich gesammelt haben.«

Nach einer schweren Pause, während deren beide, jeder in seine eigenen Gedanken verloren, stumm nebeneinander gesessen hatten, begann Roland wieder mit erzwungen ruhigem Tone: »Vergeben Sie meiner Bestürzung, Wallenberg, und meinem Schmerz. Ich ahne alles. Lassen Sie mich wissen, was ich wissen darf, wissen muß.« - Hierauf erzählte der Graf mit Weglassung der Namen und der Einzelheiten, was ihm die Sängerin mitgeteilt hatte, wohlweislich beim Ende anfangend, mit ihrer Jugendgeschichte. Er baute eine Brandmauer auf zwischen ihr und Roland, welche dieser mit jedem Wort um einen Stein wachsen sah. Dabei schwoll dem Bauernsohn aus Tirol die straffe Volksader; er glaubte zu verstehen, - und Wallenbergs künstlich verworrener Vortrag bestärkte den Glauben, - daß Seraphinens abschlägige Antwort durch das erwachte Standesgefühl diktiert worden sei. Ihre bisherige Vertraulichkeit gegen ihn kam auf Rechnung der Künstlerschaft; die Sängerin wollte mit dem Maler zwar verkehren, aber die geborene Dame nicht mit dem ungeborenen Proletarier. Sie wandte ihm und dem Theater zugleich den Rücken und zog sich zurück auf die kalten spitzen Höhen der Gesellschaft. Ade, schöner Traum, ade!

Der Diplomat fühlte, daß er, Fuß für Fuß, Terrain gewann; als kluger Feldherr verfolgte er seinen Vorteil. Von Kraffts Antrag erwähnte er nichts; hierzu hatte er keine Vollmacht, und wo Diskretion angezeigt schien, blieb er verschwiegen wie das Grab. Allein durch ein rasches, kühnes Manöver vorwärts verbrannte er auch seine eigenen Schiffe. »Ich gestehe dem Freund,« sagte er mit naiver Bonhomie, »daß mein altes Interesse an dem wunderbaren Weibe bei den überraschenden Enthüllungen des heutigen Morgens sich aufs neue heftig geregt hat. Fast möchte ich Ihnen, lieber Roland, Ihre gestrige Frage um guten Rat jetzt zurückgeben. Was meinen Sie dazu, wenn ich für mich die Werbung aufnehme, welche Sie, nicht bloß auf Seraphinens Antwort, sondern auf meinen Vorhalt über die Gefährlichkeit einer Künstlerehe, fallen lassen?« - »Ich verstehe,« nickte Roland. - »Sie verstehen nicht oder falsch. Verdrängen wollte ich Sie nicht. Ehrlich und offen habe ich Ihres Auftrages an Seraphinen mich entledigt. Da sie meine Ansicht forderte, gab ich sie, wiederum ehrlich und offen, fast mit den nämlichen Worten, mit welchen ich sie Ihnen gestern aussprach. Weder Sie, noch Seraphine vermochten sich dem Gewicht meiner Gründe zu entziehen. Die Position ist und bleibt für Sie verloren. Begehe ich einen Bruch des Vertrauens, einen Verrat an der Freundschaft, indem ich für meine Person in dieselbe eintrete?« - »O nicht doch, Herr Graf. Sie verfahren nur wie ein gewiegter Diplomat: Sie unterhandeln in fremdem Namen für eigenes Interesse.«

Roland wollte aufbrechen, gereizt und mehr als das, beinahe betäubt. Wallenberg hielt ihn eifrig zurück. Der Stratege fürchtete, zu weit sich vorausgewagt zu haben; eine Diversion mußte gemacht, ein Hilfskorps ins Feuer geführt werden. Armgard hieß die schmucke Schar, die er als deckendes Angriffsobjekt dem Feinde entgegenwarf. - »Wenn Sie doch endlich,« sprach er eindringlich, »einsehen wollten, wo Ihr wirklicher, wahrer Vorteil liegt. Es wird Ihnen dargeboten, und Sie rennen daran vorüber, an Armgard. Die Stadt verlobt sie mit Ihnen. Mißachten wir nicht die Orakel der Volksstimme. Volksstimme, Gottesstimme. Sie spricht unbewußt das Rechte aus, dasjenige, was sich ziemt, was frommt. Das Mädchen ist Ihnen gewogen. Ihr Vater deutet sogar eine stille Neigung an. Lächeln Sie nicht abweisend, Roland. Jedem Manne schmeichelt es, wenn ihm ein ausgezeichnetes weibliches Wesen mit reinem und edlem Gefühl entgegenkommt.« - »Wie Seraphine Ihnen,« grollte der Maler. - »Gesetzt dem wäre so, was verschlägt es Ihnen, da ich Sie des Gefühles nicht beraube? Seien Sie in der wichtigsten Frage, bei welcher es um Ihr Lebensglück und um ein zweites sich handelt, nicht ein eigensinniges Kind, das um ein versagtes Spielzeug klagt; nicht ein träumerischer Künstler, der einen sicheren Gewinn verschmäht, weil ihm der Einsatz auf eine übel gewählte Nummer verloren ging. Zöge Sie eine ausgesprochene, unüberwindliche Leidenschaft zu Seraphinen, wahrhaftig, ich würde Sie nicht an Armgard verweisen, die ein ganzes Herz verdient, die mir selbst nicht gleichgültig ist. Aber glücklicherweise existiert eine so unglückliche Passion nicht; unglücklich schon deshalb, weil ungeteilt. Sie gestanden noch gestern, daß Sie, mit sich und mit ihr im unklaren, nicht bestimmt wissen, ob Sie lieben, ob Sie geliebt werden? Nehmen wir jedoch auch beide Fälle an, und den weiteren, daß ich Ihnen Seraphinens Jawort gebracht hätte. Was dann? Sie heiraten sie; die Amazone verläßt die Bühne, den Schauplatz zahlloser, berauschender Siege; sie tauscht ihren Namen gegen einen anderen ein, der zwar gleich berühmt ist, den aber sie nicht gemacht hat, und verschwindet allmählich als Hausfrau in Rolandseck. Verzeihen Sie, wenn ich Ihnen auf die Gefahr, Sie zu verletzen, offen und ehrlich sage, daß Sie Seraphinen keinen genügenden Ersatz zu bieten vermögen, nicht für die Bretter, welche die Welt bedeuten, und nicht für die wirkliche große Welt, auf die sie durch ihre Geburt Rechte besitzt.« - »Wahr, nur zu wahr,« seufzte der Maler. - »Nun sehen Sie wohl,« fuhr der siegreiche Diplomat fort, »daß diese Partie mit Seraphinen unter widerstrebenden gestörten Verhältnissen geschlossen werden würde, während jene mit Armgard vollkommen gleich steht und jede mögliche Bürgschaft für das Gelingen, für die beiderseitige Zukunft enthält. Papa Krafft bekennt sich mit Fanatismus zu seinem Bürgertum. Sein Wahlspruch lautet schlicht und einfach. Er hat Ihnen selbst gesagt, daß er mit seinem Töchterlein nicht hoch hinaus will, und mir, daß Sie ihm als Eidam willkommen sind. Er schätzt sie verdientermaßen hoch als Ehrenmann, als Künstler. Armgards inneren Wert kennen Sie. Das Mädchen hängt an Ihnen wohl mit wärmerer Empfindung, als die Schülerin am Meister. Sie lieben Sie allerdings jetzt nicht, wie ein Jüngling von zwanzig Jahren liebt. Aber Sie werden sich von der kleinen Zauberin lieben lassen, so lang und so süß, bis Sie sie wieder lieben. Das gibt die besten Ehen. Zudem sind die äußeren Vorteile einer Verbindung mit dem Krafftschen Hause so unermeßlich, daß Sie die Augen nicht verschließen dürfen, mögen Sie solche auch mit schöner Uneigennützigkeit nicht in erste Linie stellen. Wer heiratet, hat die Pflicht, nicht an sich allein, sondern auch an seine Kinder zu denken.« - »An seine Kinder,« wiederholte Roland, in weicherem Tone als früher. - »Auf, mein Freund! Schütteln Sie dies dumpfe Brüten von sich! Ein rascher, fester Entschluß allein hilft in den großen, schmerzlichen, aber heilsamen Krisen unseres Gemüts. Held Roland ziehe sein gutes Schwert Durendarte und haue den garstig verwickelten gordischen Knoten entzwei.«

Roland sprang auf und ergriff den Hut. »Wohin?« fragte der Graf. - »Zu Kraffts!« - »Viktoria!« jubelte der Diplomat, aber inwendig, für sich, wie Diplomaten jubeln, wenn sie einen schwierigen Sieg erfochten haben. - »Ich begleite Sie,« rief er aus und warf den Rest der Regalia-Londres in die Ecke. - Roland erwiderte zögernd und mit einem Seitenblick: »Erlauben Sie mir zu danken, Graf Wallenberg. Diesmal ziehe ich dem gütigen Unterhändler eigenes Handeln vor.« - »Noch immer mißtrauisch!« - »Ich will Ihnen nicht Anlaß zu einem zweiten Opfer der Freundschaft geben, Sie nicht noch einmal zwingen, in meine verlorene Position großmütig einzutreten. Armgards Korb hole ich mir selbst. Für den von Seraphine, vielmehr von Komtesse Lomond, zukünftige Gräfin Wallenberg, bleibe ich in Ihrer Schuld. Auf Wiedersehen.«

Er stürmte fort. »Orlando Furioso,« murmelte Gustel. »Er ist doch weniger ...Künstler, als ich gedacht.« Nach einigen Wanderungen durch die Privatappartements riß er plötzlich an der Glocke, gerade als die Uhr im kleinen Salon halb vier schlug: - »Anspannen; das Offenbacher Kupee.« - Nach fünf Minuten war der verschwiegene braune Wagen ohne Wappen auf dem Perron vorgefahren. Der Portier riß das Haustor, der Jäger den Schlag auf. Seine Exzellenz der Herr Minister stiegen ein, nachdem sie dem Jäger, dieser dem Kutscher zugeflüstert: »Krafftstraße dreißig.« Die Fenstervorhänge im Wagen wurden von innen herabgelassen, - wohl der indiskreten Aprilsonne wegen?

9. Goldene Berge

Zieh die Schuhe aus, miserabler Leser, der du zu Fuß durch unsere fashionable Geschichte gehst;
zum mindesten die Überschuhe, wenn du das Unglück hast, mit diesem Erzeugnis unseres
Kautschukzeitalters auf deinem schmutzigen, leichdornenvollen Lebenswege behaftet zu sein.
Hut ab, ihr alle, wes Standes und Alters ihr seid, mit Ausnahme des ehrwürdigen Hebräers, der
lieblichen Tochter aus dem Stamme Juda, die uns folgen. Sie mögen nach alttestamentarischer
Sitte ihr Haupt bedecken, da wir in den Tempel desjenigen Gottes treten, den in prophetischem
Fernblick ihr auserwähltes Volk schon vor etwelchen Jahrtausenden in der Wüste anbetete - das
goldene Kalb!

So ist es! Unsere Erzählung steigt, in bewundernswert planvoller Ökonomie, stufenweise aus
einem Höllenkreise der heutigen Gesellschaft in den anderen; der zunächstfolgende immer um
einen Grad höher als der vorhergehende. Der erste, niedrigste, jedem Sterblichen gegen ein
Trinkgeld an Herrn Raff, genannt Raffael, offene war das Atelier. Aus dem Atelier schritten wir
in das schon schwerer zugängliche Boudoir der Primadonna. Vom Boudoir erhoben wir uns
in das verschlossene Kabinett eines Diplomaten. Ein kühner Sprung und wir stehen auf der
Spitze der sozialen Pyramide: im Kontor. Welche Aussicht! Schwindel ergreift den Schwachen;
das Eldorado, Kalifornien, das wahre Land der Verheißung, das gelobte Land, das Goldland
liegt offen da. Zerknirscht sinken wir vor dem feuerfesten Schrank im Kassenzimmer in den
Staub; seid umschlungen, Millionen!

Krafftstraße, Nummer dreißig, lautet die bürgerliche Adresse des Allerheiligsten. Unter der
Krafftstraße haben wir uns nicht ein Armenviertel zu denken, ähnlich der Fuggerei in Alt-Augs-
burg. Die Geldfürsten in den deutschen Reichsstädten des Mittelalters stifteten Hütten zu freien
Wohnsitzen der Armut, und wenn Kaiserliche Majestät als Gast an ihrem Herde weilte, zünde-
ten sie dem allezeit Mehrer des Reichs und Minderer seines eigenen Gutes ein höchst wohlgefäl-
liges Kaminfeuer aus seinen Schuldscheinen an. Die Großmächte der heutigen Börse verstehen
sich besser auf den Geist der Zeit und ihre Aufgabe. Auch sie machen ihren Souveränen mit
Obligationen den Kopf warm, aber in einem figürlichen Sinn, und wenn sie sich auf Häuserbau
einlassen, geschieht es nur in Spekulation. Herr Hans Heinrich Krafft hatte in diesem Artikel
wie in anderen Unternehmungen ein Meisterstück gemacht. Als die rasche Vergrößerung und
Verschönerung der Residenz durch Abbruch eines unsauberen und winkeligen Stadtteiles im
Mittelpunkt des Geschäftslebens ein weites Areal bloßlegte, kaufte ein strebsamer Architekt
den Grund und Boden, um auch einmal auf Spekulation zu bauen. Gemeinnützig wie immer
eröffnete ihm Krafft einen Kredit. Nun wurde gebaut, leicht, lustig, luftig, in die Länge, die
Höhe, die Breite. Über Nacht wuchsen die Häuser gleich Pilzen aus dem Schutt empor; Arbeiter strömten zu aus aller Herren Länder, so daß der babylonische Turm sich zu wiederholen
schien. Aber auch die babylonische Verwirrung stellte sich allmählich ein, nicht der Zungen,
sondern des Soll und Haben, bis Krafft sich unliebsam genötigt sah, in der kritischen Stunde, der elften, dem babylonischen Meister plötzlich den Kredit zu schließen. Die halbfertige
Straße lag als Ruine da, in welcher die brotlos gewordenen Arbeiter händeringend umherirrten.
Wiederum gemeinnützig, stand Krafft vor dem Riß. Er brachte die Häuser um die Hälfte des
Wertes an sich, ließ sie vollenden und verkaufte sie dann teils um das Dreifache, teils vermie-
tete er sie dergestalt, daß sein Kapital sich zu zehn vom Hundert verzinste. Die neue Straße
empfing von dem dankbaren Magistrat Kraffts Namen, während der Architekt, als Schwindler
flüchtig gegangen, steckbrieflich verfolgt wurde. Die alte Geschichte von Christoph Kolumbus
und Amerigo Vespuzzi.

Sie machte das Entzücken des redlichen Bürgers, die Krafftstraße, und die Verzweiflung der
Künstler. Gleich Soldaten in Reih und Glied stand sie da, ein Haus wie das andere, zum Ver-
wechseln. Kein Giebel hing über, kein Erkerlein drängte sich vor; eine schnurgerade, glatte,
glänzende Front. Nirgends war an Raum oder unnötigen Zieraten etwas verschwendet. In den
Türen und den zahllosen Fenstern herrschte tadellose Symmetrie. Sämtliche Erdgeschosse ent-
hielten Läden, die gesuchtesten der Residenz, mit hohen Scheiben und Inschriften in moderner,

das heißt uralter, möglichst unleserlicher Schrift. Jeder erste Stock schmückte sich mit zwei Balkonen von drohender Schwerfälligkeit, eingefaßt von Eisengittern genau desselbigen Musters. Und so ging es weiter, von Stock zu Stock, bis auf die Dächer, deren Mansarden sich glichen wie ein faules Ei dem andern. Unter einem der Dächer wohnte unentgeltlich die Frau des Baumeisters mit ihren Kindern. Herr Krafft war nicht bloß gemeinnützig, sondern auch großmütig.

Sein eigenes Haus, schlicht und einfach wie der Mann, bildete im rechten Winkel die Ecke der Krafftstraße und des Königsplatzes, eines lebhaften, mit Bäumen bepflanzten, zum Winterkorso der schönen Welt dienenden Raumes, in dessen Mitte das Standbild des ersten Königs des Landes prangte. Hier lag die Hauptwache mit dorischen Säulen, das Finanzministerium mit jonischen, die Stadtkommandantur mit korinthischen, ein Kreditpalast im byzantinischen Stil und das rein gotische Polytechnikum. Ein wunderbarer Anblick, besonders wenn man die beiden Kanonen zwischen den dorischen Säulen und das zweifarbige Schilderhaus, überragt von korinthischem Akanthus, als reizend mutwillige Anachronismen ins Auge faßte. In den Königsplatz mündete die Königsstraße, ebenfalls an Läden reich, wie auf der entgegengesetzten Seite die Krafftstraße durch die Bankgasse zum Börsenplatz führte. Das Haus Krafft stand also recht eigentlich im Zentrum des Handels und Wandels, gleich weit entfernt von den höher gelegenen Stadtteilen, in welchen der Hof und der Adel saß, und von den nach allen Richtungen auslaufenden Vorstädten, deren eine, zu Sankt Margaret, wir im ersten Kapitel flüchtig durchwandert haben.

Die zwei Seiten des Krafftschen Hauses, streng von einander getrennt, stellen zwei Welten dar. Nach der Krafftstraße zu herrscht das Geschäft, Herr Hans Heinrich Krafft; auf den Königsplatz blickt das Vergnügen, Fräulein Armgard Krafft. Jene Hälfte wird eingenommen von unermeßlichen Kellern, wo die Proben von Öl, Sprit und anderen flüssigen Waren lagern, im Erdgeschoß von der Bank für Arbeiter, im ersten Stock von den Kontoren, im zweiten von den Kassenzimmern, im dritten und höher hinauf, über den Hofraum in die Hinterhäuser fortgesetzt, von Speichern für Kolonialwaren, Getreide, Wolle, Hanf, Hopfen und so weiter. Denn die Firma Hans Heinrich Krafft macht nicht nur Bankgeschäfte, sondern sie treibt auch Handel engros. Ihre Magazine befinden sich zwischen den Bahnhöfen und dem Stromhafen, eine kleine Stadt für sich. Was an Zöllen und Steuern jährlich bezahlt von ihr wird, schreibt sich in Summa mit fünf Ziffern, deren erste keine eins ist. Ihr Personalstand übersteigt gar manches Bundeskontingent, und am Zahltag, am unruhigen Sonnabend, haben zehn Kassierer zu tun, um an den verschiedenen Schaltern die offenen Hände zu füllen. Doch kennt Krafft - der Herr Prinzipal, wie er sich nach alter Sitte von jedem seiner Leute nennen läßt, von den Prokuraführern angefangen bis hinab zum jüngsten Volontär oder Ablader - alle Seinigen von Angesicht zu Angesicht. Sein Gedächtnis ist furchtbar, sowohl für Zahlen wie für Menschen, und seine Allgegenwart bis in die dunkelsten Winkel seines Reichs märchenhaft. Wo er am wenigsten vermutet wird, da erscheint er plötzlich, immer in Schwarz oder Weiß, immer zu Fuß. Regenschirm und Galoschen hat kein sterbliches Auge jemals an ihm erblickt. Die Gewandtheit seines Armes beschämt den rüstigsten Fruchtmesser auf den Kornböden, seine Rechenkunst die fähigsten Köpfe des Kontors, und wenn eilige Fälle es nötig machen, die Schnelligkeit seiner großen Füße sogar den Hundetrab des alten Schimmels, der viermal täglich die Briefe vom Hauptpostamt in einem kleinen Karren abholt.

Nach diesen Andeutungen ermesse der geneigte Leser, welch buntes und lärmendes Treiben auf der Straßenseite des Hauses Krafft waltet. Dagegen, auch welche tiefe, wohltuende Stille liegt über der Platzseite! Sie hat ihren eigenen Eingang, Königsplatz Nummer eins, durch einen kleinen Garten und über eine bedeckte Treppe. In dem hohen Erdgeschoß halten wir uns nicht auf; es umfaßt das Empfangszimmer, den Speisesaal mit einer Flügeltür in den Hausgarten und einige Kabinette; die Räumlichkeiten für große Diners. Auch der erste Stock mit dem feierlichen Tanzsaal fesselt uns nicht, trotz der weißen Marmorwände desselben, den goldenen Kron- und Wandleuchtern, dem reichen Mobiliar in orangefarbenem Seidendamast. Erst im zweiten Stock wird es uns wohnlich. Hier wohnt Armgard. Ihre Umgebung beschreiben…Nein, wir wollen unserer Leserin kein unangenehmes Gefühl bereiten. Meyer Hirsch hat diese Räume in einem Feuilleton besungen, auf das wir verweisen: »Armidas Garten.« Der zauberhafteste Teil des Zauberreichs ist eine Galerie mit der Aussicht auf den Platz, im Sommer offen, im Winter zu einem Paradies unter Glas und Rahmen verwandelt, in welches die Treibhäuser und Baumschulen von Kraffts Landgütern ihre erlesensten Schätze abliefern. O wie viele schmachtende Blicke flogen, gleich Schmetterlingen, an die bunten Scheiben des Wintergartens, kletterten sehnsüchtig empor an seinen Schlingpflanzen, spähten in die Nische, wo sie saß unter Palmen und Goldorangen, die Goldfee des Märchens, ihre Goldfische fütternd oder in Goldfäden stickend, die Bankprinzessin, die Eva des Paradieses, bislang noch ohne Adam! Wie tief senkten sich vor ihrem leicht nickenden Lockenköpflein die blanken Schwerter der Wachtparade, die um zwölf Uhr mittags mit klingendem Spiel aufzog, oder die Peitschen der rosselenkenden Helden, welche durch den olympischen Staub des Königsplatzes Pferd und Wagen tummelten, wie im Wettrennen nach dem köstlichen Ziel da droben auf hohem Balkone.

Am stürmischen Sonnabend war und blieb das Ziel verhüllt, wie hell auch draußen der Frühling lachte und lockte. Warum? Wir werden es später erfahren. Zunächst gehen wir dem Maler Roland entgegen, welcher vom Prinzessinnenplatz durch die Ritterstraße über den Landschaftsplatz herabgeeilt kommt, den Hut tief in die Stirn gedrückt, in den Havelockmantel gewickelt wie ein Verschwörer. Der an Kunstschätzen so reiche Königsplatz, der ihm sonst bei jedem Besuche je nach Laune ein Hohngelächter oder einen Fluch abnötigte, wird keines Blickes gewürdigt. Krafftstraße Nummer dreißig ist sein Ziel. Nicht die Tochter sucht er, sondern den Vater; das Geschäft, nicht das Vergnügen. Will er etwa auch spekulieren, er, der Künstler, ungewarnt durch des Babyloniers Schicksal?

Vielleicht. Ist doch Sonnabend der große Tag, an welchem, von Glocke vier an, in der Bank des Herrn Hans Heinrich Krafft die Einzeichnungen auf die Südwestbahn angenommen werden. Abermals ein gemeinnütziges Unternehmen von unübersehbarer Tragweite. Unlängst hatte er den Prospekt desselben dem Finanzminister in einer geheimen Konferenz erklärt. Über eine Stunde lang gingen die beiden so nahe verwandten und doch keineswegs immer einigen Machthaber im Sprechzimmer Seiner Exzellenz vertraulich konversierend auf und nieder. Sie freuten sich dabei, kindliche Seelen, der ersten Schwalben, welche unter ihren Augen, dicht vor den Fenstern, in den Schnecken der jonischen Kapitäle zu nisten anfingen. »Eine glückliche Vorbedeutung für Ihr Geschäft, Herr Nachbar,« sagte huldvoll der Herr Minister. »Was sind Sie für ein Kopf! Wie schade, daß Sie sich nicht für die Direktion einer Abteilung in meinem Departement gewinnen lassen.« - »Mit ein paar tausend Gulden Jahresgehalt, Exzellenz?« lächelte Krafft. »Nein, zum Beamten tauge ich nicht. Ich bin und bleibe ein Bürger, schlicht und einfach. Jeder dient dem Staat auf seine Weise. Erlauben Sie mir, die meine zu behalten.« - »Der Staat wird Ihnen wieder dienen, wenigstens solange ich an seiner Verwaltung teilnehme. Übrigens haben Sie recht, Herr Nachbar,« setzte die Exzellenz seufzend hinzu. »Es geht nichts über die persönliche Freiheit. Gern und gleich legte ich mein Portefeuille in Ihre Hände nieder.« - »Soll mich der Himmel in Gnaden bewahren, Herr Minister. Ich unstudierter Kaufmann würde am grünen Tisch des Kollegiums, im Konseil, auf der Marterbank vor den Kammern eine schöne Figur machen. Wir sind beide an den rechten Plätzen. Bleiben wir da.« - »Und Freunde dazu,« schloß der Minister mit einem biederen Händedruck. Hierauf wurden noch einige Privatangelegenheiten Seiner Exzellenz verhandelt, deren Vermögen Herr Krafft ausnahmsweise in Verwaltung genommen hatte. Man kam überein, daß Exzellenz sich mit einer hübschen runden Summe an der Südwestbahn beteiligen werde, und schied im besten Einvernehmen. Der Herr Minister begleitete den Herrn Krafft kurzweg, der im respektwidrigen Überrock erschienen war, durch das mit Uniformen und schwarzen Fräcken überfüllte Vorzimmer bis an die Tür, welche der Bureaudiener mit morgenländischen Bücklingen vor dem Abgehenden aufriß. Unten, unter den jonischen Säulen, salutierte der Portier mit aufgestoßenem Stabe unendlich devoter als vor einem Rat erster Klasse, fast wie vor Seiner Exzellenz, und war überglücklich, als ihm Herr Krafft freundlich sagte: »Na, Niklas, an dem gewissen Samstag könnt Ihr Euch im Kontor melden; es soll ein kleines Pöstchen für Euch zurückgelegt werden.«

Männiglich erstaunte, als wenige Tage nach einer so zärtlich beendigten Konferenz der halb-offizielle Meyer Hirsch einen Artikel gegen die neue Bahn losließ. Die Morgenzeitung warnte vor überspannten Spekulationen und zeigte, wie die Regierung, welche keinerlei Zinsengarantie übernommen, sich die Hände von jeder Verantwortlichkeit rein wusch. Nur Eingeweihte sahen, daß dieser nämliche Artikel in jener nämlichen Konferenz verabredet worden war. Die Staatsverwaltung wollte ihre Unabhängigkeit von Herrn Krafft dartun, den Standpunkt strenger Unparteilichkeit wahren. Das Publikum aber, mißtrauisch gegen jede offizielle Stimme, las zwischen den Zeilen, daß die Herren Bureaukraten die Unternehmung eines Mannes aus dem Volke mit scheelem Auge ansahen und den kleinen Leuten einen sicheren Gewinn mißgönnten. In diesem Sinne antwortete ein Artikel von Hirsch Meyer im Abendblatt. Die Reklame von zwei Seiten hatte ihre Schuldigkeit getan und die beabsichtigte Wirkung hervorgebracht.

Letzteres offenbarte sich am Sonnabend nachmittag auf das Augenscheinlichste. Schon vor drei Uhr drängte eine von Minute zu Minute anschwellende Menschenmasse nach Kraffts Hause zu. Die Straße war binnen kurzem gestopft voll, und immer noch strömte vom Börsenplatz wie von der Königsstraße her die wachsende Woge nach. Der Geschäftsmann, der Staatsdiener, die Rentiers, der Arbeiter, sogar der Dienstbote stürmte zur Unterzeichnung herbei, um so gieriger, als verlautet hatte, die Listen würden bald geschlossen, alle Beträge reduziert werden, der unzweifelhaften Überzahlung wegen. Das Gerücht ließ so drohend sich an, daß bewaffnete Schutzmänner zu Fuß und zu Pferd requiriert, die Straßen abgesperrt und vor der Tür von Nummer dreißig Schranken aufgestellt werden mußten, wie an der Theaterkasse vor Beginn außerordentlicher Vorstellungen. Auch alte Bekannte von uns schwimmen in dem tobenden Strome; da bringt Signor Beppo sein bißchen Armut, dort ragt Vater Winters ehrwürdiges Haupt empor, schweißtriefend und hochrot; Meister Bullermann weiß die ohnmächtige Witwe an seinem Arm nicht besser zu schützen, als indem er sie an die Wand drückt, Hirsch Meyer und Meyer Hirsch kämpfen, auf entgegengesetzten Flügeln wie immer, um einen bevorzugten Platz auf dem Eckstein, von dem sie die Szene übersehen und schildern können. Das Angstschrei weiblicher Stimmen, männliches Gelächter und Gebrüll, der vergebliche Ordnungsruf der Gendarmen, Faustkämpfe und Fußtritte, Chöre von Neugierigen und Neidern aus den benachbarten Fenstern, das Jauchzen der lieben Gassenjugend, diese einzelnen Mißlaute alle vermischten sich zu einer höllischen Symphonie, des Götzen würdig, dem sie dargebracht wird, und der droben thront, hinter Schloß und Riegel, im Allerheiligsten seines Tempels, dem feuerfesten Schrank, unnahbar, aber stets aufs neue von seinen rasenden Anbetern umschwärmt, tot, und doch täglich seine lebendigen Menschenopfer heischend und verschlingend.

Unmutig wich Roland zurück, bevor er sich durch den wütenden Strom fortgerissen sah. Er hatte an das große Ereignis des Sonnabends nicht gedacht oder nichts davon gewußt. Doch verlangte seine aufgeregte Stimmung so dringend nach einem Abschluß, nach Entscheidung, daß er ein Herz faßte und durch den Eingang zu Armgards Gemächern, vom Königsplatze aus, sich den Weg zu Papa Krafft bahnte. Ein Diener führte ihn, den bekannten Hausfreund, unbedenklich über eine mit grünem Tuch bedeckte Seitentreppe, die Verbindung zwischen Vater und Tochter, in das Kontor. Da innen herrschte Ordnung, Ruhe, Stille. Das Toben der Flut scholl von unten herauf wie Meeresbrausen über den schützenden Deich. Nur die Neulinge lugten verstohlen durch die Fenster und kicherten, wenn im Getümmel ein weiblicher Schal unter die Füße getreten, ein männlicher Rockschoß abgerissen wurde. Die älteren Kommiß, an solche Schlachten gewöhnt, arbeiteten ungestört fort, je zwei an einem Pult von schwerem Eichenholz, über dem eine Gaslampe mit grünem Schirm hing. Man hörte nichts als das Knirschen der Stahlfedern, das Rauschen umgeschlagener Blätter in Riesenbüchern, das Knistern schmaler und dünner Papierstreifen, Wechsel genannt, das Flüstern von ein paar Stimmen, die rasch und fertig ein Rechenexempel erledigten, doppelt, zur Kontrolle. Auf Seitentischen wurden Kopiermaschinen und Stempelpressen in unaufhörliche Bewegung gesetzt. Geräuschlos wie die Schatten schlichen die Bewohner dieser unheimlichen Räume von einem Pult, einem Zimmer zum andern. Ein Kontordiener, ebenfalls ein Schatten in unscheinbar grauer Livree, reichte das Vesperbrot umher, Kaffee mit Semmeln, Butter und Brot, Obst, das hastig, schweigend, im Stehen verzehrt wurde. Und ein Pult, ein Zimmer, auch ein Mensch sah genau aus wie die anderen; an den Wänden hingen dieselben Kurslisten, dieselben Eisenbahn- und Telegraphenkarten, dieselben Tageskalender, dieselben Münztabellen, in den Winkeln standen dieselben Waschbecken, darüber gebreitet dieselben weißen Handtücher mit denselben roten Zeichen H. H. K. O über die unvollkommene Menschheit! Nähmaschinen hat sie glücklich erfunden, warum nicht auch Schreib- und Rechenmaschinen? Dann würde doch in einer solchen Geldfabrik wenigstens das Schnurren der Räder und das Ächzen des Dampfes wie in den übrigen gehört werden! Aber nein; im Tempel des furchtbaren Dämons, in der unmittelbaren Nähe seiner finsteren Majestät ziemt nur Schweigen, das Schweigen des Grabes!

Die dicke, schwüle Luft versetzte Roland beim Eintritt den Atem. Er fühlte sich beklommen wie in einer fremden, gespenstischen Welt. So oft er auch Krafft und seine Tochter besucht hatte, in diese Gegend war er niemals gedrungen. Auf die Frage nach Herrn Krafft, die er, unwillkürlich leise redend, an ein Pult gerichtet hatte, wies eine Stahlfeder in das nächste Zimmer. Diese Pantomime wiederholte sich ein halbes dutzendmal, bis er endlich im Kontor des Prinzipals stand. Herr Krafft war nicht allein. Ein sehr alter Mann war bei ihm, einen abgeschabten Filz in der Hand, unter dem noch abgeschabteren Paletot den abgeschabtesten aller Fräcke tragend, auf dem das Johanniterkreuz sich einigermaßen seltsam ausnahm. Auf Rolands Entschuldigung, daß er störe und gerade in dieser Stunde, erwiderte Krafft freundlich: »Keine Umstände, lieber Roland. Ich erwarte Sie eigentlich seit heute morgen. Der Spektakel unten kümmert uns nicht. Die Maschine ist im Gang, sie läuft ohne mich.« Damit führte er den Maler an das kleine lederne Sofa, das in der Ecke des Kontors stand. Dann wandte er sich an den anderen Besuch und sprach mit dem rauhesten Ton seiner rauhen Stimme: »Wir zwei, Herr Baron, sind fertig miteinander. Sparen Sie jeden weiteren Weg.« Etwas leiser, aber immer noch hörbar für Roland, fügte er hinzu: »Von mir beziehen Sie zweitausend Taler Jahrgehalt. Meine Tochter gibt Ihnen aus ihrem Nadelgeld ebensoviel; hinter meinem Rücken, wie sie meint, aber ich sehe es doch; ich sehe alles; Ihnen ist nicht zu helfen. Leben Sie wohl.« Der Johanniter ging ohne Gruß, mit einem giftigen Blick davon. »Wissen Sie,« sprach Krafft, sich neben Roland niederlassend, »wer das war?« - Roland verneinte. - »Mein Schwiegervater, der Baron von Röhring; derselbe, der mich, als ich um seine Tochter warb, durch Lakaien die Treppe hinunterwerfen ließ, der ihr und mir die Türe vor der Nase zuschlug, da wir nach unserer heimlichen Verbindung seine Vergebung, seinen Segen anzuflehen kamen. Seit er mit Hab und Gut fertig geworden, lebt er von meinen Almosen und von Schulden, die er auf meinen Namen macht. Halten Sie mich nicht für hart gegen den Vater meines seligen Weibes. Sie war ein Engel, er ist ein Teufel, nicht bloß ein armer Teufel. Nur eine Probe seiner hochadeligen Sitten. Es ist noch nicht lange her, daß er mich eines Morgens, wie heute, aufsuchte, um zu betteln. Er weinte, er drohte, sich in den Kanal zu stürzen, wenn ich ihm nicht aus der Not hülfe. Ich gab ihm eine Handvoll Goldstücke. Eine Stunde später ging ich über den Prinzessinnenplatz. Herr von Röhring saß auf der Terrasse des Nimrodklubs und frühstückte. einen halben Hummer, ein Beefsteak mit Trüffeln, eine Flasche Lafitte standen in silbernen Schüsseln vor ihm. Er nickte herablassend und rief mir vor einer ganzen Gesellschaft von seinesgleichen zu: › Bon jour, Herr Schwiegersohn. Ich bedaure, Sie nicht zu meinem Dejeuner einladen zu können; aber Sie kennen unsere Statuten; Bürgerliche haben keinen Zutritt.‹... Solche Leute muß man kurz halten, sie eine wirkliche Überlegenheit fühlen lassen gegen ihre vermeintliche. Geldstolz gegen Ahnenstolz.«

Roland schwieg nachdenklich. Sollte diese Lektion unter Adresse des Schwiegervaters am Ende gar bestimmt gewesen sein für den künftigen Schwiegersohn? Das Blut schoß ihm ins Gesicht. Doch wurde der häßliche Verdacht beseitigt durch die vergleichsweise milde und gewinnende Art, mit welcher Herr Krafft, seine Hand ergreifend, fortfuhr: »Nun zu erfreulicheren Dingen. Ich weiß, warum Sie kommen. Graf Wallenberg hat mit Ihnen gesprochen, ich mit meiner Tochter.« - »Was erwiderte Fräulein Krafft?« - »Was bei solchen Gelegenheiten junge Mädchen zu erwidern pflegen. Sie weinte und umarmte den Papa, unter dem sie sich wahrscheinlich jemand anderes dachte. Wenn Sie wollen, gehen wir hinüber zu ihr. Ich habe vorher nur noch einen Bericht meines Buchhalters zu erwarten. Sehen Sie sich einstweilen bei mir um. Sie haben mir so oft die Honneurs Ihres Ateliers gemacht, daß ich Ihnen gern einmal das meinige zeige. Es wird wenig Interesse für Sie haben; allein da Sie bald in näheren Beziehungen zu meinem Hause stehen werden, müssen Sie es doch kennenlernen.«

Roland sah sich gewünschtermaßen um, immer mit dem leisen Gefühle des Mißbehagens, der Verlorenheit in einer fremden Welt. Das Kontor des Prinzipals war dasselbe wie die Kontore seiner Kommis. Zwischen den beiden Fenstern stand der Schreibtisch mit Haufen von Zeitungen, Stößen von Briefen, Bergen von Folianten, in Leinwand oder Leder gebunden, mit Messingecken; ein Chaos für jedes Auge, jede Hand, außer für diejenigen des Herrn. Ein Rohrstuhl vor dem Tisch ließ an Härte und Einfachheit nichts zu wünschen übrig. Desgleichen das Stehpult, um keine Holzfaser reicher oder bequemer, als alle übrigen. Die vier Wände verschwanden unter Regalen, die von Kartons, Büchern und Heften strotzten, alle mit der Ziffer des Jahrgangs, dem Namen des Landes bezeichnet, welche sie betrafen. Sämtliche fünf Erdteile waren vertreten. In einem Winkel verkroch sich das schmale Ledersofa, in einem zweiten ein kleiner Tisch, worauf ein Stück Schwarzbrot und zwei Borsdorfer Äpfel das Vesperbrot des Millionärs darstellten. Ein paar verirrte Rohrstühle luden zum Nichtsitzen ein. Nirgends eine Blume, ein Bild, ein Teppich, ein weicher Vorhang, eine farbige Decke; alles nackt und nüchtern, kühl und kahl. Und darum Bankier und Großhändler?!

Der Kaufmann ahnte, was in dem Künstler vorging. Lächelnd sagte er: »Es gefällt Ihnen bei mir nicht. Ich begreife das. Doch urteilen Sie nicht nach dem Augenschein. Auch die prosaische Welt, in welche Sie hier mit einem trostlosen Blicke starren, hat ihre verborgene Poesie. Mir gilt mein Stand für den ersten der Welt, und ich habe mich immer bemüht, seine Aufgabe so großartig, so gemeinnützig wie möglich aufzufassen. Der blaue Karton dort oben ist die Wiege eines südamerikanischen Freistaates. Unter der Aufschrift Melbourne verbirgt sich die erste Einführung australischer Wolle in Deutschland. Bei der Baumwollenkrisis der letzten Jahre war unser Königreich das einzige, das von den Kalamitäten aller auswärtigen Märkte, Mangel der Ware, unverhältnismäßige Steigerung der Preise, Stockung der Arbeit, verschont blieb, weil ich meine zu rechter Zeit gesammelten Vorräte dem einheimischen Verkehr überlassen konnte. Gewann ich dabei, so gewann doch mit mir, durch mich das Ganze noch weit mehr. In diesem einfachen Kontor laufen mannigfaltige Fäden aus allen Erdteilen zusammen. Und wie viele sind noch angesponnen, die in spätester Folgezeit eine andere Hand, als die meinige, ihrem Ende zuführen wird! Ich leugne nicht, daß es mir lieb gewesen wäre, wenn mein Schwiegersohn die Fortsetzung meines Lebens übernommen hätte. Das will sich nun anders fügen. Doch läßt sich zuletzt auch Ihrer schönen Kunst, mein lieber Roland, eine praktische Seite abgewinnen, in der wir uns begegnen, wo wir gemeinsam, mit meinen Mitteln, wirken. Ich kann mir für Ihre Zukunft eine ersprießliche Tätigkeit denken, welche alle deutschen Ausstellungen, Akademien, Sammlungen umfaßt und allmählich beherrscht. Wenn wir das Gute überall ankaufen, für das Beste Prämien aussetzen, durch großartige Bestellungen die Richtung der zeitgenössischen Kunst bestimmen, die deutsche Malerei mit dem Auslande vermitteln, Unterstützungs- und Vorschußvereine gründen...« - »Dann werden wir Kunsthändler sein, Herr Krafft, nicht Künstler,« unterbrach ihn Roland. »Ein mir vollkommen fremdes Feld, auf das ich Ihnen nicht einmal in Gedanken zu folgen vermag.« - »So folgen Sie mir denn wenigstens hier noch einen Schritt in mein Kuriositätenkabinett,« sagte Krafft, indem er die Tür eines Alkovens neben dem Kontor öffnete. Roland erblickte darin ein schmales, niederes Bett aus Tannenholz mit einem blau und weiß gewürfelten Kissen, einem Strohsack und einer Pferdedecke; daneben ein Schrank, in dem ein Arbeiterkamisol, eine lederne Hose, ein Paar hohe Stiefel, ein Schurzfell mit zahlreichen Narben und Flecken, die Tragbänder eines Abladers und eine Wachstuchkappe aufgehängt waren. - »Hier sehen Sie meine Anfänge, Herr Roland«, erläuterte der Millionär nicht ohne Feierlichkeit und Stolz. »Das ist mein erstes Lager, das ich mit meiner Hände Arbeit nach jahrelangem Darben und Sparen erwarb; ich habe niemals besser geschlafen, als auf diesem Strohsack. In dem Schrank bewahre ich die Kleidung, das Handwerkszeug, womit ich meine hiesige Karriere als Tagelöhner begann. Wenn ich mich sammeln oder Demut lernen will, flüchte ich in mein Kabinett. Setzen Sie sich eine Minute zu mir auf das harte Bett. Hans Heinrich Krafft wird Ihnen erzählen, wie er Kaufmann ward.

Ich bin als Bauernsohn geboren. Den kleinen Hof meines Vaters erbte der älteste Bruder. Bei uns gilt auf dem Lande, wie unter dem höchsten Adel, das strengste Recht der Erstgeburt. Als Knecht durfte ich bleiben, wenn ich wollte. Doch ich wollte nicht, ich trat in die Dienste des nächsten Rittergutsbesitzers. Siebzehn Jahre alt, war ich Großknecht bei ihm; er hatte Vertrauen zu mir, als zu einem nüchternen, ernsten, sparsamen Burschen, den man auf keinem Tanzboden, keiner Kirchweih, hingegen mit Sonnenaufgang hinter dem Pflug und in tiefer Nacht noch in den Ställen fand. Zur Zeit des Wollmarkts in der großen, drei Tagereisen vom Gut entfernten Handelsstadt, den wir alljährlich im Monat Juni mit unserer Wolle besuchten, fügte es sich einmal, daß der Herr krank darniederlag und selbst nicht verkaufen konnte, wie er pflegte. Der Inspektor war, eben der Krankheit wegen, unentbehrlich. Ich erbot mich, zu gehen. Mein Baron schickte mich, nach einigem Besinnen, ab, mit der Order, zu demselben Preise wie voriges Jahr abzugeben, acht Taler per Stein Mittelwolle. Mit meinen hochbepackten Wagen, einem ganzen Zuge, fuhr ich davon. Einige Meilen diesseits der Stadt stieg ich ab, mir die Füße ein wenig zu vertreten, und ging - in den nämlichen Stiefeln, die Sie dort sehen - dem durch den Sand langsam folgenden Wagen eine tüchtige Strecke voraus. Ich kam an einen Krug, einsam an der Landstraße gelegen, als Ausspann für Fuhrleute. Vor der Tür stand eine Bank. Müde und erhitzt ließ ich mich nieder und labte mich an einem Glase Weißbier, über welches zahllose Fliegen, noch durstiger als ich, herfielen. In der Gaststube drinnen, deren Fenster offenstanden, unterhielten sich ein paar Fremde und zwar so, daß ich jedes Wort vernahm. Der Name meines Herrn fiel in das Gespräch, worauf ich die Ohren noch höher spitzte. Die eine von den redenden Stimmen kam mir bekannt vor. Richtig: sie gehörte dem Chef des Hauses, dem wir unsere Wolle gewöhnlich verkauften, an das auch ich diesmal gewiesen war. Ich hatte ihn in der Stadt öfters gesehen und gehört, da ich die Reise schon ein paarmal mitgemacht. Er erzählte, er sei unterwegs, um die Wolle meines Barons abzufangen, die heute abend, dem Avisbriefe zufolge, eintreffen müßte. ›Ich bin dem Alten,‹ lachte er, ›so weit entgegengefahren, weil er von dem unvermuteten Aufschlag der Preise auf unserem Wollmarkt nichts wissen kann. Heute ist der Stein mit elf Taler bezahlt worden, morgen kann er zwölf, auch dreizehn kosten. Die russische Regierung macht ungeheure Bestellungen; es heißt, daß sie zum Kriege rüsten. Wenn ich die Wolle hier erwische und um den vorjährigen Preis abschließe, mache ich ein feines Geschäft‹ - Dies hören und spornstreichs zurückrennen, war bei mir eins. Ich setzte mich auf den ersten Wagen und in einer halben Stunde hielt mein Wagen vor dem Ausspannhause, wo Brot gefüttert werden sollte. Der Hausknecht hatte die Krippe noch nicht aufgestellt, so fuhr der wegelagernde Stadtherr aus seinem Hinterhalt heraus, auf mich los. - ›Guten Tag, Hans Hinnerk.‹ - ›Guten Tag auch, Herr.‹ - ›Wo steckt dein Baron?‹ - ›Im Bett, Herr, schwer krank.‹ - ›Und der Herr Inspektor?‹ - ›Zu Haus, bei der Heuernte.‹ - ›Verflucht!‹ ... Daß ich's kurz mache, Roland. Nun ging der Schacher an. Der Kaufmann wollte den Großknecht breitschlagen, bot erst den vorjährigen Preis, dann einen, zuletzt anderthalb Taler per Stein drüber. Hans Heinrich wehrte sich seiner Haut und Wolle. ›Herr,‹ sagte er, ›achterm Berge wohnen auch Leute. Wir haben von den Wollpreisen auf eurem Markte gehört. Der Russe kauft, weil's losgehen soll, mit dem Türken oder Griechen, was weiß ich. Ihr gebt zwölf Taler zehn gute Groschen per Stein und habt unsere Wolle. Wo nicht, fahr ich zu Markte.‹ Mein Herr hatte mir alle Vollmacht gegeben. Nach einigem Sträuben ging's: Top, top. Wir waren handelseinig. Ich fuhr in die Stadt, lieferte ab, erhob mein Geld, zweitausend Taler mehr, als der Baron gefordert, kehrte um und trat vier Tage später an das Bett meines Herrn. Auf die Decke stellte ich ihm in leinenen Beuteln zuerst diejenige Summe, die er zu erwarten hatte, lauter harte Taler, denn Papier gab es dazumalen, Anno 1822, bei uns zu Lande noch keines, so wenig wie Eilzüge und Telegramme. Ein Großknecht konnte noch in ganz primitiver Weise Geschäfte machen. Mein Herr nickte, band einen der Säcke auf, ließ die Taler, blanke, funkelnagelneue Münzen, die ich mir vom Kassierer extra erbeten hatte, aus Freude an dem schönen Metall klingend durch seine mageren Finger gleiten und schenkte mir fünf Taler. Darauf rückte ich mit den zweitausend Preußen,

Reservemannschaft, vor. Der Baron sah mich starr an; noch heute stehen mir seine großen Augen lebhaft vor der Seele, noch größer geworden vom bösen Fieber. - ›Hans Hinnerk, was bedeutet das?‹ - ›Nichts Unrechtes, Herr.‹ Und ich erzählte freudestrahlend meine Verkaufsgeschichte aus dem Krug. Er sann eine Weile nach, schüttelte dann den Kopf und sprach: ›Du hast recht und unrecht gehabt, mein Junge. Recht als Kaufmann, der vor allen Dingen ein Geschäft mit Vorteil machen will, unrecht als mein Knecht, dem ich befohlen hatte, zum vorjährigen Preis abzugeben. Dasselbe war dem Korrespondenten in der Stadt gemeldet worden, bei dem ich nun wie ein wortbrüchiger Spekulant dastehe. Dein Profit, Hans Heinrich, wandert morgen in die Stadt zurück. Ich bin kein Kaufmann, sondern ein Edelmann. Meine Ehre über alles.‹ - Ich kratzte mich hinter den Ohren und wollte mit einem trübseligen Blick auf den verlorenen Gewinn hinausschleichen. Mein Herr rief mich zurück. ›Hans Heinrich,‹ sagte er, ›ich bin dir nicht böse, du mußt es auch mir nicht sein. Jedem seine Weise. Dein Kunststück im Krug mag für dein Meisterstück gelten. Du bist ein geborener Kaufmann, mein Junge, kein Bauer. Ich weiß, du borgst den Mägden und Knechten auf hohe Zinsen. Deine Verrechnungen in Kreide an der Stalltüre sind sauberer und ebenso sicher, als dem Inspektor seine Bücher. Du besitzest alle guten und alle schlechten Eigenschaften eines künftigen Millionärs. Geh in die Stadt und werde ein Millionär, Hans Hinnerk!‹

Ich tat, wie mein Herr mir befohlen. Am nächsten Vierteljahr, Michaelis, verließ ich das Rittergut, kam, mit zwei Louisdors, in der Tasche jenes grauen Kamisols eingenäht, in diese Stadt und brachte es darin binnen vierzig Jahren - aber welche Jahre, Roland! - vom letzten Ablader in dem Material- und Farbwarengeschäft von Peter Niemeier und Söhne zu dem Herrn dieses Kontors, des Hauses und der Firma Hans Heinrich Krafft.« -

»Eine lehrreiche Geschichte,« sagte Roland nachdenklich, als Herr Krafft schwieg; »lehrreich besonders deswegen, weil sie auf demselben Strohsack endigt, mit welchem sie begonnen.« - »Was wollen Sie?« versetzte der Millionär. »Zuletzt ist der Wollsack im englischen Parlament auch kein Lotterbett voll Eiderdaunen, und der Thron, der höchste aller menschlichen Sitze, bleibt ein unbequemes Stück Möbel, je massiver, desto härter, mögen sie ihn mit noch so weichen absolutistischen Polstern zudecken, oder auf die sanftesten konstitutionellen Schaukelfüße stellen.« - »Sie sollen recht haben, Herr Krafft, jedoch auch mir recht geben, wenn ich sage: der Mensch wird für seinen Beruf geboren; Selbstwahl und Erziehung bestimmen denselben nicht. Den Künstler machen Sie nicht zum Kaufmann, so wenig, wie Sie, der Kaufmann, zum Landwirt zu machen waren.«

Herr Krafft wollte antworten, wurde aber abgehalten durch eine eilige Meldung des Herrn Heyboldt, ersten Prokuristen, der in das Kontor trat: nicht eine veraltete Komödienfigur mit Schnallenschuhen, in grobwollenen Strümpfen, Sammethosen und einem langschößigen Überrock, den Jabot voll Schnupftabak und eine Gänsefeder hinter dem komisch beweglichen Ohr, sondern ein ganz feiner Mann, nach dem neuesten Schnitt und schwarz gekleidet, die Rettungsmedaille im Knopfloch und mit einem ernsten, ausdrucksvollen Kopf. Er war Hauseigentümer, Mitglied des Stadtrats und Landwehrhauptmann; der goldene Schaupfennig und das farbige Bändlein auf seiner linken Brust erzählten, daß er in der Schwimm- und Badeanstalt mit Gefahr seines Lebens dasjenige eines von der Strömung fortgerissenen Leander erhalten hatte. Seine Meldung, so dringend sie war, machte er ohne Hast, gemessen und kalt, etwa wie ein Steuermann dem Schiffskapitän anzeigt, daß ein bedenklicher Wind aufspringt. »Herr Prinzipal,« sagte er, »das Volk hat die Schranken und den einen Flügel der Torfahrt eingebrochen, sie stürmen das Kontor.« - »Wer zerbricht, bezahlt,« scherzte Herr Krafft; »wir werden ihnen die Zeche ankreiden.« - »Die Schutzmannschaft reicht nicht aus; sie hat um Militär auf die Hauptwache geschickt.« - »Ist recht, Heyboldt. Kein Unglück vorgefallen, Arm- oder Beinbruch?« - »Nicht, daß ich wüßte.« - »Schade für Meyer Hirsch; er würde in der offiziellen Morgenzeitung prächtig gegen die Ausschreitungen der Spekulationswut gedonnert haben. Auch keine Verwundung durch die Schutzmänner?« - »Bis jetzt keine.« - »Schade für Hirsch Meyer. Das oppositionelle Abendblatt verliert eine kostbare Gelegenheit, über die Roheit der Soldateska zu weinen. Jedenfalls sollen die beiden Organe fortfahren, eines für uns, das andere gegen uns zu schreiben. Halten Sie Hirsch Meyer und Meyer Hirsch in Atem.« - ›Sehr wohl, Herr Prinzipal.« - »Jedem widmen Sie eine verbindliche Zeile, des Inhalts, wir hätten uns erlaubt, für ihn einige Aktien zu zeichnen, um sie zum geeigneten Zeitpunkt zu verkaufen und ihm die Differenz bar zu schicken.« - »Soll geschehen, Herr Prinzipal.« - »Unsere Südwestbahn geht also gut, Heyboldt?« - »Mit Dampf, Herr Prinzipal.« Der ernsthafte Mann lächelte über seinen verwegenen Spaß, und Herr Krafft lächelte verbindlich mit. »Die Summe, die noch zu begeben ist, wird im Handumdrehen gezeichnet sein. In Massen werfen die Leute Geld, Banknoten, Staatspapiere unseren Kassierern zu, die nicht rasch genug die Quittungsformulare ausfüllen können. Auf der Börse riß man sich um die Bogen.« - »Die nächsten vier Wochen treiben wir den Kurs noch in die Höhe, Heyboldt; dann mag er fallen, aber langsam, mit Anstand.« - »Ich verstehe, Herr Prinzipal.« - Ein Kassierer kam, ohne anzupochen, hereingestürzt. »Herr Prinzipal,« stammelte er ängstlich, »wir haben keine Schemas mehr, und die Leute drängen immer tobender auf uns ein. Wilde Stimmen begehren nach Ihnen.« - »An Ihren Posten, Herr«, donnerte ihm Krafft zu. »Ich werde kommen, wenn es mir an der Zeit scheint. Keinesfalls«, setzte er ruhiger hinzu, »ehe das Militär anrückt. Wir brauchen seine Einschreitung, der Kurse wegen.« - Der Eilbote war verschwunden; aber in den Toren der Kontore tauchten bleiche, ratlose Gesichter auf; das Haus verlangte nach dem Herrn, die zitternde Tochter schickte ein um das andere Mal nach dem Vater. »Machen wir dem Schauspiel ein Ende!« sagte nach kurzem Besinnen Herr Krafft, trat in das mittelste der Kontore, riß ein Fenster auf und schrie, die rauhe Stimme zum lautesten Ton erhebend, in die wogende Menge hinunter: »Ihr sucht mich, Leute. Hier bin ich. Was wollt ihr von mir?« - »Aktien! Unterzeichnungen!« scholl die lärmende Antwort zurück. - »Ihr fordert ohne Recht und Sitte. Dies ist mein Haus, ein friedliches Bürgerhaus. Ihr brecht ein, als war es eine Fronfeste, ein Arsenal, eine Steuereinnehmerei, als lebten wir mitten in einer Revolution. Schämt ihr euch nicht?« - Dumpfes Gemurmel lief durch die bestürzten Reihen. - »Wenn ihr Geschäfte mit mir machen wollt,« fuhr der Kaufmann fort, »so lernt erst Zucht und Ordnung. Habe ich euren Besuch eingeladen? Brauche ich euer Geld oder braucht ihr meine Aktien? Schickt Deputierte herauf, eure Wünsche mir vorzutragen. Mit aufrührerischem Gesindel unterhandle ich nicht.« - Damit warf er beide Fensterflügel zu, daß die Scheiben klirrten, die Scherben hinunterfielen auf die Köpfe der Aktienstürmer. »Der Prinzipal versteht mit dem Volk zu reden«, sagte Heyboldt stolz zu Roland, dem stummen Zeugen des sonderbaren Auftrittes. »Er spricht seine Sprache. Auf eine zerbrochene Tür antwortet er mit einem zerbrochenen Fenster.«

Mittlerweile war im Eilschritt, unter Trommelwirbel, eine Kompagnie Soldaten angerückt. Das Kommando der Offiziere schmetterte durch die störrigen, still werdenden Volkshaufen: »Fällt das Gewehr! In Zügen rechts und links schwenkt! Vorwärts, marsch!« Hof und Gänge wurden gesäubert, die Türen besetzt; in der Straße staute sich, zurückgedrängt, die dumpf grollende Flut. Beschämt und verlegen erschienen drei Abgeordnete und baten um Gehör bei Herrn Krafft. Der Kaufmann empfing sie wie ein Fürst, umgeben von seinem Hofstaat, inmitten seiner Kommis, im großen Kontor. Der Wortführer begann: »Wir bitten um Vergebung, Herr Krafft, für das Vorgefallene.« - »Pfui, daß ihr unter ruhige Bürger, zu einem friedlichen Geschäft Soldaten als Zeugen und Ordnungsstifter herbeizieht.« - »Es hatte verlautet, wir seien zum Narren gehalten mit der Unterzeichnung, die ganze Summe bereits an der Börse begeben.« - »Und wenn dem so wäre, träfe mich eine Schuld? Die Südwestbahn-Gesellschaft muß dreißig Millionen aufbringen. Das Doppelte, das Dreifache der Summe wird ihr geboten. Kann ich dafür, daß Reduktionen sich nötig machen?« - »Nicht doch. Aber man sagt, an uns kleine Leute solle nicht ein Heller kommen; die großen Börsenmänner haben die fetten Bissen uns vor dem Maul weggeschnappt.« - »Sagt man das? Wer sagt es? Hofböttchermeister Täubert, ich frage Euch, wer das sagt?« - »Halten zu Gnaden, Herr Hofbankier...« - »Nichts da von Gnaden oder Hof! Mein Name ist Krafft, Hans Heinrich Krafft. Ich denke, wir kennen uns, Meister Täubert. Wir machen nicht zum ersten Male Geschäfte miteinander. Ihr habt einen artigen Anteil an meiner Arbeiterbank. Kornmakler Wüst, Euch ist eins der Häuser in meiner Straße verkauft. Dränge ich Euch um die Raten?« - »Beileibe nicht, Herr Krafft. Sie sind ein braver

Mann, ein gemeinnütziger Mann, kein Geldmacher, kein Blutsauger, kein Jud'!« rief im Chore das deputierte Triumvirat. - »Ich bin nichts, als was ihr seid: ein Geschäftsmann, der von seiner Arbeit lebt, eines Bauern Sohn, ein schlichter, einfacher Bürger. Ich habe kleiner angefangen als der Kleinste unter euch; aber ich vergesse nie, daß ich Fleisch von eurem Fleisch, Blut von eurem Blut bin. Tatsachen haben das bewiesen. Ich beweise es heute aufs neue. Geht heim und sagt den Leuten, die euch geschickt: Hans Heinrich Krafft verzichtet, zugunsten der weniger bemittelten Bürger dieser Stadt, auf den Teil, den sein Haus für die Südwestbahn gezeichnet hat. Die fünfmalhunderttausend Taler sollen nach Verhältnis repartiert werden auf die gezeichneten Beträge unter fünfhundert Talern.« - »Der Himmel segne Sie, Herr Krafft«, stammelte der Hofböttcher, und der Kornmakler versuchte eine dankbare Träne zu vergießen; der Geheime Kanzlist, Herr Lange, der Dritte im Bunde, hascht nach der Hand des Großmütigen, um sie gerührt zu küssen. Unwillig zog sie Krafft zurück. »Keine Erniedrigung, Herr Lange«, sagte er. »Wir sind Männer aus dem Volke; gebärden wir uns als solche. Gott befohlen, meine Herren. Ihr kennt meinen Willen. Gebt ihn den guten Leuten bekannt, die drunten warten, und macht, daß ich meine Einquartierung los werde. Laßt die Zeichnung in Ordnung und Ruhe vor sich gehen, einen hübsch nach dem andern. Adieu, Kinder!« - Die Deputation zog sich zurück. Einige Minuten später erhob sich ein donnernder Hochruf: Herr Krafft soll leben! Dreimal Hurra für Vater Krafft! Er zeigte sich am Fenster, nickte kurz und ernst mit dem Kopf und winkte, man möge auseinandergehen.

Während das Getümmel sich verlief, kehrte Krafft mit Roland in das Kontor des Prinzipals zurück. »Sie haben«, sprach der letztere, »edel gesprochen, edel gehandelt.« - »Ich habe ein Geschäft gemacht, weder mehr, noch minder, obendrein kein schlechtes.« - »Wie verstehe ich das?« - »In drei Monaten kaufe ich um 70, vielleicht darunter, was ich heute zu 90 anderen überlasse.« - »Das wissen Sie im voraus?« - »Mit mathematischer Gewißheit. Das Publikum verspricht sich, wie von jeder neuen Unternehmung, von der Südwestbahn goldene Berge. Das Geschäft wird allerdings gut, sonst hätte ich es nicht gemacht. Aber man muß abwarten können, daß die Saat reift. Die kleinen Leute tun das nicht; sie säen heute und wollen morgen ernten. Bei der ersten Einzahlung ist ihr Herz und ihr Beutel guter Dinge. Bei der zweiten, dritten stockt es in beiden. Für den kleinsten Gewinn werfen sie das Papier, für welches sie sich ums Haar die Hälse brachen, auf den Markt und entwerten ihr Eigentum. Drückt gar ein zufälliges Ereignis auf die Kurse, so lassen sie im panischen Schrecken alles fallen, was sie haben, um jeden Preis. Diesen Augenblick nehme ich wahr und kaufe. Binnen Jahr und Tag, wenn die Bahn fertig ist und ihren Anschluß an auswärtige Kommunikationswege hat, werden die Aktien, die zu 90 emittiert worden, die ich um 60 bis 70 gekauft, auf 100 und darüber steigen. Sie können meinen Gewinn an den Fingern abzählen.« - »Das heißt,« sagte Roland nachdenklich, »Sie gewinnen an dem Verlust der Leute, deren Vertrauen Sie erweckt, dann mit künstlichen Werten befriedigt und am Ende für sich ausgebeutet haben.« - »Geschäft ist Geschäft«, erwiderte die bekannte rauhe Stimme. »Wenn ich nicht Falschmünzer oder Banknotenfälscher werden will, kann ich nur das Geld anderer Leute zu dem meinigen machen; wohlverstanden: auf ehrlichem Wege.« - »Und Sie tun das, ohne zu fürchten, daß ein anderer, Größerer, Glücklicherer als Sie, Ihnen einmal desgleichen tut?« - »Darauf muß ich gefaßt sein; ich bin es.« - »Auch darauf, daß eines Tages ein Sturm, keiner der von Ihnen gemachten, sondern einer von Gottes Zorn, die ganze papierne Herrlichkeit unserer Zeit über den Haufen bläst und die schaudererregende Ungleichheit unserer sozialen Zustände auf ein allgemeines Nichts zurückführt?« - »Auf diesen jüngsten Tag wollen wir es getrost ankommen lassen,« lachte der Bankier und ergriff des Künstlers Arm. »Nun zu meiner Tochter,« sagte er; »sie wird ängstlich sein um den Vater, ungeduldig auf den Meister.« Sie gingen.

War es Zufall oder Absicht, daß Papa Krafft den künftigen Schwiegersohn durch den zweiten Stock seines Hauses führte, denjenigen, in welchem die Kassenzimmer gelegen sind? Düstere, unheimliche, luft- und leblose Zellen, die an Gleichförmigkeit den Kontoren nichts nachgeben und sie weit übertreffen an herzbeklemmendem Eindruck. Hohe, mit grünen Wollvorhängen inwendig verhüllte Gitter reichen vom staubigen Fußboden bis fast an die vom Qualm der Sicherheitslampen geschwärzte Decke. Es können so gut Tiere wie Menschen sich hinter den Gittern verbergen, man erblickt keins von beiden. Dagegen hört man überall die helle Stimme des Silbers, die vollere des Goldes. Es ist Sonnabend, also unruhiger Zahltag, und die Stunde der Löhnung nahe. Darum werden volle Säcke ausgeschüttet, leere Rollen gefüllt, festgestampft, versiegelt, überschrieben. Die Federn knirschen im zweiten Stock genau wie im ersten, und ebenso rauscht das Papier, der Streusand, das umgeschlagene Blatt der großen Bücher voll schwarzer Ziffern und roter Linien. Zuweilen öffnet sich in den hohen Gittern ein niedriges Schubfensterlein; eine Hand wird sichtbar, die auf das Zahlbrett vor der schmalen Öffnung mit fieberhafter Schnelligkeit Geld oder Banknoten in langen Reihen wirft, dann und wann sich netzend an dem Schwamm, der in einem kleinen Napf neben dem schmutzigen Schreibzeug liegt. Die Kassendiener, unscheinbar und schattengrau wie die Kontordiener, gleiten ab und zu, streichen die Summen ein, stecken sie in dicke Brieftaschen oder in Leinwandsäcke und verschwinden, die kostbare Last auf der Schulter oder auf dem Herzen, durch geheime Türen. Im Allerheiligsten, Hauptkassa überschrieben, ächzt das siebenfache Schloß des feuerfesten Schrankes, ein so künstliches Gebilde, das nur zwei Sterbliche auf Erden es nach einer Geheimformel zu öffnen verstehen, der Prinzipal und der Hauptkassierer.

Roland atmete auf, als er auch diesen Höllenkreis hinter sich hatte und in Armidas Zaubergarten eintrat.

10. Partie carrée

Fräulein Armgard Krafft, die zweite Liebhaberin unserer sehr menschlichen Komödie, ist uns seit ihrem Abgange aus Rolands Atelier einigermaßen aus dem Gesicht gekommen. Der geneigte Leser kennt sie zumeist aus den Auffassungen dritter Personen: als Weltkind durch Graf Wallenberg, als Bankprinzessin durch die leidenschaftliche Amazone, durch ihren eigenen Vater als verzogenes Töchterlein, so daß zu besorgen steht, sie erscheint allgemein in ungünstigem Lichte. Ihr geschieht damit ein schreiendes Unrecht. Armgard ist... Aber nein, sie mag zeigen, was sie ist. Handelnd und leidend trete sie auf. Wer weiß, ob sie nicht bis zum nahen Ausgang unserer Geschichte, welchen der bei allem Scharfsinn höfliche Leser nicht erraten darf - die Leserin hat wohl verstohlen auf die letzte Seite geblickt - ob sie, die zweite Liebhaberin, nicht bis zum Schlußkapitel der ersten Heldin über den Kopf wächst?

Für Armgard war, wie für ihren Vater, für Wallenberg, für Seraphine, für Roland, der Sonnabend ein Tag der Aufregung und Unruhe. Die strenge Hausordnung, welche im Hotel Krafft, und zwar in den beiden Hälften desselben, herrschte, wurde empfindlich gestört. Diese Ordnung bestand darin, daß Armgard schon um acht Uhr morgens, im Sommer um sieben, frisiert und angekleidet am Frühstückstisch im kleinen Speisezimmer erschien, um mit dem Vater und mit Mrs. Henderson, Hofdame der Bankprinzessin, den Tee zu nehmen. Papa Krafft, ebenfalls schon in Schwarz oder Weiß für den ganzen Tag fertig, trank Kaffee, ohne Zucker, einen einzigen Napf, in welchem handfeste Semmeln zu einem steifen Brei gebrockt wurden, ein erstes Mahl, das an die großknechtische Vorzeit im Leben des Millionärs mahnte. Um zwölf Uhr, vor der Börse, wurde das einfache, hastige Mittagessen verzehrt, von Armgard beharrlich nur als Dejeuner bezeichnet; die sechste Stunde brachte das Abendbrot, das sie Diner nannte. Und so alle Tage, mit Ausnahme großer Gelegenheiten und des bewußten Sonnabends. An diesem zog sich nach dem Frühstück Herr Krafft mit Armgard in den Wintergarten zurück, wo die Tochter den ersten Arbeiten ihres Tages, Füttern der Goldfische im Aquarium und der frei umherfliegenden Singvögel, nachzugehen pflegte. Der Vater erklärte zuerst der Tochter ihre geheime Liebe für Meister Roland. Sie fiel aus den Wolken. Hierauf fuhr er fort, seine eigenen Absichten auf eine zweite Ehe, mit der Sängerin, nicht ohne Räuspern und Zögern, mitzuteilen; eine Neuigkeit, die für die kluge Tochter keine war, sie jedoch nichts weniger als erfreulich berührte. Sie hatte das wachsende Wohlgefallen ihres Papas an der schönen Künstlerin längst bemerkt, ohne sich an den Gedanken gewöhnen zu können, eine Stiefmutter, und gerade diese, zu bekommen. Nachdem sie von ihrem Erstaunen sich erholt, ergriff sie zärtlich den Arm des Vaters, der mit unruhigen, schweren Schritten in dem grünen Paradies umherwandelte, die Lachtauben verscheuchend und hier und da aus Verlegenheit ein Blatt, eine Blume zerpflückend. »Sie wissen, lieber Vater,« flötete sie mit der feinen Silberstimme, »daß alles, was Sie beglücken kann, mich beglücken muß. Mit den innigsten Segenswünschen begrüße ich daher Ihren wichtigen Entschluß, den Sie mir gewiß nicht vertraut haben würden, wenn Sie ihn nicht zuvor bei sich reiflich erwogen hätten. Über das Glück und die Zukunft meiner eigenen kleinen Person aber erlauben Sie mir auch meine eigenen kleinen Gedanken zu haben und zu behalten.« - »Die mit den meinigen in Widerspruch stehen, wie immer«, brummte der väterliche Baß. - »Meine Selbständigkeit ist das Werk Ihrer Güte, cher papa.« - »Meiner Schwäche, Fräulein Turandot.« - »Sie sind einverstanden gewesen, so oft ich bisher eine Werbung zurückwies.« - »Weil ich dich weder zu deinem Glück, noch zu deinem Unglück zwingen will, Trotzkopf. Daß indessen diese zimperliche Korbflechterei nicht ewig dauern darf, siehst du ein. Wir kommen in der Leute Mäuler. Die Stadt fragt, auf welchen Fürsten die Bankprinzessin eigentlich warten mag. Muß ich noch einmal, wie gestern im Atelier, daran mahnen, daß dein Geburtstagskalender auf 22 weist?« - »Daraus folgt nicht, daß Sie meine Hand ausbieten, cher papa.« - »Ich will dich versorgt wissen, ehe es zu spät ist.« - »Versorgt! Als wenn ich es nicht im vollsten Maße wäre durch Ihre verschwenderische Güte! Armgard Krafft braucht in ihrer Heirat nicht eine Versorgung zu sehen.« - »Die reichste Erbin der Welt bleibt, unverheiratet, eine alte Jungfer; gleichviel, ob sie keinen Mann kriegt oder keinen nimmt.« - »Über das Unglück!« - »Du sprichst, wie du es verstehst. Du verstehst dich selbst nicht einmal, wenn du aus Stolz deine Neigung für Roland leugnest. Du liebst ihn, ohne es zu wissen.« - »Als meinen besten Freund, nicht um einen Pulsschlag anders.« - »Täuschung, mädchenhaftes Gezier.« - »Bester Vater!« -»Du machst mich nicht blind, andere Leute auch nicht. Graf Wallenberg glaubt wie ich an diese Neigung. Wie ich findet er deine Verbindung mit Roland durchaus passend.« - »Sagte er das?« - »Wie ein Diplomat dergleichen Dinge sagt: schweigend. Doch nein. Ich besinne mich sogar, daß er gestern, da ich ihm in Rolands Atelier begegnete und seinen weltkundigen Rat mir erbat, diese Wahl ausdrücklich billigte; sie könne, sagte er, auf keinen würdigeren fallen, als Roland. Erfreut über seine Billigung meines Lieblingsplanes habe ich ihm denn auch meine weiteren Absichten anvertraut. Er will meine Werbung, wenigstens eine vorläufige Anfrage, an Seraphine bringen. Ich erwarte seinen Besuch im Laufe des heutigen Nachmittags. Du wirst dich auf Roland gefaßt machen können.« - »Er findet mich gefaßt.« - »Armgard, spiele nicht Versteckens mit deinem Herzen, auch nicht mit deinem Vater. Er verdient es nicht um dich. Sei besonnen. Übereile nichts. Brich nicht abermals durch ein rasches Nein die Hoffnungen eines wackeren Mannes, der dich liebt, eines Vaters, den du liebst, ich weiß es.« - »Von Herzen, mein Vater.« - Nach einer Umarmung schied Herr Krafft mit der Ankündigung, er werde zum Mittagsessen nicht herüberkommen. »Schick' mir«, bat er, »kalte Küche in das Kontor und speise mit deiner Engländerin. Ich habe einen heißen Tag vor mir, die Unterzeichnungen auf der Börse und hier im Haus, dann die zwei Besuche. Heute abend hoffe ich alles in Ordnung, dich glücklich zu sehen. Bis dahin Adieu, liebe Tochter.«

Er ging, leichteren Herzens, als er gekommen, mit desto schwererem Armgard zurücklassend. Sie stürmte durch ihr Paradies, das ihr bald ein verlorenes werden sollte, warf sich aufgelöst in ein Sofa, brach in einen Tränenstrom aus... So denkt der geneigte Leser. Nichts von dem allen, gar nichts. Ist doch Armgard keine leidenschaftliche Künstlerin, sondern ein wohlerzogenes Weltkind. Sie setzte sich, scheinbar vollkommen ruhig, in die bekannte Fensternische, schlug die Füße übereinander und sah durch die farbigen Scheiben auf den Königsplatz, wo eben die Straße mit Wasser besprizt wurde und die Ablösung vor der Hauptwache die neunte Morgenstunde anzeigte. Daß aber das Herz des Weltkindes höher schlug als gewöhnlich, verriet der weiße Morgenüberrock; das schwarze Auge funkelte, das Stumpfnäschen erhob sich trotzig, die feingeschnittenen Lippen schlossen sich fest zu, die feine, glanzlederne Fußspitze tanzte auf und ab in anderem als dem Walzertakt. Zwei Glockenstunden verharrte sie in dieser Stellung, von neun bis elf. Die bunten Vögel im Paradies wußten nicht, was Mutter Eva widerfahren war. Sonst brachte sie vom runden Frühstückstisch Zucker und Backwerk mit herüber zum Dessert der ersten Fütterung; heute fiel kein Brosamen für sie. Neugierig kamen sie von allen Seiten herangeflogen, drehten die zierlichen Köpfe nach der Herrin, schauten mit hellen Augen fragend zu ihr empor und nieder, riefen in allen Tönen sie an... Vergebens. Armgard war verzaubert. Aber sie weckte sich selbst. »Wieder er; immerfort er«, sagte sie leise vor sich hin, indem sie langsam aufstand; die einzigen hörbaren Worte ihres langen Monologs. Dann zog sie an der Glocke, bestellte die Jungfer zum Ankleiden, und in einer halben Stunde Jack mit den Ponys. Bei Mrs. Henderson ließ sie sich entschuldigen, wenn sie zu spät zum Dejeuner käme; Mrs. Henderson möchte nicht warten.

Die Kammerjungfer, Jack, die Ponys hatten, auch sie, einen schlimmen Tag. Trotz aller Erziehung und Selbstbeherrschung muß ein armes Weltkind an etwas doch den berechtigten Zorn auslassen dürfen, und da sind dienstbare Hände, welche ungeschickt schnüren, nachlässig anspannen, eine Tür überlaut ins Schloß oder eine Nadel auf den Boden fallen lassen, immerhin noch die natürlichsten Blitzableiter. Die Ponys rauchten wie eine Lokomotive, als sie Armgard zum dritten Male um das Neptunsbassin im Königspark trieb. Master Jack thronte auf hohem Bock neben ihr, um eine Stufe niedriger, den betreßten Hut tief in die finster gerunzelte Stirn gedrückt, die Arme krampfhaft ineinander geschlagen. Daß er von Miß Krafft ingrimmig angefahren worden war, wurmte ihn viel weniger, als daß sie die Ponys - them poor baists, wie er vor sich hin murmelte - schonungslos überfuhr. Er dankte dem Himmel, als sie vor der Seufzerallee, der einsamsten Stelle des Parks, anhielt, ihm die weißen Zügel zuwarf und von der Americaine herabglitt, um zu Fuß, mit niedergeschlagenem Schleier, auf und ab zu wandeln, während er neben ihr, im Fahrweg, die poor baists im Schritt verschnaufen ließ. Armgard brachte ihr Selbstgespräch zu Ende und zu einem kühnen Entschluß. Da sie wieder aufstieg, schien sie heiteren Mutes und hellen Angesichtes. Sie klopfte den mißhandelten Ponys schmeichelnd den Hals. Ob sie nicht auch für Master Jack ein begütigendes Wort hat? Die heißblütige Amazone pflegt, wenn der Ausbruch des Vesuv vorbei ist, Signor Beppo lachend die Hand zu reichen oder an Marianka ein abgelegtes Kleid als Schmerzensgeld zu schenken. Solche Herablassung fällt dem wohlerzogenen Weltkinde nicht ein; Master Jack, die Kammerjungfer Luise, die Haushälterin, die gesamte Dienerschaft existiert für sie nur im Zustand lebendiger Maschinen. Mit ihnen sprechen, eine Silbe mehr, als zum Befehlen oder Zanken nötig - warum nicht gar?

Sie kehrte um zur Stadt, diesmal in einem mäßigen Trab. In der Königsstraße wurde angehalten, vor dem Hause der Gebrüder Kilian, Hofjuweliere Seiner Majestät und verschiedener Prinzen des königlichen Hauses. Empfangen und bedient von dem ganzen Ladenpersonal, Gebrüder Kilian an der Spitze, suchte sie geraume Zeit, fand endlich, was sie brauchte, und schob das samtne Etui in die Tasche ihrer roten Jacke. Dann ging's heim. Um zwei Uhr hielt der Wagen Königsplatz Nummer eins; Jack und die Ponys wurden in Gnaden in den Stall geschickt. Oben im zweiten Stock wartete die getreue Henderson, trotz des Gegenbefehls, mit dem Frühstück. Die gute, alte, schwerhörige Aja sah und hätschelte in Prinzeß Armgard immer noch ihr Baby, das sie als mutterlose Waise vom Arm der Amme genommen und seit einundzwanzig Jahren nicht verlassen hatte. Ein Tag, an dem sie mit Armgard allein, ohne den Vater, essen durfte, war ihr immer ein Festtag. Sie bestellte die Lieblingsgerichte des verzogenen Töchterleins, heute ein suprême de volaille, für das sie Todesangst ausgestanden, des langen Harrens wegen. Auch eine Karaffe süßen Frauenweins war serviert, Muskatlunel, von dem Armgard gern nippte, Mrs. Henderson noch lieber trank. Wie oft die Alte, ungeduldig und besorgt, an das Fenster trippelte, ehe sie die rote Jacke von fern leuchten sah!

Endlich kam sie, die Ersehnte, den schwarzen Krauskopf vom Winde zerzaust, nicht nur die Wangen, sondern auch die Stumpfnase rosig angehaucht. »Wo ist der Wildfang solange gewesen?« fragte Mrs. Henderson. - »Im Park, Veilchen pflücken. Sieh' nur, Mama Henderson.« - Sie hielt ihr das Etui von Gebrüder Kilian offen hin. Darin lag in grünem Samt, wirklich wie ein Veilchen im Moos, ein Stiefmütterchen von farbigem Gold, in der Mitte ein großer Brillant. Mama Henderson bewunderte durch ihre Brille das reizende Kunstwerk. »Aber,« sagte sie, »Herr Krafft wird zanken.« - »Darüber sicher nicht, ich wette mit dir.« - »Du hast des Schmuckes mehr als genug.« - »Diese Brosche ist nicht für mich.« - »Für wen denn?« - »Fräulein Lomond soll damit überrascht werden.« - »Und warum?« - »Weißt du, zu ihrem Abschied«, sagte Armgard, die den wahren Zweck des Geschenks nicht verraten mochte. - »Ich will froh sein,« brummte Mrs. Henderson, »wenn die rothaarige Miß Feuerbrand einmal aus dem Wege ist.« - »Pfui, Mama Henderson; was hat sie dir getan?« - »Mir nichts. Ich hasse sie, weil sie nicht ladylike ist, nicht ein bißchen. Erinnerst du dich des Diners, wo sie zum Kaffee dem nordamerikanischen Gesandten eine abscheuliche dicke Zigarre abnahm und als einzige Dame mitten unter den Herren rauchte wie ein Schlot? Shocking!«

Nach dem Frühstück, dem Armgard nur geringe Ehre erwiesen, rückte sie für Mama Henderson den Armstuhl ans Kamin, ein Tischlein zum Armstuhl, auf das Tischlein die Karaffe mit Muskatlunel und sagte schmeichelnd: »Nun wird Mama Henderson ein artiges Kind sein und einen kleinen Nip machen, hernach einen kleinen Nap. Und heute abend, wenn sie mich zu Bett bringt, erzähle ich ihr ein wunderschönes Märchen, wie sie einst mir getan, von der Prinzessin Eselshaut, die keinen Mann nehmen wollte und deswegen von ihrem Vater ins Elend verstoßen wurde, aus dem sie eine gute Fee rettete.« - »Kind, Kind, bau du nicht auf die Fee und tu fein, was Papa König haben will.«

Armgard flog kopfschüttelnd davon, an ihren Schreibtisch. Dort wurde das Etui aus Gebrüder Kilians Laden in das feinste Seidenpapier geschlagen und auf das stärkste Briefpapier folgendes Billett in zarten, kleinen, ineinander verschlungenen, schwer leserlichen Zügen geschrieben: »Guten Morgen, Stiefmütterchen! So ruft Ihnen, liebe Seraphine, die Blume zu, die ich für Sie gepflückt habe. Mein guter, teurer Vater vertraute mir heute früh seine Absicht. Darf ich für ihn hoffen, bitten? Für mich kann ich nur versprechen, daß ich mich als gehorsame Tochter von Ihnen verziehen lassen werde, wie bisher von Papa. Ihre Armgard.« Mit dieser Sendung belastet, jagte alsbald ein Diener in die Rosenstraße Nr. 27, während die Briefstellerin, fertig mit des Tages Lasten und allen widerwärtigen Gedanken, in ihrem Schreibsessel sich bequem zurücklehnte. Um auch einen Nap zu machen, ein Mittagsschläfchen, wie Mutter Henderson? Nicht doch. Dergleichen gestattet sich ein wohlerzogenes Fräulein nur vor Schlacht-, das heißt Ballabenden, zur Erfrischung des Teints. Armgard setzte ihr Märchen von Prinzeß Eselshaut für sich fort. Ihr Skizzenbuch, das aus einem Schubfach des Schreibtisches hervorlugte, bot Illustrationen dazu. Auf zwei gegenüberstehenden Blättern desselben hatten sich in einer heiteren Stunde Graf Wallenberg und Roland durch ihre Karikaturen verewigt. Der Diplomat stellte den Künstler als Paladin dar, ihm die Palette zum Schilde gebend, einen gewaltigen Pinsel als Flamberg, den Malerstab als Lanze. Darunter kritzelte er mit seiner zierlichen Hand: »Orlando furioso. Gustel Wallenberg fecit.« Der Künstler zeichnete den Diplomaten in großer Uniform, mit Bändern und Sternen bedeckt, ein riesiges Portefeuille unter dem Arm...»Un ministrre, étranger aux affaires«, lautete die Unterschrift. Armgard studierte die beiden sehr ähnlichen, sehr komischen Porträts mit einer Aufmerksamkeit, als sähe sie dieselben zum ersten Male. Sie versank so tief in deren Betrachtung, daß sie bei einem heftigen Riß an der Glocke draußen beinahe erschrocken auffuhr. »Die Hand kenne ich«, sagte sie lächelnd. »Es braucht keine Anmeldung. So läutet nur die Amazone. Wehe ihr, wenn sie meine alte Henderson geweckt hat, trotz Schlaf und Taubheit. Not at all ladylike. O no.«

Eine Minute darauf trat wirklich Seraphine ein. Armgard ging ihr entgegen zu einer Umarmung, ähnlich der gestrigen im Atelier, nur daß die Sängerin heute in anderer Weise sich erregt fühlte. »Ich bringe Ihnen«, begann sie, »meinen Dank für das schöne Geschenk, das ich eben empfangen.« - »Sie kommen meinem Besuch liebenswürdig zuvor.« - »Aber als Stiefmütterchen nehme ich Ihre Blume nicht an, Armgard. Das ist ein häßliches Wort, ein noch häßlicheres Ding. Wir wollen es englisch übersetzen.« - » Heart-ease «, rief Armgard aus. - »Richtig. Erleichtern wir unsere Herzen. Das meine ist zum Zerspringen voll. Haben Sie eine halbe Stunde Zeit für mich?« - »So viel Sie wollen, je mehr, desto besser. Bleiben Sie, bis mein Vater kommt. Ich erwarte ihn und...« - »Und Roland. Ich weiß. Unser Diplomat hat gearbeitet. Tun wir desgleichen; eine geheime Konferenz.« - »Ein Kriegsrat?« - »Im Gegenteil, ein herzlicher Friedensschluß.« Seraphine drückte noch einmal Armgard an ihre Brust, mit einer Wärme, daß diese erstaunt in ihre glänzenden Augen sah, die heute nicht schalkhaft und schlimm wie Nixenaugen blickten, auch nicht leidenschaftlich wie auf der Bühne, sondern mit einem weichen, weiblichen Ausdruck, feucht und verklärt, als hätte die Amazone geweint. Sie flüsterte, noch in der Umarmung, in der Freundin Ohr: »Du sollst ihn haben, Mädchen. Ich gebe ihn dir, dir allein. Mach ihn glücklich.« - »Seraphine, ich verstehe Sie nicht.« - »Kein Sie, Armgard, in diesem Augenblick. Kein Eis auf mein heiß überfließendes Herz. Öffne auch das deinige einmal. Weg mit allem Zwang unter uns. Wie wir in dieser Stunde einander gegenüberstehen, geschieht es wenig Frauen in der Welt.« - »Liebe, süße Freundin...« - »Du hast recht. Ich will ruhig sein, muß ruhig sein. Komm, sitzen wir nieder.«

Sie gaben ein liebliches Bild: Rose und Veilchen an einem Stengel; Hand in Hand geschlungen die hohe, blonde, blaue Königin, hell strahlend in der Fülle ihrer Macht und Pracht, und die zarte, zierliche Prinzessin mit den dunklen Augen, dem schwarzen Lockenkopf; zwei weibliche Wesen, gleich an Reiz und doch wie verschieden sowohl in der Erscheinung wie an Gemüt! So saßen sie dicht nebeneinander in Armgards engem Sofa, eine kurze Weile in gegenseitiges Anschauen und Sinnen verloren. Die Sängerin brach das Schweigen, indem sie ausrief: »Nein, zur Tochter mag ich dich nicht, aber Schwestern müssen wir werden. Willst du, Armgard?« - »Kaum getrau ich mich, dich, du Herrliche, in eine kleine Mädchenfreundschaft mit mir herabzuziehen.« - »Laß das. Überlegen wir, wie wir deinem Vater ausweichen, ohne ihm wehe zu tun.« - »So hat er nichts zu hoffen?« - »Sage, du hast nichts zu fürchten. Siehst du, eine Unzahl Mädchen, die vornehmsten, die hübschesten der Stadt, griffen an meiner Stelle mit beiden

Händen zu. Papa Krafft ist eine Partie, die auch ich zu schätzen weiß; mehr als das, ein Ehrenmann ist er, dem ich mich von ganzem Herzen zugetan und ergeben fühle. Aber heiraten kann ich ihn nicht. Wir Zigeunervolk vom Theater sind gar wunderlich geartet. Wir singen und spielen und tanzen ums Geld; das Lieben und Heiraten ums Geld überlassen wir den Herren und Damen aus der großen Welt. Wenn wir uns verehelichen sollen, ernstlich, anders als an einem Traualtar von Pappendeckel und vor einem Priester mit einem langmächtigen Wollbart, so kostet das einen ungeheuren Entschluß. Das Herz muß uns dazu treiben, unbezwinglich, oder ein gebieterisches Interesse.« - »Mein Vater wird schwer betrübt sein über die Vereitlung seiner Wünsche. Ich habe seine Neigung für Sie...« (Seraphine drohte mit dem Finger) »... für dich entstehen und wachsen sehen; sie ist ernster, als du vielleicht glaubst.« - »Du weißt am besten ihn zu nehmen. Sprich ihm meinen Dank aus, aber auch die Unmöglichkeit, daß ich die Seinige werde.« - »Ein harter Auftrag für die Tochter.« - »Wenn ich selbst ihn übernehme, darf ich mein Nein versilbern durch dein Jawort?« - »Mein Jawort?!« - »Verstelle dich nicht. Du weißt, daß Roland um dich wirbt, daß dein Vater diese Verbindung nicht bloß billigt, daß er sie wünscht. Wallenberg hat mich überzeugt, daß ihr beide, Roland und du, für einander geschaffen seid.« - »Auch daß er mich liebt?« - »Wie solle er nicht! Du bist liebenswürdig, schön, begabt in jeder Hinsicht. Roland zeichnet dich vor allen Frauen, dies Haus vor der ganzen übrigen Stadt aus. Er pflegt dein Talent, er beschäftigt sich mit dir, er liebt dich, muß dich lieben!« - Armgard lächelte, indem sie fortfuhr: »Und ich, nicht wahr, ich muß ihn wieder lieben?« - »Wenn du ihn kennst, den hohen, herrlichen Mann, wie ich ihn kennen ja! Er ist ein Kind an Gemüt, ein Held an sittlicher Kraft und Würde, ein Gott an Talent! Mädchen, welch ein Los erwartet dich an seiner Seite! Die innige Gemeinschaft mit einem solchen Geiste, das Leben und Weben in seinen Ideen, die völlige Hingabe an diese gewaltige Persönlichkeit, das Aufgehen in ihm und in seinen Schöpfungen.. - Armgard, du wirst das glücklichste Weib auf Erden, wenn du sein Weib wirst!«

Die Sängerin umschlang ihre Freundin leidenschaftlich und küßte sie wiederholt. Der vormalige Groll, die wilde Eifersucht gegen die Bankprinzessin war in dem Herzen der Amazone verschwunden, seit sie dem Wohl des im stillen geliebten Mannes das Opfer ihrer Neigung gebracht, ihn an Armgard abgetreten hatte. Die bestimmte Braut des Freundes erschien ihr wie ein Stück von ihm. Den ganzen Schatz von Liebe, den sie ihm nicht zeigen durfte, strömte sie aus über das Mädchen seiner Wahl. Auf Armgards Wangen brannten Küsse, deren zärtliche Glut verriet, daß sie in ihrem eigentlichen Ziele sich verirrten. Das schlaue Weltkind empfand gar wohl, was in Seraphinen vorging. Es gehörte nicht viel Scharfblick dazu, bis auf den Grund dieser offenen Seele zu dringen, die sich selbst nicht immer klar war, anderen aber um so leichter erkennbar. Armgard erwiderte ihre Liebkosungen und sprach, die Hand Seraphinens an ihre Lippen ziehend: »Ich verstehe dein Herz, du liebe Schwester. Glaube mir, ich verstehe es ganz. Du bist, in viel höherem Grade als ich, des Meisters, seiner Liebe und seines Besitzes würdig, bist ihm ebenbürtig an Geist, in der Kunst wahlverwandt.« - »Ich?« rief Seraphine aus. »Roland denkt nicht an mich, wenigstens nicht anders, als man an einen guten Kameraden, einen Jugendfreund aus der Schulzeit denkt. Und wie könnte ich mit meiner unseligen Heftigkeit, meinen Launen und Unarten ihn oder überhaupt einen Mann beglücken? Nein, Wallenberg hat recht, wenn er den Satz aufstellt. Künstler taugen nicht zur Ehe. Will ich einmal heiraten, so muß ich der Bühne entsagen und nicht in stiller Häuslichkeit oder in einem Herzensbündnis, sondern in einer Partie aus der großen Welt mein Glück suchen.« - »Über den untrüglichen Menschen und Herzenskenner! Hat er nicht auch dir keinen Zukünftigen sofort bestimmt, wie mir?« - Seraphine lachte und errötete doch zugleich, als sie antworteten »Kind, das ist eine Geschichte für sich, und zwar eine recht törichte.« - »Du machst mich neugierig.« - »Wahrlich, ohne Grund.« - »Ein halbes Vertrauen, ein Geheimnis unter Schwestern? Ich werde böse.« - »Weiß ich doch selbst kaum, wie es geschahen ist, daß ich zu Wallenberg, als er heute morgen bei mir war, von längst vergangenen und vergessenen Dingen sprach; von Dingen, über die seit Jahr und Tag mancher Tropfen Wassers dahingeflossen ist, die ich ruhig unter dem Wasser hätte liegen lassen sollen.« - »Er versteht die Zungen zu lösen, der Diplomat, aber nicht alle«, murmelte Armgard halb für sich. - »Mich verdroß es, daß der Herr Graf so gar hoch zu Roß saß, auf dem altadeligen Steckenpferd der Mesalliancen. Da platzte ich, in einer jener Wallungen, die mich zuweilen überkommen, mit etwas heraus was ich bisher verschwiegen, dir, deinem Vater, Roland, meinem ganzen Freundeskreise verschwiegen habe. Ich erzählte dem Grafen, daß ich von Geburt seines Standes sei, aus einem berühmten schottischen Geschlecht.« - »Seraphine, welche Überraschung!« rief Armgard aufspringend. »Und er, und der Graf?« setzte sie, hastig fragend, hinzu. - »Er machte mir aus dem Stegreif einen Heiratsantrag für sich, nachdem ich denjenigen des Herrn Krafft abgelehnt.« - »Und Sie nahmen natürlich an?« drängte Armgard, indem die Reihe des Errötens und Erbleichens nunmehr an sie kam. - »Nicht so hastig, wie meine vergeßliche Schwester voraussetzt. Weder nein, noch ja sagte ich. Ich bat mir Bedenkzeit aus. Da hast du die ganze Geschichte.« - »Deren Ende leicht vorauszugehen ist: Graf und Gräfin Wallenberg empfehlen sich als Neuvermählte«; so lächelte erzwungen, fast bitter, die kleine Prinzeß, trotz aller Erziehung und Selbstbeherrschung um ein Haar sich verratend. - Verwundert fragte Seraphine: »Was hast du? Du scheinst verletzt.« - Armgard, die sich rasch gesammelt hatte, entschlüpfte mit der Wendung: »Wenn ich es wäre, hätte ich unrecht? Meinem Vater gibst du einen Korb. Freilich, er ist kein Jüngling mehr, und du willst keine Vernunftheirat. Aber Wallenberg wirst du doch auch nicht gerade für einen Knaben halten, und eine Verbindung mit ihm kann am Ende für nichts mehr gelten, als für eine aus Konvenienz, aus Überlegung geschlossene. Es wäre denn, du liebtest ihn, er hätte dir's angetan, wie dein Vertrauen zu ihm, zu seinen Ratschlägen beinahe beweist... - Lache nicht, stolze Amazone! Gestehe, daß dein Theseus gefunden ist!« - »In Gustel Wallenberg wahrhaftig nicht.« - »Ei, ei, sind wir schon bei dem zärtlichen ›Gustel‹ angelangt? Wie schnell doch und wie wunderbar die Standesgleichheit wirkt!« - »Torheit, nichtige Torheit! Der Name, den ich mir gemacht, gilt mir tausendmal mehr, als der ererbte, welchen ich wegwarf.« - »Wenn das der Fall ist, so begreife ich nicht, warum du von deiner Höhe, der ersten Stelle im Theater, heruntersteigen willst, um unter der Menge in einem langweiligen Salon zu verschwinden. Es gibt nur eine Seraphine Lomond in der Welt, dagegen ein paar Dutzend Gräfinnen in jeder Residenz. Du kannst, du darfst für einen leeren Schall deiner herrlichen Kunst nicht entsagen.« - »Ach ja,« seufzte die Sängerin, »die Kunst an und für sich ist wohl eine hehre, herrliche; wenn nur das Handwerk nicht dabei wäre, unzertrennlich von ihr, notwendig für sie! Du weißt nicht, Armgard, wie dies Handwerk erniedrigt, ermüdet, auf die Dauer erdrückt. Von außen siehst du nur die glänzende Seite der Bühne, aber nicht die Schatten, welche die blendende Theatersonne wirft. Unter dem Schein einer heiteren, künstlerischen Freiheit und Selbstherrlichkeit verbirgt sich in unserem Beruf die traurigste Abhängigkeit; Abhängigkeit von der Direktion, von der Regie, von unfähigen oder böswilligen Kollegen, vom Publikum, von der Presse, von hundert verschiedenen, einander oft geradezu entgegenwirkenden Einflüssen. Der kurze Rausch eines einzigen Abends wird erkauft durch endlos nüchterne Morgenstunden, wo wir im grauen Zwielicht der Bühne, im Dunst des Probensaals ›arbeiten‹, wie die Galeerensklaven arbeiten, unter dem Stab eines eigensinnigen Kapellmeisters, der uns, mitten im Fluß der Begeisterung, hart und hölzern aufhält, an eine und dieselbe Kette geschmiedet mit unwürdigen Handwerkern, die hemmen, wo sie helfen sollten. Und die Tondichter erst mit ihren ewigen Anliegen, die Bullermänner der Vergangenheit, Gegenwart und Zukunft. Und das Publikum mit seinen Launen, seinen Ungerechtigkeiten und Vorurteilen, heute warm, morgen kalt, das Schlechte zum Himmel hebend, weil es Mode ist, und das Beste, das es nicht versteht, blind und blöde mit Füßen tretend. Und eine Kritik endlich, die wir um so genauer in ihrem wahren Wert zu schätzen wissen, als wir sie bar bezahlen.« - »Halt ein, du malst ins Schwarze.« - »Nur nach dem Leben, nach einem Leben, von dem du, mein Goldkind, drüben in deinem Wintergarten, hier in deinem Veilchenboudoir keine Ahnung hast; ein Leben, das, nach schwerer Vorbereitungszeit, nach fünf harten Lehrjahren, im besten Falle fünf Jahre aufwärts geht, fünf Jahre auf der Höhe sich aufhält, und dann mit jähem Absturz in die Nacht der Vergessenheit sich begräbt. Der Vorhang fällt, die Komödie ist aus... die Nachwelt flicht dem Mimen keine Kränze!« - »Aber die Mitwelt trägt ihn auf den Händen, und dein Leben, selbst wie du es schilderst in düsteren Farben, es ist doch ein Leben. Du hast Kämpfe zu bestehen, Gegner zu überwinden; du arbeitest, du duldest sogar, aber du lebst, während ich, wenn denn einmal verglichen werden soll, nur vegetiere wie eine träge Pflanze, ein Vogel, ein Gefangener in meinem gepriesenen Wintergarten. Keine Anregung, kein Streben, kein Wechsel; ein Tag gleich dem andern, mit dem einzigen Unterschied, den die Hausse oder die Baisse an der Börse bringt. Nach dem Kurszettel, der mir mit dem Morgentee serviert wird, kann ich die Stimmung meines Tages, die Temperatur dieses Hauses notieren; bewegt, gehoben, angenehm, flau, gedrückt, matt, stürmisch... Ich schwöre dir, Königin der Amazonen, die arme, kleine, verwunschene Bankprinzessin hat Stunden, wo sie mit Wonne alles Gold aus dem feuerfesten Geldschrank ihres Vaters für das Rauschgold deiner Theaterkrone dahingäbe, wo sie aus der Tiefe ihres gelangweilten Mädchenherzens zu dem ewig blauen Himmel hinaufschreien möchte. Eine Million für eine Wolke - einen Sturm!« -

Was ist das? Soll der frevelhafte Wunsch der rebellischen Prinzessin erhört werden, noch ehe er vollendet? Vom Königsplatz und aus dem Hofe dringt wilder Lärm in das Gemach. Draußen in den Gängen werden Türen und Läden hastig verschlossen, die Dienerschaft rennt unruhig treppauf, treppab, hinüber und herüber... Bestürzt sahen die zwei Freundinnen sich an. Während ihres eifrigen Gespräches hatten sie den Auflauf in der Krafftstraße, den nämlichen, den unser voriges Kapitel geschildert, überhört oder nicht beachtet; Armgard mochte denken, es sei der gewöhnliche Sturm und Drang des Zahltags an der Kasse. Sie eilte zum Glockenzug, Seraphine zum Fenster. »Der ganze Platz«, rief diese aus, »ist mit Menschen bedeckt. Die Hauptwache steht unter dem Gewehr. Berittene Schutzmänner sprengen durch die auseinanderstäubende Menge. Am Ende Feuerlärm?!«

Der eintretende Diener verneinte. Er stotterte, das Volk wolle die Bank stürmen. - »Wo ist mein Vater?« - »Im Kontor, Fräulein.« - »Eilen Sie hinüber. Ich bitte, ich beschwöre ihn, er soll sich nicht aussetzen, soll herüberkommen, sogleich.« - Nach einigen Minuten kehrte der Bote zurück: »Fräulein möchten sich beruhigen; Herrn Krafft würde nichts geschehen; nur der starke Andrang zu den Unterzeichnungen hätte den blinden Lärm veranlaßt; so bald wie möglich erschiene Herr Krafft selbst.« - Armgard und Seraphine blieben wieder allein. Sie blickten verstört auf den Platz, den die tobende Menge überschwemmte. Einzelne kecke Füße waren bereits in den kleinen Hausgarten eingestiegen; es wurde gelacht, gepfiffen, geschrien, mit den Fäusten an das verrammelte Tor der Privatwohnung gepocht, drohend heraufgewiesen auf das Fenster, hinter welchem Armgard und Seraphine standen. Jene zitterte und bebte, ihres Verlangens nach einem Sturm gänzlich uneingedenk, während der Amazone der Kamm schwoll vor Zorn über den ausgelassenen Pöbel. Sie begehrte Waffen; das Fenster wollte sie öffnen, ward aber daran gehindert von Armgard, welche die Vorhänge eilig zusammenzog, von Mrs. Henderson, die, ihr common prayerbook in der Hand jammernd und wehklagend hereingestürzt kam und ein über das andere Mal bat: »O don't, don't; - shocking, shocking!« - Wiederholte Sendungen an Herrn Krafft brachten immer die nämliche Antwort, bis Armgard, da sie von weitem Trommelwirbel vernahm, verzweifelt zu einem letzten Mittel griff: »Gehen Sie nochmals hinüber« - befahl sie lächelnd wenn auch mit bleichen Lippen - »und sagen Sie, Herr Krafft müsse kommen, Fräulein Lomond erwarte ihn hier.« - »Was tust du, Armgard?« - »Ich ziehe die höchste Notflagge auf; gib acht, nun ist die Hilfe nahe.« - - Richtig. Diesmal lautete die Erwiderung: »Herr Krafft folgt mir auf dem Fuße und bringt den Herrn Roland mit.« Seraphine suchte fliehend nach ihrem Hute, sie wollte, sie mußte fort - zu spät! Auf der Schwelle begegnete sie dem Bankier und dem Maler. Herr Hans Heinrich Krafft kam außerordentlich aufgeräumt, triumphierend und strahlend herüber. In der Tür noch hörte er, wie Armgard und Seraphine einander duzten, ein kaum zu mißdeutendes Vorzeichen für den günstigen Erfolg seiner Werbung. »Wir sind im Hafen,« rief seine rauhe Stimme fröhlich aus »der Sturm ist vorüber.« Armgard empfing ihn mit kindlichen Vorwürfen, auf die er lachend entgegnete: »Kind, dergleichen Tage gehören zum Geschäft. Es war ein kleiner Aufstand von Kommunisten eigener Art; die guten Leute wollten kein Geld holen sondern mehr bringen, als ich nehmen mag.« Während er die noch immer ängstliche Tochter und Mama Henderson beschwichtigte, hatten Roland und Seraphine sich begrüßt, sie totenbleich, er feuerrot geworden über das seltsame Wiedersehen. Die Sängerin hielt dem Maler die Hand entgegen, welche dieser nur mit den äußersten Fingerspitzen berührte. In seinem Herzen wallte es siedend auf bei dem Anblick der geliebten, der verloren gegebenen Freundin; Groll, Eifersucht, Schmerz, Wehmut, Liebe erstickten seine Stimme. »Meinen Glückwunsch!« stammelte er kaum vernehmbar. »Es hat sich vieles seit gestern zugetragen. Ich nehme den tiefsten Anteil an der Wendung Ihres Schicksals.« - »Roland, welch ein Ton zwischen uns!« - »Der alte«, sagte er kopfschüttelnd, »ist verklungen, unwiederbringlich. Sie sind eine große Dame geworden; vielmehr, Sie waren es immer und werden bald eine noch größere werden. Ihre Erscheinung in der Kunst war nur eine Gastrolle, ein pikantes Inkognito; unsere Freundschaft ein flüchtiger Traum. Ich erwache und sage Ihnen Lebewohl, gnädige Gräfin.« - Er wandte sich weg von ihr und zu Armgard, deren kleine Hand er mit einem bei ihm ungewohnten Aufwand von Galanterie küßte. Seraphine sah es mit einem Stich durch das Herz. Krampfhaft drückte sie die Rechte auf die Brust und sagte für sich: »Es ist gut so. Ich überwinde ihn leichter, wenn er mir dazu beisteht.« Dann hing sie sich vertraulich an Kraffts Arm und fragte, ob ihr getreuer Finanzminister an einem so stürmischen Tage noch Zeit und Lust habe zu der versprochenen Privataudienz? - »Immer zu meiner schönen Königin Befehl«, war die Antwort, worauf sich beide in ein Nebenzimmer begaben. Auf einen Wink Kraffts folgte Mrs. Henderson; »das Brautpaar« blieb allein. »Ich bin«, schmunzelte seelenvergnügt Herr Krafft, »das Muster eines Schwiegerpapas. Freiwillig räume ich den jungen Leutchen das Feld.« Seraphine nickte und lächelte. Aber ihr Blick auf Roland und Armgard, die zusammen in demselben engen Sofa saßen, worin sie neben der neugewonnenen Schwester gesessen hatte, dieser Blick wußte nichts von jenem Lächeln. Er nahm einen schweren, schmerzlichen Abschied fürs Leben. Die Portieren fielen hinter ihr zu. Das Opfer war vollendet.

Hätte sie freilich das Liebespaar auf hohen Befehl, väterlichen oder diplomatischen, weiter beobachten können, so würde ihr Blick weniger elend und trüb gewesen sein. Fräulein Krafft, erschüttert von dem letzten Schrecken und den vorausgegangenen Gemütsbewegungen, erlag einem heftigen Nervenanfall, der sich zuerst in einem Tränenstrom, darauf in einem Lachkrampfe Luft machte. Roland wollte um weiblichen Beistand schicken, den sie entschieden abwehrte. Er mußte, stumm und ratlos, den Zeugen einer Szene abgeben, die ihn eben so fremd und peinlich berührte, wie die Wanderung durch Vater Kraffts unheimliches Goldland, wie alles, was er seit vierundzwanzig Stunden an sich und anderen erlebt. In einer dumpfen Betäubung befangen, konnte er nur ungeduldig abwarten, daß seine Schülerin sich langsam erholte. Noch schwankend zwischen Lachen und Weinen, nach Fassung ringend, wandte sie sich endlich mit der Bitte an ihn: »Vergebung, Herr Roland, für Ihre erbärmlich schwache Schülerin. Die Krisis geht vorüber. Ich will, ich muß ruhig werden.« - Der Maler erwiderte kleinlaut: »Ich habe Ihnen nichts zu vergeben, Fräulein Armgard; mir ist um kein Haar breit besser zu Sinn als Ihnen.« - Gesammelter fuhr sie fort: »Seit gestern leben wir alle wie im Traume. Ich glaube den neckischen Poltergeist zu kennen, der uns durcheinander hetzt, wie Puck die zwei Liebespaare in dem Zauberwalde bei Athen. Auf der Bühne nimmt sich eine solche Jagd allerliebst aus; desto unbehaglicher in der Wirklichkeit, besonders für die unwillkürlich Mitspielenden.« - »Sie haben recht, der Bann muß gebrochen werden; aber wie?« - »Heute morgen war mein Entschluß gefaßt. Was seitdem geschehen ist, hat ihn umgestürzt. Überlegen wir zuerst, wo und wie wir stehen. Sie wissen, daß mein guter Vater um Seraphinen angehalten hat?« - »Das wußte ich nicht. Auch er? Oh, die Sirene!« - »Tun Sie ihr nicht unrecht, wie ich es zuweilen getan. Seit einer Stunde ist ihr Herz, ein edel und warm empfindendes Herz, mir klar.« - »Auch die Maske, welche sie bisher standhaft getragen, um sie auf einmal bei Wallenbergs Werbung abzuwerfen?« - »Vielleicht ließ sie die Maske nur fallen, weil ihr der Graf mit seinen Anträgen zu scharf zusetzte.« - »So sprach Graf Wallenberg auch für Ihren Herrn Vater?« - »Für ihn und für sich.« - »Und für mich«, platzte Roland heraus. - »Vortrefflich«, rief Armgard, in die Hände klatschend. »Jetzt ist die Reihe an mir, auszurufen: Auch Sie?! Die Situation beginnt sich zu klären.« - »Verzeihen Sie, mein Fräulein...« - »Daß Sie nicht um mich, sondern um Seraphinen werben, lieber Freund? Ich verzeihe das nicht bloß, ich wollte es Ihnen raten, nachdem ich Seraphinen meinem Vater ausgeredet hätte. So war mein Plan heute früh.« - »Um mich los zu werden? Sehr verbunden! Graf Wallenberg gab mir gerade den entgegengesetzten Rat. Er war gestern im Atelier, nachdem

Sie es verlassen. Ich vertraute ihm meine Absicht auf Seraphinen. Er suchte mich abzubringen, durch allerlei scheinbar wohlgemeinte, triftige Gründe.« - »Dieselben, die er umgekehrt gegen Sie bei Seraphinen brauchte.« - »Während er für mich hätte sprechen sollen. Der Treulose! Ich durchschaue das Gewebe seiner Ränke. Er weist mich hierher, damit er mich aus seinem Wege zu Seraphinen räumt.« - »Und diesen anderen Weg gehen Sie nicht?« - »Teuerste Armgard, Sie wissen, wie hoch ich Sie und Ihren trefflichen Vater verehre. Aber... lachen Sie mich nicht aus... Ihr Reichtum macht mir Angst. Drüben im Kontor fürchte ich mich vor Gespenstern.« - »Und hier vor mir, kleinmütiger Meister?« - »Sie wissen, daß ich Sie nicht fürchte, Armgard.« - »Aber auch, daß Sie mich nicht lieben, der Platz ist besetzt«, sagte das mutwillige Weltkind, wieder vollkommen sie selbst geworden, schlug auf Rolands Herz und setzte flüsternd hinzu: »Ich weiß auch von wem. Und wenn Sie recht brav und folgsam sein wollen, verrate ich Ihnen ein Geheimnis, das ich vor einer halben Stunde auf dieser nämlichen Stelle erfahren habe.« - »Armgard, spotten Sie nicht!« - »Ich spotte nicht. Nein, in ganzem, gutem Ernst sage ich Ihnen: Seraphine liebt Sie wieder, heiß und leidenschaftlich, wie nur Amazonen lieben.« - »Und den Grafen Wallenberg heiratet sie, die geborene Gräfin«, lachte Roland bitter. - »Freveln Sie nicht an dem schönsten Gefühl, das Ihnen jemals geweiht worden ist. Seraphine opfert ihre Liebe für Sie dem, was sie für Ihr Glück hält, einer Verbindung zwischen Ihnen und mir.« - »Das ist Wallenbergs Einfluß. Seine verwünschte Theorie der gemischten Ehen stiehlt mir einen Himmel, den der schlaue Geschäfts- und Zwischenträger für sich behalten will. Aber er irrt sich. Ich zerreiße sein Lug- und Truggespinst. Ich entlarve ihn. Ich...« - »Ich duelliere mich mit ihm, nicht wahr, und mache Seraphinen zur Witwe, ehe sie Braut ist? Pfui, Roland! Was als Lustspiel begonnen hat, wollen Sie tragisch endigen? Ist das künstlerisch gedacht? Schlagen wir vielmehr Meister Puck mit seinen eigenen Waffen, auf seinem eigenen Felde.« - »Über Diplomatenlist geht nichts.« - »Als Künstlerhumor und Mädchenscherz. Überlassen Sie sich mir, lieber Freund. Gestatten Sie, daß ich die Hand einmal führe, welche die meinige auf dem Reißbrett und der Leinwand so treu und so oft geleitet hat.« - »Was haben Sie vor?« - »Einen verspäteten Karnevalsstreich. Maske gegen Maske. Sie wissen doch, was Kreuzmariage ist?« - »Ein Kartenspiel, glaub ich, das ich aber nicht verstehe.« - »Ihre Erziehung scheint mir unverantwortlich vernachlässigt. Kreuzmariage heißt Wallenbergs Theorie von der Ehe, in - Karten übersetzt. Die beiden sich gegenübersitzenden Partner spielen zusammen. Solch eine Partie hat unser Staats- und Herzenskünstler sich ausgedacht, hat bereits die Karten gemischt und gegeben, so daß er, der Kavalier, mit Seraphinen, der Sängerin, Sie, der Maler, mit mir, der Bankprinzessin, moitié machen. Kreuzen wir seine Kreuzmariage. An die Stelle seiner neuen Theorie, Bündnisse zwischen Gegensätzen, bringen wir ein gutes, altes, deutsches Sprichwort: Gleich und gleich gesellt sich gern.« - »Und führen«, fiel Roland ein, »den Maler mit der Sängerin zusammen« (Armgard nickte lebhaft) »und den Grafen mit der Prinzessin.« - Armgard rief hastig und errötend aus: »Von ihr ist nicht die Rede. Sie spielt nicht mit, höchstens als Strohmann, wie im Whist. Auch muß der Graf leer ausgehen, zur Strafe für seine heillosen Kunststücke.« - »Aber die Prinzessin nicht.« - »Sie will's nicht besser.« - »Sie muß wollen, wie die Spielregel will.« - »Sie treiben mein Spiel weiter, als ich beabsichtigte.« - »Im Ernst also: lieben Sie Wallenberg?« - »Wenn das Liebe ist, was Sie für Seraphinen empfinden, Seraphine für Sie... nein. Einer solchen Leidenschaft sind nur bevorzugte, große, poetische Naturen fähig, nicht wir gemeinen Menschenkinder.« - »Aber eine gewisse, kleine, weltliche Neigung, ein Wohlgefallen an Wallenbergs feiner Person, seinem Rang, seinem Geist, seinen eleganten Sitten, ein stilles Gelüst, Frau Botschafterin und Frau Gräfin zu werden - das fühlt meine liebe, kluge, zarte Schülerin; nicht wahr? Offenheit gegen Offenheit, Armgard, oder ich spiele nicht mit!«

Armgard sprang auf, öffnete eine Lade ihres Schreibtisches, dann eine verschlossene Mappe in demselben und nahm daraus eine Zeichnung, die sie Roland überreichte mit den Worten: »Hier ist meine Antwort, Meister.« Dabei überflog ein wunderbar reizendes Erröten das bleiche Gesicht bis hoch unter die dunklen Locken; verschämt barg sie es an Rolands Schulter. Er betrachtete das Blatt, ein Porträt Wallenbergs in Kreide, und sagte, ihr Köpfchen sanft aufrichtend: »Ich spreche meinen Lehrling los für diese Arbeit. Sie ist das Beste, was Sie jemals gemacht haben. Wer das gezeichnet hat, kann nicht nur zeichnen, sondern auch…lieben.« – »Ja,« sprach sie leise und innig zu ihm herauf, »ich liebe ihn, in meiner Art, aber von ganzem Herzen.« – »Nun glaube ich Ihnen,« erwiderte lächelnd Roland, »daß Sie Seraphinen und mich glücklich machen wollen. Unsere Interessen sind dieselben: Sie müssen Wallenberg von Seraphinen trennen, ich Seraphinen von Wallenberg. Ans Werk denn. Ich eile zu ihm und öffne dem Beneidenswerten die Augen.« – »Um alles zu verderben?« – »Ich verstehe Sie nicht.« – »Große Herren schätzen und lieben nur das, was sie verloren haben oder doch verloren glauben. Solange ich frei war, hatte Wallenberg wenig mehr als ritterliche Galanterie für mich. Findet oder wähnt er mich versagt, dann wird meine kleine Person alsbald in einem ganz anderen Lichte vor ihm erscheinen. Spielen Sie also, nur zum Schein und ganz kurze Zeit, die Rolle – wenn auch nicht meines Verlobten, so weit dürfen wir unseren Scherz nicht treiben – doch eines erhörten Anbeters.« – »Eine dankbare Rolle.« – »Die Ihnen doch vorhin recht sauer wurde.« – »Vor Seraphinen. Sie weihen wir natürlich in unsere diplomatische Intrige ein?« – »Keineswegs. Ihre Lebhaftigkeit könnte unsere Erfolge gefährden.« – »Wie aber lösen wir die Beziehungen, die zwischen ihr und Wallenberg schon angeknüpft worden sind?« – »Seien Sie außer Sorgen, Freund Othello. Jago entführt Ihnen Desdemonen nicht.« – »Was bürgt uns dafür?« – »Das Theater!« – »Wieso?« – »Heute ist Fräulein Lomond fest entschlossen, ihm Valet zu sagen. Wenn sie morgen abend zum zwölften Male herausgerufen, mit Blumen überschüttet und von zweibeinigen Pferden im Triumphwagen nach Hause gezogen worden ist, bringen sie vier vierbeinige von der geliebten Bühne nicht weg. Würden Sie den Pinsel niederlegen, um die Stahlfeder drüben im Kontor meines Vaters zu führen?« – »Nicht für alles Gold in dem gespenstischen Schrank mit den sieben Schlössern.« – »Nun denn. Morgen abend spätestens bricht Seraphine mit Wallenberg, wenn sie wirklich schon mit ihm angeknüpft hat.« – »Sie sind ein Engel, Armgard.« – »Weil ich Sie nicht heirate? Sehr verbunden!« – »Ein Dämon sind Sie, ein Geist und Witz sprühendes Teufelchen, ein wirklicher, geheimer Oberbeelzebub, durch den wir das kleine diplomatische Beelzebüblein siegreich austreiben.« – So rief Roland frohlockend aus, umschlang die Prinzessin und küßte sie mit einem Feuer, das für die Darstellung der ihm übertragenen Liebhaberrolle die besten Hoffnungen erwecken durfte.

Genau in demselben Augenblick öffnete sich die Tür; Herr Krafft und Seraphine kehrten zurück: jener nicht mehr strahlend, wie er gegangen, sondern niedergeschlagen und sehr ernst; diese, als sie der malerischen Gruppe ansichtig wurde, vor tiefem, innerem Weh zusammenfahrend. »Ihr seid einig, Kinder?« fragte Herr Krafft mit weichem Ton, während Armgard sich von Roland losriß und rasch das Porträt versteckte. – »Vollkommen einig«, jubelte der Maler. – »Das freut mich«, seufzte Papa, nicht ganz aufrichtig. »Mir,« setzte er hinzu, »mir wird es nicht so gut. Wir armen reichen Leute! Wir können uns alles kaufen, was wir nicht mögen. Wenn wir uns aber einfallen lassen, etwas zu besitzen, was man für Geld nicht haben kann, ein bißchen Liebe, Glück, Genuß, den Sonnenschein für den Abend eines mühevollen Lebens – dann wird uns der Wunsch versagt, vielleicht unser letzter, einziger. Fräulein Lomond weist meine Werbung zurück.« – Armgard und Roland kondolierten, die Heuchler. – Seraphine aber sagte, den alten Herrn zärtlich umfassend: »Wenn die treueste kindliche Liebe, wenn Dankbarkeit und Freundschaft…« – Herr Krafft unterbrach sie rauh: »Kindliche Liebe, Dankbarkeit, Freundschaft…wo ich um ein Herz bettelte! Das ist gerade so, als wenn ein schlechter Schuldner Bankerott macht und mich mit zehn Prozent abfindet. Indes…ich nehme sie. Im Geschäft nimmt man, was man kriegen kann. Ihren Arm, schöne Königin, nicht zum Traualtar, sondern zum Abendbrot. Die Henderson hat schon zweimal geschickt. Und ich bin auf den heißen Tag durstig geworden, wie ein Schiffszieher auf dem Leinpfade.«

Allein in den Sternen stand geschrieben, daß Vater Krafft auf den wohlverdienten Labetrunk, Mama Henderson mit ihrem Diner oder Souper, wie mittags mit dem Dejeuner, geraume Zeit warten sollten. Als die vierblättrige Gesellschaft in das Speisezimmer hinübergehen wollte, wurde Graf Wallenberg gemeldet. Er kam, erschöpft und ermüdet, von den verschiedenen Personen des kleinen Kreises in sehr verschiedener Stimmung empfangen; Seraphine maß ihn mit verdrießlich kühlem Blick; er gefiel ihr gar nicht; sie fand ihn, neben Roland, klein, unbedeutend, beinahe unmännlich, seine Eleganz übertrieben, die Sicherheit seines Auftretens verletzend. Mit unbefangenem Gruß ging nur Armgard ihm entgegen, während die beiden Männer, Krafft und Roland, ihn fast gleichzeitig mit sehr widersprechenden Apostrophen überfielen. »Ich weiß alles,« raunte Papa Krafft ihm drohend zu; »Sie sind mir ein schöner Unterhändler. Warum haben Sie mir gestern nicht gleich gesagt, daß Sie auf denselben Abschluß spekulieren, wie ich?« - Noch ehe der Diplomat erwidern konnte, drängte ihn Roland, auf einen Wink der neckischen Prinzessin, in eine andere Ecke und flüsterte: »Ich fange an, Ihnen recht zu geben. Armgard ist ein treffliches Wesen. Wie vielen Dank werde ich Ihnen schuldig sein.« - Wallenberg machte sich von beiden los und bat: »Wollen mich die Herrschaften gefälligst zu Worte kommen lassen? Seit zwei Stunden bin ich unterwegs hierher. Um halb vier Uhr vom Prinzessinnenplatz abgefahren, fand ich die Krafftstraße gesperrt. Ich kehre um, einen anderen Weg zu suchen. Da sprengt mir mein Reitknecht entgegen. Eilige Depeschen an die Gesandtschaft sind angekommen. Ich fahre zurück. Marvál und mein junger Fürst Paul sitzen bereits über der Arbeit; sie dechiffrieren, daß ihnen der Kopf raucht.« - »Darf man fragen, was es gegeben hat?« warf Krafft ein. - »Warum nicht? Morgen werden die Zeitungen die Neuigkeit ohnehin bringen.« - »Wohl erst übermorgen; Sonntags erscheint kein Blatt.« - »Richtig. Meine Nachrichten haben also einen Vorsprung von vierundzwanzig Stunden. Unser Agent in Liverpool telegraphiert einen glänzenden Sieg der Südstaaten; der Bestand der Union sei in Frage gestellt. Aus London meldet man gleichzeitig, England werde die Südstaaten anerkennen.« - »Das gibt«, sagte Krafft aufhorchend, »einen tüchtigen Stoß an der Börse. Amerikaner werden garstig fallen. Ich eile ins Kontor.« - »Papa, schon wieder?« - »Ei was. Bis zum Schluß der Abendbörsen habe ich noch eine Stunde vor mir. Sie wissen nicht, Graf Wallenberg, was Ihre Nachricht wert sein kann.« - »Sie verkaufen?« - »Noch heute abend, soviel wie möglich, um Anfang nächster Woche beim niedrigsten Stand des Kurses doppelt und dreifach zu kaufen.« - »So glauben Sie an den Bestand, den endlichen Sieg der Union?« - »Wie an das Einmaleins. Die nordamerikanische Republik ist eine geschichtliche Notwendigkeit. Ihr Diplomaten mögt so viele monarchische Keile zwischen die Freistaaten des Südens und des Nordens eintreiben wie ihr wollt oder könnt, das Prinzip behält schließlich doch recht. Ich verkaufe und kaufe. Ich gehe an die Arbeit, lasse den Telegraphen spielen nach allen Richtungen. Wer mich lieb hat, folgt und hilft mir. Armgard, komm. Bei diesem Geschäft kann ich fremde Hände nicht brauchen; ich muß es allein und insgeheim machen.« - »Nehmen Sie mich mit,« sagte der Diplomat; »Ihre Auffassung interessiert mich in hohem Grade. Ich möchte mehr von Ihnen hören.« - »Nicht mehr als billig, daß Sie an der Frucht Ihrer kostbaren Neuigkeit sich beteiligen.« - Der Bankier war schon draußen; Armgard, Wallenberg wollten ihm nach. Roland murmelte: »Was gehen mich die Südstaaten an? Ich bleibe hier. Das unheimliche Kontor sieht mich nicht wieder.« - Seraphine erfaßte den Arm des Grafen; sie konnte weder bleiben, allein mit Roland, noch mit Krafft hinübergehen. »Graf Wallenberg,« sagte sie hastig, »ich bitte, mir Ihren Ritterdienst zu widmen. Geleiten Sie mich nach Hause.« - »Mit Freuden, mein gnädiges Fräulein; aber...« - »Kein Aber, ich *bitte* Sie.« - »Das heißt, Sie befehlen.« - Er bot ihr mit einem unterdrückten Seufzer den Arm; sie rauschte, nach einem kurzen Gruß an Roland, der den Abgehenden unruhig nachsah, hinaus.

Zwei Stunden arbeitete Krafft in stiller Kompanie mit Armgard im Kontor; ebenso lange Graf Wallenberg als Geschäftsträger der Primadonna. Er fuhr sie nach der Rosenstraße, ohne daß unterwegs mehr als ein paar nichtsbedeutende Worte zwischen beiden gewechselt worden wären. Er und sie hingen den eigenen Gedanken nach, die weit, weit auseinander liefen. Am Treppengeländer schon empfing sie Signor Beppo. Er hielt der Herrin das Abendblatt entgegen, noch feucht, kaum aus der Druckerei gekommen. - »Una bellissima novella!« knirschte er mit wutfunkelnden Augen. - »Was gibt's? Warum erschreckt Ihr mich?« - »Ecco!« Er zeigte auf einen Artikel unter der Rubrik: »Neueste Nachrichten.« - »Lesen Sie,« bat die Sängerin den Grafen in dem Tone, in welchem Sängerinnen bitten, nachdem sie die Zeitung Beppos Händen entrissen hatte und in ihr Kabinett geeilt war. Wallenberg mußte seine eigene Improvisation vortragen.

» Wir erfahren soeben aus zuverlässiger Quelle, daß unsere gefeierte Primadonna, Fräulein Seraphine Lomond, in der morgigen Partie der ›Amazone‹, der be-

kannten Verirrung des Zukunftsmeisters Bullermann, nicht nur ihren allbeklagten Abschied von unserer Hofbühne nehmen, sondern überhaupt der Kunst und dem Theater Lebewohl sagen wird. Sie steht im Begriffe, sich mit einem in der hiesigen Gesellschaft sehr hochstehenden Herrn zu vermählen. Weiter können wir dem Leser verraten, und zwar ebenfalls aus zuverlässiger Quelle, daß unter dem Pseudonym: Seraphine Lomond, der letzte Sprößling aus einem der ältesten und edelsten Geschlechter des fernen Auslandes bisher sich verborgen hat, demnächst aber aus dem romantischen Dunkel hervortreten wird. Von unserem Standpunkte legen wir begreiflicherweise geringen Wert auf letzteren Umstand; die bedeutende Künstlerin steht uns höher als das vornehme Fräulein. Allein derselbe könnte vielleicht zur Erklärung des hochfahrenden und abstoßenden Wesens dienen, mit dem die sonst so achtungswerte Sängerin ihren Kunstgenossen und den Vertretern der unabhängigen Presse zu begegnen pflegte. H(irsch) M(eyer).«

Die letzte Stelle, eine Quittung über die versilberte Hälfte der zerschnittenen Hunderttalernote, wollte Wallenberg in ahnungsvoller Geistesgegenwart streichen, das heißt verschweigen. Aber das scharfe Auge Seraphinens zwang ihn auszulesen und durchbohrte ihn, da er geendigt hatte. Sie brach in ein schallendes Gelächter aus. »Für diesen Ritterdienst bin ich Ihnen verbunden, Herr Graf. Bisher habe ich die Diskretion für eine diplomatische Eigenschaft gehalten.« - »Es gibt Fälle, wo die gröbste Indiskretion zur feinsten Diskretion wird.« - »Das verstehe ich nicht, es ist mir zu...diplomatisch. Aber ich verstehe, daß dieser infame Artikel mir den Erfolg des morgigen Abends rauben wird. Ich fordere Genugtuung, und zwar durch Sie. Nicht an dem elenden Meyer Hirsch...« - »Hirsch Meyer, liebe Freundin.« - »Einerlei, mein diplomatischer Freund. Dem Hirsch oder dem Meyer, am besten beiden, um den richtigen zu treffen, werde ich selbst meine Karte abgeben, pour prendre congé, mit der Reitgerte.« - »Seraphine!« - »Herr Graf?... Sie *bitte* ich, sofort in die Druckerei zu eilen. Lassen Sie im Morgenblatt die Nachricht widerrufen.« - »Morgen, als am Sonntag, erscheint es nicht.« - »So unterdrücken Sie das ganze Pasquill, oder schreiben Sie in meinem Namen eine Gegenerklärung, die in größtem Plakatformat mit Tagesanbruch an allen Straßenecken klebt. Beppo geht zum Intendanten, zum Regisseur, zum Kapellmeister: ich singe morgen nicht.« - »Liebes Kind!« - »So weit sind wir noch nicht, Herr Graf von Wallenberg. Ich bin weder ein Kind, noch Ihr liebes Kind. Allerdings aber bin ich ein schwaches, alleinstehendes Weib, das sich selbst helfen muß und sich selbst helfen wird. Sie kennen meinen Willen. Er ist unbeugsam. Gute Nacht, Herr Graf.« Damit verschwand das schwache, hilflose Weib im Schlafgemach und gleich darauf berief ein gellendes Sturmgeläut, ähnlich dem vom heutigen Morgen, Signor Beppo und die getreue Marianka, die mit scheelen Blicken an dem hinauseilenden Grafen vorüber hineineilten.

Wallenbergs diskretes Kupee raste in die Expedition des Abendblattes. Die Nummer war ausgegeben, der Pfeil unaufhaltsam im Fluge. »Lassen Sie die Exemplare von der Post zurückfordern, von den Abonnenten abholen.« - »Unmöglich, Exzellenz.« - »Sagen Sie, die Nummer sei von der Polizei konfisziert worden.« - »Damit der Staatsanwalt uns peinlich anklagt auf Amtsehrenbeleidigung und Aufreizung zur öffentlichen Unzufriedenheit?« - »Sitzen Sie; ich zahle alles!« - »Exzellenz, wir sind ein freies Blatt,« sagte mit römischem Bürgerbewußtsein der Chef der Expedition und kehrte zum Einzelverkauf der verhängnisvollen Nummer zurück, welche reißend abging. Wallenberg stürzte, einen nicht ganz diplomatischen Fluch zwischen den Zähnen, zum Hause hinaus in seinen Wagen und befahl, in das Redaktionsbureau der offiziellen Morgenzeitung zu fahren. »Wenn's die Gäule aushalten, mir kann's egal sein,« brummte der Leibkutscher und raste abermals weiter, in das entgegengesetzte Ende der Stadt. - »Der Geheime Ober-Regierungsrat noch im Bureau?« - »Zu Befehl, Exzellenz.« - »Melden Sie mich.« - »Nicht nötig, Exzellenz; belieben nur hinaufzuspazieren.« - »Bester Freund,« sagte der Graf zu dem Geheimen, »ich überfalle Sie wie ein Dieb in der Nacht. Es geschieht im Interesse einer schönen Frau; also werden Sie entschuldigen.« - »Jedes Interesse, das mir die Ehre Ihres Besuchs verschafft, Herr Minister, ist mir von Wichtigkeit.« - »Sehr verbunden! Die heutige Nummer des Abendblattes bringt einen Artikel über unsere Lomond, der sie furchtbar aufregt.« - »Habe bereits gelesen«, lächelte der Geheime, »und darf vielleicht, ohne Indiskretion, dem Herrn Minister gratulieren.« - »Mir?! Keine Ahnung hatte ich von der Nachricht. Die Lomond ist mir empfohlen, ich kann sagen: befreundet. Sie wendet sich an mich um Schutz. Könnte nicht das offizielle Organ, da Sonntag keine Zeitung erscheint, in einem Extrablatt heute abend noch oder doch morgen in aller Frühe das Oppositionsorgan berichtigen?« - »Ein Extrablatt in Theaterangelegenheiten will mir für ein halboffizielles Organ nicht passend erscheinen.« - »Allerdings wahr. Mir fällt ein Auskunftsmittel ein. Geben Sie in dem Extrablatt eine wichtige Nachricht aus Neuyork, die bis jetzt wir allein besitzen, und fügen Sie, gewissermaßen als Postskriptum, die Berichtigung hinzu. Von lokaler Bedeutung ist letztere immerhin. Die Lomond singt morgen nicht ohne Berichtigung.« - Der Geheime hieß die Depeschen aus Liverpool und London willkommen und beschied, während er sie für das Extrablatt redigierte, Herrn Meyer Hirsch, »die Spezialität unseres Organs in Kunstartikeln,« in das Bureau. Bald darauf war das Extrablatt gesetzt, gedruckt, abgezogen. Unter dem Sieg der Sklavenstaaten und dem Ende der Union stand in zierlichster Nonpareille:

> »† Unser leichtgläubiger Kollege vom Abendblatt hat sich wieder einmal einen ungeheuren Bären aufbinden lassen. Es ist *nicht* wahr, daß Fräulein Lomond die Bühne verläßt; *nicht* wahr, daß sie einem hochgestellten Herrn aus der hiesigen Gesellschaft die Hand reicht. Da die böswillig erfundene und ebenso eingekleidete Nachricht dem morgenden Schwanensang der verehrten Künstlerin bei dem Publikum Eintrag hätte tun können, berichtigen wir sie bei gegebener Gelegenheit sofort der Wahrheit gemäß, indem wir alles Persönliche derselben, das uns nichts angeht, dem liberalen Abendblatt und seinem Kunstkorrespondenten überlassen.
>
> M(eyer) H(irsch).«

Mit dieser »Genugtuung« in der Tasche und einem Händedruck wechselseitiger Dankbarkeit an den Geheimen verließ Wallenberg das offizielle Bureau und eilte in die Rosengasse 27. Seraphine hatte sich, mit entsetzlicher Migräne, zu Bett gelegt und empfing ihn nicht; er sandte durch Marianka sein Bedauern und das Extrablatt hinein. Darauf hieß er den Kutscher Königsplatz Nummer eins fahren. »Dein letzter Weg für heute, dann hast du Ruhe,« fügte er gütig hinzu.

Er wischte sich den Schweiß von der Stirn, als er in die ledernen Wagenkissen mehr fiel, als sich setzte. Im Grunde jedoch war er froh, seine Übereilung von heute morgen gutgemacht zu haben; ebenso um Seraphinens wie um seiner selbst willen. Andere Gedanken stiegen in ihm auf, die das Dementi auch der Heirat wegen wünschend wert erscheinen ließen. »Ich hätte nicht geglaubt,« sagte er für sich, »daß der kleine Dienst bei einer großen Sängerin so streng ist.«

Nun, bei Kraffts konnte er sich erholen, der müde Ritter. Die Gesellschaft saß am Tisch, da er eintrat. Roland neben Armgard. An ihrer linken Seite wurde ein Platz für ihn bereitet, ein beneidenswerter. Papa Krafft, durch die Amerikaner wieder in rosigste Laune versetzt, sprach mit scharfem Verstand und aus reicher Erfahrung über die große Frage. Armgard sekundierte mit bald zustimmenden, bald abweichenden Ansichten: immer geistreich und gewandt, bewies sie, daß ein leichtsinnig Weltkind nicht bloß über Mode- und Salonartikel zu reden weiß, sondern auch seinen Sinn und eigenes Urteil haben kann in den wichtigsten Angelegenheiten des öffentlichen Lebens und der Zeit. Roland hörte zu, sichtlich zerstreut; nur auf geheime Winke Armgards mischte er sich dann und wann in das Gespräch. Dem Grafen wurde wohl und behaglich in dieser Umgebung, an der reich besetzten Tafel, in einer Unterhaltung, die positive Interessen und Tatsachen, seine Sphäre, berührte. Zum Dessert gab er, mit diskreter Zensur, seine Irrfahrten im Dienste der Primadonna zum besten. Krafft und Armgard schütteten sich dabei aus vor Heiterkeit. Auch Roland, dem schweigsamen Meister, wurde die Zunge gelöst, als er erfuhr, wie Seraphine unbewußt mit ihm und seiner Verbündeten gearbeitet hatte. So trennte sich in der einträchtigsten, lustigsten Stimmung erst nach Mitternacht der trauliche Kreis.

Wallenberg und Roland gingen, Arm in Arm, die Zigarre im Munde, langsam nach Hause. Der erstere sagte nachdenklich: »Sie sind ein Glückskind, Freund Roland. In der kleinen

Bankprinzessin ziehen Sie das große Los der Ehestandslotterie.« - Der Maler, aus eigener Er-
findung noch einen gewagten Zug dem abgekarteten Kreuzmariagespiel hinzufügend, erwiderte:
»Und Sie wissen nicht einmal, Graf Wallenberg, daß Sie diesen Treffer bereits so gut wie in der
Tasche gehabt haben?« - »Ich!?« - »Sie! Armgard gestand mir eine stille, freilich überwundene
Neigung für Sie. Sie hat, ganz im geheimen, Ihr Porträt gezeichnet, eine wunderbar gelungene
Arbeit, sehr fein aufgefaßt, wenn auch geschmeichelt.« - »Geschmeichelt? Ich danke Ihnen. Daß
ihr Künstler doch immer grob sein müßt!« - »Doppeltes Unrecht, da ich es an Ihnen begehe.
Ihr Opfer, wenn auch ein unabsichtliches, macht mich zum glücklichsten Sterblichen unter
jenem blassen Mond. Hätten Sie das Mädchen nur heute abend gesehen und gehört, wie ich
es getan. Zwei Stunden arbeitete sie mit dem Vater; er gestand, daß sie jedes Kontor, jedes Kabinett dirigieren könnte mit ihren Sprachkenntnissen, ihrem geschäftlichen Überblick, ihrer
sicheren und fertigen Hand; und hernach ihre Konversation am Tisch; wie leicht und doch
wie inhaltsreich, sprühend von Witz und Geist! Sie glauben gar nicht, wie tief ich Ihnen, bester Graf, für diesen Schatz verpflichtet bleibe.« - »Bitte, bitte,« sagte, sehr einsilbig werdend,
der Graf. Auf dem Landschaftsplatz trennten sich die Wege der beiden Nachtwandler; Roland
schlug sich in die Vorstadt, Wallenberg gegen seinen Prinzessinnenplatz. Er ging immer lang-
samer, rauchte immer geschwinder. Sein Läuten an der Glocke des Gesandtschaftshotels war
aus Seraphinens Musikschule: Sturm! Der Portier, der Lakai, der Kammerdiener stürzten erschrocken herbei. Schweigend stieg er die Treppe in den zweiten Stock hinan, begab sich ins
Schlafzimmer, ließ sich entkleiden... Plötzlich schleuderte er seine Zigarre wild von sich, daß
die Funken über den Smyrnaer Teppich stoben. »Verwünscht,« rief er laut aus, »daß ich die
Unrichtige treffen mußte!« - Der Kammerdiener lispelte, indem er die Reste sorgsam aufhob
und auslöschte: »Befehlen Exzellenz eine andere?« - »Was andere, Dummkopf?« - »Zigarre, Exzellenz.« - »Geh zum... zu Bett!« - »Sehr wohl, Exzellenz. Hab' die Ehre, eine gehorsamste gute
Nacht zu wünschen!«

11. Schwanengesang

Der Wunsch des getreuen Kammerdieners sollte leiden nicht in Erfüllung gehen. Graf Wallenberg hatte eine nichts weniger als gute Nacht, vielmehr, gleich der vorigen, eine zweite schlaflose. Schauderhafte Träume störten seinen späten, unerquicklichen Schlummer. Er sah sich auf dem Theater, genötigt, vor einem zahlreichen Publikum, dessen tausend Augen alle auf ihn gerichtet waren, die Partie des Theseus zu spielen und zu singen. Der Chor, der ihn umringte, bestand aus lauter Mitgliedern des corps diplomatique in ihren Galauniformen; der Oberpriester am Opferaltar war, trotz der weißen Perücke und dem Umhängebart, unverkennbar der Minister des Hauses und der auswärtigen Angelegenheiten. Ganz deutlich vernahm er dessen tiefe Baßstimme in dem gewaltigen Chorgesang und Finale:

> Wilde Amazone,
> rüste dich zum Krieg;
> Hellas edlem Sohne
> bangt nicht um den Sieg.
> Sieg:,:

bei welchem Refrain mit den Blechschilden zusammengeschlagen wurde, daß dem unglücklichen Träumer die Ohren gellten. Er selbst bestand, in Angstschweiß gebadet, den Zweikampf mit Antiope, der Amazonenkönigin, die aber nicht Seraphine war, auch nicht Armgard, sondern unsinnigerweise die gute, alte Mrs. Henderson, deren ungeheurer Chignon von falschem, blondem Haar hinten aus dem goldenen Helm herabhing. Und - o Graus - als er, Theseus-Wallenberg, schmählich überwunden zu Boden stürzte, entfiel ihm nicht nur Schild, Schwert und Helm, nein, seine ganze Kleidung, Stück für Stück, verlor er, so daß er im langen Nachthemd und in Unflüsterbaren (das heißt Unterhosen) vor hohem Adel und verehrungswürdigem Publiko stand, vielmehr lag, verzweifelnd sich wälzte, während Antiope Henderson einmal über das anderemal »shocking, shocking« schrie und das gesamte Orchester höhnisch Tusch blies. Mama Henderson machte der entsetzlichen Situation ein Ende, indem sie sich, schamhaft und edelmütig zugleich, über den besiegten Feind warf und ihn kräftig an den Schultern schüttelte - so daß er erwachte. Das Schütteln erwies sich als Wahrheit, allein nicht von der Gouvernante, sondern von seinem Kammerdiener ausgeführt. »Hochgräfliche Gnaden wollen entschuldigen,« lispelte der Getreue, »daß ich mich gehorsamst unterstehe, Exzellenz zu wecken. Die Marianka ist unten, die Jungfer von Fräulein Lomond, wissen Exzellenz; eine schöne Empfehlung und gnädiges Fräulein hätten ihren Stimmschlüssel verloren und er müßte in unserem Offenbacher Wagen sich finden. Da der Kutscher alles vergebens durchsucht hat, dachten wir, Exzellenz hätten den Schlüssel vielleicht an sich genommen.« - »Schlüssel?« lallte der Graf noch schlaftrunken. »Den Chiffreschlüssel hat Marvál.« - »Nicht den Chiffreschlüssel, halten zu Gnaden. Den Stimmschlüssel von Fräulein Lomond in einem grünen Saffianetui sucht Marianka. Sie ist desperat; ihr Fräulein kann ohne Schlüssel nicht ihre Skala singen.« - »Ich weiß von keinem Schlüssel. Man soll mich in Ruhe lassen.« - »Zu Befehl, Exzellenz.« - »Wieviel Uhr ist's jetzt?« rief der Graf dem Abgehenden nach. - »Halb neun, Exzellenz.« - »Daß sich niemand untersteht, vor zwölf Uhr sich hören oder sehen zu lassen.« - »Sehr wohl, Exzellenz.« - Das arme Morgenopfertier der Primadonna legte sich auf die andere Seite, ein unfehlbares Mittel gegen die Fortsetzung böser Träume, zog die grünseidene Bettdecke über die Achsel und versank alsbald wieder in tiefen Schlaf.

Wie er, war auch Roland nach einer ebenfalls nicht sehr ruhigen Nacht durch eine weibliche Botschaft geweckt worden. Herr Raff, genannt Raffael, legte ein viereckiges Brieflein kleinsten Formats von der unleserlichen, kritzelnden Handschrift Armgards auf den Nachtisch. »Von der Millionärin,« brummte er grimmig. - »Was unterstehst du dich?« - »Ist sie's nicht? Um so schlimmer für sie.« - Armgard schrieb: »Unsere Partie steht vortrefflich. Sie haben, lieber Meister, gestern abend gespielt - wie ein Meister. Heute verhalten Sie sich ganz ruhig. Am besten, Sie lassen sich gar nicht sehen, weder bei W., noch bei S., namentlich auch nicht im Theater. (Die letzten Worte unterstrichen.) Morgen begrüße ich Sie als Sieger, vielleicht schon heute abend in meiner letzten Soiree, der Sie nicht fehlen dürfen. Freundlich grüßend A. K.« - Der Rat stimmte zu sehr mit Rolands Neigung überein, als daß er ihn nicht eifrig befolgt hätte. Ihn verlangte nach Einsamkeit. Er steckte sein Skizzenbuch in die Tasche und fuhr mit dem ersten Frühzug auf der Eisenbahn in das Gebirge, Studien zu machen für die Fels- und Waldpartie der Amazonenschlacht. Vor Abend wollte er nicht zurück sein.

Seraphinens Lever zum zweiten Male beizuwohnen, wird der geneigte Leser wenig Lust verspüren. Wir desgleichen. Schleichen wir an der roten Rose vorüber, sachte, sachte. Theaterarzt, Theaterregisseur, Theaterdiener gehen aus und ein. Dumpfe Gerüchte zirkulieren, die Lomond habe absagen lassen und werde nicht singen; andere: sie habe nicht absagen, sondern sich erbitten lassen und werde singen. Die beiden Artikel im Abendblatt und im Extrablatt wandern in den Kaffeehäusern von Hand zu Hand: es bilden sich Parteien für und wider, die Aufregung wächst mit jeder Minute, und trotz sabbatlicher Stille, Glockengeläut und Kirchenparade macht man sich allgemein auf einen unruhigen Abend gefaßt.

In Armidas Garten aber ist Frieden, Asyl. Das Familienfrühstück war im Gegensatz zum gestrigen eine Geßnersche oder Vossische Idylle: Papa Krafft im Lehnstuhl, das Töchterlein ihm Kaffee und Sahne darbietend, Mutter Henderson Brotschnitten röstend und mit selbsterzeugter Butter bestreichend; ein summender Teekessel, im geöffneten Wintergarten lenzartiges Vogelgezwitscher, und durch dessen farbige Scheiben bunte Sonnenlichter, welche die Blumen auf dem Teppich des kleinen Speisezimmers wie lebendige aufblühen ließen. Bevor Vater Krafft in die Kirche ging, die er selten versäumte, vergönnte ihm Armgard einen Blick in ihre Karten; sie erklärte ihm Wallenbergs falsche Theorie und ihre richtige Praxis, durch sie und Roland gegen jenen angewendet. Auch gestand sie, für Roland keine Neigung zu haben, sondern für den Grafen. Dem Bankier konnte der Tausch der Schwiegersöhne recht sein; nicht des Grafen wegen, wie er überlaut beteuerte - was lag ihm daran, dem schlichten, einfachen Bürger? - vielmehr nur, weil Wallenberg doch ein Mann in Amt und Würden, mit dem sich reden, sogar ein Geschäft beraten ließ, welcher Sinn für das Positive, Reelle besaß und zu einer glänzenden Karriere berufen war. Seine Schulden? Pah, man macht ein Auge zu und den Beutel auf. Am Ende weiß man doch, was man für sein Geld hat. Roland hingegen, bei aller Achtung vor dem berühmten Künstler, dem tadellos braven Mann sei es gesagt, er benahm sich gestern im Kontor wunderlich und kramte Ansichten aus, die einem andern Jahrhundert angehören. »Du bist,« - so schloß Herr Krafft seine Bilanz ab - »du bist ein Wettermädel, Armgard; schade, daß nicht ein Bub aus dir geworden ist. Was hättest du für einen Kaufmann abgegeben; und welche Firma für die Ewigkeit - Hans Heinrich Krafft - Sohn! Nun, man kann eben nicht alles ums Geld haben,« so tröstete er sich, griff nach Hut, Handschuhen und Gesangbuch und schritt, erhobenen Hauptes, aufrecht und steif, hinweg in die Kirche.

Armgard blieb allein zurück. Ihre Morgenandacht bestand in einer Generalbeichte, welche sie sich selber ablegte. Ja, sie mußte sich der Hoffart und der weltlichen Eitelkeit zeihen. Der Hoffart: denn da sie gestern nacht den schwarzen Lockenkopf selig lächelnd in die Spitzenbesätze ihres Kissens begrub, drehte er sich vor Vergnügen und Stolz darüber, daß sie, ein kleines Mädchen, an ihrem ganz kleinen Finger einen großen Staatsmann, einen großen Künstler, eine große Sängerin, einen großen Bankier zu führen gewußt, in letzterem obendrein ihren leiblichen Herrn Vater. Der weltlichen Eitelkeit: denn als erste Quelle ihrer Neigung zu Wallenberg gestand sie, wie dies auch Roland richtig herausgefunden hatte, ihr Gelüst, Frau Gräfin, Frau Gesandtin zu werden. Verargen wir es indessen dem armen Kinde nicht zu sehr. Sie, die alles besaß, was für Geld zu haben ist, mußte eines Vorzuges bisher schwer entbehren, der in weiblichen Augen ungemein viel zu gelten pflegt, sich aber nicht kaufen läßt, des Vorzuges vornehmer Geburt. Herr Krafft ging nicht zu Hof; die Ehre, ausnahmsweise auf die Liste der Eingeladenen gesetzt zu werden, hatte er, gleich der Pairie und Nobilitierung, dankend abgelehnt. Auch die ministeriellen Abendgesellschaften sahen ihn selten. Ich bin, pflegte er zu sagen, kein Bauernfeldscher Komödien-Bankier und Theatervater, der im ersten Akt getauft, im dritten geadelt werden muß, um im vierten einen ruinierten Baron zum Eidam zu kriegen. Meine Tochter und ich, wir halten uns zu unsersgleichen, wo wir weder hochmütig geduldet, noch herablassend ausgezeichnet werden, wo unser natürlicher Platz ist. Wer uns da sucht, sei willkommen, höher hinauf streben wir nicht. Armgard rivalisiert nicht mit den gnädigen Komtessen, weder im Vermögen, noch in der Erziehung; sie bleiben unter sich, wir unter uns... So und ähnlich lautete Hans Heinrich Kraffts gesellschaftliches Glaubensbekenntnis, worauf sein Töchterlein, wohl oder übel, mitschwören mußte. Das hinderte jedoch nicht, daß sie manche Zurücksetzung, eingebildete noch mehr als wirkliche, bitter empfand. Und dennoch mochte sie sich nicht entschließen, durch eine Verbindung in der Residenz in deren hohe Kreise sich gleichsam einzuschmuggeln. Halbe Stellungen waren ihr ein Greuel. Ihr Sinn stand in die Ferne, die Weite. Ein fremder Ritter sollte sie erlösen aus dem heimischen Bann und Zwang. Wallenberg schien ihr von der ersten Begegnung ganz und gar zu diesem Ritter vorbestimmt zu sein. Er näherte sich ihr auch zuweilen in nicht zu verkennender Absicht; aber es fehlte das zwingende Motiv zu einem Abschluß des gegenseitigen Verhältnisses. Dieses wurde endlich gegeben in Rolands verstellter Werbung. Seit dem gestrigen Abend wußte Armgard, daß sie des Grafen, trotz seines Sturms auf Seraphinen, sicher sein durfte. Ihre Träume, die sie am lichten Tage ausspann, zeigten ihr schon schimmernde Nebelbilder einer Hofjagd in Compiègne, des königlichen Drawing-Room im St.-James-Palast, einer Schlittenfahrt auf der Newa. Dort, in einer Weltstadt, an einem großen auswärtigen Hoflager, unter einer neuen Gesellschaft war ihre Stelle. Daß sie dieselbe würdig ausfüllen, daß sie dem Grafen nicht allein eine passende Gräfin sein würde, sondern auch ein treues und gutes Weib, eine Lebensgefährtin im Ernst und Scherz, dessen war sie sich bewußt. Sie liebte ihn auf ihre Weise und wollte auf die seinige von ihm geliebt werden. Kein Roman, kein Ideal, eine im besten Sinn moderne Ehe schwebte ihr vor, an deren Glück für beide Teile sie keinen Augenblick zweifelte.

So verging unter rosigen Fernsichten für Armgard der Sonntagmorgen, während Seraphine in tiefer Stille und Abgeschiedenheit sich für den Abend zu sammeln suchte. Ihr Herz war kleinmütig und schwer, die Erinnerung des gestrigen Abends lastete darauf. Sie ließ niemanden vor, legte alle Botschaften, Beileidsbezeigungen wie Glückwünsche, die sie bei ihrem Abschied begrüßen wollten, stumm beiseite, darunter auch ein kostbares, riesiges Bukett, das Graf Wallenberg am Nachmittag mit seiner Karte schickte, blaue und weiße Kamelien, die Farben seines Hauses und der Menteith, kunstvoll in Würfel geteilt nach schottischer Weise... Welcher Dämon nur über sie gekommen war, daß sie die Geschichte ihrer Vergangenheit plötzlich offenbart hatte? Was galt ihr heute ein verklungener Name, der verlassene Stand, die freiwillig aufgegebene Heimat? Seraphine Lomond hieß sie, dem Theater gehörte sie an; sie vermochte, dem Glück des Freundes ihre stille, starke Liebe zu opfern; aber auch ihren Beruf einem Freiwerber aus dem Stegreif, der Aufregung und Verstimmung einiger unruhiger Stunden? - Nimmermehr! Morgen früh, vielleicht noch heute abend, erklärte sie dem Grafen ihre bestimmte Absicht, die Bühne nicht zu verlassen. Fort von hier wollte sie, mußte sie auf jeden Fall. Roland als Armgards Gatten sehen - unmöglich! Aber ebenso unmöglich erschien es ihr, ihre Hand dem Grafen zu reichen und aufzuhören, wie sie angefangen, als Lady. Sie nahm den Vertrag mit dem Impresario der »internationalen Oper« aus dem Nachttisch. Das war ihr Weg: weit, weit in die Welt hinaus, ohne Rast von einer Stagione zur andern, über Land und Meer, in fremde Gegenden, ja Erdteile. Da winkt nicht Frieden und Glück, aber Betäubung, Vergessen, Vergehen, Verschwinden.

Um fünf Uhr meldete Beppo den Theaterwagen, noch feierlicher als gewöhnlich, mit der schaurigen Verbeugung eines - Scharfrichters, der sein Opfer zum letzten Gange abruft. Wahrhaftig, so war ihr zu Sinn; der große, weiße Korb, in welchen Marie den Amazonenstaat gepackt hatte, gemahnte ihre mit finstern Bildern angefüllte Phantasie wie ihr eigener Sarg. Der Kutscher, der begleitende Wagendiener empfingen sie unten in Schwarz, wie Leichenbitter. Eine Menge neugieriger Zuschauer hatten sich an der roten Rose aufgestellt, um sie einsteigen zu sehen. Aus dem ersten Stock schaute der pensionierte Hausgenosse im Samtkäppchen mit langer Pfeife und nickte triumphierend, daß er den Poltergeist los wurde. »Zum letzten Male,« so winkten ihr alle diese Zeugen zu, »zum letzten Male!«

Der Theaterplatz wimmelte von Menschen, die sich um die Kasse drängten, wie gestern um die Vater Kraffts. Der Wagen vermochte nur im Schritt zu fahren; man umringte ihn, sah in den Schlag, fragte, und als der Diener auf dem Bock schmunzelnd nickte, brachen donnernde Rufe aus der Menge los: »Lomond hoch! Die Amazone lebe! Hierbleiben! Nicht fortgehen!« Seraphine, die, tief verschleiert, sich in eine Ecke drückte, wollte sich nicht zeigen und wurde von Marianka über diesen Mangel an Rücksicht bitter ausgezankt. Die schlaue Tschechin wußte in solchen Stunden, wo ihre Herrin weich oder trübe gestimmt war, ihr Regiment über dieselbe staatsklug zu befestigen. »Pana san fuchtig,« sagte sie schmollend, »an Tag wie heutiges. Aber Leute arme können nix vor Laune von gnädige Fräulein. Wann Leut' net schreien möchten, wär' Pana auch net recht.« Und sie nickte begütigend nach beiden Seiten, der linken und rechten, wie der verantwortliche Minister eines unverantwortlich übel aufgeräumten Monarchen, zeigte dem Volke ihre weißen Zähne und empfing herablassend die Huldigungen für die unsichtbar bleibende Heldin des Abends.

Endlich hielt die alte Karosse, ein ausgedientes Inventarstück des königlichen Marstalls samt den lebenssatten Schimmeln, die ihn zogen, an der kleinen, mit einem bescheidenen Schutzdach versehenen Seitenpforte, welche den Weg zur Bühne verschloß, eine Treppe, steil und dunkel, wie der Anfang des Tugendpfades im alten Kirchenlied, von einer ewigen Lampe auch am Tage matt erhellt. Der Theaterwachtmeister in großer Uniform öffnete die schmale, eiserne Tür. Seraphine trat in das Zwielicht des Bühnenraumes und atmete hoch auf in der heimatlichen Luft, die sie umfing, jene unbeschreibliche, eigentümliche Theateratmosphäre, gemischt aus Gas, Öl, Spiritus, Kolophonium, Staub, Holz, Leinwand, Leder, Samt, Seide, Wolle, allen möglichen unter- und überirdischen Gerüchen. Auf den Brettern, die sie überschreiten mußte, um in ihre Garderobe zu gelangen, hatte sich das Chor- und Ballettpersonal, fertig kostümiert als Amazonen, hellenische Krieger und Priester zu ihrem festlichen Empfang versammelt und bildete ein Spalier, durch das sie hindurchschritt, Marie mit dem weißen Korb stolz hinterdrein. Auch die Zimmerleute in Sonntagsjacken, jeder ein Sträußchen im Knopfloch, die Garderobeoffizianten, männliche wie weibliche, die Hausstatisten brachten der Primadonna ihren Gruß. In der Kulisse erwarteten sie der Regisseur, Bassist Braun, im Gewand des Oberpriesters, und Theseus, der erste Bariton. Der Regisseur küßte ihr die Hand, Braun väterlich die Stirn, Theseus kollegialisch die Wange. Von beiden letzteren geführt, unter Vortritt des Regisseurs, stieg sie die paar Stufen zu ihrer Garderobe empor. Die Tür öffnete sich, blendender Lichterglanz strahlte ihr entgegen. Sämtliche Kunstgenossen, Oper, Schauspiel, Ballett, waren in dem mit Blumen, Teppichen und Draperien geschmückten Gemach aufgestellt. Ein rot gedeckter Tisch in der Mitte trug zwischen Armleuchtern und Lorbeerkränzen mit langen Schleifen einen silbernen Amazonenschild, ein Meisterstück aus der Werkstatt der Gebrüder Kilian, das Abschiedsgeschenk des Theaters an Seraphinen. Sprachlos stand sie da, hörte die feierliche Rede des ältesten Mitglieds, Helden- und Väterdarstellers Reißmüller, und empfing aus den Händen der tragischen Mutter, Madame Wandel-Schneider, den Schild, der in der Mitte ihr Medaillonporträt, um den Rand eine Darstellung der Amazonenschlacht in getriebener Arbeit und auf der Rückseite die Inschrift trug: »Der Königin der Amazonen von ihrem treuen Volk am Abend des Abschieds.« Schwere Tränen stürzten aus den Nixenaugen; die Sängerin vermochte nur unzusammenhängende Worte zu stammeln und fiel aus einem Arm in den andern, bis der Regisseur, die Uhr ziehend, an das Ende der ergreifenden, für seine Vorstellung gefährlichen Szene mahnte. Seraphine blieb allein und streckte sich, noch ein paar Minuten vor dem Kampf zu ruhen, auf die Chaiselongue, während Marie den Korb auspackte. die fleischfarbenen Seidentrikots, Sandalen, den silbernen Helm und Harnisch, Arm- und Beinschienen, die weiße Tunika, in blau à la Grecque gestickt, das Tigerfell, das um die Schultern fliegt, auf der Brust von zwei silbernen Krallen gehalten, das Schwert mit dem Wehrgehäng, und die Requisiten des Toilettetisches, Schminke, Farben, Pinsel, Schwamm, Haarpuder, Quaste, Hasenfuß, Bürsten, Kämme, Handspiegel... nichts war vergessen. Die Amazone kleidete sich an. Als sie fertig vor dem hohen Trumeau stand, aus dem ihr im tageshellen Lichte zweier Gasflammen ein vollendet schönes Bild entgegenkam, schön von dem frei und voll herabwallenden Goldhaar bis zu den Silberfransen der blauen Sandalen, da ging ein Lächeln, das erste des Tages, in dem wunderbar beseelten Antlitz auf. Sie drückt den Helm aufs Haupt, ergreift mit fester Hand den goldenen Herrscherstab und schreitet, wirklich mit dem Gang einer Königin, hinab zur Bühne, zu ihrem harrenden Volke. Aber plötzlich bleibt sie auf der schmalen Stiege erschrocken stehen. Ihr fehlt etwas. »Marie,« ruft sie aus, unter der Schminke erbleichend, »Marie, mein Pferdehaar.« - »Jesus, Maria, Joseph, hab' ich vergessen auf Pferdehaar.« - »Unglückliche, gerade heute.« - Marie ist schon auf und davon. Bald weiß die ganze Welt hinter den Kulissen, daß der Primadonna ihr Pferdehaar vergessen worden ist. Sie singt niemals, ohne um den kleinen Finger der linken Hand ein Roßhaar gewickelt zu haben; ein untrügliches Mittel gegen die Jettatura, auf welches das ganze Theatervölklein von der Skala bis San Carlo schwört. Lächle der geneigte Leser nicht über solchen Aberglauben bei einem sonst nicht übertrieben gläubigen oder primitiven Stande. Die Bühnenkünstler geben in diesem Punkte den Hirten, dem Weidmann, dem Matrosen nichts nach. Wir kennen handfeste Gesellen unter ihnen, welche nicht auf die Bretter treten, ohne vorher dreimal ausgespuckt zu haben, wohl zu merken: hinter sich, über die linke Achsel. Am Freitag eine neue Rolle oder Gesangspartie zu liefern, wagt kein Freigeist des Theaters. Für die Amazone hängt der Erfolg eines Abends an einem Haar, dem bewußten Pferdehaar. Ein Königreich, nicht für ein Pferd, nur für ein Pferdehaar! - Eben kommt Marie atemlos zurück. Der dienstfertige Inspizient, Herr Lindemann, hat Rat gewußt. Er eilt hinunter in den Hofraum, wo die lebenssatten Schimmel unter einem Schuppen neben Feuerspritzen und Leitern warten, bis auf den Brettern die Opfer der Tragödie gefallen sind und nach Hause gefahren werden. Ein kühner Griff und Riß liefert eine Handvoll des bewährten Zaubermittels. »Ist's auch gewiß ein echtes?« fragte Seraphine, den Finger umwickelnd. - »Frisch vom Fasse,« versichert der scherzhafte Herr Lindemann, und Marianka bestätigt es, seinen Namen als gute Tschechin naturalisierend: »Hab' ich gesehen mit Augen meinige, wie Pan Lipoman ausraufen hat aus Schweiferl von weiße Schimmel an Theaterkutschen.«

Das zweite Glockenzeichen war inzwischen gegeben worden; noch eine Viertelstunde und die Vorstellung begann. Im Orchester, dessen Mitglieder in schwarzem Frack und weißer Halsbinde erschienen, wurde eingestimmt. Maestro Bullermann, der selbst dirigierte, eilte von einem Pult zum andern, um noch einige Korrekturen letzter Hand anzubringen. Parterre und Galerie waren gedrängt voll; die Logen und Sperrsitze füllten sich allmählich. Den Besuch des Hofes, beider Majestäten, der Prinzen und Prinzessinnen hatte der Intendant, als er Seraphinen begrüßte, angekündigt; die Uniformen der Adjutanten und Kammerherren zeigten sich bereits im Hintergrunde der großen Mittelloge.

Seraphine lugte hinaus in das wie ein Bienenschwarm summende Haus durch jenes kleine Loch im Vorhang, wodurch man von der Bühne aus das Schauspiel im Zuschauerraum betrachtet, zuweilen ein nicht weniger interessantes, als das auf den Brettern gegebene. Sie suchte in der dritten Reihe der Parkettsitze den Eckplatz links. Der Platz war leer. Oft, wie oft hatte sie Roland an dieser Stelle gesehen; er kam immer frühzeitig, wenn sie »zu tun hatte«, wie der malerische Kunstausdruck der Bühnensprache lautet. Zuweilen begegneten sich ihre Blicke, der ihrige durch das runde, winzige Fensterlein - die Mundöffnung in der tragischen Maske - der seine von unten, unbewußt, wie magnetisch ineinander treffend. Heute nicht; Roland blieb aus. Auch Wallenbergs Gesandtschaftsloge im ersten Rang war noch unbesetzt. Dagegen tauchte eben in einer Loge des zweiten Rangs Armgards zierliche Gestalt auf. Hastig zog sich die Amazone von ihrem Beobachtungsposten zurück in ihr Zelt, dessen Vorhänge hinter ihr zufielen. Wenn er, statt in seinem Parkettsitz, plötzlich droben, in der Loge, hinter ihr sichtbar würde! Sie stünde nicht dafür, daß sie bei diesem Anblick nicht zusammenbräche, gleichviel, welches Ende ihr Schwanenlied nähme!

Beim Eintritt des Königs und der Königin erhob sich Bullermanns Stab, die Introduktion brach los; Totenschweigen lag über dem, jetzt in allen Rängen und Räumen, Kopf an Kopf, übervollen Hause. Der Vorhang rauscht auf: der Chor der Amazonen hält Kriegsrat über den gefangenen Theseus. »Zum Gericht!« schmettern die hellen Weiberstimmen, wiederholen rufend, drohend die Trompeten. Da schlagen sich die Gardinen des königlichen Zeltes langsam auseinander; Antiope steht da im siegreichen Glanz ihrer Schönheit, den goldenen Zepter gebieterisch erhebend. Ein minutenlanger Jubelsturm durchrast bei ihrem Anblick das Theater;

die Masse der Zuschauer erhebt sich wie ein Mann, weiße Tücher wehen herab aus den Logen, Kränze und Blumen regnen von allen Seiten auf die Bretter, der donnernde Zuruf von
tausend Kehlen übertäubt, unterbricht die Musik, bis, auf Bullermanns Wink, das Orchester in
einen dreimaligen Tusch einfällt. Vom Zischlaut einer Opposition keine Spur; die Erscheinung
der Amazone hat ihre Gegner alle überwunden. Erschüttert beugt Seraphine das Haupt unter
diesem Orkan, während die Choristinnen die Blumenspende auflesen und ihr entgegenhalten.
Sie nimmt mit tiefer Verbeugung einen Strauß und legt ihn am Altar des Mars nieder, dessen
Stufen bald mit friedlichen Opfern bedeckt sind. Allmählich sinken die Wogen des Beifalls; mit
zitternder, aber mit reiner und klangvoller Stimme setzt die Sängerin ein: »Wer richtet ohne
mich, die Königin?« und führt, von Takt zu Takt an Sicherheit, Fülle und Kraft des Tones ge-
winnend, ihre große Szene mit dem Chor der Amazonen durch, an deren Schluß der Held der
Hellenen herbeigeführt wird. Das darauffolgende lange Duett mit ihm hat Seraphine niemals
mit solcher Vollendung gesungen und gespielt, wie heute, von dem Anfang an:

> Theseus bist du, des Aegeus Sohn?
> Du sagst es!

bis zu dem berühmten Parlando, wo die Wendung eintritt:

Lebe, Theseus...lebe für mich!
und der verschlungenen Schlußstrophe.

> Mein Herz, das nie empfunden,
> bekennt sich überwunden;
> o Sieger, nimm es hin.
> Erwacht zu neuem Leben,
> will ich mich dir ergeben,
> ein Weib, nicht mehr die Königin!
>   Du hast in wenig Stunden
> zweimal mich überwunden,
> erhabne Königin!
> Du schenktest mir das Leben,
> dir will ich's wiedergeben,
> nimm den besiegten hin.

Auf gleicher Höhe hielt sich die Künstlerin in dem lärmenden Finale, dem Aufstand ihrer Ama-
zonen gegen sie, durch Theseus Freilassung und Flucht erregt. Sie war wirklich »superba« wie
Signor Beppo zu sagen pflegt, als sie den goldenen Stab zu Boden warf und dem tobenden
Schwarm die Worte zuschleuderte.

> Fort mit der verhaßten Bürde,
> mit dem unfruchtbaren Stab;
> müde der geborgten Würde,
> leg' ich sie freiwillig ab.
> Mars, du Schutzgott dieser Scharen,
> dem ich mich gelobt, verzeih'!
> Lebet wohl, ihr Undankbaren;
> seht: Antiope ist frei!

Wie oft sie nach diesem glänzenden Abgang und Aktschluß, wie oft vorher bei offener Szene
gerufen worden, haben Hirsch Meyer und Meyer Hirsch in ihren Berichten über die denkwür-
dige Vorstellung gewissenhaft aufgezeichnet. Uns interessiert es mehr, zu erfahren, was hinter
dem Vorhang und den Kulissen sich begeben. Da sehen wir denn, wie die Königin nach ihrer
Abdankung in ihre Garderobe schwankt, die Tür für jeden Besuch verschließen läßt und unter
Mariens Händen wehklagend zusammenbricht. Sie muß sich umziehen, aus dem ehernen Ama-
zonenschmuck in das unscheinbare Gewand eines griechischen Sklaven, in welcher Verkleidung

sie im zweiten Aufzug Theseus' königliche Burg aufsucht. So hat sie einen willkommenen Vorwand, allein zu bleiben.

»Marie,« seufzte sie, »er war nicht da!« - »Doch, Pana, war er da. Hat gesessen vorn in Löwengruben, mit Speckpertiv langmächtigen immer geschaut.« -»Wer spricht von ihm, von Wallenberg?« -Ihn hatte sie allerdings entdeckt unten in der Proszeniumsloge rechts, welche die Löwengrube genannt wird, weil die Lions der vornehmen Welt darin sich versammeln. Was galt ihr Hekuba, der Graf? Roland suchte sie während des ganzen Aktes. Er hatte sich nirgends sehen lassen; auch nicht auf der Bühne, versicherte Marie. Also ist es entschieden: er bricht mit Seraphinen. Nicht einmal ihren Schwanengesang hört er mehr... Mit tiefem Herzeleid kroch die Gequälte in die dunkle, ärmliche Tracht, die zu ihrer Stimmung paßte. Am liebsten wäre sie in einer Versenkung verloren gegangen für den ganzen Abend, für die ganze, ihr unsäglich gleichgültige Welt. Aber nein, sie muß hinaus, muß singen, spielen. Herr Lindemann pocht an die Tür, der zweite Aufzug hat bereits begonnen. Gleich kommt das große Terzett zwischen Antiope, Theseus, Phädra; darauf der Amazone leidenschaftlicher Monolog, anhebend mit einem ausdrucksvollen Violoncell-Solo. O Himmel, wenn sie gewußt hätten, die klatschenden, Bravo rufenden, verzückten Menschen da drunten, daß es wahre, wirkliche, blutige Tränen waren, die sie weinte mit dem weinenden Instrument! Wenn sie in das gebrochene Herz hineinsehen konnten, aus dem, wie ein Ausbruch der eigensten Empfindung, die zürnende Klage emporstieg:

> Daß er mich verlassen,
> ich kann sie nicht fassen,
> die schreckliche Tat!
> O Schmach ohnegleichen,
> der Feindin zu weichen;
> o schnöder Verrat.

»Das ist keine Kunst mehr,« jubelten begeistert, außer sich, alle Kenner, »das ist Natur, höchste, reinste Natur.« Sie ahnten nicht, die glücklichen Menschen, wie recht sie hatten, aber auch wie unrecht. Doch verstummte jeder laute Beifall, und ein kalter Schauer, beredter und schmeichelhafter als der lärmendste Applaus, ging durch das Haus bei dem Schluß des Monologs.

> Hört, ihr Unsterblichen, -,
> hört mich geloben!
> Helft, ihr Verderblichen
> drunten und droben!
> Rache geschworen
> sei ihm und ihr;
> er ist verloren,
> stirbt von mir.
> Stählt meine Sehnen,
> weiht diesen Leib:
> Tod dem Hellenen,
> Tod seinem Weib.

Seraphine sang diesen Fluch - sie knirschte und keuchte ihn mehr, als sie sang - abgebrochen, in einzelnen Sätzen, bei jedem einen Schritt weiter in das Proszenium vortretend, die rechte Hand immer höher hinaufstreckend. Ihr Busen flog. Das Auge, nicht mehr nixenhaft glänzend, sondern stechend wie das einer Furie, streifte mit einem grünen Schlangenblick eine Loge im zweiten Rang; wir wissen, welche. Graf Wallenberg, welcher darin saß - er hatte im Zwischenakt einen Besuch gemacht und war hängen geblieben - fuhr, wie vom Blitz getroffen, zurück. Es fehlte nicht viel, so hätte er Armgards Opernglas von der Brüstung hinuntergeworfen. Die kleine Bankprinzessin lächelte in das Bukett, das sie in der Hand hielt. Den Schrecken des Diplomaten verstand niemand besser als sie, die geheime Ober- und Gegendiplomatin, wie sie allein auch wußte, warum die Lomond heute so ganz und gar wunderbar sang und spielte, wen das Verderben sprühende Auge der Amazone gesucht und nicht gefunden hatte an Armgards grüner Seite. Denn grün war sie heute, lichtgrün, die Frühlingsfee, wie sie veilchenblau am Freitag gewesen. Sie hatte eine unglaubliche Toilette gemacht, zu Ehren der scheidenden Freundin, versteht sich; eine Toilette, wie sie Millionärinnen nicht machen können, wenn sie nicht vor den Nullen des väterlichen Schatzes oder Erbes eine eigene, angeborene Ziffer besitzen, Geschmack und Verstand. Eine Robe trug sie von meergrünem Moiree-Antique mit ellenlangem Schlepp, aufgeputzt mit weißen Valenciennes; in dem Lockenkopf aber, an der Brust und in der Hand natürliche Maiblumen, die frisch dufteten und ihre Glöcklein lustig schüttelten, so oft sich der lebendige Frühling bewegte. Graf Wallenberg konnte sich nicht satt sehen an dem reizenden Wesen, wie überhaupt das Kleeblatt in der kleinen Loge ausnehmend guter Dinge war und im herzlichsten Einverständnis von Minute zu Minute erstaunliche Fortschritte machte. Papa Krafft hatte nach der Kirche telegraphische Nachrichten über seine Amerikaner erhalten, die ihn in die rosigste Laune brachten. Auf den Diplomaten fiel ein Schimmer dieser Laune; war er es doch gewesen, der die erste Anregung zu dem vorteilhaften Geschäft gegeben. Wallenberg selbst ergötzte sich an einem Turnier mit Armgard, worin beide wetteifernd ihre Gewandtheit im Angreifen, Ausweichen und Verteidigen zeigten und die spitzen, blanken Waffen aneinander versuchten. Gegen den Schluß des zweiten Akts machte Armgard dem ritterlichen Spiel ein Ende, indem sie sagte: »Es wäre grausam, Herr Graf, Sie jetzt noch länger hier zu halten.« - »Grausamer ist es, mich zu vertreiben.« - »Auf der Bühne wird man Sie längst erwarten. Gehen Sie und überbringen Sie unserer Freundin, die sich heute selbst übertrifft, Papas Bewunderung und von mir diesen Strauß Maiblumen.« - »Ohne eine für mich zu unterschlagen?« - »Eine Maiblume im Knopfloch eines Diplomaten? Warum nicht gar! Der Strauß ist nicht einmal kostbar genug, ihn Seraphinen auf die Bretter zu werfen. Nur der Träger verleiht der Gabe ihren Wert. Auf Wiedersehen, mein Herr Geschäftsträger.« - »In Armidas Zaubergarten.«

Die außerordentliche Gesandtschaft war dem Grafen nicht unwillkommen. Seraphine hatte ihn für den zweiten Zwischenakt zu einem Besuch eingeladen, der nun, durch Armgards Botschaft, unverfänglich nach beiden Seiten wurde. So begab er sich denn hinunter und hinauf, nicht ohne dem Zerberus, der an der dunklen Treppe, dem Eingang zur Bühne, Wache hielt, seinen Kuchen in Gestalt eines harten Talers hingeworfen zu haben. Die eigentümliche Welt jenseits des Vorhanges berührte ihn fremdartig, wild, unangenehm. Seit er, ein glücklicher Neuling, im Flügelkleide des Attaché, die Kulissen der großen Oper in Paris dann und wann durchstreift hatte, seit geraumer Zeit also war er nie mehr in ähnliche Regionen geraten. Niemand achtete auf ihn; seine Fragen erhielten halbe oder keine Antworten. Ein Theaterarbeiter rannte den vornehmen Herrn mit einer Zeltstange unsanft beiseite, und ein aufmarschierender Zug hellenischer Krieger, die vom Statistenführer zum Kampf einexerziert wurden, nahm ihn lachend in seine blutdürstige Mitte. Nur die Amazonen des Balletts, die, an der Kulisse mit einer Hand sich haltend, »übten«, das heißt, zum Waffentanz des dritten Aktes die langen Beine ausrenkten, indem sie den Vorübergehenden Nasenstüber mit der großen Zehe gaben, nur diese mitleidigen Seelen erbarmten sich des verschlagenen Wanderers. Eine derselben, ein Berliner Kind, hing sich dienstfertig an seinen Arm und forschte im schönen Dialekt vom reinsten Spreewasser nach seinem Begehr: »Wohin, Herr Jraf, mit Ihre schöne Maibommeln?« - »Sie kennen mich, holde Amazone?« - »Na, ob; wir kennen Ihnen alle, Sie oller Daniel aus - der Löwenjrube.« - »Daniel?« fragte der überraschte Prophet. - »Als den Zahmsten von die jungen Löwens in der jroßen Loge nennen wir Ihnen man immer Daniel.« - »Sehr verbunden, mein Kind. Noch dankbarer aber würde ich Ihnen sein, wenn Sie mich zu Fräulein Lomonds Garderobe geleiten wollten.« - »Zur Primadonna? Is nich, Herr Jraf.« - »Warum nicht?« -»Unser König is bei sie auf Besuch,« sagte die Amazone mit Selbstgefühl. Wallenberg machte einen Saltomortale ins tiefste Dunkel der Kulissen. Der König auf der Bühne! Es fehlte nur noch, daß die Majestät ein Stück vom diplomatischen Korps unter seinem Corps de Ballet fand, so war der Herr Minister vor den Scherzen des humoristischen alten Herrn des Lebens nicht mehr sicher. Geschwind ein diplomatischer Rückzug, der dem Grafen auch an und für sich höchst gelegen kam. »Wissen Sie was, liebe Amazone?« sagte er zu seiner Führerin durch das Labyrinth des Bühnenlebens, »ich übergebe Ihnen diesen Strauß und meine Karte, und Sie bestellen beides an Fräulein Lomond,

wenn die Majestät fort ist.« - »Ehrlich, wie ein Dienstmann, ohne Blech,« beteuerte die Gefälli-
ge. Wallenberg schrieb mit der Bleifeder eine hastige Entschuldigung und Armgards Gruß auf
seine Karte und entfernte sich schleunigst, nachdem er den wohlverdienten Botenlohn in die
mit einem zärtlichen Drucke dankende Hand der Tänzerin hatte gleiten lassen. Er war froh,
als er wieder festes Land, den Teppich seiner Gesandtschaftsloge, unter den Füßen fühlte, in
welche Fürst Paul vor wenigen Augenblicken erst eingetreten war. Auf die Frage, wo er solange
gesteckt, antwortete der junge Rundkopf: »Ich habe in der Eile eine Übersicht der Ereignisse
im amerikanischen Kriege zusammengestellt, die wir demnächst brauchen werden.« - »Unver-
besserlich gut,« seufzte sein Chef und zog sein Perspektiv, ein Riesenteleskop, auseinander, um
im zweiten Rang einen Stern erster Größe zu beobachten.

Mittlerweile war in Seraphinens Garderobe die Sonne der Allerhöchsten Gnade aufgegangen.
Der König, der nicht häufig, nur in Ausnahmefällen, auf die Bühne kam, hatte die Sängerin
mit seinem Besuch überrascht. Er sprach sie mit der herzgewinnenden Leutseligkeit an, die
ihm eigentümlich ist. »Als alter Soldat,« sagte er, »dekoriere ich gern auf dem Schlachtfelde.
Empfangen Sie deswegen das Porträt der Königin, das sie Ihnen schickt. Ich bitte Sie, es am
Band meines Ordens zu tragen, zum Andenken an mich, an meine Frau und an den heutigen
Abend.« - Seraphine empfing das kostbare Geschenk aus des Königs Händen und dankte mit
tiefer Verneigung. »Majestät, eine so seltene Ehre...« - »Verdient eine seltene Künstlerin wie Sie,
Fräulein Lomond. Ihr Abschied zeigt, was wir an Ihnen verlieren.« - »Ich scheide sehr schwer,
Majestät.« - »Warum bleiben Sie nicht? Freilich, Sie wollen dem Theater entsagen, wollen heiraten.« - »Bis jetzt nur in den Zeitungen, Sire.« - »Wieder einmal eine Indiskretion der Presse?
Ich weiß ein Lied davon zu singen...Desto besser, wenn Sie sich der Kunst erhalten. Unter uns,
schöne Amazonenkönigin, Ihr Reich ist auch viel unterhaltender als unsere Salons; fast hätte
ich gesagt, als das meinige. Sie haben keine Stände, und Ihr Ministerkonseil besteht aus hübschen Frauen. Aber verraten Sie das meinen Exzellenzen und unseren allezeit getreuen Ständen
nicht.« - »Nicht einmal meinen Kolleginnen, um sie nicht stolz zu machen, Majestät.« - Der
König fügte einige anerkennende Worte hinzu über den Schwanengesang Seraphinens und verabschiedete sich dann von ihr mit einem galanten Handkuß, um auf der Bühne noch hier und
da einen freundlichen Blick oder Gruß fallen zu lassen und hierauf den Rückweg anzutreten.
Dabei mußte er die Front des Amazonenbataillons abschreiten, das sich, trotz allem dornigen
Winken und Pochen des Ballettmeisters, ihm mutvoll in den Weg gestellt hatte. Er musterte die schmucken Waffenröcke, denen auch die strengste Kammer keine Verschwendung an
Stoff vorwerfen konnte, und grüßte mit einem wohlgelaunten: »Guten Abend, Kinder!« worauf,
vollkommen reglementsmäßig, erwidert wurde: »Guten Abend, Majestät.« Dann flatterte die
leichte Kolonne in alle Kulissen, weil Herrn Lindemanns Glockenzeichen und der Stab des
Ballettmeisters sich hören ließen.

Der dritte und letzte Akt begann, der gelungenste der Oper. Nach dem Waffentanz der Amazonen, dem Mordlärm der Schlacht und der Zweikampfszene zwischen Theseus und Antiope
folgte ein Nachtstück, poetisch und wirksam zugleich, der stimmungsvolle Abschluß des Ganzen. Hatte der Theatermond, mit seinem bleichen Schein durch blaue Gläser, beruhigend auf
Seraphinen gewirkt, oder war in ihr die Künstlerin siegreich und versöhnend aus den Kämpfen
des Weibes emporgestiegen? Gleich einem kühlenden Balsam floß die sanfte Musik über die
brennende Wunde ihres Herzens, das sein heißes Blut auszuströmen schien bis zum letzten
Tropfen in dem Lied der Amazone an den Mond, einer klassisch-romantischen Variante auf
das ehrwürdige: »Guter Mond, du gehst so stille.« Seraphine sang:

> O bleicher Stern der Amazonen,
> vor dem mein Knie sich dienend beugt,
> du leuchtest durch die Blätterkronen
> trüb wie mein Aug’ und tränenfeucht.
> Oft wiesest du mit vollem Glanze
> die Wege deiner treuen Magd:

> Zum Sieg im grimmen Waffentanze,
> zum Stand des Wilds auf heißer Jagd.
>   So leih' mir auch zum heut'gen Wege,
> dem letzten, deinen milden Strahl;
> verlaß mich nicht auf engem Stege,
> der abwärts führt, ins Todestal.
>   Mir bangt nicht vor dem Grau'n des Pfades,
> in Schritt noch und er ist vollbracht.
> Ich komme ... Sei gegrüßt, o Hades!
> Theseus, Geliebter - gute Nacht.

Bei dem Ausrufen »Ich komme!« hob sie den im Mondlicht funkelnden Dolch und brach langsam unter dem Stoß zusammen, den Abschied an den Treulosen wie einen gebrochenen Seufzer, kaum hörbar, in das Gelispel der Flöten und Oboen hauchend. Wenig Augen im Hause blieben trocken bei diesem elegischen Ende. Die heißesten Tränen vergoß der kleine Polytechniker, der Hausgenosse der Sängerin. Armer Junge! Er hatte seine silberne Taschenuhr auf das Versatzamt getragen, um den erhöhten Eintrittspreis auf die Galerie zusammenzubringen, wo er, eingeklemmt zwischen die kompakten Massen sonntäglicher Theatergäste, den Schwanengesang der Künstlerin und zugleich das Totenlied seiner kindlichen, kindischen, seiner ersten Liebe hörte. Nachdem es verhallt war, kamen die Amazonen, suchend nach ihrer Königin. Fackeln irrten durch den Bergwald, von Fels zu Fels auf gewundenen Wegen niedersteigend, bis die schöne Leiche gefunden wurde unter dem Schatten einer mächtigen Pinie, ausgestreckt auf bemoosten Steinen, den Kopf rücklings übergelehnt, so daß das entfesselte Goldhaar lang und schwer herunterfiel, die rechte Hand, welcher die tödliche Waffe entglitten war, schlaff niederhängend. Sie deckten sie zu mit dem Königsmantel und sangen, den geweihten Mondreigen um sie schlingend, die leise Totenklage:

> Sie, die noch gestern
> unter den Schwestern
> gleich wie die Zeder im Bergwald stand,
> wehe, sie fiel aus der schimmernden Höhe,
> wehe, wehe,
> fiel durch die eigene, tapfere Hand!

Seraphine lag unter dem Mantel, aufgelöst in sanftes Weinen. Ihr war zumute wie einem selig abgeschiedenen Geist, der die Klagelieder der Zurückgebliebenen aus der Ferne vernimmt und durch jede Tonwelle weiter von ihnen und von dem Strande der Lebendigen hinweggerissen wird in das offene, stille Meer des Todes. An ihrem Auge ging, während sie so regungslos dalag, ihr ganzes Leben vorüber: Erinnerungen aus dem Nebel ihrer Kindheit, ihre Flucht, die Anfänge ihrer Künstlerlaufbahn, ihre strahlende Begegnung mit Roland, ihre Ankunft in der Residenz, ihre Triumphe, der heutige Abend - alles in verschwommenen Bildern, schattenhaft. Sie träumte und hätte niemals erwachen mögen. Doch weckte sie unsanft der fallende Vorhang, das wiederkehrende Gewitter des Beifalls, Hervorrufs, Abschiedsjubels, das schonungslos über sie hereinbrach. Sie mußte sich aufraffen, hinausschwanken, einmal, noch einmal, zum dritten, viertenmal - niemand zählte mehr, wie oft - und immer flogen ihr neue Blumenregen, Gedichte, Kränze entgegen. Sie stammelte verwirrt und zusammenhangslos einige Worte des Dankes und des Abschieds und durfte endlich, endlich in ihrer Garderobe verschwinden.

Dort erst fand sie Ruhe, als Haus und Bühne langsam sich geleert hatten. Ihre Genossen fühlten Mitleid mit ihrer Erschöpfung und ließen sie allein. Marie mußte die Lichter löschen bis auf eins. Die Amazone wollte da capo sterben: noch einmal, diesmal für sich und ungestört, den Traum ihres Erdenlebens durchträumen und abschließen mit einer ganzen, reichen Vergangenheit. Sie streckte sich aus auf dem Ruhebett, wie draußen auf dem Felsstück, zugedeckt mit dem Mantel, denn ihr war heiß, und nicht ausgekleidet, weil sie, an allen Gliedern zerschlagen, zu matt sich fühlte, um aus dem Theaterstaat in den blauen Schlafrock zu schlüpfen. Sie wollte nur träumen, träumen...

Noch hatte sie nicht lange gelegen, als draußen ein rascher Schritt über die schmale Treppe stürmte, eine feste Hand an die Tür ihrer Garderobe klopfte. So geht, so pocht nur ein Mann der Welt. Hoch horcht sie auf. Weg mit dem Mantel; alle Ermüdung ist vergessen. Noch vor Marien, die öffnen will, steht sie auf der Schwelle, fällt mit einem Freudenschrei in Rolands Arme: »Roland, seh ich dich wieder?« - »Seraphine, du Engel, du Göttliche!« - »Wo warst du den ganzen, langen, tödlichen Tag?« - »In der Wolfsschlucht, wohin das Scheusal gehört,« lachte der von innerem Glück strahlende Künstler, »am Morgen in der des Gebirges, am Abend in der finsteren Parterreloge, die ihr so nennt.« - »Nicht an deinem Platz!« - »Hier ist mein Platz, von dem alle Diplomaten und alle Bankiers der Erde mich nicht vertreiben sollen,« so sagte Roland, indem er Seraphinen zu dem Ruhebett führte und zu ihren Füßen niedersank. - »So kehrst du zurück zu deiner Schwester?« - »Zur Schwester? Nein! Zur einzig und ewig Geliebten, meiner Braut, meinem Weib! Willst du mein sein, du große, du herrliche Amazone?« - »Dein auf ewig, mein Theseus, mein Herr und Meister,« erwiderte sie mit einem Strom von Freudentränen, beugte sich herab zu dem Knienden und begrub ihn in den weißen Nixenarmen, unter den Wogen des goldenen Haares.

Wir machen es wie Marianka, die verschwiegene Tschechin. Auf den Zehen schleichen wir hinaus, ziehen die Tür hinter uns zu und setzen uns auf der Schwelle nieder, Wache zu halten, daß nichts die Glücklichen störe, die sich wiedergefunden haben, eigentlich gefunden, zum ersten Male gefunden in dem offen hervorbrechenden, lange verhaltenen Hochgefühl einer reinen und mächtigen Leidenschaft. Sie lösen einander das Rätsel ihrer Herzen, auch das neckische Spiel der zwei letzten Tage. Mit jedem Wort zerreißt ein Vorhang vor ihren Blicken, eine neue, zauberhaft beleuchtete Szene den trunkenen Blicken enthüllend, hier ein Paradies der Erinnerung, dort einen Himmel der süßesten, sichersten Hoffnung. Mit sich allein, abgeschieden, als wären sie gar nicht auf der Welt, träumten sie, aber anders, als es die Amazone gewollt, zu zweien, Hand in Hand geschlungen, Aug in Auge versunken. Der Schwanengesang der Künstlerin endet in ein hohes Lied der Liebe.

Die Ankunft Wallenbergs, den Marie meldete, unterbrach die kurzen, aber ein ganzes, doppeltes Menschenleben einschließenden Minuten. Ihn hatten Kraffts geschickt, wiederum mit einer außerordentlichen Botschaft. Der kleine Kreis von Auserwählten, der sich heute zum letzten Male in der Saison bei Armgard versammelte, harrte auf die Heldin des Abends, auf den Hausfreund. »Ich soll Sie beide bringen,« lächelte der Diplomat, »lebendig oder tot, so lautet mein Auftrag.« - »Sagen Sie, wir seien selig gestorben,« erwiderte Roland. - »Und auferstanden,« setzte Seraphine hinzu. »Aber nicht, um einen Tag, wie den heutigen, durch eine Soiree zu beschließen. Nicht für eine Million des Papa Krafft.« - »Auch nicht für eine Millionärin,« scherzte Roland. - Wallenberg sah, was mit dem verzauberten Paare vorgegangen war. Er glaubte als Diplomat Herr der Situation zu sein und sagte, listig schmunzelnd: »Ich sehe, daß ich allein zurückkehren muß.« - »Nicht doch,« fiel Seraphine ein. »Wir behalten Sie mit Gewalt für uns.« - »Einen außerordentlichen Gesandten? Das ist Bruch des Völkerrechts.« - »Sie soupieren mit uns beiden.« - »Ein Souper zu drei? Dabei ist immer einer zu viel.« - »Wenn ich aber meinen Ritter nicht herausgeben will? Nehmen Sie sich in acht, Graf Wallenberg. Sie erinnern sich Ihrer gestrigen altrömischen Mission. Ich bat mir Bedenkzeit aus. Vielleicht gebe ich Ihnen zum Dessert die versprochene Entscheidung.« - »Sie ist bereits gegeben«, - lächelte Wallenberg. Ernster werdend fuhr er fort, indem er Rolands und Seraphinens Hände ergriff und zusammenlegen wollte: »Ihr seid einander wert; werdet so glücklich, wie Ihr es verdient, wie ich es wünsche!« - »Welch väterlicher Ton,« rief Roland aus. - Seraphine zog schalkhaft ihre Hand zurück und sagte: »Gemach, mein Herr Diplomat! Sie sündigen gegen Ihre eigene Staatsweisheit und vergessen, daß ich noch eine Antwort auf den dritten Antrag, den aus der Brusttasche Ihrer Toga, zu geben habe. Wie nun, wenn ich ihn annähme?« - Roland unterbrach sie ungestüm: »Keine Wirren und Winkelzüge mehr, wenn ich bitten darf, auch nicht im Scherz. Lieber Graf, Sie haben uns genugsam im Labyrinth Ihrer guten Ratschläge umhergeführt.« - »Ist das mein Dank?« - »Auch noch Dank begehrt er, der große Herzenskünstler!« - »Er begehrt ihn nicht, doch verdient er ihn. Ihr Glück, ist es nicht mein Werk? Begreifen Sie nicht, daß ich Sie beide nur auf die Probe stellen wollte? Sie haben sie glorreich bestanden. Ich gratuliere und ziehe mich zurück.« - Roland und Seraphine sahen erst ihn, dann sich erstaunt an, brachen hierauf in ein schallendes Gelächter aus und riefen wie aus einem Munde: »Eine Probe?!« - Der Diplomat erklärte mit bewundernswertem Aplomb: »Nichts anderes. Vergegenwärtigen wir uns die Lage. Zwei schöne, edle, große Herzen, zwei echte Künstlerherzen spielen seit Jahr und Tag Versteckens, oder Bruder und Schwester miteinander, während sie sich leidenschaftlich lieben. Ein treuer Freund, der beide schätzt und verehrt, der sie auch versteht, obgleich er nicht auf die Höhe ihrer Empfindungen sich zu schwingen vermag, sinnt vergeblich auf ein energisches Mittel, die gespannte Situation befriedigend zu lösen. Ihm fällt ein: wenn man versuchte, die zwei wahlverwandten Seelen zu verbinden, indem man sie scheinbar trennt? Er schiebt zwei fremde Potenzen zwischen sie; er opfert sich selbst zu diesem Zweck. Das Experiment gelingt. Der berühmte Künstler erhält Gelegenheit, seine uneigennützige, reine Liebe im hellsten Licht zu zeigen. Die gefeierte Künstlerin erkennt ihn und sich selbst, gedrängt von der Gefahr, den Teuren zu verlieren. Die zwei für einander bestimmten Seelen finden und verbinden sich, geläutert durch die Schmerzen einer kurzen Prüfungszeit, während der fremde Körper, der seine Aufgabe erfüllt hat, sich, bescheiden und zufrieden mit dem Erfolg, entfernt.« - Seraphine fiel dem salbungsvollen Redner lachend um den Hals. »Der reine Sarastro!« - rief sie aus. »Dafür küßt ihn die dankbare Pamina!« - Der Maler trennte die Umarmung und sagte: »Fremder Körper, hebe dich hinweg. Vollende dein Freundschaftsopfer, indem du dich mit dem zweiten fremden Körper vereinigst. Eine neue Ausgabe der Wahlverwandtschaften, frei nach Goethe von Gustel Wallenberg, dem Diplomaten, wie er sein soll.« - »Mit Randzeichnungen von Meister Roland, in Musik gesetzt von Seraphine Lomond. Gute Nacht, ihr seligen Schwärmer. Ich mache es wie Verrina; ich gehe zum alten Doria.« - »Ecke der Krafftstraße und des Königsplatzes... Wir grüßen herzlich... Wir gratulieren item... Wir lassen uns entschuldigen... Wir empfehlen uns als Verlobte... Und bitten um stilles Beileid...« So jubelten, so sangen die zwei Stimmen durcheinander, hinter dem davoneilenden Freunde her, der seinen diplomatischen Rückzug schleunigst antrat.

Seraphine schob den Geliebten ihm nach. »Nun gehst du hinaus,« bat sie, »und gibst mir fünf Minuten Zeit zum Umkleiden; hernach begleitest du mich nach Hause.« - Roland versetzte: »In die Rosengasse, wo eine Nachtmusik, ein Fackelzug dich erwarten, wo der feierliche Beppo uns seine Makkaroni oder Polenta mit kleinen Vögeln mit dem Anstand eines fürstlichen Tafeldeckers aufsetzt, während Marianka durchs Schlüsselloch lauscht und guckt? Nimmermehr. Wir schleichen durch ein Seitenpförtlein des Musentempels hinaus, werfen uns in einen Fiaker und fahren nach Rolandseck. Meine Jungen sollen die ersten sein, der Frau Meisterin zu huldigen.« - »Wie der Herr Meister befiehlt,« knickste Seraphine, und Marie schloß ihm die Tür vor der Nase zu.

Er ging hinunter auf die leere Bühne, die gespenstisch aussah, wie eine Kirche um Mitternacht. Der Vorhang war wieder hinaufgezogen, jedoch nur zur Hälfte. Aus den Sofitten hing eine mächtige Laterne herunter, das einzige Licht in dem weiten, öden Raume. In der ersten Kulisse tickte die große, laute Kontrolluhr der Feuerwache. Hier und da lagen Waffen, Priesterstäbe, Ballettflitter, Blumen auf dem Boden umher. Im Hause machte die Frau des Theaterwachtmeisters mit der Blendlaterne ihre Runde, nach verlorenen Sachen suchend. Dann und wann quiekte eine Tür, klappte ein Sperrsitz, oder ein nächtlicher Luftzug bewegte die Draperie der königlichen Loge, ein verlorener Lichtstreif spiegelte sich in der vergoldeten Brüstung. Ein wunderbares Nachtstück, das der Maler mit neugierigem Blick studierte, auf demselben Felsen sich niederlassend, der Seraphinens Tränen aufgetrunken hatte. Pünktlich nach fünf Minuten erschien sie im blauen Hausgewand, den dunklen Schal umgeworfen, das bestrickende Haar in einem blauen Samtkapuchon versteckt. Sie hing sich in Rolands Arm; Marie folgte, nachdem sie die Garderobe und alle Herrlichkeiten darin verschlossen hatte. Sie begleitete die Herrin als Schutzwache; nicht ungern, weil sie dem schwarzen Bart des Herrn Raff, genannt Raffael, zu begegnen hoffen durfte.

Der enge Fiaker wurde dem liebenden Paare zum Eliaswagen, die Reise durch die von Gaslichtern funkelnde Stadt zur Himmelfahrt. Als sie draußen angekommen, zog Roland an derselben rostigen Glocke, die wir im ersten Kapitel haben läuten hören. Phylax erkannte den Herrn und heulte Freudentöne. Raff und einige der Schüler eilten mit Windlichtern zum Empfange herbei. »Kinder,« rief Roland, »ich bringe euch meine Hausfrau, eure Meisterin!« - »Die Amazone! Ein neunmaliges Hurra der Amazone!« - Und da half kein Sträuben, kein Wehren, kein Flehen. Raff und Stark faßten kräftig zu, der Meister selbst leistete Beistand: sie wurde emporgehoben, auf den Schultern, im Triumph über die Schwelle getragen, welche die ihrige werden sollte. Phylax sprang wedelnd hinterdrein; der Hühnerhof, den Schein der Lichter für die Morgenröte nehmend, krähte ein lustiges Willkommen.

Im Speisesaal waren die jungen Herren versammelt gewesen zu einer kleinen Nachfeier des Schwanengesanges der Amazone, welchem sie alle beigewohnt. Sie wurde rasch zu einem nächtlichen Braut- und Festmahl ausgedehnt. Herr Raff braute die erste Maibowle des Jahres, streng nach dem Rezept der Düsseldorfer Schule. »Da sag mir einer, die Düsseldorfer hätten kein Kolorit,« murmelte er, die goldene Flüssigkeit mit dem Löffel umrührend, in welche Mariens dienstfertige Hand Orangenscheiben warf. »Weder süßlich, noch schwach,« lautete sein Kennerurteil; »Düsseldorf wird verleumdet.« Das mächtige Trinkhorn erschien, nur bei großen Tagen des Hauses gebraucht. Der erste Umtrunk ward, nach einer humoristischen Ansprache Starks, als des ältesten Schülers, dem Meister und der Meisterin gebracht. Den zweiten weihte Roland der Kunst - »der hohen, hehren, heiligen, die wir erfaßt haben und niemals lassen wollen, der wir angehören mit Leib und mit Leben, im Ernst und im Scherz, in Ehren und Treuen!« Zum Nachtisch begaben sich alle in des Meisters Turm. Er holte lächelnd die kleine Büchse mit Papierzigarren, Laferme, erste Qualität. Und während die ausgelassenen Jungen auf die Plattform stürmten, ein improvisiertes Feuerwerk abzubrennen - das die milde Polizei der Vorstadt zu St. Margareten nachmals nur mit einer geringen Geldbuße heimsuchte -, währenddessen saßen Roland und Seraphine unter denselben Oleandern, in den nämlichen Amerikanern, wo wir sie vorgestern, am Freitag, sitzen sahen. Damals hatte der Meister das dunkle Kindermärchen seiner Vergangenheit erzählt, heute bauten beide die schimmernden Luftschlösser ihrer Zukunft. Seraphine erklärte, sie werde die hiesige Bühne zwar verlassen, nicht aber das Theater; die Weltfahrt des Amerikaners wolle sie mitmachen. Roland stimmte bei. »Ich begleite dich,« sagte er; »der weißen Neger bin ich lange überdrüssig; wir wollen schwarze, echte, in der Wolle gefärbte, sehen, kaufen, malen.« - Seraphine schlang den Arm um ihn und sang ihm leise schmeichelnd ins Ohr: »Auf Flügeln des Gesanges, Herzliebster, trag ich dich fort...« - Er fiel stürmisch ein: »Fort nach den Ufern des Ganges, des Nil, des Ohio - an alle süßen Wasser der Alten und Neuen Welt, wo du, meine Nachtigall, unseren ewigen Liebesfrühling schmetterst.«

In demselben Augenblick krachte auf dem Dach die erste Signalrakete, kerzengerade in den mitternächtlichen Himmel aufsteigend, um den Engeln da droben zu verkündigen, daß es auch auf Erden noch Glück gibt.

12. Coda

Vier Wochen nach dieser Frühlingsnacht, genau bezeichnet: am siebzehnten Mai, elf Uhr vormittags, hielten vor dem Hause zur roten Rose vier stattliche Kutschen, umgeben von einer schaulustigen Volksmenge. Es waren dies nicht etwa kommune oder kommunistische Mietswagen, wie sie dem glücklich gepriesenen Mittelstand an den drei großen Tagen der Taufe, der Hochzeit und des Begräbnisses dienen, immer die nämlichen, nur im Tempo ihrer Bewegung verschieden, sondern eigene Equipagen mit gepuderten Kutschern und galonierten Livreebedienten. Zwei davon hatte Herrn Hans Heinrich Kraffts Remise, zwei diejenige des Grafen Wallenberg gestellt, darunter das neue Meisterstück von Brandmayer in Wien, freilich nicht mit dem Allianzwappen der Wallenberg und der Menteiths auf dem Schlage. Mit dem Glockenschlag elf trat aus der Haustür Nummer 27 der Hochzeitszug der Amazone, auf welchen die Wagen harrten. Den ersten derselben nahmen ein: Signor Beppo und Herr Raff, genannt Raffael, dieser mit einem noch schwärzeren Bart, als gewöhnlich, jener glatter rasiert denn jemals und mit dem goldenen Sporen im Knopfloch. Sonderbar, daß jeder von den beiden Edlen den anderen gerade um das verachtete, auf was dieser am stolzesten war: ein blankes oder ein haariges Kinn. Im zweiten Wagen, dem Brandmayer, fuhr der Bräutigam mit seinem Beistand, Gustel Wallenberg. Der Herr Minister erschien, bescheiden stolz, nicht in Uniform, vielmehr nur im schwarzen Frack mit einem Stern erster Größe und dem dazu gehörigen Grandkordon über der Weste, unter dem Kleide. Er musterte noch im Einsteigen die Toilette seines Freundes, und er sah, daß alles gut war bis auf das Fehlende. »Wenn Sie nur«, seufzte er, »sich überreden lassen wollten, eine achtel Elle buntes Band auf Ihren schwarzen Rock zu hängen!« – »Und warum?« lachte Roland. – »Weil es einmal dazu gehört, zum Anzug nämlich. Sie sehen aus, als wären Sie eben auf die Welt gekommen; man schämt sich, neben Ihrer Nacktheit zu sitzen.« – Den Wagen Nummer drei, Herrn Kraffts Staatskutsche, füllte die Braut mit der Brautjungfer, Armgard, und dem stellvertretenden Brautvater, Papa Krafft. Die Amazone sah gar schön aus in dem langen Schleppkleide von weißem Seidentaft, dem kostbaren Spitzenschleier und dem grünen Myrtenkränzlein mit Orangeblüten, welches Armgard aus ihrem Wintergarten gewunden hatte; aber nicht mehr wie eine Amazone stark und siegreich sah sie aus, nein, fromm, bewegt, scheu, weiblich, mädchenhaft. Das Porträt der Königin in Brillanten funkelte an ihrer linken Schulter, über ihrer Stirn ein Diadem, das Hochzeitsgeschenk von Papa Krafft, an ihrer Hand ein breites Armband in Schleifenform, mit dem Wappenspruch ihres Hauses in Blau und Weiß: Fides et fidelitas, eine sinnige Gabe Wallenbergs. Die Bankprinzessin behauptete ein zurückhaltendes Inkognito, wiefern sie alle ihre Brillanten zu Hause gelassen hatte und ein weißes Tarlatankleidchen von fast gesucht zu nennender Einfachheit mit blauen Bändern trug und blaue Blumen im dunklen Haar. Den Schluß des kleinen Kortege machten im vierten Wagen der gute Legationsrat von Marvál, überall an seinem Platze, auch bei einer Trauung, und Stark, Rolands erster Schüler, dem die steife, weiße Krawatte das Blut schlagflußdrohend zu Kopf und in das Gesicht trieb. Er rächte sich durch heimliche Faustschläge auf den gleich verhaßten schwarzen Zylinder, der auf seinem Schoß ruhte; auf sein Haupt paßte er nicht, da er aus dem Schrank des Herrn Raff, genannt Raffael, geborgt worden war.

In vorbemeldeter Ordnung fuhren die vier Wagen in scharfem Trab aus der Rosengasse ab und an der Bonifaziuskirche auf dem Bischofsplatze vor, wo der Herr Bischof in eigener hoher Person die Trauung verrichten wollte, assistiert von einem zahlreichen Klerus. Dies Schauspiel, gewissermaßen die allerletzte, obendrein unentgeltliche Vorstellung der Amazone, hatte ein noch stärkeres Publikum angezogen als die letzte im Theater. Der weite Bischofsplatz war bedeckt mit Equipagen, darunter ein paar Hofwagen, mit reitender Schutzmannschaft und mit Fußvolk, das heißt: Volk zu Fuß, welches letztere sich in Erwartung der Dinge, die da kommen sollten, vollkommen ruhig verhielt, so daß es nur den angestrengtesten Bemühungen der Polizei, ihrem unablässigen Auf- und Absprengen durch die dichtesten Haufen und der gefälligen Unterstützung dreinhauender Hofkutscher gelang, die bei großen Versammlungen zur Unentbehrlichkeit der hohen Obrigkeit unentbehrlichen Unordnungen hervorzubringen. Das Innere der Kirche, Schiff, Chor und Orgel, wimmelte ebenfalls von Menschen, unter denen wir, fast vollzählig, alle Personen unserer Erzählung mit Entzücken wiederfinden. In der Nähe des Altars, auf reservierten Plätzen, verweilten die Privilegierten; ein Flügeladjutant des Königs, der diensttuende Kammerherr der Königin, von den Majestäten zu der Feierlichkeit eigens abgeordnet, der bisherige Chef der Primadonna, Fürst Paul, mehrere andere Mitglieder des diplomatischen Korps, der Herr Finanzminister, aus nachbarlicher Artigkeit gegen Herrn Krafft anwesend, eine Deputation der königlichen Akademie der Künste, ihren Direktor an der Spitze, sowie einige Notabilitäten der Kunst und Wissenschaft. Im Schiff ragen die feindlichen Häupter Hirsch Meyers und Meyer Hirschs an zwei entgegengesetzten Enden aus der Menge hervor, ihre morgigen Artikel bis auf die Einzelheiten bereits fertig in der Tasche; ein jeder behauptet darin sein Recht, und nicht mit Unrecht. Denn verläßt Fräulein Lomond nicht die Bühne, freilich zunächst nur die hiesige? Vermählt sie sich nicht mit einem hochstehenden Herrn der Gesellschaft, freilich bloß mit einem Künstler; allein wer stünde höher als er in der sittlichen Weltordnung? Endlich, hat sie sich nicht als Abkömmling der Earl von Menteith demaskiert, freilich, um ihren alten Namen sofort gegen den neuen: Frau Roland, wieder fallen zu lassen?... Auch Blümchen, Ritter von Blumenberg, befindet sich unter den teilnehmenden Zuschauern; sporenklirrend eilt sein Fuß von einer Bank zur anderen. In der vordersten Reihe hat das Personal des Hauses Hans Heinrich Krafft Posto gefaßt, den Prokuristen, Herrn Heyboldt, mit der Rettungsmedaille, in der Mitte. Hinter ihnen ist eine Karawane reisender Fremdlinge durch Vater Winters Einfluß untergebracht. An eine Säule gelehnt, demonstriert der Opernregisseur dem ehrerbietig aufhorchenden Salamander etwelche Mängel in der szenischen Einrichtung des Aktes. Die jüngeren Schüler Rolands treiben im Dunkel der Seitenschiffe ihr störendes Unwesen, während am Haupteingange vier Solotänzerinnen, als weiße Jungfrauen verkleidet, mit Blumenkörben im Arm, des Brautpaares harren, um seinen Weg zum Altar zu bestreuen. Ihre genauesten Freunde, das diplomatische Korps, erkennen sie kaum in der ungewohnten Tracht, unter welcher alle angeborene und vom Ballettmeister einstudierte Grazie verschwindet. Der Mensch ist und bleibt ein zweibeiniges Gewohnheitstier. Auch die reizende Spezies: Tänzerin (homo saltatrix) bewegt sich auf den ihrigen, Beinen nämlich, nur dann mit Anmut und Sicherheit, wenn dieselben von unten auf völlig, von oben herab möglichst unbedeckt sind... Auf der Orgel steht im Vordergrunde Maestro Bullermann, umgeben vom Solo- und Chorpersonal des Theaters, in das sich Marianka eingeschmuggelt hat; es soll eine von ihm zur Feier des Tages gesetzte Festkantate aufgeführt werden, deren Solostimmen Theseus, der hellenische Oberpriester Braun, die Altistin Vogel und Seraphinens Nachfolgerin übernommen haben. Die letztere singt mit überraschender Leichtigkeit; durch Seraphinens Abschied wird ihr eine Zentnerlast von der üppig vollen Brust hinweggewälzt. Um, kurz vor Torschluß, auch diese interessante Bekanntschaft zu machen, wollen wir sie dem geneigten Leser vorstellen als Donna Carmen del Castro-Ruyz. Der Name wird ihm spanisch vorkommen, wie ihr Gesang dem Publikum. Von Haus aus ist sie aber eine deutsche Jüdin, eine stattliche Person, von spanisch-dunkler Gesichtsfarbe, spanische Glut in den Augen, spanischen Pfeffer im Blut, und schreibt sie sich eigentlich Madame Karoline Cassel, geborene Reuß, ihrem Ehemann davongelaufen, welcher einen schwunghaften Hausierhandel im Oberelsaß betreibt. Der erfindungsreiche Theateragent, Herr Baldrian, hat ihr Talent entdeckt, ihren Namen ins Spanische übersetzt und beide, mit Hilfe diverser Meyer-Hirsche und Hirsch-Meyer aus dem Tiergarten der deutschen Theaterpresse in eine unglaubliche Höhe geschwindelt, höher jedenfalls als das Register ihres spröden Soprans.

So finden wir denn alle unsere Lieben vor dem Abschied auf ewig noch einmal beisammen; es fehlt nur ein teures Haupt, der kleine Polytechniker. Er war am Morgen nach dem Schwanengesang der Amazone spurlos verschwunden, glücklicherweise nicht durch einen romantischen Selbstmord, sondern um nach Jahr und Tag in Baldrians Bühnenalmanach wieder aufzutauchen, am Hoftheater zu Sondershausen als Chortenor und für Naturburschenrollen im Schauspiel engagiert.

Lassen wir die Nebenpersonen beiseite, da Held und Heldin eben in die Kirche treten, außen durch lauten Zuruf angekündigt, im Innern von einem gedämpften Murmeln der Bewunderung empfangen. Ein Vorspiel auf der Orgel begleitet ihren Weg zum Altare. Dann begingt Bullermanns Kantate, sehr langsam, sehr langsam, so lang, daß Stark, dem von Minute zu Minute feierlicher und apoplektischer zumute wird, sich in Verzweiflung auf Raffs Zylinder setzt, welcher als Gibus oder Claquehut die Presse verläßt. Die heilige Handlung verläuft ohne Störung, bis auf ein krampfhaftes Lächeln Rolands, das zum Glück von niemandem, als von Seraphine bemerkt wurde. Als der hohe Geistliche die übliche Frage an den Bräutigam richtete: »Wollen Sie, Herr Paphnutius Meyer, genannt Roland, gegenwärtige Lady Maria Seraphine von Menteith, genannt Lomond, zu Ihrer Ehefrau nehmen?« da zuckte es gefährlich durch des Meisters Züge, so ernst es ihm, ja so elend auch zu Sinne war, gleich wie allen Junggesellen am kritischen Hochzeitstage. Ein rascher Händedruck Seraphinens mußte ihm über den unverwüstlichen Meyer-Nuzi hinweghelfen. Nach der Trauung wurden nur noch einige hundert Glückwünsche und Danksagungen, Händedrücke und Umarmungen, immer mit obligaten Tränenschauern, ausgewechselt, und hierauf war alles soweit fertig, daß Roland, der die Rückfahrt mit seiner jungen Frau machte, während Wallenberg in den Wagen Kraffts stieg, Seraphinen eiligst in den neuen Brandmayer heben und mit ihr auf und davonfliegen konnte. »Ich hätte nicht gedacht,« sagte er, »daß das Heiraten so schwer wäre. Du, mein liebes Weib, bist an derlei Haupt- und Staatsaktionen gewöhnt; ich aber erinnere mich einer ähnlichen Strapaze nicht seit dem famosen elften September, wo Herr Meyer-Nuzi, damals noch nicht Roland, über die heilige Taufe gehoben wurde.«

Papa Krafft ließ sich das déjeuner dinatoire nicht nehmen. Darauf nämlich, nicht »auf einen Löffel Suppe«, wie er befohlen hatte, lauteten die von Armgard ausgefertigten Einladungen, nur an die Nächsten ergangen, und doch fünfzig an der Zahl, alle Kontoristen des Hauses, Rolands Schüler und Seraphinens Kollegen eingeschlossen. Die vereinigten Künstler führten ein lustiges Intermezzo auf, indem sie, als Wilde verkleidet, der Sängerin die Federkrone des Reiches Madagaskar und dem ordensscheuen Meister den orientalischen Pantoffel erster Klasse in feierlicher Deputation überreichten. Es wurde tapfer gezecht in dem großen Speisesaal und weidlich gelacht. Der Jubel steigerte sich zur Ausgelassenheit, als, nach der ersten offiziellen Gesundheit auf die Neuvermählten, Papa Krafft mit dem Messer an den Champagnerkelch klopfte und um das Wort bat. »Meine Herren und Damen,« sagte er, »ich bin kein Redner.« Lebhafter Widerspruch von allen Seiten des Hauses. »Ich bin, hol mich... dieser oder jener, kein Redner, und ich habe es, Gott Lob und Dank, auch nicht nötig.« Ungeheure Heiterkeit am äußersten Ende der Tafel, wo die Jugend saß. »Allein eine Tatsache fühle ich mich gedrängt, meinen lieben Gästen als den ersten mitzuteilen, kurz und bündig, schlicht und einfach, wie es meine Art ist.« - »Hört, hört!« - »Daß Heiraten eine ansteckende Krankheit ist, gilt für ausgemacht. Auch am heutigen Tage bestätigt sich der alte Erfahrungssatz.« Bedeutsames Räuspern im Zentrum. »Ich habe die Ehre, als Verlobte Ihnen anzuzeigen: meine Tochter Armgard und den hier gegenwärtigen Herrn Augustus Grafen von Wallenberg, außerordentlichen Gesandten und bevollmächtigten Minister Seiner...« Aber der losbrechende Beifallssturm verschlang alle weiteren Titelschnörkel, und um die Tafel herum begann eine fröhliche Wanderung voller, aneinanderklingender Gläser, ein verworrener Chor von Hochrufen, Segenswünschen und Freudenbezeigungen, so natürlich disharmonisch, als hätte der anwesende Maestro Bullermann ihn künstlich also gesetzt und einstudiert.

Am Abend desselben ereignisreichen Tages entführte der Schnellzug die Neuvermählten. Signor Beppo, die lederne Geldtasche umgehangen, Herr Raff, genannt Raffael, mit dem Skizzenbuch Rolands, und Marianka mit Seraphinens Toilette bildeten das Gefolge, der Herrschaft im Bahnhof harrend. Das nächste Reiseziel war Triest, von wo Signor Beppo seine einsame Rückkehr nach Neapel antreten sollte, während die übrigen den dort vor Anker liegenden Delphin besteigen und die Künstlerfahrt um die Welt antreten wollten: erste Station Korfu, zweite Athen - Konstantinopel - Smyrna - Alexandria - Kairo und so weiter, und so weiter. Vater Krafft gab den Scheidenden das Geleite. »Flattert hinaus,« sagte er beim zweiten Glockenzeichen, »Ihr glücklichen Sing- und Zugvögel. Der alte Hans Heinrich Krafft bleibt zurück und baut Euch das Nest für den Winter... Lebt wohl, lebt wohl.« - Noch ein hastiges Geläut, das dritte, ein gellender Pfiff und dahin brauste der Zug, umwallt von einer grauen Dampfwolke, aus welcher Seraphinens Tuch die letzten Abschiedsgrüße winkte.

Ein Jahr später.›comptant‹

Unser Glück, teurer Freund, kennt nach diesem Zuwachs keine Grenzen. Wie Seraphine in ihrem letzten Briefe an Armgard gemeldet, hat sie ihre Sklavenketten gebrochen und dem amerikanischen Impresario in Kairo Valet gesagt. Wir wollen Frühling und Sommer irgendwo am Meer ausruhen von unserem Nichtstun und dann im Herbst zu Euch zurückkehren, wohin uns herzliche Freundschaft und der dringende Wunsch Eures Hofes zieht. Einstweilen sammle ich Studien und wilde Tiere nach meiner alten Passion. Ich habe ein kleines Krokodil, noch warm aus dem Ei, erstanden, päpple es mit väterlicher Zärtlichkeit und Eselsmilch auf und bringe ihm die ersten Begriffe von europäischer Kultur durch Fasten und Rutenstreiche auf den Bauch bei. Der Vizekönig, der mich tief ins Herz geschlossen hat (im Vertrauen gesagt, mein Weib noch tiefer), verspricht mir den nächsten kleinen Löwen. Von Ibissen, wunderbaren Tauben und Hühnern wimmelt der Hof unseres Hauses, und im finstersten Kellerwinkel züchte ich Skorpionen und Spinnen. Daß ich zu Kamel sitze, wie Master Jack zu Roß, leidet nicht den mindesten Zweifel. Alle die Herrlichkeiten, Kleopatra und ihren Gatten eingeschlossen, bringe ich in einer Arche Noahs mit nach Europa, nach Rolandseck, dazu auch zwei fertige Staffeleibilder: ein Sklavenmarkt in Kairo; Engländer, unter den Pyramiden frühstückend. Letzteres wird viel Spaß machen, ersteres noch mehr Verdruß in den Akademien, Kunstschulen und anderen Naturverbesserungsanstalten des heiligen römischen Reiches deutscher Nation. Ich bitte Sie, weder an Hirsch-Meyer noch an Meyer-Hirsch diese staatsgefährlichen Nachrichten gelangen zu lassen, auch nicht in der Form der Ihnen so wohlgelingenden Extrablätter.

Im übrigen hoffen wir bald von Ihnen zu hören, daß Sie und Armgard unserem Exempel inzwischen gefolgt sind, und daß Vater Krafft, auf dessen Kreditbrief ich die ausgiebigsten Sünden begehe, sich in seiner neuen Würde als Großpapa - nur einstweilen durch Adoption - recht wohl fühlt.

Gott befohlen, Ihr Teuren und Getreuen daheim! Grüßt meine Jungens im verwaisten Atelier! - Euer Roland, ci-devant Meyer-Nuzi.«

Nachschrift (mit Bleifeder, von Seraphinens Handschrift, wenn auch minder fest und flüssig als gewöhnlich). »Armgard, Schwesterherz! Ich rufe Dir zu, wie Arria dem Pätus: Es tut nicht weh! Deine selige Seraphine.« -

Vorstehender Schreibebrief, durchstochen und geräuchert, gelangte nicht mehr an seine nächste Adresse. Am siebenundzwanzigsten April hatte Graf Wallenberg, unlängst zum Botschafter am Hofe von St. James ernannt, seine Vermählung mit Armgard in tiefster Stille gefeiert und war noch am nämlichen Tage abgereist, um, nach einem kurzen Besuch bei den Seinigen, den neuen Posten anzutreten. Das Weltkind und der Diplomat, beide sahen sich am Ziele ihrer heißesten und geheimsten Wünsche, im siebenten Himmel.

* * *

Damit, meint der geneigte Leser, endet diese Geschichte, trivial glücklich, wie einhunderttausend andere, mit einer doppelten Heirat. O du kurzsichtiger Greis, oder unerfahrener Jüngling, oder leichtgläubiges Mägdlein, wie grob ist euer Irrtum! In unserem Zeitalter hört der Roman, die Novelle, das Lust- oder Trauerspiel nicht auf mit der Hochzeit, sie beginnen vielmehr dann erst. Unsere Väter waren des Todes froh und dankten dem Schöpfer, wenn sie ihre Geschöpfe auf der letzten Seite oder in der Schlußszene bis an den Traualtar geführt, die Heldin unter die Haube, den Helden unter die Hörner gebracht hatten. Aber die Romantik des modernen Lebens datiert nicht bis, sondern von diesem kritischen Zeitpunkte. Man vergleiche alle französischen Musterkomödien und Monstreromane. Auch unser unsterbliches Werk hat, außer dem überstandenen ersten Teil, einen zweiten: Künstlerehen, einen dritten: ein vornehmes Haus, und ein komisches Nachspiel: Raffael und seine Marie; so daß es sich, nicht mehr und nicht minder als die klassischen Tragödien von Altgriechenland, trilogisch oder mit Inbegriff des Satirspiels tetralogisch gliedert. Doch wollen wir Gnade vor Recht ergehen lassen und diese immense Perspektive dem geblendeten Auge des Geneigten hier nur andeuten. Eine Billigkeit, die man uns nicht hoch genug anrechnen kann. Derjenige Schriftsteller, der es heutzutage bei einem Band bewenden läßt, während er nach rechtschaffenem Leihbibliothekenbrauch drei bringen muß und bis zu neun gehen darf, versteht augenscheinlich sein Handwerk nicht. Man verzeihe dem jungen, schüchternen Anfänger.

Übrigens, wenn der geneigte Leser recht zufrieden ist, die schöne Leserin recht dankbar, die hohe Kritik recht anerkennend, der gequälte Herr Setzer recht sparsam mit Druckfehlern, die sich immer »aus der unleserlichen Handschrift« entschuldigen müssen, der verehrungswürdige Herr Verleger hingegen recht verschwenderisch mit seinem Honorar, und endlich der über alles geliebte Herr Verfasser recht guter Laune - dann versprechen wir in seinem Namen, daß wir über Jahr und Tag an dieser Stelle, wo wir jetzunder traurig Abschied nehmen, eine neue, gemeinsame Wanderung antreten werden.